W0223842

NARRATORI STRANIERI

Dello stesso autore presso Bompiani

Jacob
La chimica della morte
Scritto nelle ossa
I sussurri della morte
La voce dei morti
Il rifugio
Acque morte
Dove c'è fumo
Il profumo della morte

SIMON BECKETT
LE CATENE DEL PASSATO
Traduzione di Fabrizio Coppola

ROMANZO
BOMPIANI

www.giunti.it
www.bompiani.it

Beckett, Simon, *The Lost*

Via Bolognese 165 – 50139 Firenze – Italia
Via G.B. Pirelli 30 – 20124 Milano – Italia

ISBN: 978-88-301-0621-5

Prima edizione: luglio 2023

A Hilary

1.

Fu quando sentì l'odore del sangue che Jonah capì di essere nei guai.

La banchina era immersa nel buio più totale. Tutti i lampioni erano fuori uso e lasciavano i magazzini decrepiti nell'oscurità, reliquie abbandonate di un'era lontana. Illuminata dai fari della vecchia Saab, la scena sembrava ambientata in una città industriale ormai deserta. Ciò che vide oltre il parabrezza ricordò a Jonah che sebbene avesse vissuto a Londra per quasi tutta la vita, c'erano ancora degli angoli della città di cui non immaginava neanche l'esistenza. E non voleva conoscerli, se per farlo doveva passare da un luogo simile.

Non era stato facile trovare la banchina. Era in una zona isolata del Tamigi, un tratto di sponda non edificata che non era riportato nemmeno sulla mappa nel suo cellulare. Le indicazioni che gli avevano fornito erano approssimative, e diverse volte era stato costretto a tornare indietro quando la strada piena di buche che aveva imboccato si era rivelata senza uscita. Adesso era parcheggiato su un terreno incolto ricoperto di erbacce di fronte a un lungo muro in mattoni. Oltre il fiume, le luci scintillanti degli appartamenti di lusso, dei bar e dei ristoranti apparivano allineate come gioielli. Qui, invece, tutto era oscurità. La riqualificazione che aveva interessato il resto dei *docklands* per qualche motivo non aveva toccato questo *cul-de-sac* acquitrinoso. Ma non c'era da stupirsi, visto il nome. Jonah aveva pensato che fosse una battuta, e invece no. E la dimostrazione ce l'aveva proprio davanti agli occhi in un cartello stradale arrugginito:

BANCHINA DEL MACELLO

Un paio d'ore prima era seduto fuori da un pub con alcuni uomini della sua squadra a godersi la serata di fine estate dopo una seduta al poligono di tiro. Il suo cellulare aveva squillato mentre era in coda al bancone in attesa di essere servito. Non aveva riconosciuto il numero e quasi non si era disturbato a rispondere. Ma c'era altra gente in coda davanti a lui, così dopo un attimo di esitazione aveva risposto.

"Jonah? Sono io." Poi, nel caso lo avesse dimenticato: "Gavin."

Anche se erano passati quasi dieci anni dall'ultima volta che aveva sentito quella voce, il tempo sembrò contrarsi in un istante. Proprio come la bocca del suo stomaco.

"Sei ancora lì?"

Jonah si spostò verso una zona più tranquilla del pub, i drink da ordinare ormai dimenticati. "Cosa vuoi?"

"Mi serve il tuo aiuto."

Nessun "Come stai" o "È da un bel po' di tempo che non ci si vede". Jonah sentì la mascella irrigidirsi.

"Perché mai dovresti aver bisogno del mio aiuto?"

"Perché sei l'unico di cui posso fidarmi."

La sorpresa lasciò Jonah senza parole per qualche momento. "Non credere che possa bastare..."

Una pausa. "Ho mandato tutto a puttane. Non ho capito niente. Niente..."

"Di cosa stai parlando?"

"Te lo spiego appena arrivi."

"Dio santo, non puoi aspettarti che io..."

"C'è un vecchio magazzino sulla sponda sud, un posto chiamato Banchina del macello," continuò Gavin di corsa. "Lascia perdere il navigatore, così non lo trovi, ti manderò io le indicazioni. È l'ultimo magazzino sulla banchina. Ti aspetterò lì davanti a mezzanotte."

"A mezzanotte? Ma sei serio?"

"Appena sarai arrivato, capirai." Poi Gavin aveva usato delle parole che Jonah non aveva mai sentito nel corso di tutta la loro amicizia. "Per favore."

E chiuse la comunicazione. *Merda.*

"Tutto a posto?"

Era Khan, un altro sergente dello Sco19, il nucleo armato della Metropolitan Police. Aveva le spalle e il collo gonfi di muscoli, le braccia e il petto che sembravano sul punto di strappare la maglietta bianca. Una volta Jonah lo aveva visto abbattere a calci una porta e l'uomo armato di coltello dietro di essa, quasi a metà della stanza. Ma fuori servizio era un padre di famiglia, il collega da cui tutti andavano quando avevano un problema.

Jonah mise via il cellulare, annuendo. "Un tizio che non sentivo da un po'."

"Problemi?"

Jonah non sapeva quale fosse la risposta giusta. "Probabilmente non è nulla. Ma sembrava un po'..."

Si interruppe quando qualcuno lo spinse alle spalle. "Pensavo che fossi andato al bancone! Ma che cazzo! Ci metterei meno tempo a far fermentare un barile di birra di quanto ce ne metti tu per ordinarne un paio."

Jonah si voltò per guardare la donna robusta che lo squadrava con aria torva. Nolan lo faceva spesso. La poliziotta era diversi centimetri più bassa di lui e raggiungeva a malapena le spalle di Khan, ma non avrebbe scommesso su nessuno di loro due se le cose si fossero messe male. E ancora meno quando toccava a te offrire un giro di birre.

"Stiamo parlando," le disse Khan, rivolgendole la sua occhiata da sergente.

"Bene." Rifletté. "Allora datemi i soldi che vado a ordinarle io."

Jonah scoppiò a ridere. "No, no, ci vado io."

"Sicuro?" domandò Khan.

"Sì, sì, va tutto bene." Jonah si strinse nelle spalle. "Non sarà niente di che." Aveva cercato di convincersene mentre raggiungeva il bancone. In qualsiasi casino si fosse cacciato Kevin, se la sarebbe cavata da solo. Jonah non gli doveva proprio nulla. Neanche il più piccolo dei favori.

Eppure continuava a pensare alla telefonata. Anche dopo aver portato le birre al tavolo, non poteva scacciare dalla mente una cosa che aveva detto Gavin.

Perché sei l'unico di cui posso fidarmi.

Forse un tempo sarebbe stato vero. A quei tempi Jonah avrebbe potuto dire la stessa cosa. Conosceva Gavin da sempre. Migliori amici a scuola, si erano arruolati nella Met, affrontando insieme l'addestramento per poi essere assegnati allo stesso distretto. Gavin era da sempre più espansivo, con un atteggiamento rilassato e pronto al sorriso che celava però una natura ipercompetitiva. Avevano vissuto nello stesso appartamento, anche dopo che Gavin ebbe superato l'esame da investigatore ed era entrato in quella che allora si chiamava la Direzione Specialistica Criminale, che svolgeva indagini sul crimine organizzato. Per qualche tempo anche Jonah aveva pensato di diventare investigatore. I suoi superiori gli avevano detto che ne aveva l'attitudine e lo avevano spinto a partecipare all'addestramento. Ma per qualche ragione – forse perché non amava subire pressioni – aveva scelto un percorso diverso. Sorprendendo anche se stesso, aveva intrapreso il rigoroso addestramento richiesto per entrare nello Sco19, il nucleo armato d'élite della Met. Gavin lo aveva preso in giro, dicendo che era un drogato di adrenalina. Eppure erano rimasti amici. E quando Jonah aveva iniziato a frequentare Chrissie e Gavin si era messo con Marie, loro quattro avevano dato vita a un gruppo molto unito. Serate fuori, vacanze insieme. Tanto divertimento.

Ma questo era anni prima. Un'altra vita. E quindi perché adesso Gavin saltava fuori all'improvviso per chiedere l'aiuto di Jonah? Due cose che a Gavin non erano mai mancate erano la fiducia in se stesso e gli amici. Doveva essere disperato per chiamare Jonah e alla fine fu quello l'elemento decisivo. Perché, indipendentemente da quanto Jonah volesse evitarlo, continuava a pensare alla stessa cosa.

Gavin gli era sembrato spaventato.

Così, scusandosi con i colleghi, Jonah aveva lasciato il pub ed era tornato alla sua macchina.

E adesso era lì, su una banchina abbandonata in mezzo al nulla. Spense il motore, poi prese una torcia dal vano portaoggetti della Saab e scese dall'auto. Poco lontano era parcheggiata un'Audi – immaginò che fosse di Gavin – ma oltre a quella non c'erano segni di vita. Un sentiero invaso dalle erbacce conduceva a magazzini e edifici industriali abbandonati, oltre i quali si poteva intravedere il fiume, argentato dalla falce della luna. Jonah accese la torcia e si incamminò.

Il sentiero lo portò a una striscia d'asfalto che si insinuava tra gli edifici con le finestre sbarrate da assi di legno. Su un muro era ancora visibile ciò che rimaneva di un vecchio cartello che recitava CONCERIA JOLLEY – PELLAMI. Altre costruzioni si identificavano come macellerie all'ingrosso o magazzini per la macellazione della carne, mentre un'enorme struttura simile a un hangar dichiarava di essere stata un mattatoio. La Banchina del macello era quindi un nome più che adatto.

Era un luogo inquietante da frequentare di notte. In genere Jonah non temeva il buio, ma adesso tendeva l'orecchio in attesa di sentire un rumore di passi alle sue spalle mentre proseguiva sulla striscia d'asfalto. Fu ben felice quando finalmente sbucò sulla banchina. Lo sciabordio dell'acqua era molto più forte, lì. Ciottoli rotti emergevano dall'asfalto che si andava sgretolando e l'aria umida sapeva di salsedine, piante marce e benzina. Un gruppo di chiatte era ormeggiato sull'acqua nera come il catrame, dondolando fuori sincrono. Il silenzio era rotto dai tonfi e dagli scricchiolii prodotti dallo strusciare degli scafi. Una barca più grande era ormeggiata a breve distanza e quando Jonah la oltrepassò sentì un sibilo. Spaventato, puntò la torcia e si rilassò appena il fascio luminoso produsse un luccichio negli occhi di un gatto. L'animale dall'aspetto lurido era accucciato all'ombra di un boccaporto e proteggeva con il corpo un hamburger sbocconcellato. Un occhio era mezzo chiuso, per una ferita o forse un'infezione. L'altro lo fissava malevolo, poi il gatto emise un miagolio di avvertimento.

"Tranquillo, è tutto tuo," mormorò Jonah, voltandosi. In quel momento il fascio della torcia cadde sulle lettere decorate dipinte sulla prua della barca: THE ORACLE. La scritta era in parte nascosta da un copertone legato allo scafo a mo' di paraurti, ma quando Jonah vi fece scorrere la torcia, un altro sibilo del gatto gli ricordò che si era trattenuto troppo a lungo per i suoi gusti.

"Me ne vado, me ne vado."

Il terreno era fangoso, come testimoniato dal rumore acquoso dei suoi passi. Più avanti vedeva il punto in cui la banchina era chiusa da un magazzino solitario che aveva due lati affacciati sull'acqua. Era seminascosto da una specie di impalcatura malconcia da cui penzolavano teli di plastica trasparente. Tutto intorno correva una recinzione in rete metallica: anche se aveva l'aria di stare in piedi per miracolo, Jonah non poté comunque superarla.

Non c'era nessuno.

Jonah imprecò e controllò l'orologio. Mezzanotte passata da quasi dieci minuti. Era in ritardo ma non di molto. Si domandò se Gavin non si fosse stufato e avesse deciso di andarsene, ma poi gli tornò in mente l'Audi che aveva visto parcheggiata sulla banchina. Aveva immaginato che fosse di Gavin anche perché era difficile credere che ci fosse qualcun altro in quel posto a quell'ora della notte.

Ma quindi, dov'era?

Puntò la torcia intorno a sé, ma la banchina rimase ostinatamente buia e immobile. I minuti passavano e la tensione iniziò ad attorcigliarsi come un nodo nel suo stomaco. Quando la mezzanotte fu passata da venti minuti, chiamò il numero da cui Gavin lo aveva contattato. *Rispondi, Gavin*, si disse, quando l'apparecchio iniziò a squillare. Poi, mentre era in ascolto, sentì una suoneria, molto debole. Dietro di lui.

Proveniva dal magazzino.

Jonah si voltò per guardare attraverso la rete di metallo della recinzione. Quando scattò la segreteria, dall'edificio buio provenne un ultimo suono, seguito dal silenzio. Il nodo nel suo stomaco si strinse ancora di più. Jonah richiamò. Lo squillo solitario riprese e adesso non c'erano più dubbi: proveniva dall'interno del magazzino.

Oh, merda.

Chiuse la telefonata e fissò di nuovo l'edificio attraverso la recinzione. Sotto le impalcature, il magazzino appariva come un edificio abbandonato, tutto angoli e ombre. Si domandò se non fosse il caso di chiamare rinforzi, ma se Gavin fosse stato ferito ci avrebbero comunque impiegato troppo tempo ad arrivare fin lì. E l'ipotesi che si trattasse solo di un falso allarme non poteva ancora essere esclusa. Jonah, che non credeva molto a quella possibilità, capì di non avere scelta.

Doveva entrare.

"Gesù, Gavin..." mormorò.

Al centro della recinzione c'era una porta di metallo. Era chiusa da un lucchetto dall'aria solida, ma poco oltre Jonah trovò un buco nella rete abbastanza grande da passarci. Mentre percorreva l'asfalto sgretolato diretto al magazzino, si aprì la strada attraverso i teloni di plastica fino ad arrivare di fronte a un'enorme porta a due battenti simile a quella di un hangar. Era chiusa a chiave ma accanto c'era un'altra porta. Quando la spinse, si aprì verso l'interno con un cigolio.

Jonah puntò la torcia davanti a sé. La luce scompariva in un antro cavernoso, interrotto da pilastri in ferro che si perdevano verso l'alto soffitto.

"Gavin, sei qui?"

La sua voce risuonò per un attimo prima di spegnersi. Quando mosse qualche passo verso l'interno del magazzino, l'aria era umida e fredda, appesantita dal silenzio simile a quello di una chiesa. Prese il cellulare e chiamò di nuovo Gavin. La suoneria squillò fortissima in quel buio. Proveniva dall'interno della struttura. Cercando di avvicinarsi, notò un tenue bagliore dietro uno dei pilastri in ferro. Il cellulare era a terra dietro di esso, il nome di Jonah sul display. Poi si spense quando lui chiuse la chiamata.

Cristo, Gavin, in che casino ti sei cacciato? E ora ci sono dentro anch'io...

Fece vagare la torcia tutto intorno. Legname, sacchi di calce e cemento, rotoli di plastica trasparente erano accatastati a casaccio su un lato, ma non c'erano segni di Gavin. Poi il fascio di luce illuminò qualcos'altro sul terreno. Un tesserino della polizia, rivolto a faccia in su a mostrare la foto, il nome e il grado del proprietario.

GAVIN MCKINNEY, ISPETTORE.

C'era una macchia scura sul tesserino, e Jonah sentì qualcosa muoversi dentro di sé quando capì di cosa si trattava. Fu in quel momento che notò altre macchie simili sul pavimento lastricato. Luccicavano come benzina, ma Jonah sapeva che era altro. E adesso poteva sentirne anche l'odore, flebile ma inconfondibile.

Il sentore ramato del sangue.

Le macchie nere formavano un percorso che si perdeva nell'ombra. Con il cuore che martellava, iniziò a seguirlo. Le macchie si arrestavano davanti a una doppia porta che si apriva in un muro di mattoni non intonacato. Una scritta che recitava AREA DI CARICO era stampigliata sulla vernice che andava staccandosi da una delle due ante. Era socchiusa, con un grosso lucchetto aperto che pendeva da un chiavistello. Jonah esitò. La scelta più intelligente sarebbe stata tornare indietro, chiamare i soccorsi e lasciare che fossero gli agenti e il personale paramedico a scoprire cosa c'era al di là di quella porta.

Ma nel frattempo Gavin poteva anche morire.

Diede una spintarella a un'anta. Si aprì con un lamento e lui la superò veloce, pronto a schivare un'aggressione mentre puntava la torcia davanti a sé. Ma non accadde nulla. Il fascio luminoso delineò i contorni di una stanza stretta e lunga. Grosse catene pendevano da un verricello arrugginito fissato a un binario sul soffitto. Dietro c'era un'enorme porta scorrevole fatta di vecchie assi di legno e staffe nere di metallo. Jonah immaginò che fosse l'accesso alla banchina, dove le chiatte si fermavano per le operazioni di carico e scarico.

"Gavin?"

Da qualche parte nell'oscurità, dell'acqua gocciolava con un *plin* sonoro, ma Jonah non ebbe risposta. Lì l'odore di sangue era più forte, mescolato a un tanfo dolciastro, animale. Jonah puntò la torcia sul pavimento per vedere dove conducevano le macchie. Il fascio superò metri di sostegni per impalcature e un mucchio di teli di plastica, prima di fermarsi su qualcos'altro.

Un paio di gambe.

Jonah si avvicinò di corsa. Nel fascio luminoso vide il corpo di un uomo riverso a faccia in giù su un grosso telo quadrato di plastica. Aveva le mani legate dietro la schiena con un laccio di plastica, un altro bloccava i piedi all'altezza delle caviglie. Jonah non riusciva a vederlo in viso ma anche dieci anni dopo riconobbe il fisico slanciato e i capelli ricci e scuri. Capelli che adesso erano macchiati di sangue. Nera nella luce della torcia, una pozza viscosa si era formata sul telo trasparente e sul lastricato in pietra, spandendosi come un'aureola scura.

Jonah ritrovò la voce. "Gavin?"

Niente. Il corpo aveva un'immobilità eloquente. Tra i capelli scuri si vedevano schegge chiare di osso e brandelli di tessuti e Jonah notò che il sangue aveva smesso di fuoriuscire.

Aveva cominciato a seccarsi sul telo di plastica e sul pavimento. Ciononostante, doveva esserne sicuro. Facendo attenzione a non toccare il sangue, si chinò e tastò il lato del collo di Gavin, proprio sotto la mascella. La pelle era fredda e flaccida, con una barbetta di uno o due giorni, ma non vibrava di alcun movimento.

Stordito, Jonah si rialzò e si allontanò. Un suono improvviso lo fece voltare di scatto. Ma non c'era nessuno, e un momento dopo si sentì di nuovo il *plin* dell'acqua che sgocciolava. Sbuffò fuori l'aria. Non c'erano più dubbi su cosa fare. Quella era la scena di un omicidio. Doveva andarsene e far intervenire i soccorsi senza contaminarla più di quanto non avesse già fatto.

Cercando di non pensare a ciò che giaceva sul pavimento dell'area di carico, prese il cellulare. Non c'era segnale. Ma prima nel magazzino il cellulare di Gavin aveva squillato, quindi dovevano essere le pareti spesse di quella stanza a bloccare il segnale. Si era appena incamminato verso la porta quando un altro rumore lo fece fermare. Era troppo debole per localizzarlo, ma adesso era sicuro: non era l'acqua. Rimase immobile, in ascolto. All'inizio non riuscì a percepire altro che il sangue che gli pulsava nelle orecchie, poi lo sentì di nuovo. Più chiaro, adesso.

Un fruscio come di plastica.

Gli si rizzarono i peli sulle braccia quando si voltò verso il mucchio di teli a qualche passo di distanza. In realtà erano tre grossi mucchi separati, si accorse in quel momento. Potevano essere i resti di un cantiere ma quando il fascio della torcia li investì, gli ricordarono qualcos'altro.

Bozzoli.

Come ipnotizzato, Jonah si sentì attirato verso di loro. I mucchi erano lunghi da un metro e mezzo a due e legati con strisce di nastro telato nero. Erano impolverati, di una polvere bianca che rendeva impossibile guardare all'interno, ma adesso Jonah capì da dove proveniva il tanfo dolciastro e animale che aveva sentito prima.

Il corpo di Gavin non era l'unico là sotto.

Vattene da qui, subito! Jonah iniziò a indietreggiare ma poi sentì di nuovo quel rumore. Un sussurro setoso, un fruscio. Vide che un angolo di telo si era staccato dalla copertura di uno dei mucchi. Si chinò e lo spostò. Sotto, sfuocato dagli strati di plastica, vide un volto.

Mentre Jonah lo fissava, la bocca si aprì e risucchiò la plastica.

Jonah scattò all'indietro. Il desiderio di scappare lo travolse prima che la ragione avesse la meglio. Perlomeno una di quelle persone era ancora viva.

Ma non per molto ancora.

"Va tutto bene, ti tiro fuori," disse, cercando di aprirsi un varco nella plastica. I teli erano tutti arrotolati, uno strato dopo l'altro, e tenuti in posizione da lunghe strisce di nastro. Tirò e strappò, aveva bisogno di un appiglio, ma era tutto legato troppo stretto. La plastica trasparente deformava i lineamenti del viso come se fosse sott'acqua, e si avvicinava e si allontanava a ogni respiro, ognuno sempre più debole. Prese dalla tasca le chiavi della macchina e cercò di bucare la plastica. Dopo un po' finalmente il materiale cedette con un *pop*. Jonah allargò il foro con le dita finché la plastica non si aprì con uno strappo sonoro come se fosse stata chiusa da una cerniera.

Adesso la parte inferiore del viso era scoperta. La bocca era semiaperta ma non c'erano tracce di movimento. *Dai, respira,* si disse Jonah, continuando a strappare la plastica.

All'improvviso la bocca tossì e si aprì di più, nel tentativo disperato di respirare. La plastica cedette, lasciando in vista una testa coperta di spessi ricci neri. Era una donna. Poco più che una ragazza, pensò Jonah, anche se era difficile a dirsi. Aveva la pelle incrostata di sangue rappreso. In alcuni punti era gonfia e livida, macchiata dalla stessa polvere bianca che ricopriva la plastica. La ragazza aveva l'espressione stravolta dal dolore e dalla paura che, nonostante l'oscurità, non riuscivano a mascherarne l'incredibile bellezza – il che rendeva quella visione ancora più grottesca. Avrebbe voluto poterle dare dell'acqua. Non avendone con sé, continuò a liberarla dalla plastica, ignorando il fetore che proveniva dal suo corpo avvolto nel polietilene ormai marcio. Poi cominciò a parlarle mentre lei tossiva e cercava di respirare. "Sei al sicuro, adesso. Sono un ufficiale della polizia, ti porterò fuori da qui, ok?"

Emise un suono esile e strozzato ma pur sempre di gioia, poi disse qualcosa in una lingua che Jonah non riconobbe. Sembrava arabo.

"Mi dispiace, non capisco. Cerca di restare ferma, così posso liberarti."

"... sto male..."

"Lo so, farò il più in fretta possibile," le disse. *Continua a parlarle.* "Come ti chiami?"

Lei mormorò qualcosa che lui non capì. Cristo, stava per morire.

"Na... Nadine..."

"Ciao, Nadine. Io sono Jonah."

Parlava con una calma che non gli apparteneva, ma in quel momento un'altra sensazione iniziò insinuarsi sotto l'urgenza. Gli bruciavano le mani e notò che la pelle era entrata a contatto con la polvere che ricopriva la plastica. Appariva macchiata e irritata e ricordando i sacchi di materiale edile che aveva visto all'esterno capì di cosa si trattava.

Calce viva.

O Cristo! Jonah si sforzò di riflettere. La calce viva poteva erodere la pelle e la carne fino alle ossa, e la ragazza ne era ricoperta. Doveva soffrire tremendamente: Jonah sapeva che aveva bisogno di un aiuto che lui non era in grado di darle. Controllò il segnale sul suo cellulare ma non c'era campo. Odiava doverlo fare, ma non aveva scelta.

"Nadine, devo uscire per chiamare i soccorsi," disse, anche se non era sicuro che lei lo capisse. "Torno subito, va bene? Ti lascio la torcia."

La poggiò sul pavimento – non poteva lasciarla lì al buio. Lei si lamentò di nuovo, agitandosi un po'. Jonah si domandò se non stesse delirando, ma gli occhi anche se arrossati erano lucidi e terrorizzati quando lo guardò. No, non guardava lui, capì Jonah.

Dietro di lui.

Sentì i passi attutiti mentre si voltava, alzando le braccia per difendersi. Ma qualcosa le colpì di lato e poi gli atterrò sul cranio. Un lampo di luce e dolore, seguito da un'assenza di peso come durante una caduta.

Poi più nulla.

2.

Uno sferragliare di catene arrugginite nel buio, come l'altalena di un bambino che ha bisogno di essere oliata. Aveva un ritmo sfilacciato, irregolare, che pulsava nella testa di Jonah. Cercò di ritrarsi nell'oscurità, lontano da quel rumore agghiacciante e da ciò che portava con sé. Ma si ritrovò in un tunnel deserto, pieno solo di foglie morte. *No, no, no.* Adesso poteva avvertire la presenza di qualcuno, una figura familiare. Gavin. La sua voce era un sussurro che proveniva da quel buio.

Quando hai perso qualcosa, non puoi più ritrovarlo.

Il ritmo delle catene gli rimbombava nella testa. Jonah si sentiva stordito e dolorante, come se stesse volteggiando su se stesso. Cristo, perché la testa gli faceva così male? Una sostanza collosa gli impediva di aprire le palpebre. Gli ci vollero diversi tentativi prima di riuscirci. E quando lo fece, non fu comunque in grado di vedere nulla. Era tutto nero. Le catene si erano fermate, ma la superficie dura su cui giaceva scricchiolò quando si mosse. Tentò di mettersi a sedere. Inutile. Aveva le braccia immobilizzate dietro la schiena e anche le gambe erano legate.

Jonah fu colto dal panico e cercò di liberarsi. La testa gli pulsava ancora di più per lo sforzo e si lasciò andare all'indietro quando fu investito da un'ondata di nausea. Si chiese se non fosse diventato cieco. Poco alla volta, iniziò a prendere coscienza delle sue condizioni. Aveva sete. Freddo. Gli bruciavano le mani ed era percorso dai brividi e dal dolore. L'aria umida era impregnata di un fetore orrendo e all'improvviso iniziò a ricordare. Il magazzino. Una ragazza, ricoperta di calce e quasi soffocata, avvolta nei teli di plastica come altri due corpi. E Gavin.

Gavin.

La consapevolezza lo investì in quel momento. Qualcuno lo aveva colpito, facendogli perdere conoscenza, e il sangue colato dalla ferita gli aveva incollato le palpebre. E adesso aveva mani e piedi legati ed era disteso – oddio – su un telo di plastica.

Rallentò la respirazione concentrandosi sul diaframma, mentre prendeva respiri lunghi e regolari. Poco alla volta, il panico si placò. Jonah aprì gli occhi e il buio non era più così totale come aveva pensato. Poteva distinguere la profondità e forse anche le sagome nell'oscurità. Girò la testa – con cautela, sembrava che qualsiasi movimento potesse spaccargliela – e riuscì a indovinare una lama di luce pallida e verticale. Era una porta socchiusa, probabilmente quella da cui era entrato lui stesso. Poi si rese conto che la luce diventava sempre più forte ed era accompagnata da qualcos'altro.

Passi.

Jonah chiuse gli occhi quando la porta si aprì e il fascio di una torcia lo illuminò. Rimase immobile, permettendosi a malapena di respirare mentre i passi si avvicinavano. Si fermarono accanto a lui. Attraverso le palpebre, il fascio era un bagliore rosso sangue quando fu diretto al suo viso.

Poi scomparve, lasciando minuscoli soli che gli brillavano davanti agli occhi. I passi lo superarono e si fermarono di nuovo. Altri rumori: un grugnito causato da uno sforzo e il fruscio della plastica spessa. Socchiuse gli occhi, non più di una fessura, e vide il fascio della torcia puntato sul pavimento. In controluce, poco più che un'ombra, distinse una figura tozza. Si era accucciata vicino a qualcosa, ma fu solo quando sentì di nuovo il fruscio della plastica che capì di cosa si trattava.

La figura stava avvolgendo il corpo di Gavin nella plastica. Una furia impotente si impossessò di Jonah. Tirò i lacci che gli legavano mani e piedi, poi si bloccò appena la plastica emise un fruscio. Un rumore leggero, ma la figura lo avvertì. Jonah richiuse gli occhi quando il fascio tornò su di lui. Rimase immobile, in una versione da incubo del gioco delle belle statuine. *Non venire qui, per favore.*

Poi la luce si allontanò dal suo viso.

Si sentì tremare quando i rumori della plastica in cui veniva avvolto Gavin ricominciarono. Cercò di non muoversi, per evitare che quella plastica infida lo tradisse di nuovo. Con ogni cautela, tirò di nuovo i lacci. Qualsiasi cosa fossero, erano stati sistemati sopra le calze e i jeans, ma ai polsi poteva sentire qualcosa di liscio e sottile che gli premeva sulla carne. Filo di nylon, lo stesso usato per immobilizzare Gavin. Jonah cercò di scacciare la disperazione. Quelle fasce sottili sembravano fragili ma in teoria erano indistruttibili. E impossibili da allentare, una volta che erano state strette con cura.

Un rumore da dove la figura stava lavorando. Con gli occhi semiaperti Jonah la vide tagliare un tratto di plastica da un rotolo e sistemarlo sul pavimento. Illuminata da dietro dalla torcia, l'ombra dell'ampia schiena gli bloccava la visuale mentre la figura stendeva il foglio di plastica. Sentì anche il rumore del nastro adesivo che veniva srotolato e altri grugniti dovuti allo sforzo.

Poi la figura si alzò. Il fascio della torcia in movimento gli mostrò solo immagini fugaci della figura che iniziava a trascinare il corpo ricoperto di Gavin, facendolo strisciare sulla pietra fino alla porta scorrevole sulla parete lontana. Poi lo lasciò al suolo, appoggiandovi accanto la torcia, ed entrò nell'oscurità oltre il suo fascio luminoso. Rumore di catene che venivano aperte, poi un pesante raschio metallico quando la porta fu fatta scorrere sul proprio binario. La figura si chinò a raccogliere la torcia, Jonah chiuse gli occhi quando il fascio si mosse verso di lui.

I passi si avvicinarono al punto in cui giaceva.

Dall'alto proveniva un respiro affannoso. Pur con gli occhi chiusi, avvertì il chiarore della torcia sul suo viso. Qualcosa di duro lo colpì a una spalla. La figura lo tastò con un piede e lui impose al proprio corpo di non opporre resistenza. *Non muoverti, non respirare, non pensare.*

La luce scomparve, la figura si stava allontanando.

Gesù... Jonah socchiuse le palpebre, solo una fessura, appena in tempo per vedere il fascio luminoso ondeggiare verso la porta. Intravide l'ombra alta della figura prima che la superasse. Poi tutto ripiombò nel buio.

Jonah non sapeva cosa ne fosse stato della sua torcia ma non aveva importanza. Azzardandosi finalmente a respirare, riprese a tirare i legacci che gli bloccavano i polsi. Cercò di ignorare il dolore alla testa, consapevole che se non si fosse liberato adesso non sarebbe più riuscito a farlo. I legacci resistevano; disperato, li strattonò con tutte le sue forze.

Li sentì cedere.

Jonah si fermò, non fidandosi di quella sensazione. Quando tirò di nuovo non accadde nulla. Ma appena ruotò i polsi, applicando una torsione oltre alla forza...

Il legaccio sottile si allentò di qualche millimetro.

Ripeté il gesto e ottenne un risultato anche superiore. Il filo di nylon era danneggiato oppure fallato. Tirando con tutta la forza delle braccia, Jonah sentì che si allentava sempre più.

Poi, dopo un'ultima torsione, le sue mani furono libere.

La testa gli pulsava quando si alzò in piedi e cercò di liberarsi le caviglie. Una delusione opprimente: non si allentavano come quelli ai polsi. Ma chiunque lo avesse legato, lo aveva fatto di corsa. Lo aveva legato sopra i jeans e non sulla pelle nuda delle caviglie. Jonah sfilò i jeans dallo scorsoio che però era ancora troppo stretto per liberare i piedi. Quindi si tolse anche le scarpe da ginnastica e i calzini e riprovò. Il legaccio scorreva fino a fermarsi sull'osso della caviglia. *Vaffanculo!* In preda alla disperazione, temendo di sentire i passi che tornavano, cercò di farlo scorrere oltre l'osso. Gli tagliò la pelle come un pelapatate ma il sangue perlomeno fece da lubrificante. Con un ultimo sforzo che gli costò un altro lembo di pelle, riuscì a fargli superare l'osso.

Jonah si rialzò e fu sul punto di crollare al suolo quando un capogiro ebbe quasi la meglio su di lui. Si chinò, abbassando la testa che adesso pulsava allo stesso ritmo del suo cuore. Quando fu sicuro di non vomitare o svenire, si raddrizzò. L'oscurità era totale. Cercò di individuare la ragazza, Nadine, e le altre due vittime avvolte nella plastica ma non si vedeva nulla. E non osò mettersi a gridare. Odiava doverlo fare ma non aveva altra scelta. Se voleva che qualcuno sopravvivesse, Jonah sarebbe dovuto uscire per chiamare aiuto.

Tastando il pavimento con i piedi nudi, ritrovò le scarpe e i calzini e li rinfilò. Aveva solo una vaga idea di dove fosse la porta da cui era passato, ma una volta raggiunta la parete sarebbe riuscito a individuarla. Con le braccia distese davanti a sé, iniziò ad avanzare e quasi subito i suoi piedi incapparono in qualcosa.

Si bloccò all'istante mentre la cosa scivolò sul pavimento. Non aveva fatto troppo rumore, all'esterno nessuno avrebbe potuto sentirlo, e Jonah avvertì una punta di eccitazione. *Per favore, fa che sia cosa penso.* Si inginocchiò, tastò tutto intorno a sé per recuperare l'oggetto.

Un bagliore azzurro bucò l'oscurità.

Jonah fu sul punto di piangere. Era il suo cellulare, che doveva essergli caduto quando era stato aggredito. Non c'era campo, e non osò accendere la torcia interna per timore di essere individuato, ma l'illuminazione dello schermo era sufficiente in quel buio. Jonah alzò il cellulare e la stanza intorno a lui riemerse piano dall'ombra. Ma l'euforia svanì presto quando vide il sangue di Gavin che formava una pozza sulle mattonelle in pietra dove aveva oltrepassato il telo di plastica. Poco oltre, appena visibili, c'erano le sagome a forma di bozzolo delle altre vittime, di un pallore spettrale in quel buio. Con la luce dello schermo Jonah iniziò a dare un'occhiata alla ragazza, ma subito avvertì un rumore di passi all'esterno.

Stava arrivando qualcuno.

Merda, merda! Jonah si guardò intorno in cerca di qualcosa da poter usare come arma ma non vide nulla. E comunque era già troppo tardi. Corse verso la porta e si schiacciò contro la parete accanto a essa. Lo schermo del cellulare si spense, sprofondando la stanza di nuovo nell'oscurità. I passi erano sempre più vicini. Jonah prese un respiro profondo, tentando di calmarsi. *Puoi farcela. È come un'operazione di polizia.* Solo che non lo era. Non c'era alcuna squadra a coprirgli le spalle, nessuno da chiamare in caso di necessità. Era solo. *Non pensarci. Fallo senza esitare e scordati il resto.* Prese un altro respiro profondo e si preparò mentre i passi raggiungevano la porta.

Poi si fermarono.

Le pulsazioni del suo cuore gli parvero assordanti. In quell'attesa sembrava che ogni battito potesse spaccargli la testa in due. Ci fu un cigolio quando la porta venne aperta. La lama di luce di una torcia perlustrò il pavimento e poi delineò i contorni della porta.

Jonah lo sentiva respirare. Avvertì una folata d'aria sulla pelle e poi lo sentì oltrepassare la soglia. Ma la figura non sbucò oltre la porta. Jonah vide il fascio della torcia muoversi verso l'area di carico e prima che potesse illuminare il telo di plastica ormai vuoto dove lui era stato legato, Jonah si slanciò nel vano della porta con tutto il suo peso.

Chiunque fosse, era grosso. L'impatto gli fece battere i denti e prendere un colpo alla testa, ma sentì uno sbuffo di fiato. La torcia cadde sul pavimento, tagliando il buio con lame di luce impazzite mentre rotolava avanti e indietro. Gettandosi di nuovo verso la porta, Jonah assestò un calcio alla figura ma la colpì solo di striscio. Poi una spalla lo investì in pieno petto, facendogli uscire tutta l'aria che aveva nei polmoni. Andò a sbattere contro il muro, inspirando l'odore acido del sudore. Una gragnuola di colpi gli si abbatté addosso dall'oscurità. Jonah riuscì a pararli quasi tutti con gli avambracci alzati ma uno lo investì sul lato della testa. Riuscì a sferrare una gomitata e sentì che colpiva un osso, poi alzò un ginocchio mentre la figura indietreggiava. Colpì una coscia possente invece dell'inguine, ma fece inciampare all'indietro il suo avversario. Jonah lo intravide piegarsi e per un attimo pensò che stesse cadendo. Poi sentì qualcosa che graffiava le mattonelle in pietra: la figura aveva afferrato un palo per le impalcature. Preso dalla disperazione, sferrò un altro calcio prima che l'altro potesse colpirlo con il palo e sentì la pianta del piede che affondava nel ventre pesante. Un mugugno di dolore.

Poi una rotula di Jonah esplose.

Urlò e mentre cadeva afferrò l'avversario e lo trascinò a terra con sé. Si schiantarono sul pavimento di pietra. L'altro era più grosso e più pesante e Jonah sentì un *toc* quando la sua testa sbatté a terra. Gli afferrò un braccio e riuscì a bloccarlo sotto di sé. Poi tentò di prenderlo alla vita con le gambe ma la sua sinistra si rifiutò di muoversi. Stringendo i denti, Jonah usò il dolore come un pungolo e riuscì a bloccare parzialmente l'avversario. Si dimenava come un pesce fuor d'acqua, ma Jonah non mollava la presa. Un pugno lo colpì alla testa. Cercò di resistere, nonostante fosse vicinissimo allo svenimento. Adesso il respiro dell'uomo era un rantolo strozzato, i suoi tentativi sempre più disperati. *Resisti. Solo ancora un po'. Resisti.* Si ripeté quelle parole nella testa come un mantra mentre si opponeva ai tentativi del suo prigioniero di liberarsi.

A un certo punto si rese conto di aver smesso di lottare.

Ma non lo lasciò andare subito. Non avrebbe neanche potuto. Il suo corpo era come bloccato, prigioniero della propria stretta. Quando provò, gli arti non gli obbedirono. Alla fine fece uno sforzo per allentare la presa. L'uomo cadde all'indietro e rimase immobile. Jonah rotolò sulla schiena, i muscoli tremanti mentre respirava velocemente. Il dolore minacciava di portarselo via. Sentiva un ronzio nelle orecchie e un battito come di ali dietro le palpebre. L'oscurità sembrava sempre più profonda. Si sentì sprofondare in quel buio.

Forza! Muoviti! Jonah rotolò su un lato e si alzò. In preda a un conato di vomito, fece una pausa per riprendersi, poi tastò il pavimento in cerca della torcia e la puntò sul suo aggressore. L'uomo giaceva su un fianco, un braccio sul viso come a schermare gli occhi dalla luce. Aveva la testa nascosta dal giubbotto che era finito lì durante la lotta. Jonah si irrigidì poi distese un braccio e gli diede un colpetto sulla schiena. Il corpo fece un piccolo movimento ma non ci furono altre reazioni.

Jonah si afflosciò. Non poteva dire se l'uomo respirava o no, e l'idea di averlo ucciso gli balenò nella mente prima di essere sovrastata dalla necessità di chiamare i soccorsi. Iniziò a rimettersi in piedi solo per urlare dal dolore quando il ginocchio sinistro cedette e lo fece ricadere al pavimento. Rimase disteso, ansimando, poi puntò la torcia sulla gamba ferita.

Oh, merda...

I jeans erano intrisi di sangue. Il ginocchio era sformato e stava già iniziando a gonfiarsi: Jonah capì che non sarebbe uscito da lì sulle sue gambe. Si tirò a sedere e controllò il telefono. Non c'era campo. Tenne a bada l'ansia e la paura e puntò la torcia verso i corpi avvolti nella plastica.

"Nadine, riesci a sentirmi?" urlò, e la testa gli pulsò ancora di più. Nessuna risposta. "Sto andando a cercare aiuto... Resisti, va bene?"

Tenne la torcia puntata sui teli di plastica, sperando di vedervi un segno di vita. Ma nulla. Jonah sapeva che non poteva aspettare oltre. Stringendo la torcia in una mano, si trascinò fino al muro e cercò di rimettersi in piedi. Lo stordimento e la nausea lo invasero. Il ginocchio non reggeva e si lasciò scivolare al pavimento appoggiandosi alla parete umida.

Che idea del cazzo. Guardò verso la porta che conduceva nel magazzino principale. Nella lotta erano finiti nell'area di carico, ma la porta non era poi troppo lontana. Jonah si disse che non doveva fare altro che raggiungere l'altro lato del magazzino, lontano da quelle spesse pareti di mattoni, e lì avrebbe ritrovato la copertura del cellulare. *Solo qualche metro. Un gioco da ragazzi.* Con la torcia in una mano, iniziò a spostarsi verso la porta, trascinando la gamba ferita. A ogni movimento sentiva una fitta di dolore al ginocchio. Si era gonfiato così tanto che non stava più nei jeans e la pulsazione nella testa lo stava quasi accecando. Si sentì schiacciato tra i due centri di dolore che lo sovrastavano. Quei pochi metri fino alla porta sembravano infiniti. Dovette fermarsi più volte, sforzandosi di non vomitare mentre aspettava che la pulsazione si placasse. I suoi progressi erano lentissimi e fu solo quando la sua mano incontrò qualcosa di duro che capì di essere arrivato alla porta. La aprì con una spinta, si trascinò oltre poi riprese il cellulare.

Nessuna copertura.

Dai, forza... Jonah poggiò la testa sul pavimento.

Era freddo, calmava il dolore, anche se puzzava di sporco e di muffa. Non sarebbe stato male poter rimanere lì, si disse, senza riuscire a impedirsi di chiudere gli occhi. *Solo qualche minuto. Per riposarmi un po'...*

Si svegliò di scatto, convinto di aver sentito un rumore alle sue spalle. In preda al panico, puntò la torcia verso la porta dietro di lui, aspettandosi di vedere la sagoma alta dell'uomo che si avvicinava. Ma non c'era nessuno e la zona di carico era silenziosa e priva di movimenti. Jonah si voltò e riprese a trascinarsi. Puntò gli occhi su un pilastro davanti a lui con l'obiettivo di raggiungerlo. *Ancora pochi metri. Puoi farcela.*

Ma non ce la faceva. Dopo qualche altro tentativo capì di non potersi muovere oltre. Cercò di pensare a cosa avrebbe dovuto fare. *Chiedere aiuto, certo...* Lo schermo del cellulare gli passò davanti agli occhi ma aveva la vista troppo annebbiata per capirci qualcosa. Cercò di digitare con le dita rigide come se fosse già morto, di mormorare nel caso qualcuno lo sentisse. "Per favore, ho bisogno di aiuto." Ma stava perdendo i sensi, una confusione nella testa che sommergeva qualsiasi altra cosa. Mentre perdeva conoscenza, gli rimase solo il senso di urgenza.

Poi l'oscurità calò su di lui.

3.

Il cielo aveva qualcosa di strano. Era di un bianco sporco e uniforme, in cui il sole era un bagliore immobile direttamente sopra la sua testa. Non cambiava mai, e c'erano anche delle ombre, aree più scure negli angoli. Gradualmente arrivò la consapevolezza che non avrebbero dovuto esserci angoli. Non sembrava per niente il cielo.

Assomigliava più a un soffitto.

Jonah batté le palpebre e si inumidì le labbra spaccate. Si trovava in una stanzetta. Sdraiato su un letto. La testa e il suo intero corpo erano percorsi dal dolore, un dolore che sembrava muto, come filtrato attraverso uno strato di ovatta.

Dove...?

La sua memoria era un foglio bianco. Alzò un braccio e vide i tubicini che gli fuoriuscivano dalla carne. Cercò di mettersi a sedere ma gemette appena il dolore gli attraversò il ginocchio. Guardò in basso e vide che la sua gamba sinistra era stretta in una gabbia metallica, poggiata su quelli che sembravano cuscinetti di pelle di pecora. Le bende bianche, spesse e strette, la coprivano dal piede fino alla coscia. La confusione gli annebbiò i pensieri. *Ma che cazzo...?* Era rimasto ferito nel corso di un'operazione? O in un incidente d'auto? Tentò di nuovo di mettersi a sedere ma la gamba rifiutò di muoversi. Un altro spasmo di dolore.

"Sta' fermo, tesoro. Non farlo."

Non si era accorto dell'infermiera in piedi accanto al letto, seminascosta da una flebo e da un carrello stipato di monitor. Finì di regolare il flusso della flebo e si portò dove era più visibile. Gli rivolse un sorriso allegro ma professionale.

"Allora, ci siamo svegliati? Come ci sentiamo?"

Jonah non ne aveva idea. Cercò di raccattare qualche ricordo ma trovò soltanto confusione e panico.

"Dove...?" La sua voce era un gracidio secco. Deglutì, cercando di inumidirsi la bocca. "Perché sono...?"

"Va tutto bene, sei in ospedale. Sei stato ferito. Aspetta un attimo, vado a chiamare la dottoressa. Lei ti spiegherà ogni cosa."

No, aspetta... Jonah non voleva che se ne andasse, ma l'infermiera era già uscita dalla stanza. Restò lì, bloccato dall'ansia. La sua mente un buco nero che inghiottiva ogni pensiero appena si presentava. Strinse i pugni, cercò di rallentare il respiro e di concentrarsi sul dolore pulito e circoscritto delle unghie che affondavano nella carne dei palmi.

La porta si aprì di nuovo. Entrò l'infermiera accompagnata da una donna dall'espressione severa con indosso un camice operatorio azzurro. Si fermò accanto al letto, l'infermiera afferrò la cartellina e iniziò a prendere appunti.

"Buongiorno. È bello vederla sveglio," disse la nuova arrivata. Aveva un forte accento irlandese. "Sono la dottoressa Mangham, uno dei medici che si è occupato di lei. Come si sente?"

Il cuore di Jonah batteva ancora all'impazzata. "Confuso," riuscì a dire.

"Del tutto comprensibile. Immagino che abbia un sacco di

domande da farmi, ma prima le chiedo di rispondere alle mie, se non le dispiace. Innanzitutto, sa dirmi il suo nome?"

Per un paio di orribili secondi non ci fu niente, poi la risposta si manifestò. "Jonah. Jonah Colley."

La dottoressa annuì, come se avesse superato un test. "Può dirmi che lavoro fa, Jonah?"

"Sono... un poliziotto." Gli tornò un po' di sicurezza riuscendo a ricordare quelle cose. "Un sergente."

"Bene. E sa dove si trova?"

Jonah si guardò intorno. Non aveva ricordi a riguardo ma era piuttosto ovvio.

"In ospedale..."

"Ricorda perché è qui?"

Brandelli di ricordi iniziarono a filtrare, portando con sé il panico. Jonah si guardò le mani. La pelle appariva arrossata e infiammata.

"Ero in un magazzino. Lungo il fiume... Sono stato aggredito." Adesso ogni cosa stava tornando, una cascata di immagini da incubo. Gavin e la ragazza. La colluttazione. Si portò una mano alla testa, sentì i punti e il mento rasato. "Mio Dio, che cosa...?"

Gemette appena tentò di muoversi – una lama di dolore a trafiggergli il ginocchio.

"Cerchi di stare tranquillo," disse la dottoressa. "Abbiamo dovuto operarla al ginocchio: per il momento è meglio che eviti i movimenti improvvisi. Comunque, credo che ci siano diverse cose che vorrebbe sapere, quindi proverò a rispondere a ogni domanda sulla sua situazione attuale mentre conduco un piccolo controllo. Va bene?"

L'infermiera, già in piena attività, gli stava stringendo al braccio il manicotto per misurare la pressione.

"Da quanto tempo sono qui?" domandò Jonah.

"Due giorni. Segua il mio dito," rispose la dottoressa, alzando l'indice e muovendolo davanti al suo viso da sinistra a destra. "Ricorda di essersi svegliato prima di adesso?"

"No." Jonah sentì l'ansia che riaffiorava mentre esplorava le cavità che avrebbero dovuto contenere i suoi ricordi. "Non ricordo più nulla da... da prima che venissi portato qui."

"Non è inusuale. Ha subìto un trauma cranico che ha richiesto alcuni punti di sutura e le ha lasciato una sottile frattura cranica. Abbiamo constatato anche un rigonfiamento cerebrale, pensavamo di doverla operare ma per fortuna la pressione è diminuita da sé. Bene, adesso vorrei che mi stringesse le dita. Perfetto. Adesso con l'altra mano."

Jonah obbediva senza parlare, cercando di capire cosa stesse succedendo. "Ci sono danni a lungo termine?"

"È quanto stiamo tentando di appurare. Ma gli esiti delle ecografie sono rassicuranti, e in base a ciò che ho visto finora non sono preoccupata. È arrivato qui con diverse ferite – tagli, traumi e bruciature alle mani dovute a una sostanza chimica – ma erano perlopiù superficiali. Adesso potrebbe spingere il piede destro sulla mia mano? Più forte che può. Ecco, così." Si raddrizzò. "Bene, non sembrano esserci debolezza muscolare o difficoltà di movimento. Dovremo effettuare qualche altro test ma possiamo essere ottimisti, credo. La coordinazione e la forza muscolare sono nella norma, e se devo essere onesta, risponde molto meglio di quanto sperassimo; la frattura al cranio dovrebbe andare a posto da sola, con il tempo. È possibile che soffra le conseguenze del trauma per qualche tempo, però. Mal di testa, sensibilità alla luce, forse uno stato di confusione. Potrebbe sentirsi un po' intontito, ma dovrebbe trattarsi di una condizione temporanea."

"Dovrebbe?"

"I danni al cervello sono difficili da prevedere. Ci sono persone che si riprendono in fretta, altre possono metterci un po' in più. Ma cerchi di non preoccuparsi. Reputo più che soddisfacente il modo in cui risponde agli stimoli."

Cerchi di non preoccuparsi. Sì, sembra facile. Jonah alzò una mano per toccarsi di nuovo i punti sulla testa, poi decise di lasciar perdere. "Cosa può dirmi del ginocchio?"

"Sì, ci stavo arrivando." La dottoressa arricciò le labbra, abbassando lo sguardo sull'arto immobilizzato. "Be', ha subìto un danno di entità notevole. La rotula era... Insomma, ci sono fratture multiple e alcuni frammenti di ossa si sono sparpagliati, diciamo. Inoltre si è verificata la rottura dei tendini e dei legamenti. Ma la buona notizia è che l'intervento iniziale è andato bene."

Jonah si fissò la gamba. "Iniziale? Intende dire che ce ne saranno altri?"

"Questo farebbe meglio a chiederlo all'ortopedico che ha condotto l'intervento. Passerà più tardi per illustrarle le varie opzioni. Ma ovviamente lei è in ottima forma fisica e i muscoli intorno alla rotula appaiono ben sviluppati. Questo le sarà di grande aiuto nel percorso di riabilitazione."

Opzioni. Riabilitazione. Parole che non sembravano avere alcun collegamento con lui. "Tra quanto tempo potrò tornare al lavoro?"

La dottoressa sorrise. Un sorriso professionale, utile per sviare la domanda. "Non credo che debba preoccuparsene adesso."

Se sperava di rassicurarlo, ottenne il risultato opposto. "Devo fare il rapporto..."

"Certo, e c'è un ispettore che non vede l'ora di parlare con lei. Ma potrà aspettare fino a domani."

"Preferirei di no." Jonah aveva un bisogno disperato di ricostruire i fatti degli ultimi due giorni per scoprire cosa diavolo fosse successo in quel magazzino.

Il sorriso della dottoressa fu implacabile. "Anche lui, ma credo di aver già deciso. La cosa migliore che possa fare in questo momento è riposarsi."

Jonah avrebbe voluto ribattere. C'erano un sacco di domande che avrebbe voluto fare, sulla ragazza e le altre vittime, sullo sconosciuto con cui aveva lottato. Ma all'improvviso si sentì esausto. E poi, mentre l'infermiera e la dottoressa lasciavano la stanza, vide qualcosa che per un momento gli scacciò dalla mente ogni altro pensiero. Prima che chiudessero la porta, Jonah intravide un agente in divisa in attesa nel corridoio. Dio santo, gli avevano messo un piantone? Non aveva senso. Ma in quel momento nulla ne aveva.

Appena Jonah chiuse gli occhi, la voce di Gavin sembrò inseguirlo in un tunnel immerso nell'oscurità.

Ho mandato tutto a puttane. Non ho capito niente. Niente...

4.

Dieci anni prima

"Papà, sei sveglio?"

Cercò di infilare la testa sotto il piumone ma qualcuno lo scostò. Batté le palpebre quando la luce del sole gli balenò negli occhi.

"Papà, svegliati!"

Una manina si aggrappò alla sua guancia. "Ahi," disse Jonah.

"Sei *sveglio?*"

"No."

Una risata fragorosa. "Sì che sei sveglio!"

Adesso sì. Carenza cronica di sonno. Aveva lavorato fino a tardi, rientrando a casa quando già albeggiava. Chiuse gli occhi. "No, sto dormendo. Sto sognando un mostro orribile seduto sopra di me."

Altre risate. "Ma non è un mostro. Sono io!"

"Io chi?"

"Theo!"

"No, è troppo grosso per essere Theo. Dev'essere proprio un mostro. E tu lo sai che fine fanno i mostri, non è vero? Vengono MANGIATI!"

Theo si mise a gridare quando Jonah lo afferrò e finse di mordergli un braccio. Mentre il piccolo mulinava divertito gambette e braccine, la porta della camera da letto si aprì.

"Lo fai star male, così, ha appena finito la colazione," disse Chrissie, diretta verso l'armadio. Indossava un accappatoio corto e Jonah si prese un momento per ammirarle le gambe. Gli piaceva guardarla, e una scintilla di desiderio gli si accese nel cervello. Ma si era già asciugata i capelli, che nel linguaggio di Chrissie era un chiaro segnale di tenere le mani a posto. E sebbene bisognasse considerare anche la presenza di un quattrenne ipereccitato, era da molto tempo che il sesso nelle ore diurne non faceva più parte del loro matrimonio.

"Allora, campione, hai sentito la mamma." Jonah lo prese e lo fece scendere dal letto.

"Voglio andare al luna park!"

"Quale luna park?"

"Quello con il castello! Vicino al mare!"

Non essendo a conoscenza di fortificazioni né di lungomari nella zona nord di Londra, Jonah pensò che non si trattasse di un vero e proprio luna park. Ma Theo raramente lasciava che la realtà ostacolasse la sua immaginazione, e neanche Jonah lo voleva. Quello sarebbe comunque accaduto presto.

"Sai cosa ti dico? Lasciamo perdere il luna park per oggi. Cosa ne dici di andare al parco, invece?"

Theo rifletté. "Ma ci sono i draghi?"

"No, assolutamente niente draghi."

"E il tappeto volante?"

"No, nemmeno il tappeto volante. Ma ci sono delle altalene arrugginite e una giostra un po' malridotta. E se sarai davvero fortunato, ti darò il permesso di sbucciarti di nuovo le ginocchia sullo scivolo."

Risate indignate. "No!"
"Ah, vuoi dire che non ti va di andare al parco?"
Theo mosse la testa in un no deciso. "Sì!"
"Va bene. Allora, se ne hai voglia, potremmo..."
"Theo, la mamma deve prepararsi per andare al lavoro. Va' a guardare la TV," si inserì Chrissie.
"Ma, mamma..."
"Subito, per favore."
Theo guardò il padre. Speranzoso. Jonah gli rivolse un sorriso triste. "Meglio fare come dice la mamma."
Trascinando i piedi, l'immagine della tristezza, il bambino raggiunse la porta. Jonah attese che fosse uscito dalla stanza.
"Stai andando al lavoro? Pensavo che fosse il tuo giorno libero."
Chrissie stava cercando qualcosa nei cassetti. "Neil mi ha chiesto di andare."
Neil Waverly era uno dei soci anziani dello studio legale in cui Chrissie lavorava part time. Aveva iniziato come segretaria generale e da due mesi era diventata assistente personale di Waverly. Lui aveva qualche anno in più di Jonah e senza dubbio molto più successo. I suoi completi di cashmere realizzati su misura tentavano di camuffare la pancia da nota spese e si pettinava i capelli in modo da nascondere una calvizie incipiente. Ma nulla di tutto ciò poteva scalfire il suo ego. Da qualche tempo Jonah aveva iniziato a visualizzare la faccia di quell'uomo quando si allenava al sacco.
"Be', se Neil vuole che tu vada, allora non c'è molto altro da aggiungere, non è così?" disse. E buonanotte al suo sonno anche per oggi.
"Non iniziare."
Non ne aveva intenzione. È solo che non riusciva a trattenersi. "Non può andarci qualcun altro?"

"No, vengo pagata per questo. E mi sembra che il guadagno extra non ti dispiaccia." Si infilò un paio di mutandine sotto l'accappatoio prima di toglierselo. Jonah cercò di scacciare il sospetto che fossero nuove. "E comunque io non mi lamento quando tu lavori fino a tardi, come ieri sera."

Eccoci. Jonah però era troppo stanco per imbarcarsi nella solita discussione. Sapeva che non avrebbe mai vinto. "Pensavo che avremmo trascorso il pomeriggio tutti insieme," disse. Era una capitolazione.

"Lo pensavo anch'io, ma dovremo rimandare. Finirò tardi, ci vediamo direttamente al ristorante, più tardi. La babysitter arriverà alle sette."

Jonah aveva dimenticato l'appuntamento con Marie e Gavin fissato per quella sera. "Theo ci resterà male quando dovrà andare a letto senza che tu sia tornata."

"Solo per stasera. Vi divertirete di più da soli, comunque." Chrissie si allacciò il reggiseno passando le mani dietro la schiena. Aveva degli inserti di pizzo. Jonah non ricordava di aver visto prima neanche quello. "Non fingere che non sia così."

"Forse qualche volta dovresti provare a venire con noi."

"Forse dovresti smetterla di starmi addosso," rispose Chrissie, voltandosi. Era così che finivano quasi tutte le loro discussioni, ultimamente.

Jonah spinse Theo su un'altalena arrugginita fino a quando le risate non si trasformarono in singhiozzi, fece girare la giostrina fino a quando non si sentì stordito anche lui e adesso attendeva di afferrare il corpicino del figlio prima che si sbucciasse di nuovo le ginocchia sullo scivolo. L'area giochi non offriva molto altro: una struttura per arrampicarsi più vecchia di tutti i regolamenti di sicurezza recenti, un cavalluccio sbilenco che minacciava di disarcionare i cavalieri, e dei tubi da percorrere a gattoni che parevano più adatti a un cantiere stradale. Ma Theo non si preoccupava di nulla di tutto questo. Per lui, l'area giochi era un posto magico di risate e divertimento, anche se l'asfalto dei sentieri del parco era sgretolato, i cespugli di rododendro soffocavano gli alberi e le distese d'erba non tagliata si trasformavano facilmente in un campo minato di rifiuti canini.

Jonah sentì che il nervosismo causato dalla discussione con Chrissie lo abbandonava mentre osservava la semplice felicità del figlio. Si domandò quanto ci avrebbe messo il mondo a spazzare via tutto. *Non accadrà presto*, si disse.

Non c'erano molte altre persone nel parco. Era un giorno infrasettimanale e il cielo era coperto. I padroni di cani del mattino erano già scomparsi, gli unici altri due occupanti dell'area giochi erano una giovane mamma con una carrozzina, impegnata a sistemare le lenzuola del suo piccino. Non sarebbe stato male avere un compagno di giochi per Theo, anche se lui non sembrava pensarci più di tanto. Quasi tutti i suoi amichetti erano a scuola, ma poiché era nato poco oltre il limite, lui avrebbe iniziato l'autunno seguente. E sembrava felice, canticchiando tra sé nel parka azzurro e il cappello rosso con il pon pon. Jonah era contento che Theo fosse sereno anche da solo. Chrissie diceva che era come il padre, si accontentava di poco.

Non lo diceva come complimento.

Jonah sbadigliò. A poca distanza dall'area giochi, un uomo con indosso una giacca militare sudicia era seduto su una panchina. Aveva il cranio rasato e l'aria da senza tetto, e tracannava qualcosa da una bottiglia enorme che probabilmente non doveva essere Pepsi. Jonah lo aveva individuato subito, sospettoso, come poliziotto e genitore, di chiunque si aggirasse dalle parti dell'area giochi dei bambini.

Ma l'uomo sembrava interessato soltanto al contenuto della bottiglia. Jonah sbadigliò di nuovo poi sorrise guardando Theo. Le gote arrossate per il freddo si abbinavano al cappello di lana mentre cercava di imprimere un po' di velocità alla lenta giostrina. Si impedì di dirgli di fare attenzione. *Non puoi tenerlo nella bambagia.*

"Forza, è ora di andare."

"Oh..."

"Non hai fame?" Oltre gli alberi c'era un localino che frequentavano spesso, una baracca in legno dipinto che odorava di tè e patatine.

Theo rifletté. "Un altro giro sulla giostrina."

"Solo uno, però."

"E poi il Serpente!"

Theo chiamava così quei tubi da percorrere a gattoni. Jonah aveva già controllato che non nascondessero nulla di più sinistro di qualche foglia morta. I tossici frequentavano il parco di sera e gli era capitato più volte di trovare gli aghi usati abbandonati sul terreno.

Jonah cedette, come sempre. "Va bene, ma solo cinque minuti, non di più."

Poi prese Theo e lo issò sulla giostrina, la spinse alla velocità richiesta e tornò a sedersi. Theo gli sorrideva ogni volta che gli passava davanti – una macchia sfocata di azzurro e rosso. Jonah sbadigliò ancora, ridendo dentro di sé. Sarebbe volentieri rimasto a casa per andare a letto presto invece di dover uscire. Ma gli avrebbe fatto piacere vedere Gavin e Maria. Era da un po' che non facevano un'uscita a quattro e sembrava che Gavin se la stesse vedendo brutta sul lavoro. Non gli aveva fornito troppi dettagli ma secondo quello che aveva confidato a Jonah era impegnato in un'operazione su una gang di trafficanti di uomini e droga dell'Est Europa – malviventi brutali e pericolosi. Romeni o forse russi: secondo Gavin, cercare di raccogliere qualche indizio su di loro era come tentare di afferrare il fumo. La frustrazione dell'amico aveva indotto Jonah a rallegrarsi per la propria decisione di scegliere il nucleo di intervento armato. Non era meno stressante, ma perlomeno nella sua sezione sapevano con chi avevano a che fare.

Jonah si strofinò gli occhi. Mangiare qualcosa lo avrebbe aiutato a svegliarsi. Una zuppa o un sandwich in quel localino nel parco e poi un passaggio veloce allo stagno delle papere prima di tornare a casa. Lì avrebbe cercato qualcosa in TV per intrattenere Theo e magari provare a rubare un'ora di sonno prima dell'arrivo della babysitter. Ricordò che Chrissie sarebbe tornata tardi e, a quel punto, il passo fino a quel maledetto di Neil Waverly fu breve. Stava succedendo qualcosa tra loro due o era solo paranoico? Il suo istinto però gli suggeriva che non si sbagliava. E in genere era fin troppo affidabile.

Sperò di aver preso fischi per fiaschi, almeno stavolta.

Ci lavoreremo. Siamo adulti. Fu sopraffatto dall'ennesimo sbadiglio. Cristo, era stanchissimo. La giostrina cigolava ritmicamente, contrappunto meccanico a un merlo che cantava appostato tra i rami da qualche parte. Jonah seguì il tempo che si dilatava tra un cigolio e l'altro mentre il meccanismo rallentava.

Poi cessò. Così come il merlo. Jonah alzò la testa di scatto. Merda, si era addormentato? Batté le palpebre, notando che la giostrina era ferma e silenziosa.

E sopra non c'era più nessuno.

"Theo?"

Un rumore dal percorso di tubi. Jonah sospirò per il sollievo, la paura improvvisa svanita prima ancora che potesse formarsi del tutto.

"Oh, no. Theo se n'è già andato. Vabbè, allora adesso vado al localino solito e mi prenderò un gelato senza di lui." Jonah si alzò e si avvicinò ai tubi. Sorridendo, si chinò a un'estremità per guardare all'interno. "Non credo proprio che si sia nascosto nei..."

Un merlo scappò dai tubi, spaventandolo quando prese il volo impanicato. Jonah guardò nella struttura vuota – un cerchio di luce indicava l'altra estremità. Si rialzò.

"Theo?"

L'area giochi era deserta. Theo non era sull'altalena. Nemmeno sulla giostrina. Guardò verso lo scivolo e sebbene vide che nel casotto sulla cima non c'era nessuno corse lo stesso a controllare.

"Theo, non è divertente. Vieni fuori!"

L'area giochi era cintata da alberi spogli e cespugli di rododendro ma tra essi non c'era traccia del parka azzurro.

"Theo? Theo!"

La paura si stava trasformando in panico. Guardò di nuovo nei tubi, come se il figlio avesse potuto in qualche modo materializzarsi lì dentro. Ma c'erano solo foglie morte. *Sta' calmo, dev'essere da qualche parte. Non hai dormito così a lungo.*

Era vero?

"Theo!"

La possibilità che la piccola sagoma del figlio non fosse lì era troppo enorme da accettare. Non poteva essere. Jonah girò in cerchio, in cerca di qualcuno che potesse averlo visto. Ma non c'era nessuno nei paraggi. La giovane mamma con la carrozzina era scomparsa e così anche il...

Mio Dio.

Adesso il cuore di Jonah batteva all'impazzata. La panchina su cui era seduto l'uomo dal cranio rasato e la giacca militare era deserta.

"THEO!"

Corse verso gli alberi e i cespugli di rododendro in cerca di un segno, una traccia di azzurro. Poi quando si voltò per chiamare di nuovo, notò qualcosa al terreno. Una piccola macchia di colore sul limitare degli alberi. Non azzurro. Rosso.

Jonah corse sul posto.

A terra tra il fango e le foglie c'era il berretto con il pon pon di Theo.

5.

Il mattino dopo, Jonah aveva appena finito la colazione quando arrivò l'ispettore capo. Era ancora presto e appena la porta si aprì Jonah pensò che fosse un'infermiera o un inserviente per prendere i resti del pasto. Invece fece il suo ingresso un tizio in borghese magro come un cadavere, la cui vista per un istante sorprese Jonah. Sotto una zazzera spessa di capelli castani, il viso dell'uomo assomigliava a una maschera di plastica fusa. Ustioni e bruciature avevano reso la pelle innaturalmente liscia in alcuni punti e increspata come la cera sciolta di una candela in altri.

I pantaloni gli svolazzarono intorno alle gambe secche quando entrò rapido, incurante dello sguardo di Jonah oppure così abituato a una reazione simile da non badarci neanche più.

"Sono contento che sia di nuovo tra di noi, sergente Colley. Sono l'ispettore capo Jack Fletcher." Poi mostrò il tesserino con aria svagata prima di prendere una sedia di plastica senza nemmeno chiederlo. "La dottoressa dice che le sue condizioni ci permettono di fare una chiacchierata, e potrà immaginare che abbiamo qualche domanda da rivolgerle."

"Certo, signore."

"Fantastico. Ma non è in servizio, quindi lasci perdere quel *signore*, d'accordo?" L'ispettore si mise a sedere, faticando un po' per trovare una posizione comoda sulla sedia. "Allora, mi dica cosa ricorda."

"Fino a quando ho cercato di chiedere aiuto con il cellulare. Dopodiché, nulla." Jonah fece una pausa, per un secondo trasportato indietro sul pavimento di pietra fredda del magazzino. "Come mi avete trovato?"

"È stato fortunato." Fletcher parlò in un modo così diretto da sembrare quasi accusatorio. "Prima di svenire è riuscito a chiamare. Anche se ci abbiamo messo un po' a localizzarla: le sue parole non avevano molto senso."

Jonah scavò nella memoria ma non vi trovò nulla del genere. "Come sta la ragazza? Nadine..."

Fletcher si chinò in avanti, all'improvviso determinato.

"Come fa a sapere il suo nome?"

"Me l'ha detto lei quando ho tentato di portarla fuori di lì. Sta bene?"

"Le ha detto qualcos'altro? Un cognome?"

"No, era troppo debole." A Jonah non piaceva quello scambio. "Non avete ancora parlato con lei?"

Fletcher si abbandonò contro lo schienale. "Nessuna delle vittime è sopravvissuta."

Quella notizia fu dura da digerire. Pensò alla ragazza che aveva cercato di salvare. Poveretta, dopo tutto quello che aveva passato...

"Le avete identificate?" domandò.

Fletcher fece una pausa come per decidere se rispondere. "Non ancora. Gli altri due erano maschi sulla ventina o poco più che trentenni. Uno era nero, l'altro forse dell'Est, a giudicare dai denti. Ma non abbiamo ancora portato a termine l'identificazione."

"Cos'era..."

Jonah stava per chiedergli di Gavin ma la porta si aprì di nuovo ed entrò una donna con un paio di jeans neri e una giacca di pelle. Doveva avere uno o due anni meno di Jonah, magra, la pelle scura, i riccioli neri tagliati corti. Portava una borsa di cuoio, come una tracolla, sulla spalla e un vassoietto con due bicchieri di carta con il coperchio.

"Caffè zuccherato," disse, consegnandone uno a Fletcher.

Togliendo il coperchio, l'ispettore capo annusò il vapore che ne uscì e prese un sorso. Fece una smorfia.

"Cristo santo, dove hai preso questa roba?"

"Non c'era altro, signore."

Non sembrava preoccupata da quel commento. Senza dire nulla a Jonah, si fermò ai piedi del letto.

"Le presento l'ispettore Bennet," disse Fletcher, appoggiando il bicchiere con un'espressione di disgusto. "Il sergente Colley mi stava dicendo che ha parlato con la ragazza. A quanto pare ha anche cercato di portarla fuori da lì. Lei gli ha detto che si chiamava Nadine."

La donna gli rivolse un'occhiata indagatrice. "L'ha liberata dalla plastica?"

"Solo il viso, poi sono stato colpito da dietro e messo fuori combattimento." Jonah si accorse dell'occhiata che i due poliziotti si scambiarono. "Non era scoperta quando l'avete trovata?"

Di nuovo, Fletcher parve riflettere se rispondere. "No."

Jonah si sentì male. L'uomo con cui aveva lottato doveva aver risistemato la plastica sul viso della ragazza mentre lui era privo di sensi. E assicurandosi che fosse morta, questa volta.

"E il sospettato?" Jonah ebbe quasi timore di chiederlo. Da quando si era svegliato il giorno prima, aveva cercato di scendere a patti con la possibilità che avesse ucciso il suo aggressore. Quando era entrato nel nucleo d'intervento armato sapeva che gli sarebbe potuto accadere: era una parte del lavoro che ormai aveva accettato. Ma adesso era diverso. Era fuori servizio, coinvolto in una situazione di cui non sapeva nulla. Autodifesa o meno, se l'uomo che lo aveva aggredito era morto, ci sarebbe stata un'inchiesta. Forse addirittura delle accuse.

L'ispettore capo ignorò la domanda. "Dovremo registrare il colloquio. Diamoci una mossa. Bennett?"

La detective prese un registratore digitale dalla borsa. Dopo averlo fatto partire e dopo che le formule di legge furono pronunciate, Fletcher si voltò verso Jonah.

"Perché non partiamo dall'inizio?"

Nessuno lo interruppe mentre Jonah gli raccontò la telefonata di Gavin e del suo arrivo sul lungofiume. All'inizio era un po' zoppicante, poi l'abitudine e la disciplina entrarono in gioco. Aveva fatto innumerevoli rapporti verbali durante la carriera e mentre parlava, ritmo e formule di sempre ebbero la meglio, isolandolo dai ricordi peggiori.

Ma alcuni riuscirono quasi a soverchiarlo lo stesso. Descrivere il ritrovamento di Gavin e poi l'aver dovuto assistere mentre il suo corpo veniva avvolto nella plastica e trascinato via lo riportò a quei momenti. E gli si spezzò il fiato durante la descrizione dello scontro con il suo aggressore e del modo terrificante in cui era stato costretto a trascinarsi in cerca di aiuto.

Quando ebbe finito, calò il silenzio. Jonah era esausto, con un nervosismo che gli montava dentro mentre attendeva che parlassero.

"Mi faccia capire," disse Fletcher, dopo un momento. "Ha detto di non aver avuto alcun contatto con Gavin McKinney da anni, eppure sostiene che lui l'abbia chiamata per chiederle aiuto così, all'improvviso. E senza che neanche le spiegasse il motivo, lei è andato a incontrarlo in un magazzino abbandonato in un luogo chiamato, neanche a dirlo, la Banchina del macello. A mezzanotte. Ho capito bene?"

Cominciò a farsi strada un mal di testa che pulsava al ritmo del suo cuore. "Sì," rispose.

"E quando McKinney non si è fatto vivo, ha cercato di chiamarlo e ha sentito un telefono che squillava all'interno del magazzino. Ed è entrato per capirci qualcosa. In una proprietà privata." Fletcher lasciò che quelle parole restassero nell'aria per qualche secondo. "Per un momento lasciamo da parte il fatto che si suppone lei sia un ufficiale di polizia, sarei proprio curioso di sapere perché si è affrettato ad aiutare qualcuno con cui, secondo le sue parole, non parlava da dieci anni."

Secondo le sue parole. A Jonah quell'espressione non piacque neanche un po'. "Non mi sono affrettato. Ho intuito che fosse nei guai."

"Che genere di guai?"

"Come le ho già spiegato, non me ne ha parlato." Jonah si strinse nelle spalle, a disagio: era consapevole dei buchi nella sua ricostruzione. "Immagino che stesse lavorando sotto copertura, ma perché abbia chiamato me, questo non saprei proprio dirlo."

"Cosa le fa pensare che fosse sotto copertura?"

"Per quale altro motivo si sarebbe trovato lì da solo?" L'atteggiamento di Fletcher era come un avvertimento per Jonah. "La ragazza parlava una lingua che potrebbe essere mediorientale e Gavin mi aveva detto molto tempo fa che stava lavorando su un'organizzazione che trafficava in esseri umani e droga. E quindi posso solo pensare che stesse seguendo una pista che poi gli è sfuggita di mano."

"E quindi si sarebbe rivolto a un ufficiale fuori servizio invece di chiedere rinforzi?" Fletcher aveva iniziato a lacrimare da un occhio. Prese un fazzoletto e lo tamponò senza fretta.

"Mi ascolti, Colley: qualunque cosa McKinney stesse facendo in quel magazzino, non era sotto copertura. E non era lì per un'indagine."

Jonah era più confuso che mai. "E quindi perché si trovava in quel posto?"

"È proprio questa la domanda, no? Il che mi ricorda che..." Fletcher piegò il fazzoletto e lo mise via. "Bennett, ti spiacerebbe fare gli onori di casa?"

La donna estrasse dalla tracolla una bustina per le prove e la consegnò a Jonah. Conteneva il suo telefono, che appariva coperto di graffi e segni. Con la mente tornò a quando lo aveva scalciato inavvertitamente, facendolo scivolare sul pavimento del magazzino. Quel ricordo lo lasciò confuso.

"È il suo cellulare?" domandò Fletcher.

"Sì, grazie."

"Non glielo sto restituendo," disse l'ispettore capo prima che Jonah potesse aprire la bustina. "Volevo solo la conferma che fosse suo. Mi serviranno anche la password di accesso e il suo permesso di esaminarlo."

Per Jonah fu come se la temperatura nella stanza si fosse abbassata di dieci gradi. "Perché?"

"Vorrei controllare il registro delle chiamate per verificare quando McKinney le ha telefonato." Il sorriso di Fletcher aveva un che di predatorio. "Abbiamo trovato il suo cellulare nel magazzino, ma non siamo ancora riusciti a sbloccarlo. E sono sicuro che lei vorrà offrirci la possibilità di confermare la sua ricostruzione."

Nonostante Jonah odiasse l'idea di esporre in quel modo la sua vita privata, sapeva bene che se si fosse rifiutato, avrebbe dato l'impressione di voler nascondere qualcosa.

"Devo mettere qualche firma?"

Bennet gli passò un modulo e una penna. Tentò di leggerlo ma quelle parole potevano essere anche in una lingua straniera per quel poco che riuscì a capirne. Aveva le dita legnose e riluttanti mentre compilava il modulo, esitava all'idea di dare il pin, ma alla fine firmò. Bennet prese il modulo e il telefono e li ripose nella borsa.

"Parliamo un po' di lei e di Gavin McKinney," disse Fletcher. "Vi siete conosciuti a scuola, non è così? E avete entrambi una storia di affido familiare. Lui è stato affidato da bambino, lei invece non ha mai conosciuto i suoi genitori. Forse è per questo che avete legato così tanto, non crede?"

Jonah non riusciva a capire dove volesse andare a parare. "Immagino di sì."

"Be', la moglie di McKinney ha detto che voi due eravate pappa e ciccia. Vi siete arruolati insieme in polizia, entrambi testimoni al matrimonio dell'altro. Lui era anche il padrino di suo figlio..."

C'era qualcosa nel modo in cui Fletcher lo guardava che gli suscitava un chiaro disagio. Non disse nulla.

"Poi circa dieci anni fa, all'improvviso vi perdete di vista," continuò l'ispettore capo. "La moglie di McKinney non ha saputo spiegarci il perché, ma qualcosa deve essere cambiato. Siete stati migliori amici per gran parte della vostra vita e poi di punto in bianco smettete di rivolgervi la parola. Cos'è successo?"

Jonah non voleva parlarne. "Avevamo una famiglia, impegni... Ci siamo allontanati, questo è tutto."

"Allontanati." Fletcher annuì, come se fosse una spiegazione del tutto ragionevole. "Un allontanamento piuttosto improvviso, se c'è da credere alle parole della moglie. Ed è successo non molto dopo la perdita di suo figlio."

Quella constatazione fu come un cazzotto nello stomaco. "Molte cose sono cambiate, dopo. Ho divorziato, mi sono isolato. Non è stato un periodo facile."

"Mi dispiace costringerla a ripensarci," disse Fletcher, ma non sembrava sincero. "Sto solo cercando di stabilire per quale motivo McKinney avrebbe chiamato lei nel momento del bisogno, dopo dieci anni di silenzio. Non uno dei suoi colleghi o qualcuno che frequentava di recente. Lei. Dev'esserci un motivo, e un buon punto di partenza sarebbe comprendere perché vi siete allontanati."

"Non è stato per via di Theo." Jonah cercava di mantenere la calma ma si accorse dell'emozione nella sua stessa voce. "Se vuole sapere del magazzino, vada avanti. Le dirò tutto quello che so. Ma lasci fuori mio figlio da questa storia."

La mandibola dell'ispettore capo ebbe un fremito, come se stesse masticando qualcosa.

"Quindi non c'è stato alcun litigio tra lei e McKinney? Non gli portava rancore per qualche motivo?"

"Se fosse stato così, perché mai sarei andato ad aiutarlo?" Ma nel profondo aveva cominciato a insinuarsi una strana sensazione. "Crede che io stia mentendo? Cristo, non penserete mica che lo abbia ucciso io!?"

"Stiamo soltanto cercando di appurare i fatti," disse Fletcher.

Che non era come rispondere con un no. A Jonah sembrò di essere finito in un incubo.

"È per questo che avete piazzato un agente fuori dalla mia porta? Perché sono un sospettato?"

Fletcher alzò le spalle. "L'agente è una precauzione. La stampa sta ficcando il naso. Noi teniamo le bocche cucite sui dettagli, incluso il suo nome, ma è solo questione di tempo prima che trapeli qualcosa. E sono sicuro che lei non vorrebbe che un giornalista entrasse qui non più di quanto non lo vorremmo noi."

"Allora non sono un sospettato?"

"Lei è l'unico testimone di un omicidio plurimo." Fletcher ribatté, all'improvviso accalorato. "Abbiamo solo le sue parole su ciò che è successo, e a dirla tutta alcune sono difficili da credere. Quindi dovrà scusarmi se alcune delle mie domande non le piacciono."

L'incubo di Jonah peggiorò quando colse le implicazioni delle parole dell'ispettore capo. Se il suo era l'unico resoconto dei fatti, voleva dire che non erano stati in grado di interrogare il sospettato. Ricordò il corpo inerte dell'uomo dopo la colluttazione, il *toc* del suo cranio che colpiva la pavimentazione in pietra. *Oh, Cristo!*

"Non mi ha risposto, poco fa, quando le ho chiesto dell'uomo che mi ha aggredito." Jonah esitò, prima di continuare, per paura di ciò che avrebbe sentito. "È morto?"

Fletcher si lasciò andare contro lo schienale e accavallò le gambe, lasciando trasparire una fascia di tessuto cicatriziale al di sopra del calzino. "Allora parliamo di lui, d'accordo. Lei lo ha visto avvolgere il corpo del suo amico nella plastica e trascinarlo fuori dal magazzino, probabilmente verso una barca, poi avete avuto un corpo a corpo feroce, eppure non è riuscito a vederlo in faccia. Non sa dirci quanti anni avesse, né se fosse nero, bianco o qualsiasi sfumatura nel mezzo. Solo che era grosso, un uomo possente e più alto di lei."

Jonah aveva la bocca asciutta. Non sapeva a che gioco stesse giocando l'ispettore capo, ma non aveva altra scelta, doveva assecondarlo.

"Gliel'ho detto, era buio. E a quel punto avevo già una frattura al cranio. Chieda ai medici, se non mi crede."

"Ah, non sto mettendo in dubbio le sue ferite. Sarebbe una cosa stupida, non trova? Ma non abbiamo altro che le sue parole, per capire come se le è procurate."

Nonostante l'ansia e la confusione, Jonah comprese che c'era qualcosa che non andava. Si era perso un passaggio.

Ma prima che potesse parlare bussarono alla porta in modo brusco. La testa di un'infermiera fece capolino, la stessa in servizio il giorno prima quando Jonah aveva ripreso conoscenza. Rivolse un sorriso ai detective, battendo con l'indice sul suo orologio da polso.

"Mi dispiace ma devo proprio chiedervi di..."

"Cristo santo, non potrebbe lasciarci lavorare?" la rimbrottò Fletcher, la faccia livida. "Sono nel bel mezzo di un interrogatorio!"

Il sorriso dell'infermiera svanì. "Avete già superato il tempo concesso dalla dottoressa. Se vuole organizzare un altro..."

"Ora le spiego una cosa: lei non dica a me come fare il mio lavoro e io non dirò a lei come pulire le padelle da letto, siamo intesi? O forse è troppo..."

"Signore," disse Bennet, rapida.

Non aggiunse altro, ma non si mosse quando l'ispettore capo le rivolse un'occhiataccia. Fu lui il primo a distogliere lo sguardo.

"E va bene, d'accordo. Allora qui abbiamo finito."

Bennet fece un sorriso asciutto all'infermiera. "Cinque minuti per raccogliere le nostre cose, poi ci leviamo dai piedi."

"Cinque minuti, non uno di più." L'infermiera scoccò a Fletcher un ultimo sguardo torvo e poi uscì.

"Va bene, continueremo la prossima volta," disse Fletcher, alzandosi mentre Bennet spegneva il registratore e lo infilava nella borsa.

"Aspetti, non capisco cosa sta succedendo." Jonah era sollevato per il fatto che se ne andassero ma anche molto confuso. "Mi dica almeno se è vivo o no."

L'ispettore capo si fermò sulla soglia. Lui e Bennet si scambiarono un'altra occhiata.

"Questa è una bella domanda. Sul pavimento del magazzino abbiamo trovato del sangue – lo abbiamo identificato come appartenente a McKinney. Sembrava che fosse colato giù da una superficie su cui era stato adagiato il corpo, e questo conferma il suo resoconto sui teli di plastica, perlomeno. Poi ce n'era anche un po' del suo, un quantitativo inferiore, e quello di un terzo individuo che non siamo stati in grado di identificare."

"Gliel'ho detto, l'uomo con cui ho lottato ha battuto la testa quando è caduto. Sarà il suo."

"Questo lo dice lei. Il fatto è che le uniche impronte che abbiamo rinvenuto sono le sue, e gli unici corpi quelli delle tre vittime avvolte nella plastica. La macchina di McKinney era parcheggiata accanto alla sua ma non c'erano tracce del suo corpo né di una barca ormeggiata fuori dal magazzino. E questo misterioso aggressore che dice di aver affrontato e di aver lasciato privo di coscienza?" Fletcher allargò le braccia, come un prestigiatore che mostri che non nasconde nulla. "Be', a quanto pare si è rimesso in piedi e se n'è andato sulle sue gambe."

6.

Dieci anni prima

Nelle settimane che seguirono la scomparsa di Theo, la vita di Jonah entrò in una nuova dimensione. Giornate da incubo, uno stordimento privo di sonno. Nel primo pomeriggio se ne era rimasto lì, confuso, come intorpidito, mentre i mezzi della polizia arrivavano sul posto e gli agenti isolavano l'area. A Jonah sembrò di essere intrappolato in un brutto sogno mentre quel tranquillo spazio verde iniziava a riempirsi di uomini in giacche catarifrangenti o tuta bianca. Aveva perso il conto delle volte in cui aveva raccontato ciò che era successo, costringendosi a rispondere alle domande mentre non avrebbe voluto fare altro che mettersi a urlare per l'impazienza. Bisognava controllare le telecamere di sorveglianza dei negozi e quelle nel parco, continuava a ripetere agli ufficiali che lo interrogavano. Loro lo rassicuravano, utilizzando la calma e la cautela che lui stesso applicava in quelle situazioni.

Poi gli rivolsero altre domande.

E la cosa peggiore era che Jonah sapeva. Sapeva a cosa stavano pensando. Sapeva cosa accadeva in casi simili. Ma la possibilità che potesse riguardare Theo, suo figlio, che solo poche ore prima stava ridendo insieme a lui, era impossibile da prendere in considerazione. Aveva insistito per rimanere nel parco, come se andarsene senza Theo volesse dire accettare l'accaduto, renderlo definitivo.

Chiamare Chrissie per dirglielo era stato il secondo momento peggiore della sua vita. A volte si era chiesto se lei amasse davvero il loro figlioletto, a causa della freddezza con la quale sapeva comportarsi con lui. Ma al telefono era diventata isterica, si era messa a urlare fino a quando non era caduta di colpo la comunicazione. Quando arrivò al parco insieme alla madre, lui aprì le braccia, per ricevere conforto e per offrirlo a lei. Ma lei le scostò con un gesto brusco e iniziò ad aggredirlo fisicamente.

"Come hai potuto? Come cazzo hai potuto lasciarlo andare?"

Lui rimase in silenzio, senza tentare di difendersi né dai suoi attacchi né dalle sue accuse fino a quando due agenti non intervennero, allontanandola per riaccompagnarla in lacrime dalla madre. Jonah aveva quasi apprezzato le mani di lei che gli colpivano il volto.

Anche lui si riteneva colpevole.

Quando vide Gavin che oltrepassava il nastro della polizia, avrebbe pianto per il sollievo colmo di gratitudine. Lui lo aveva convinto ad allontanarsi per stare un po' da soli, poi lo aveva guidato come uno zombie al furgone della polizia che era stato piazzato poco oltre l'ingresso del parco. Dentro c'erano sedie, qualche tavolo e una lavagna sistemati alla meglio, ma era completamente deserto. Gavin si chiuse la porta alle spalle e prese una bottiglia di vodka dalla giacca.

"Bevi," disse porgendogliela. Jonah scosse la testa ma l'amico insistette. "Forza. Non sei di aiuto per nessuno in queste condizioni."

L'alcool gli bruciò la gola, aprendosi un varco fino allo stomaco. Jonah stava tremando e se ne accorse solo in quel momento.

"Mi sono addormentato, Gav. Addormentato..."

Se Gavin si fosse mostrato comprensivo, Jonah sarebbe crollato. Invece gli disse di ricomporsi, aggiungendo freddo che il senso di colpa non avrebbe aiutato. E quando Jonah alzò la bottiglia per bere un'altra sorsata, Gavin lo fermò. "Abbiamo bisogno che tu sia calmo, non sbronzo," disse.

Poi ascoltò in silenzio il resoconto di Jonah sull'accaduto e la descrizione dell'uomo che aveva visto sulla panchina. Era sempre stato un ottimo osservatore e l'immagine di quel tizio sembrava impressa in modo indelebile nel suo cervello. Alto, sulla trentina, un fisico che appariva magro e slanciato anche da seduto. Pelle chiara, un cranio ossuto e rasato quasi a zero, un accenno di barbetta sulla mascella prominente. Portava un paio di jeans logori e sporchi e una giacca militare verde oliva. Gavin ascoltò in silenzio, poi disse qualcosa che sarebbe riecheggiata nella mente di Jonah negli anni a venire.

"Lo troveremo," disse, guardandolo negli occhi. "Farò tutto il possibile. È una promessa."

Jonah aveva un disperato desiderio di credergli. Ma quando tornò fuori e rivide il nastro della polizia, gli uomini in tuta bianca che perlustravano il punto tra i cespugli in cui aveva trovato il berretto di Theo, fu sopraffatto dalla realtà.

I due giorni seguenti furono una vera e propria tortura. Ogni minuto un'eternità, un limbo nell'attesa che il campanello o il telefono squillassero. Chrissie non gli rivolgeva la parola, e quando ci provava la conversazione finiva ben presto in accuse. Erano più estranei dell'ufficiale di collegamento che attendeva con loro. L'appello televisivo fu un disastro, un incubo surreale di luci, telecamere e microfoni. Quando presero i propri posti,

Jonah lasciò una mano sulla spalla di Christie, per dar forza a lei ma anche a se stesso. Chrissie era fredda e incupita, lasciò che fosse lui a rispondere alla maggior parte delle domande. Jonah ci provava ma il suo cervello si rifiutava di partecipare, così lui rimaneva lì, perduto e silenzioso di fronte al giudizio delle telecamere. Quando un giornalista gli chiese se fosse vero che si era addormentato, un maremoto di senso di colpa gli rese impossibile rispondere.

"Sì, è vero," sibilò Chrissie nel silenzio generale.

Quella fu l'unica parte ripresa dai giornali.

Ritrovarsi nella loro villetta era una tortura per entrambi. L'ambiente familiare adesso era del tutto estraneo, stravolto dall'assenza di Theo. Sembrava impossibile che non ci fosse. Ogni stanza rimandava la sua presenza, l'eco della sua voce e delle sue risate. Quando diventava insopportabile, Jonah usciva, camminando a passo svelto e senza destinazione. Nella mente gli si srotolavano fantasie sul ritrovamento del figlioletto o una scena in cui metteva finalmente le mani sull'uomo del parco. Cercava di non pensare a cosa potesse essere accaduto a Theo. E che forse non aveva ancora smesso di accadere. Controllava di continuo il cellulare con la paura di aver perso una chiamata o un messaggio, di non essersi accorto che stava succedendo qualcosa, fino a quando non era attirato indietro al purgatorio di quella casa vuota.

Dove ricominciava l'attesa.

Gavin passáva spesso a trovarli. Cercava di nasconderlo, ma Jonah poteva vedere riflessa negli occhi dell'amico la sua stessa terribile consapevolezza. Anche se non aveva mai lavorato a un'indagine su un bambino scomparso, conosceva fin troppo bene il modo in cui si svolgevano. E le statistiche, che erano state solo una serie di fredde cifre prima di assumere un significato nuovo e orribile, adesso che si trovava dall'altra parte. E poi c'era il concetto delle "ore d'oro", secondo il quale le possibilità di ritrovare ancora in vita un bambino scomparso si assottigliavano con il passare del tempo. Non riusciva a smettere di controllare l'orologio, dolorosamente consapevole di quanto in fretta le ore stessero scorrendo.

Poi, all'improvviso, ci fu un sospettato.

Era al mattino presto del terzo giorno quando Gavin si presentò alla porta. Chrissie stava ancora dormendo, in cerca di un oblio temporaneo nei tranquillanti che la lasciavano fatta e stordita. Gavin gli disse di non disturbarla ma Jonah capì dalla sua espressione che c'era qualche novità.

"Abbiamo beccato il barbone del parco," disse Gavin.

Si chiamava Owen Stokes, un trentaquattrenne di Liverpool con precedenti che andavano dal furto con scasso all'aggressione aggravata. La maggior parte dei reati erano collegati all'abuso di droghe e di alcol ed era stato rilasciato solo due mesi prima. Aveva saltato l'ultimo appuntamento con l'ufficiale della libertà condizionata ed era scomparso dalla casa per ex detenuti dove si era sistemato dopo aver derubato due residenti. Era stato arrestato la sera prima: ubriaco, stava urinando contro la porta di un negozio. Corrispondeva in modo così perfetto alla descrizione che ne aveva fatto Jonah che il collegamento era stato immediato. Ancora ubriaco, aveva ammesso senza pudore di essere al parco il mattino della scomparsa di Theo, disse Gavin, prendendo il cellulare. Poi esitò.

"Non dovrei mostrartelo. Non dovrei neanche averlo nel telefono."

"Dai, fammi vedere."

Un video dell'interrogatorio di Stokes. Jonah lo riconobbe subito come l'uomo del parco. Alto e magro con indosso una giacca militare lurida color verde oliva. La testa rasata e un'espressione di scherno sulle labbra sottili. Quando si voltò per guardare dietro di sé, verso la porta, Jonah notò il tatuaggio di una ragnatela dietro il collo.

Era stravaccato sulla sedia, con l'aria annoiata dall'interrogatorio. La smorfia non abbandonò mai il suo viso, a un certo punto sbadigliò perfino.

"Non ci hai capito un cazzo, amico," disse con una voce strascicata al detective, l'accento così forte da sembrare una parodia. "Non mi piacciono i ragazzini, di certo non i maschietti. Certo, se avesse avuto una sorella di sedici anni, be', quella mi sarebbe interessata."

Rise. Jonah avrebbe voluto tuffarsi nello schermo e strappargli la trachea a mani nude. Non si accorse che Chrissie era entrata nella stanza fino a quando non parlò.

"È lui?"

In piedi alle loro spalle, stava fissando lo schermo. Gavin cercò di mettere via il cellulare per poi convincerla a non guardare il video, ma lei non ne volle sapere.

"Theo è anche figlio mio. Voglio vedere."

Guardò il filmato fino alla fine, in silenzio. Poi si voltò verso Jonah con un'espressione di biasimo.

"Hai lasciato che *quello* si prendesse mio figlio?"

Poi uscì dalla stanza senza aggiungere una parola.

Più tardi, quella sera, suonò il campanello. Era l'ispettore capo Wells, l'ufficiale incaricato delle ricerche. Aveva già parlato con Jonah nel pomeriggio, quando gli aveva confermato che Owen Stokes era stato trattenuto e lo stavano interrogando. Quando Jonah lo vide sulla soglia, insieme all'ufficiale di collegamento, tutti e due con il volto terreo, seppe che stavano per dirgli ciò che aveva temuto.

Ma non era la confessione di Stokes che si aspettava. Lui e Chrissie si sedettero sul divano, distanti, mentre Wells gli parlava di un condotto sotterraneo ricoperto dalla vegetazione nascosto nel cespuglio di rododendri accanto all'area giochi. Il condotto era già stato controllato: era protetto da una griglia di ferro. Ciò che non era stato notato era che la griglia era molto arrugginita e che i cardini erano rotti, lasciando una piccola apertura su un lato. Difficile da vedere e altrettanto difficile da arrivarci, disse Wells in tono di scuse, perlomeno per un adulto.

Ma purtroppo, non per un bambino di quattro anni.

Poi Wells gli mostrò una fotografia. Una piccola scarpa da ginnastica, sporca e macchiata. Stesso modello, marca e colore di quelle che Theo indossava il mattino della scomparsa.

Era stata trovata all'interno del condotto, disse Wells. La squadra di ricerca non era riuscita ad addentrarsi troppo: il passaggio di pietra umida si restringeva subito, per incanalarsi in una rete di scarichi sotterranei troppo piccoli perché un adulto potesse entrarci. Ma, di nuovo, non impossibile per un bimbo di quattro anni.

"Non capisco," disse Jonah. "Stokes cosa c'entra?"

Wells scosse il capo, come se fosse una notizia già vecchia. Era stato rilasciato, li informò. Le telecamere di sorveglianza all'ingresso del parco lo avevano filmato mentre se ne andava da solo. Oltre a questo, una coppia che portava a spasso il cane aveva confermato che Stokes li aveva avvicinati per chiedere loro degli spiccioli. Si era scoperto che appartenevano all'esercito della Salvezza, sebbene fossero in borghese, e avevano cercato di convincerlo di andare in un ricovero per senzatetto. Lui aveva iniziato a insultarli prima di andarsene, ma secondo la ricostruzione oraria fornita da Jonah, non c'era alcuna possibilità che Stokes fosse collegato alla scomparsa di Theo.

A Jonah sembrò di soffocare. "No, c'è qualcosa che non torna," disse. "Theo non si sarebbe allontanato da solo in quel modo. Qualcuno deve averlo preso."

"Come fai a saperlo?" disse Chrissie in tono piatto. "Stavi dormendo."

Fu accompagnata fuori dall'ufficiale di collegamento, Jonah e l'ispettore capo rimasero da soli. Jonah riguardò la foto della scarpa del figlio, che teneva ancora in mano.

"Questo cosa vuol dire, quindi?" domandò, come se si rifiutasse di comprenderlo.

Wells aveva l'aria di chi non avrebbe voluto per niente al mondo trovarsi lì. "Faremo del nostro meglio per trovarlo," disse. "Ma le chiedo di riconoscere le difficoltà. La rete di condotte si estende per chilometri e chilometri. Anche con delle sonde in fibra ottica possiamo ispezionarne solo una parte limitata. Mi dispiace ma in questo momento bisogna essere realisti."

Poi, con un sospiro, Wells disse le parole che finalmente costrinsero Jonah a capire, che inchiodarono la verità: non avrebbe mai più rivisto il figlio.

"Sono addolorato..."

Il giorno dopo, Jonah tornò al parco per la prima volta. Nell'area giochi risuonavano le vocine stridule e le risate dei bambini controllati a vista da genitori annoiati. Vedendo quella scena, Jonah sentì un'invidia così acuta da fargli male. Il nastro della polizia era stato rimosso a eccezione di una piccola zona nel cespuglio di rododendri. Lì le foglie spesse e resistenti erano state potate, rendendo visibile un piccolo passaggio ad arco i cui blocchi di pietra erano bagnati e verdi di alghe. Oltrepassava il ruscello dove lui e Theo avevano giocato con i legnetti, una caverna scura in cui scomparivano le sue veloci acque. Si vedevano i monconi delle vecchie sbarre di ferro ormai arrugginite, sostituite da una nuova grata d'acciaio a chiudere l'imboccatura – assomigliava a una gabbia.

Jonah si sforzò di vedere qualcosa in quell'oscurità e provò una sensazione di perdita e di abbandono così grandi da sembrare senza inizio e senza fine.

Uscendo dall'area giochi, si fermò alla panchina dove aveva visto Owen Stokes. Normalissime assi di legno segnate dal tempo e macchiate del bianco degli escrementi degli uccelli. Sentì montare dentro di sé una specie di pressione. Avrebbe voluto farla a pezzi e dovette far ricorso a tutta la sua volontà per girarsi e andarsene. Wells non aveva capito. Un fatto come quello, così enorme, non poteva accadere. Theo, il suo bimbo felice, non poteva semplicemente aver smesso di esistere. Doveva essere colpa di qualcosa. O di qualcuno.

7.

“Dai, puoi farcela.”

Non posso. Non ce la faccio. Strizzò gli occhi e strinse i denti. Faceva del suo meglio.

“Splendido. Un po’ di più, adesso.”

E questo lo chiami splendido?

Sunni gli spostò la gamba di pochi centimetri.

“Dio!” Jonah diede un pugno al lettino imbottito, le lacrime già a scorrergli sul viso.

“Va bene. È abbastanza per oggi.”

Jonah annuì debolmente.

“So che può essere difficile da credere, ma sta andando bene,” disse Sunni.

Jonah si asciugò il sudore sulla fronte. “Se lo dice lei.”

“La ferita era molto brutta: ci vorrà del tempo,” disse lei. “È normale. Ma si fidi di me: sta facendo progressi.”

Progressi. Cioè farsi muovere la gamba da una dottoressa che cerca di piegarla di pochi millimetri mentre lui si copre di un sudore appiccicoso e cerca di non urlare per il dolore. La prima volta che aveva visto il ginocchio senza la protezione era stato uno shock. Era viola e gonfio il doppio del normale, con i punti che ne percorrevano la superficie deformata. Sembrava più un taglio di carne sul bancone del macellaio, un'articolazione sgranocchiata da un cane, che una parte del suo corpo.

Il chirurgo era stato diretto e realistico. Il ginocchio di Jonah aveva subìto un trauma simile a quello causato da un incidente in moto. La rotula era esplosa, e anche tendini e legamenti erano stati danneggiati. Il chirurgo gli era parso compiaciuto mentre descriveva come gli aveva ricostruito la rotula, fissandone i frammenti di osso schizzati via con fili e viti di titanio. Ma il danno era enorme. Potevano rendersi necessari ulteriori interventi, ma lo avrebbero capito in un paio di mesi; anche la più rosea delle previsioni escludeva che potesse tornare presto al lavoro. O forse non avrebbe potuto farlo mai più.

Quella prospettiva lo terrorizzò.

"La battaglia si sta svolgendo qui dentro." Sunni batté un dito sulla sua tempia mentre lui si metteva a sedere sul lettino. "Il dolore è solo il modo in cui il corpo ci avvisa della presenza di un problema. Ciò che conta è come riusciamo a gestire la situazione."

Era difficile credere a quelle parole provando un dolore così straziante.

Però riusciva a muoversi, perlomeno. All'inizio veniva accompagnato alle sedute di fisioterapia in carrozzina, ma adesso poteva farcela da solo con l'aiuto di un paio di stampelle. Era la seconda settimana di degenza, e mentre avanzava dondolando verso la sua stanza pensò a quanto poco ci avesse messo a adattarsi ai ritmi e alle routine dell'ospedale. Il fatto che le visite fossero finalmente permesse lo aiutava non poco. Erano passati i suoi superiori, in veste ufficiale, su fino al capo supervisore, e anche alcuni membri del sindacato per verificare le sue condizioni. Era stato bello rivedere i colleghi della sua squadra, in particolare Khan e Nolan. Gli ricordavano che il mondo normale fuori dall'ospedale esisteva ancora.

Aveva anche potuto essere informato sull'eco dei fatti di quella sera. Gli omicidi alla Banchina del macello avevano avuto ampia risonanza sui mezzi di informazione, con il prevedibile chiacchiericcio generato dal nome di quel luogo. Era opinione diffusa che si fosse trattato di un'operazione sotto copertura finita in tragedia – una ricostruzione che l'ufficio stampa degli inquirenti non aveva potuto smentire.

Ma c'erano alcuni preziosi dettagli negli articoli che Jonah era riuscito a leggere. Le dichiarazioni ufficiali della polizia erano scontate quanto le promesse di assicurare i responsabili dei fatti alla giustizia. E questo riguardava anche Gavin. La sua era definita una morte in assenza di cadavere, e la stampa ci era andata giù pesante sul fatto che l'assassino fosse ancora a piede libero. Eppure, anche se i giornalisti lo dipingevano come l'eroe che aveva perso la vita cercando di salvare le altre vittime, gli encomi della polizia erano stranamente di basso profilo. Non circolavano teorie sull'identità del killer né sul suo movente; nessuna dichiarazione attribuita a fonti anonime. Con così tanti interrogativi in attesa di una risposta, la tattica degli inquirenti sembrava essere quella di lasciar trapelare il minimo possibile per non dover ammettere apertamente di non avere alcuna traccia. Non fornire indiscrezioni e lasciare che la stampa riempisse quel vuoto di notizie con le speculazioni.

Almeno il coinvolgimento di Jonah era passato in secondo piano. C'erano riferimenti a un *agente sconosciuto* che era stato ferito, ma poco altro. E le tre vittime del magazzino, anch'esse non identificate, avevano ricevuto un'attenzione addirittura minore. Secondo le voci riportate da Khan e Nolan, erano state picchiate con una mazza e poi avvolte nella plastica quando erano ancora in vita. Causa della morte: asfissia, aggravata dalla disidratazione e dal collasso degli organi interni nel caso della ragazza. La plastica non serviva solo a nascondere i corpi prima che l'assassino se ne liberasse. Era stata la causa della morte.

Ma Khan e Nolan non avevano potuto dirgli molto altro. Anche se le tre vittime erano ancora senza nome, la stampa dedusse ugualmente che fossero immigrati irregolari, probabilmente uccisi dagli stessi trafficanti che li avevano fatti entrare nel paese. Il nome di Nadine e le sue origini mediorientali erano state divulgate, ma senza alcuna immagine; lei e le due altre vittime non erano altro che piccoli dettagli di quella vicenda. La loro morte aveva causato la richiesta da parte dei mezzi di informazione di aumentare il contrasto alle organizzazioni criminali e le prevedibili critiche alle politiche di controllo dei confini e dell'immigrazione nel Regno Unito. Quell'indignazione però non aveva fatto molto caso alla morte brutale e insensata di tre esseri umani.

Fletcher e Bennet erano tornati altre due volte per parlare con Jonah, nessuna delle quali più piacevole della prima. L'ispettore capo pensava che lui sapesse più di quanto diceva, e Jonah non poteva certo biasimarlo. Non esistevano prove contro di lui – aveva fatto attenzione a non sporcarsi con il sangue di Gavin quando gli aveva cercato il battito. Ma l'uomo con cui aveva lottato era ancora a piede libero e a eccezione della telefonata ricevuta da Gavin – presente nei registri ottenuti dagli inquirenti – non c'erano altri elementi a confermare la sua versione dei fatti. Questa situazione lo lasciava in un limbo: non sapeva se fosse sospettato o no.

E Fletcher non rivelava nulla.

Il percorso di ritorno dalla sala della fisioterapia fu lungo. Ma oltre alla stanchezza, quando arrivò in vista della sua camera gli scese addosso una nuova pesantezza. Anche se non c'era più l'agente di guardia alla porta – era scomparso in silenzio diversi giorni prima – quel piccolo spazio senza finestre assomigliava a una cella. Di giorno l'impietosa luce al neon rendeva visibile ogni crepa e dava all'ambiente un'atmosfera fuori dal tempo e punitiva. Ma di notte era anche peggio. Jonah non dormiva bene da anni, ma da quando era in ospedale avrebbe preferito la sua vecchia insonnia. Adesso appena chiudeva gli occhi il suo subconscio dava inizio alle proiezioni. Non ricordava molto degli incubi che faceva, oltre al fatto che si svegliava terrorizzato, senza fiato e convinto che ci fosse qualcuno nella stanza.

Ma ovviamente non era così.

Quando arrivò alla stanza era in debito di ossigeno e sudato come dopo una corsa. Non desiderava altro che crollare disteso, aprì la porta e si bloccò.

Ai piedi del letto una donna era intenta a leggere la sua scheda sanitaria. Sulla trentina, portava abiti civili e non una divisa da infermiera o chirurgica. Fu colta di sorpresa dal suo arrivo, poi gli sorrise.

"Salve. Lei dev'essere Jonah. Mi chiamo Corinne Daly," disse, riappendendo alla struttura del letto la scheda sanitaria.

Dal modo in cui si era presentata, sembrava aspettarsi che lui riconoscesse quel nome. Non fu così, ma Jonah cercò di mascherarlo facendo qualche passo nella stanza.

"Non avevo altri trattamenti per oggi, o sbaglio? Sono appena tornato dalla fisioterapia."

"No, ma passavo da queste parti. E adesso che è qui pensavo che potremmo approfittarne per fare quattro chiacchiere."

Un colpo al cuore. Adesso capiva cosa ci faceva lì. "È una psicoterapeuta?"

Gli era stato proposto di iniziare un percorso per aiutarlo a rielaborare l'accaduto, e anche se non aveva accettato a dir la verità non aveva nemmeno rifiutato. Doveva essere una sua scelta, ma temeva che se avesse rifiutato avrebbe ostacolato il suo ritorno al lavoro. E non voleva rendere le cose ancora più complicate di quanto già non sarebbero state.

Ma pensava che ci fosse tempo per decidere. Non si aspettava che gli avrebbero spedito in camera una psicologa in quel modo.

La donna parve esitare un istante, ma il sorriso era sicuro. "Non mi definisco una psicoterapeuta in quanto tale..."

A Jonah non interessava come si facesse chiamare. "Guardi, sono molto stanco. Possiamo fare un'altra volta?"

"Certo, potremmo, ma ormai sono qui e..."

Jonah esitò. La fisioterapia e la lunga strada di ritorno lo avevano lasciato senza forze, e l'ultima cosa che avrebbe voluto fare era affrontare domande sulle sue condizioni mentali. Ma forse era meglio farlo subito. E poi, chissà, magari lo avrebbe aiutato a dormire meglio.

"Non sarà una cosa lunga, vero?" domandò, andando a sedersi sul letto.

"Lo stabilirà lei," rispose la donna, il sorriso luminoso mentre si spostava per farlo passare. "Le serve una mano?"

"No, grazie. Ce la faccio." Poggiò le stampelle al letto e si mise a sedere con le gambe distese. Si sforzò di sorridere. "Allora, come procediamo?"

"Be', perché non inizia col raccontarmi come si sente? E per favore, mi chiami Corinne," disse la donna, rovistando nella borsetta in cerca del telefono. Glielo mostrò. "Le dispiace se registro?"

"No, credo di no."

Si accomodò sulla sedia accanto al letto e si tolse la giacca. Non aveva l'aspetto di una psicologa. Il completo che indossava sembrava più adatto a una serata fuori che a una seduta di terapia.

"Un attimo, sto ancora imparando come si usa... Ecco." Alzò lo sguardo dal display. "Prima di iniziare, va bene se la chiamo Jonah o preferisce sergente Colley?"

"Jonah va bene."

"Sicuro che non le spiace se registro?"

"Faccia pure."

"Fantastico, grazie." Aveva un bel sorriso, notò lui. "Dunque, mi stava dicendo come si sente..."

"Be', sa..." si strinse nelle spalle. "Mi fa male il ginocchio."

"Dev'essere stata un'esperienza molto traumatica." Aveva uno sguardo comprensivo. "Cos'ha pensato all'inizio? Quando era nel magazzino e ha trovato i corpi, voglio dire..."

"Mmm, io... Non so... è difficile da spiegare."

"Le va di provarci?"

Jonah si massaggiò la nuca – odiava dover trovare le parole. "Scioccante, direi."

"Riesce a descriverlo meglio?"

Jonah lo aveva già fatto troppe volte. Aveva sentito il freddo nel magazzino e l'aria umida mentre i suoi passi risuonavano sul pavimento di pietra.

"Possiamo tornarci su in un altro momento?"

Il viso di lei fu attraversato da qualcosa di simile alla delusione, poi svanì. "Certo. Mi dica almeno come si è sentito. Ha avuto paura?"

Gesù, ma che domanda era? "Era una situazione sconosciuta," rispose, aiutandosi con il gergo poliziesco.

"Vuol dire sì?"

Cercò un modo per uscirne, poi scrollò le spalle. "Se vuole..."

"Ha temuto per la sua vita?"

Era una domanda un po' goffa per una psicoterapeuta, ma ora Jonah capì dove voleva andare a parare. Era in cerca di segni di un disturbo post traumatico da stress. Difficoltà a dormire, umore altalenante. Flashback.

"Non avevo molto tempo per pensarci," disse, pentendosi di aver accettato il colloquio.

Lei annuì, come se lui le avesse finalmente detto quello che voleva sentire. "No, certo. Immagino che lei abbia solo fatto ciò che doveva. È corretto?"

"Be', io..."

"Immagino che l'addestramento le sia stato d'aiuto in una situazione del genere, ma... Non dev'essere stato facile, comunque. Ho saputo che conosceva l'agente che ha perso la vita, Gavin McKinney. È stato il suo testimone di nozze."

Rieccoci. "Ci frequentavamo, anni fa. Ma non lo vedevo da molto tempo."

"Capisco." Di nuovo, un accenno di delusione. "Le altre vittime. Può dirmi qualcosa?"

"No, mi dispiace," disse Jonah, massaggiandosi gli occhi. Voleva solo sdraiarsi e dormire. "Io ho visto solo la ragazza."

"La ragazza. Giusto." La donna sfogliò in fretta i suoi appunti. "Che sarebbe... Nadine, giusto?"

"Mi ha detto lei che si chiamava così."

Daly batté le palpebre. "Era ancora viva quando l'ha trovata?"

Jonah iniziava a sentirsi a disagio. "Non credo di poter parlare di dettagli simili."

"No, certo," rispose, rapida. "Ma questo peggiora le cose, trovare una delle vittime ancora in vita. E non poter salvarla. Come la fa sentire?"

All'improvviso Jonah non riuscì a parlare. Allontanò lo sguardo. "Non bene."

"Le ha detto qualcos'altro, oltre al suo nome?"

"Cosa c'entra con quello che stiamo facendo?"

Fu più brusco di quanto avesse voluto, ma anche se non fosse stato a disagio non capiva come potesse avere importanza adesso.

"Stavo solo... Sto cercando di farmi un'idea di quanto possa averla colpita." La psicologa arrossì. Sembrava agitata. "Dev'essere stato devastante. Soprattutto dopo quello che ha già passato."

Jonah pensò di aver capito male. Una psicoterapeuta non poteva essere così diretta. "C'è altro?"

"Be', mi sembra che lei abbia una certa esperienza in fatto di tragedie, no? Mi riferisco a quanto accaduto a..."

"Ho capito." Per Jonah quelle parole furono come una bastonata. "Una situazione del tutto diversa."

"Sì, certo." Daly adesso annuiva con sincerità. "Ma come madre non riesco neanche a immaginare cosa deve aver provato. Crede che si possa mai superare davvero un trauma del genere?"

"Cosa stiamo facendo qui?" La rabbia crescente di Jonah insieme all'incredulità stavano accrescendo il suo disagio. Poi gli venne in mente all'improvviso. "Lei non è una psicologa, non è così?"

Il sorriso di Daly tenne ancora per qualche momento, poi lo lasciò andare. "Non ho mai detto di esserlo."

Oh, merda. "È una reporter."

"Preferisco giornalista, ma..."

"Fuori!"

"Mi ascolti, Jonah. Mi dispiace se siamo partiti con il piede sbagliato."

"Esca. Adesso. O chiamo la sicurezza."

L'espressione di Daly si indurì. "Be', non sarebbe male: *Agente del nucleo di intervento armato fa intervenire la sicurezza privata dell'ospedale per allontanare una giornalista*. Farebbe faville sui social."

"Non me ne frega niente." Senza pensarci, Jonah si alzò dal letto e il dolore gli attraversò il ginocchio. La gamba cedette e lui dovette aggrapparsi all'armadietto per non cadere. "'Fanculo!"

"Oh, Gesù, tutto bene?" Daly fece per aiutarlo ma si fermò appena lui alzò un braccio in segno di avvertimento.

"Se ne vada… e basta. Intesi?"

Lei gli rivolse un ultimo sguardo preoccupato poi prese un biglietto da visita dalla borsetta e lo poggiò sul letto.

"Se vuole contattarmi. Non sarà tempo sprecato…"

"Fuori. Adesso!"

Sempre aggrappato all'armadietto, Jonah cercava di scacciare il dolore. Non alzò gli occhi quando sentì Daly raggiungere la porta e uscire. Lo fece solo quando lei la richiuse dietro di sé. Nella stanza aleggiava ancora il suo profumo. Lo inspirò e poi lo buttò fuori, realizzando la portata del suo errore.

Merda.

8.

Dieci anni prima

La pioggerellina offuscava il bagliore giallo del lampione. Sgocciolava nel bavero alzato di Jonah bagnandogli la parte posteriore del collo. La ignorava. Ne era consapevole in modo distaccato, così come lo era del freddo che gli intorpidiva le mani e i piedi e si insinuava nella giacca troppo leggera che indossava. Ma era come se quei disagi fisici non lo riguardassero. La sua concentrazione era tutta assorbita dall'edificio sull'altro lato della strada, dalla luce che proveniva da un'unica finestra illuminata e dal vialetto che conduceva alla strada più in basso. Il suo mondo si era rimpicciolito fino a escludere qualsiasi cosa a eccezione di quella visuale. Non aveva mai staccato gli occhi dalla scena mentre se ne stava in piedi all'imboccatura in ombra del vicolo di fronte.

In attesa.

Era lì da ore, ormai. Aveva visto il breve giorno invernale arrivare e svanire, il pomeriggio lurido sprofondare prima in un crepuscolo fangoso e poi in una notte occulta. Aveva visto la luce accendersi nella finestra, il profilo di una figura muoversi come in uno spettacolo di ombre cinesi dietro una tenda sudicia. E aveva atteso.

Non ci sarebbe voluto ancora molto.

Nascosto dentro di lui c'era un senso di incredulità rispetto al fatto che lo stesse facendo davvero. Ma come la sua distaccata consapevolezza del freddo e della pioggerellina, era sepolto così in fondo che quasi non se ne accorse nemmeno. Jonah era un nervo scoperto, abituato com'era a quel dolore che oltrepassava tutto ed era diventato la sua normalità, ammantando ogni cosa.

Dall'altro lato della strada provenne lo scatto metallico di una porta che si apriva. Restò immobile mentre ne emerse una persona. Anche al buio, Jonah poté riconoscere la figura dinoccolata di Owen Stokes.

Lo aveva studiato a lungo.

Non ricordava quando avesse preso quella decisione. E non era neanche sicuro di averlo fatto davvero: in qualche modo, si era presentata come una necessità, accettata senza discussioni. Per prima cosa aveva lasciato la sua vecchia casa. Chrissie era stata felice di vederlo andare, e lui non sopportava più quel posto. Si era trasferito in un albergo economico, una stanza dal mobilio scadente e un bagno che sapeva di muffa, dove i corridoi puzzavano del cibo da asporto della sera prima e di toast bruciacchiati. Gavin gli aveva offerto di sistemarsi per un po' sul divano a casa sua e di Marie, ma Jonah sapeva che in quel modo li avrebbe messi sotto pressione. Avevano già un bambino piccolo, Dylan, e i loro problemi. Inoltre non voleva che Gavin gli alitasse sul collo. Non in vista di ciò che aveva in mente.

Anche se non c'era nulla che avrebbe potuto fare subito. Owen Stokes era stato incarcerato di nuovo dopo aver saltato il controllo previsto dalla libertà vigilata e sarebbe stato rilasciato solo ventotto giorni dopo. Il pensiero che quella fosse l'unica punizione per quell'uomo lo faceva star male. Ma gli dava anche una motivazione. Gli forniva un obiettivo, un motivo per alzarsi dal letto al mattino e affrontare ogni interminabile giornata.

Nonostante ciò che Wells aveva detto sulle prove, Jonah sapeva che Stokes era colpevole. Lo *sapeva*. Lo capiva dal ghigno arrogante e dall'indifferenza provocatoria mostrata davanti alla scomparsa di un bambino di quattro anni. Di suo *figlio*. Era un affronto all'universo accettare che Theo si fosse infilato tra quelle sbarre arrugginite in quell'antro di acque buie. Non di sua volontà. I testimoni potevano sbagliarsi, gli orari risultare inesatti, ma Jonah era suo padre.

E non gli servivano altre prove.

Il ventottesimo giorno, aveva parcheggiato la macchina accanto all'ufficio della libertà vigilata mezz'ora prima dell'apertura. Abbastanza vicino da avere una buona visuale dell'ingresso, lontano quanto bastava per non essere notato. Erano quasi le due del pomeriggio quando vide l'odiata figura avvicinarsi nella solita giacca militare. Jonah si raddrizzò sul sedile, quasi cedendo all'impulso di affrontarlo su due piedi. Era riuscito a trattenersi, ed era rimasto seduto per un'ora interminabile fino a quando Stokes non era uscito dall'edificio. Jonah aveva aspettato che superasse la sua macchina, poi era sceso e aveva iniziato a seguirlo. Si era tenuto a distanza, il sangue che gli pulsava dietro gli occhi mentre fissava la ragnatela tatuata sul suo collo. Sapeva di dover attendere ancora un po'. Una strada in piena luce non era il posto né il momento giusto per ciò che aveva in mente. Gli serviva l'oscurità. Un angolo appartato.

Rimase indietro, senza però fare nulla per nascondersi. Stokes non lo conosceva e non aveva alcun motivo per pensare di essere seguito. E in caso contrario, a Jonah non importava. Stokes comunque sembrava ignaro e non aveva neanche notato che

Jonah era salito a bordo di un autobus dietro di lui. E quando era sceso, Jonah aveva fatto lo stesso. Aveva rallentato appena Stokes si era fermato per accendersi una sigaretta, poi aveva continuato a pedinarlo. Raggiunto un austero edificio in mattoni, Stokes aveva gettato la sigaretta sul marciapiede ed era entrato. Era un dormitorio maschile, aveva notato Jonah quando lo aveva oltrepassato.

Aveva attraversato la strada ed era risalito lungo il vicolo. Aveva individuato un accesso all'interno di una nicchia seminascosta dalla struttura arrugginita di una scala antincendio; l'uscita di sicurezza era chiusa da un lucchetto con una striscia di immondizia accumulata ai suoi piedi. Usandola come riparo, Jonah aveva piantato gli occhi sull'ingresso dell'edificio sull'altro lato della strada, ignorando il puzzo di urina e di rifiuti.

Poi, rannicchiandosi come a proteggersi dal freddo, si era messo in attesa della notte.

Adesso era invisibile, solo un'ombra tra le altre del vicolo. Si irrigidì al rumore della porta che veniva aperta dall'altro lato della strada. Il profilo familiare emerse dalla luce proveniente dall'interno. Jonah vide Stokes che si incamminava lungo la strada.

Lo seguì.

Aveva i muscoli del collo e delle spalle irrigiditi, le mani strette a pugno. Gli anfibi dalla suola di gomma non facevano rumore, ma concentrato com'era su Stokes non vide la lattina vuota sul marciapiede fino a quando non la scalciò. Un rumore sufficiente a risvegliare anche un morto – Jonah abbassò la testa quando Stokes lanciò un'occhiata dietro di sé. Non c'era nessun altro in strada che però era bene illuminata e in vista, percorsa dai fari delle macchine. Jonah si costrinse a continuare a camminare, gli occhi bassi quando Stokes si fermò davanti a lui.

"Amico, hai da accendere?"

La voce era ancora più roca di come gli era parsa nel video dell'interrogatorio e l'accento di Liverpool anche più pronunciato. Alzò lo sguardo e vide che Stokes aveva una sigaretta tra le dita. Gli occhi infossati dell'uomo sembravano beffardi e l'istinto di colpirlo fu quasi insopportabile. Ma Jonah riuscì a mantenere il controllo di sé.

"No."

Continuò a camminare, i pugni così stretti che le unghie gli scavavano la pelle dei palmi. Lo oltrepassò facendo attenzione a un eventuale rumore di movimenti affrettati, pronto a voltarsi per affrontarlo. Ma non accadde nulla e Jonah iniziò a temere di perderlo, se si fosse spinto troppo avanti. Azzardò un'occhiata dietro di sé.

Il marciapiede era deserto.

Jonah imprecò. Scandagliò rapido la strada ma non c'era più segno di Stokes. Tornò sui suoi passi e vide una traversa a poca distanza da dove l'uomo si era fermato. Svoltò di corsa ma non c'era nessuno neanche lì. Vide l'insegna luminosa di un bar, più avanti, ma Jonah pensò che Stokes non sarebbe potuto arrivare fin lì.

Cristo, dov'era finito?

Abbandonando ogni tentativo di non dare nell'occhio, si incamminò lungo la strada buia. Una ventola rumorosa si affacciava dalla parete di un edificio, sbuffando vapore come alito cattivo. L'aria era appesantita dall'odore di cipolle fritte e carne bruciata ma di Stokes nessuna traccia. *Dove diavolo sei finito?* La strada era priva di marciapiede, stretta tra gli edifici in mattoni che impedivano la vista del cielo notturno. Era come trovarsi sul fondo di un canyon scavato dall'uomo, con le porte e i passaggi laterali che formavano aree in cui l'oscurità era ancora più densa.

Jonah imprecò di nuovo a bassa voce, infuriato con se stesso mentre si dirigeva verso il bar. Era l'unico posto in cui Stokes poteva essere finito. L'insegna al neon recitava THE FULL HOUSE e quando Jonah si avvicinò al suo bagliore sentì un passo affrettato dietro di sé. Si voltò di scatto, i pugni alzati, il cuore che batteva all'impazzata. Si trovò davanti a una figura alta. Nonostante l'oscurità, Jonah lo riconobbe subito.

"Che cazzo stai facendo, Jonah?" sibilò Gavin, entrando nella luce proiettata dall'insegna.

Il sollievo che Jonah provò fu sostituito dalla rabbia. "Stanne fuori."

"Te lo puoi scordare. Non ti lascerò fare una stupidaggine."

"Non so di cosa parli."

Gavin lo afferrò per un braccio quando lui fece per allontanarsi. "Smettila, Jonah. Lo so cosa stai facendo. Credevi di essere l'unico a sapere che Stokes sarebbe uscito oggi?"

Jonah si liberò. "Mi stavi seguendo?"

"Sapevo che avresti cercato di fare qualcosa del genere: ti stavo aspettando accanto al dormitorio. Cristo, ma cosa pensavi di fare? So che stai soffrendo, ma tutto questo non porterà niente di buono."

"Niente di buono?" La rabbia gli fece tremare la voce. "Devo scoprire cosa ha fatto a mio figlio quel bastardo!"

"Per l'amor di Dio, quello che è successo a Theo non ha nulla a che vedere con Stokes! E lo sai! Se non credi a Wells, allora credi a me."

"Perfetto, ti credo. Adesso vattene a fare in culo!"

"Non fare lo stupido. Vuoi farti ammazzare o finire in galera per un pezzo di merda come Stokes? Non te lo lascerò fare."

"Non ho bisogno del tuo permesso."

"Dai, Jonah..."

"Vuoi provare a fermarmi?"

"Sì, io..."

Gavin schizzò all'indietro quando il pugno gli atterrò sul viso. Tutto il dolore e la furia di Jonah, tutto il senso di colpa, saltarono fuori all'improvviso. Colpì con violenza l'obiettivo che aveva davanti senza più pensare a chi fosse. Gavin alzò le braccia per proteggersi ma non rispose ai colpi.

"Ma che cazzo, Jonah, non fare il..."

Grugnì dopo che un altro cazzotto lo ebbe colpito alle costole. Poi fu come se una luce esplodesse negli occhi di Jonah quando qualcosa lo investì al volto. Scosse la testa per riprendersi e colpire di nuovo. Anche Gavin scattò in avanti e Jonah si piegò in due appena un ginocchio lo colpì all'inguine.

Un dolore atroce. Cadde a terra e all'improvviso la sua follia svanì. Era appena consapevole dell'amico chino accanto a lui, un braccio sulle spalle a consolarlo mentre scoppiava in singhiozzi.

"Scusami, io..." disse Gavin. "So che è una merda, ma non c'è un colpevole per l'accaduto. È stato un maledetto, tragico incidente, nient'altro. Un incidente. Stokes non c'entra. Cristo santo, pensi che non ti aiuterei se pensassi che fosse colpevole? Lo crocifiggerei io stesso, quel bastardo, ma le cose non sono andate così. E fare una stupidaggine non riporterà indietro Theo."

Jonah non riusciva a parlare. Restò a terra, ancora scosso dai singhiozzi. Solo quando ebbe finito le lacrime ritrovò la voce.

"Non so cosa fare, Gav! Oh, Cristo... Io mi guardo in giro e lui è scomparso! Non riesco a reggere il pensiero di lui da solo... in quel cazzo di buco nero. Se non avessi..."

"Se tu non avessi lavorato fino a tardi, se Chrissie non fosse andata in ufficio, se il cazzo di municipio avesse riparato la grata." Gavin sospirò. "Solo 'Se' e stronzate. A volte la vita diventa una merda e non ci si può fare proprio nulla. Non si possono prevedere le cose. Devi smetterla di torturarti. Theo era un bambino splendido e ti adorava. Adorava il suo papà. Questa è l'unica cosa che devi tenere a mente."

Jonah riprese a singhiozzare ma in modo più calmo, adesso. La follia che si era impossessata di lui nelle ultime settimane sembrava svanita. Si sentiva debole ma lucido, come dopo una febbre. Si mise a sedere, asciugandosi gli occhi.

"Scusa se ti ho colpito."

Gavin si toccò la guancia e fece una smorfia. "Non preoccuparti. Picchi sempre come una ragazzina. Come stanno le tue palle?"

Jonah scoppiò a ridere, anche se sembrò più un pianto. "Secondo te?"

Quasi allegro, si rialzò, aiutato da Gavin.

"Dai, amico mio, andiamo a bere qualcosa."

9.

"Congratulazioni! È diventato famoso!"

Fletcher lanciò il giornale davanti alla porta aperta dell'appartamento di Jonah. In piedi nell'ingresso, Jonah mancò la presa a causa delle stampelle. Il giornale gli sbatté contro il petto, aprendosi mentre lui cercava di afferrarlo.

"Le hanno dato una doppia pagina," sibilò l'ispettore capo. "C'è anche una sua bella foto in divisa. Davvero eroico. Vorrà qualche copia in più da incorniciare e appendere alle pareti di casa."

Appena aveva aperto la porta e li aveva visti, Jonah aveva intuito per quale motivo Fletcher e Bennet fossero lì. Aveva già visto l'articolo online. Il biglietto da visita di Daly la identificava come giornalista della redazione di uno dei quotidiani più squallidi in circolazione, e ogni giorno da quando aveva lasciato l'ospedale controllava il sito del giornale in attesa che apparisse qualcosa. Dopo due settimane aveva quasi iniziato a sperare di averla fatta franca.

Fino a quel mattino.

"Be'? Non ci fa entrare?" domandò Fletcher. Jonah fece un passo indietro, senza molta voglia. "Ci vorrà molto? Devo andare in un posto, oggi pomeriggio."

"Ci vorrà quello che ci vorrà." Fletcher lo oltrepassò, i pantaloni che gli sventolavano intorno alle gambe magre e ai fianchi ossuti mentre si muoveva verso la sedia più vicina. "Non si preoccupi, non farà tardi all'addio al suo amico."

Quel pomeriggio si sarebbe tenuta la funzione funebre per Gavin. Prometteva di essere una faccenda deprimente già senza il rischio che facesse tardi. Ma sapeva che avrebbe soltanto sprecato il suo fiato a chiedere di rimandare l'incontro. E non voleva lasciare a Fletcher la soddisfazione di opporsi a quella richiesta.

Bennet entrò poi fece segno a Jonah di precederla. "Chiudo io la porta."

Quando Jonah arrivò in salotto, Fletcher si stava già sistemando in una delle poltrone. Jonah poggiò il giornale sul tavolino e si accomodò nell'altra.

"So che è un brutto affare, ma pensavo che fosse una psicologa," disse. Bennet si era seduta sul divano accanto alla poltrona di Fletcher.

"Ah, una psicologa." Fletcher era furente, il viso ustionato in preda al rossore. "Le ha mostrato un tesserino? Le ha offerto una spalla su cui piangere?"

"D'accordo, ho fatto un errore..."

"Un *errore*?" L'ispettore capo afferrò il giornale, cercò con foga la pagina e si mise a leggere. "'Non dimenticherò mai la scena in quel magazzino,' afferma l'eroico agente del nucleo di intervento armato Jonah Colley. Eroe, ha sentito? 'Ovviamente ero terrorizzato ma non credo di essere molto coraggioso. Ho solo fatto ciò che dovevo.' Un errore anche questo?"

Adesso anche il volto di Jonah era paonazzo. "Non è quello che ho..."

"Non ho finito. Il sergente Colley si sta ancora riprendendo dalle ferite subite in quella che – la polizia si rifiuta di confermare o smentire – doveva essere un'operazione sotto copertura sul traffico di esseri umani conclusa in modo tragico. Quattro persone hanno perso la vita in un magazzino abbandonato in un luogo opportunamente chiamato Banchina del macello. Uno di loro è il sergente Gavin McKinney, il cui cadavere non è ancora stato recuperato. Un membro della Met molto rispettato, era amico del sergente Colley. 'Gavin è stato il mio testimone di nozze, era un bravissimo poliziotto. Sono devastato dalla sua morte,' afferma Colley."

"Non ho detto nulla di tutto questo," lo interruppe Jonah.

"E adesso arriva la parte migliore," disse l'ispettore capo, ignorandolo. "Nessuna delle tre vittime è ancora stata identificata, ma ora si sa che almeno una di esse, una ragazza di probabili origini mediorientali e nota alla polizia con il nome di Nadine, era ancora viva quando è stata trovata. Colley si emoziona al ricordo di quei momenti. 'Avrei voluto poter fare di più per salvarla.'"

Fletcher abbassò il giornale. "Non proprio giornalismo d'assalto, ma pieni voti per il colore, non trova?"

"Gliel'ho già detto, si è inventata tutto," ripeté Jonah. "Appena ho capito chi era davvero l'ho sbattuta fuori. Le ho detto che la ragazza si era presentata con il suo vero nome, una cosa stupida. Tutto qui. Sapeva già tutte quelle cose su Gavin, quindi immagino avesse già parlato con qualcuno."

"Tutto qui?" Gli occhi azzurri dell'ispettore capo apparivano di ghiaccio sul volto ustionato. "Lei ha parlato di una cazzo di indagine in corso con una giornalista!"

"Io non ho parlato proprio di un bel niente! Cristo santo, davvero crede che volessi darmi delle arie sul giornale in questo modo?"

Fletcher era una maschera di sdegno. "Proprio quello che sto cercando di capire."

"Cosa vorrebbe dire?"

Invece di rispondere, Fletcher riaprì il giornale e lo alzò. Il viso sorridente di Theo lo fissava dalla prima pagina. Jonah aveva già visto la foto online, ma lo lasciò lo stesso senza fiato. L'aveva scattata il giorno del suo quarto compleanno, solo un paio di settimane prima della sua scomparsa.

Riusciva ancora a sentire la risatina felice del figlio.

"Fa' un bel sorriso, Theo! *Supercalifragilistichespiralidoso.*"

"No, è una parola stupida!"

"Sì ma devi dirla quando ti scattano una foto per il tuo compleanno."

"No, non la dico!"

"Dai, prova."

"*Supercala... frigi... spiritoso...*" era riuscito a dire il bimbo, prima di sciogliersi in risate.

Clic.

Fletcher rimise il giornale sul tavolino. "Be', una bella pubblicità, se desidera tirare fuori quella vecchia storia. Era questo il piano? Usare le indagini sui fatti del magazzino per ricordare al pubblico quanto accaduto a suo figlio, per dare una scrollata all'albero e vedere se cade qualche frutto? Chissà, magari con un po' di fortuna potrebbe addirittura ottenere la riapertura del caso."

"Del caso? Intende il caso di Theo?" A Jonah mancò la terra sotto i piedi. "Di cosa sta parlando?"

"È arrivato il momento di dire la verità," rispose Fletcher. "Lei non ha mai accettato il fatto che suo figlio sia annegato, non è così?"

Jonah aveva la bocca secca. La aprì per parlare ma scoprì di non sapere cosa dire.

"Cosa c'entra questa storia adesso?" riuscì a ribattere.

"Abbia pazienza," disse Fletcher. "Sono curioso di sapere se lei è convinto che sia morto in quel canale. Perché in quel caso la responsabilità sarebbe tutta sua."

"È tutta mia," rispose a muso duro. "Mi sono addormentato e lui si è allontanato. Vivo con questa colpa da quando è accaduto."

"Ma hanno trovato solo una scarpa, non il corpo. E in un angolo della sua mente dev'essere rimasto qualche dubbio. Forse la scarpa non era sua, forse le indagini hanno preso una piega sbagliata. Forse è accaduto dell'altro. E forse lei potrebbe incolpare qualcun altro."

"Non c'è bisogno che mi dica che mio figlio è morto. Né che è stata colpa mia." Jonah era scosso e confuso, incapace di comprendere perché Fletcher ne stesse parlando.

"Quindi mi sta dicendo che non si è mai fatto qualche domanda?" continuò l'ispettore capo. "Che lo ha semplicemente accettato, che si è detto: 'Ok, adesso so cos'è successo, non pensiamoci più'?"

Jonah allontanò lo sguardo. Odiava quella situazione, essere costretto a mettersi a nudo. In particolare di fronte a Fletcher. Ma sapeva che l'ispettore capo non avrebbe mollato l'osso.

"No, certo. Volevo le prove dell'annegamento. E non ho avuto altro che una scarpa." Jonah tacque, cercando di ricomporsi. Anche solo parlarne faceva ritornare l'angoscia di un tempo: quella tremenda, enorme assenza. Era ancora con lui, oggi, in attesa sotto la superficie del quotidiano. Si schiarì la gola. "Ma quello che volevo non aveva importanza. Non c'era altro, quindi non avevo scelta: dovevo accettarlo."

Fletcher unì le mani e lo squadrò. "E ci è riuscito?"

"Non la seguo."

"Lei è un agente del nucleo di intervento armato. Sapeva cosa fare per convincere chiunque che fosse pronto a tornare in servizio. E ammettere di non accettare le conclusioni delle indagini sulle cause del decesso non avrebbe deposto a suo favore."

Jonah stava per perdere il controllo, lo sentiva. "Non fingevo, se è questo che intende dire. Ogni altra opzione era stata scartata. Era l'unica ricostruzione possibile."

C'era qualcosa di rettile nel modo in cui Fletcher lo scrutava, come una lucertola che fissa una mosca.

"Il che non è propriamente esatto, giusto?"

Dentro Jonah, qualcosa di freddo riemerse in superficie. "Cosa vorrebbe dire?"

"Solo che all'inizio tutti avevano supposto che suo figlio fosse stato rapito. C'era anche un sospettato."

"Non è durata molto quella pista," disse Jonah, con inquietudine e disagio crescenti. "Aveva un ottimo alibi. È stato scagionato."

"Ma lei ci ha creduto? Anche se qualcuno era solo sospettato di aver preso suo figlio, il dubbio non sarebbe mai scomparso del tutto. Mi vien da pensare che lei avesse una voglia furiosa di prenderlo. E far sputare fuori la verità a quel bastardo."

Una fitta al petto. "Dove vuole andare a parare?"

L'ispettore capo fece un cenno a Bennet. Senza una parola, la poliziotta estrasse una foto dalla borsa e la depose sul tavolino davanti a Jonah. Lui la prese. Era una foto segnaletica, mostrava il cranio rasato e i lineamenti duri dell'uomo che aveva visto nei dintorni dell'area giochi la mattina della scomparsa di Theo.

"Lo riconosce?" domandò Fletcher.

"Era il sospettato. Owen Stokes." Il suo cuore batteva all'impazzata. "Perché me la sta facendo vedere?"

"Abbiamo trovato alcune foto di Stokes nel computer di McKinney. Recenti. A quanto pare, McKinney lo stava tenendo sotto controllo. Lo seguiva, sorvegliava dove viveva." Alzò le sopracciglia. "Lei non ne sa nulla, vero?"

A Jonah sembrò che il mondo si fosse spostato. "No, certo che no!"

"Quindi non ha alcuna idea del motivo per cui McKinney fosse così interessato a Owen Stokes?"

"No, gliel'ho detto! Avete controllato il mio telefono, per l'amor del cielo! Sapete già che non ero in contatto con Gavin." Jonah rimise la foto sul tavolino – all'improvviso non voleva neanche toccarla.

"Stokes era coinvolto nelle indagini a cui stava lavorando?"

Fletcher aveva iniziato a scuotere la testa prima ancora che finisse di parlare. "Stokes non era nei nostri radar. Da un paio d'anni si tiene fuori dai guai. Niente diffide o arresti. E a quanto ne sappiamo non fa parte di alcun gruppo criminale. È un cane sciolto, un solitario. Non c'erano motivi per continuare a sorvegliarlo così come non ce n'erano perché McKinney si trovasse in quel magazzino. L'unico collegamento che possiamo stabilire tra lui e Owen Stokes è quanto accaduto dieci anni fa." Fletcher lo fissava con gli occhi socchiusi. "In altre parole, lei."

"No." Adesso toccava a Jonah scrollare il capo. Sentiva il sapore della bile nella gola. "No. Non ha senso. Perché Gavin avrebbe dovuto seguire Stokes adesso?"

"Ed è proprio questa la domanda. Ma in qualche modo potrebbe anche rappresentare il motivo per cui McKinney ha chiamato lei l'altra sera, e non qualcun altro. E anche il motivo per cui voleva che lei andasse laggiù." Il cervello di Jonah si rifiutò di seguire il ragionamento. "Non capisco."

Fletcher tamburellò le dita sulla gamba prima di continuare. "Il sangue trovato nel magazzino che non riuscivamo a identificare. Abbiamo fatto un test del DNA e c'è una corrispondenza. Appartiene a Owen Stokes."

Fu come se tutta l'aria nei polmoni di Jonah venisse risucchiata all'esterno. "Non è possibile..."

"Le assicuro che lo è. Il DNA non mente."

"Owen Stokes...?" La stanza ondeggiò. "Cristo santo, mi sta dicendo che era lui l'uomo con cui ho lottato nel magazzino? Owen Stokes?"

"Lo so, anch'io faccio fatica a crederci," disse Fletcher. "Soprattutto quando afferma di aver avuto uno scontro fisico con l'uomo sospettato di aver rapito suo figlio senza rendersene conto."

Jonah si sentì vicino allo svenimento. Sentiva un fruscio nelle orecchie, la vista sembrò vacillare.

"Si sente bene?" gli domandò Bennet, sporgendosi verso di lui. "Le porto dell'acqua?"

Jonah scosse il capo. *Cristo santo, non sta succedendo davvero.* "Crede che Gavin lo stesse seguendo per questo? Ed è sempre per lo stesso motivo che mi ha chiesto di raggiungerlo al magazzino? Per quello che è successo a Theo?"

Fletcher allargò le braccia. "Se ha un'idea migliore, la ascolto."

"Ma perché? È accaduto dieci anni fa, perché Gavin avrebbe iniziato a pedinarlo adesso?" Una sensazione simile al panico stava sostituendo l'incredulità. "Mi sta dicendo che quelle cazzo di indagini erano tutte sbagliate? Continuavano a ripetere che Stokes non aveva nulla a che fare con la sparizione di Theo, dicevano che era impossibile! E adesso lei se ne sta seduto qui a dirmi che quell'uomo ha ucciso Gavin e altre tre persone in quel magazzino? Lo stesso uomo che ha quasi ucciso anche me?"

Fletcher parve preso alla sprovvista. "No, non ho detto questo. Il giudizio di McKinney non può esser preso per oro colato, e dati i suoi precedenti non dovremmo saltare alle conclusioni. E lei dovrebbe calmarsi..."

"Calmarmi? Mi dice una cosa come questa e io dovrei restare calmo? Gavin stava sorvegliando quel cazzo di Stokes! Perché lo avrebbe fatto? Perché mi avrebbe chiamato? Aveva scoperto qualcosa su Theo?"

Bennet si intromise, lanciando un'occhiata a Fletcher, come per chiedergli di farsi da parte.

"A questo punto stiamo ancora cercando di ricostruire l'accaduto," disse. "L'elemento da ricordare è che sebbene lo stesso McKinney pensasse che Stokes fosse coinvolto nella sparizione di suo figlio, questo non vuol dire che lo fosse davvero. L'ispettore capo Wells, responsabile delle indagini, è morto qualche anno fa ma abbiamo parlato con il suo vice, Conway. A quanto pare, nessun aspetto era stato tralasciato, nessun errore era stato fatto nel corso dell'investigazione. Abbiamo voluto esserne certi prima di parlarne con lei, quindi..."

"Quindi Owen Stokes non ha alcuna responsabilità per ciò che è accaduto a suo figlio, chiaro?" Fletcher la interruppe, il viso ancora paonazzo. "Indipendentemente da ciò che potrebbe aver fatto o meno, i risultati delle indagini reggono ancora. Da questo punto di vista, non è cambiato nulla."

Le mascelle di Jonah erano così strette che gli facevano male. Nulla era cambiato? *Tutto* era cambiato. Di nuovo. Owen Stokes non era uno sfigato messo male, era un assassino. Aveva ingannato gli investigatori dieci anni prima, aveva ingannato chiunque. E questo minava le fragili fondamenta della nuova vita di Jonah.

Ma non disse nulla di tutto ciò, mentre Fletcher proseguiva.

"Detto questo, è ovvio che McKinney doveva avere un motivo per seguirlo. Considerati i suoi precedenti con Owen Stokes, il fatto che lui abbia deciso di chiamare proprio lei e nessun altro mi fa pensare a un qualche tipo di vendetta fredda. Forse adesso può capire perché mi è così difficile credere che lei non ne sapesse nulla."

Jonah si prese qualche istante per tornare in sé prima di parlare. "Non molto tempo fa lei pensava che fossi stato io a uccidere Gavin. E adesso sembra che lei mi stia accusando di aver inseguito Owen Stokes insieme a lui. Devo prendere un avvocato?"

Era un bluff, Fletcher si strinse nelle spalle. "Non saprei. Deve farlo?"

Si fissarono a vicenda. Il cuore di Jonah batteva all'impazzata, per la rabbia ma anche lo sconcerto per la piega che stava prendendo tutta la faccenda.

"E cosa mi dice di Owen Stokes?" domandò, fingendo una calma che non possedeva. "State facendo qualcosa per prenderlo o preferite concentrarvi sull'obiettivo più facile?"

"Deve badare a come parla, Colley," ribatté Fletcher, la pelle ustionata del viso che si arrossava di nuovo.

Devo badare a un sacco di cose. La rabbia di Jonah sembrava fuoriuscire dal suo stesso corpo e questo gli permetteva di osservarsi come dall'esterno. Eppure non riuscì a mascherare lo sdegno nella voce.

"Sissignore."

Fletcher parve sul punto di rispondere ma Bennet si mosse in silenzio, schiarendosi la gola. Come se fosse un segnale in codice, Fletcher tenne la bocca chiusa. Si alzò.

"Basta così, per il momento." Prese la foto di Owen Stokes e indicò il giornale con un gesto sprezzante. "Dovrebbe incorniciarlo. Non vedo molta buona stampa nel suo futuro."

Poi si avviò, lasciando Bennet a seguirlo.

Dopo che se ne furono andati, Jonah non riusciva a stare fermo. Le stampelle producevano un rumore sordo sul tappeto mentre percorreva il piccolo appartamento, spostandosi senza scopo da una stanza all'altra. Aveva il cervello in fiamme, un continuo rimuginare su ciò che aveva appreso. Nel giro di qualche minuto, la cornice in cui aveva ricostruito la sua vita dopo la scomparsa di Theo era andata in pezzi. Per anni si era costretto ad accettare la spiegazione ufficiale. Ci si era torturato, immaginando Theo che si allontanava ridacchiando mentre lui dormiva per andare a nascondersi in quel maledetto condotto. Come se stesse guardando un film, poteva vederlo cadere nell'acqua gelida e veloce. Vedeva il corpicino tenuto a galla dalla giacca a vento azzurra che veniva trascinato via nel sottosuolo buio.

Quel pensiero lo aveva angosciato fin dal primo giorno. Ma per quanto orribile fosse, almeno aveva saputo. Pensava di averlo saputo. E adesso stava crollando tutto.

La scoperta che l'uomo con cui aveva lottato nel magazzino era Owen Stokes, che il balordo scagionato dall'accusa di aver rapito Theo aveva ucciso Gavin e altre tre persone era incomprensibile. Cristo, come aveva fatto a ingannare tutti? Compreso lui. Il pensiero di aver messo letteralmente le mani al collo di quell'uomo era troppo da sopportare. Andò in camera da letto, si piazzò davanti al sacco e gettò le stampelle. Spostando il peso sulla gamba sana, iniziò a tempestare di pugni la sacca di cuoio, visualizzando il ghigno ritratto nella fotografia. Colpì sempre più veloce, gemendo a ogni movimento fino a quando per non perdere l'equilibrio fu costretto a poggiare il peso sulla gamba ferita.

"Cazzo! Cazzo!"

Si buttò sul letto mentre il dolore s'irradiava in tutta l'articolazione. Respirava a denti stretti, lacrime di rabbia e frustrazione gli rigavano il volto.

Owen Stokes. Il maledetto Owen Stokes.

Dopo un po' si mise a sedere e si massaggiò il ginocchio. Poi saltellò fino alle stampelle e le raccolse dal pavimento. Andò in cucina, si versò un bicchiere d'acqua ma lo poggiò quando vide il disegno ingiallito dagli anni sulla porta del frigorifero. Poteva essere una giraffa azzurra o una teiera, meravigliosa e pasticciata. *Papà, guarda cos'ho fatto!* Chrissie voleva metterlo via allora Jonah lo aveva chiesto per sé. Non aveva intenzione di tenerlo lì così a lungo, ma una volta appeso non era riuscito più a toglierlo.

Andò in salotto e si fermò davanti alla finestra. Il suo era un appartamento anonimo al nono piano di un grattacielo nella zona est di Londra. Si era trasferito lì dopo il divorzio. In parte perché era economico e vicino alla metropolitana e agli autobus, ma soprattutto perché non aveva voglia di cercare troppo. Prese una foto incorniciata dalla mensola della finestra. Congelato nel tempo, Theo lo fissava radioso. Appeso alla parete, un altro ritratto di lui e Theo che ridevano, i capelli bagnati dopo la lezione di nuoto.

O Cristo...

Si lasciò cadere sul divano. Qualunque cosa Gavin avesse scoperto su Owen Stokes – e quella era l'unica spiegazione che aveva senso, nonostante le parole di Fletcher e Bennet – Jonah rimpianse amaramente il ragionamento del tutto sbagliato per cui Gavin aveva deciso di tenerlo per sé. Almeno fino a quando non era stato troppo tardi. Aveva pagato quella decisione con la vita – la sua e quella della ragazza che Jonah non era riuscito a salvare. E forse anche quella delle altre due vittime. E aveva sottratto a Jonah la possibilità di scoprire cos'era successo a Theo dieci anni prima.

Cristo, Gavin, dovevi proprio fare tutto da solo, vero?

Ma era un pensiero privo di rabbia. Dopo un po' Jonah si mosse. Guardò l'ora e vide che era passato più tempo di quanto pensasse. Doveva uscire e andare alla cerimonia funebre. Quella prospettiva lo deprimeva, ma adesso aveva un motivo in più per partecipare. Ci sarebbero state altre persone che conoscevano Gavin, che lavoravano con lui. Una di loro poteva sapere qualcosa, e anche se Fletcher doveva aver già interrogato chiunque potesse rivelare qualcosa, Jonah era certo che un paio di drink potevano far parlare anche i più restii a farlo.

Era un buon punto di partenza.

Si fece una doccia, si asciugò e andò in camera. Aprì l'armadio, prese la divisa e la distese sul piumino. Ci sistemò accanto una camicia bianca poi si sedette per infilarsi i pantaloni. Era strano ma erano più larghi dei jeans che portava di solito, così la protezione del ginocchio passava senza problemi.

Si alzò, il peso su una gamba sola, e si appoggiò al muro per abbottonarsi la camicia e farsi il nodo alla cravatta. Poi si sistemò la giacca mentre studiava il suo riflesso nello specchio nell'anta dell'armadio. I punti sul cranio erano stati rimossi ma si vedeva ancora la ferita. Teneva i capelli cortissimi e a volte gli sembrava ancora di avere di fronte uno sconosciuto quando si guardava allo specchio. Anche la divisa gli stava larga. Aveva perso massa muscolare ma non tutti se ne sarebbero accorti.

Strinse la cintura di un buco in più e chiuse l'anta dell'armadio. Nello specchio che si muoveva notò una figura alle sue spalle.

Cristo! Jonah si voltò di scatto e quasi cadde. Non c'era nessuno. Con il cuore che batteva all'impazzata, saltellò fino al corridoio per controllare anche lì. Deserto. *Cosa ti aspettavi? La porta è chiusa a chiave.* La sua giacca di pelle era appesa dietro la porta della camera da letto. Guardò di nuovo nello specchio e incontrò il suo viso pallido che lo fissava. *Ecco, vedi?*

Jonah raddrizzò le spalle, andò verso l'ingresso. Allacciarsi le scarpe con una gamba che non si piegava fu il solito divertimento, ma perlomeno adesso era pronto. Si infilò il berretto della divisa e prese un lungo respiro.

Poi andò a dire addio a Gavin.

10.

Il colletto gli dava fastidio. Iniziò ad allargarlo con le dita, poi ci ripensò e lasciò cadere le braccia lungo i fianchi. *Piantala di agitarti. Non farà scorrere il tempo più in fretta.*

La panca di legno era dura e scomoda. La funzione funebre si teneva in un'antica chiesa, un edificio austero che puzzava di pietra umida e cera d'api. Una grande foto incorniciata di Gavin era esposta su un leggio. Mostrava la versione di dieci anni più vecchia dell'uomo che Jonah aveva conosciuto. Più rughe sul viso, ma gli occhi stropicciati e il sorriso radioso erano gli stessi.

Jonah era ancora sottosopra per le notizie su Owen Stokes rivelategli da Fletcher. Era riuscito a calmarsi durante il tragitto in taxi e nella silenziosa atmosfera della chiesa aveva realizzato che gli serviva una strategia migliore, non poteva farsi friggere il cervello da quella montagna di domande. Anche se non era sicuro di chi potesse avere le risposte. Aveva parlato con Marie al telefono, poco dopo aver lasciato l'ospedale. La conversazione era stata complicata, proprio come si aspettava, ma gli era servita a capire che nemmeno lei ne sapeva molto. Meno di lui, probabilmente, anche se il modo in cui farfugliava non gli aveva permesso di capire tutto ciò che gli aveva detto. Sembrava ubriaca o sotto l'effetto di qualcosa. Forse tutte e due. Di certo, con il marito scomparso e senza un corpo da piangere, Jonah non poteva biasimarla.

La chiesa non era affollata come aveva immaginato. C'erano diversi agenti in divisa, ma se ne aspettava di più. Si domandò se ci fosse anche Chrissie ma non riuscì a vederla. Non ne fu sorpreso. Né dispiaciuto, visto che così non sarebbe stato costretto a decidere se dirle di Owen Stokes. Sarebbe successo, prima o poi, ma Jonah per il momento non voleva coinvolgere la ex moglie, non prima di aver scoperto qualcosa in più. Chrissie aveva accettato prima di lui la morte del figlio, si era anche risposata a quanto ne sapeva. Non sarebbe stata felice di lasciargli lanciare una bomba a mano nella sua nuova vita, non più di quanto non lo sarebbe stato Fletcher nello scoprire che Jonah le aveva parlato.

Per il momento doveva starsene tranquillo.

Il prete stava per concludere. Per fortuna la funzione era stata breve, solo con la commemorazione di un supervisore, breve e piuttosto vaga. Ci fu una preghiera salmodiata, qualche altra parola, poi partì la musica finale. Era l'Ave Maria, e Jonah era sicuro che non fosse molto in cima nella lista delle preferenze di Gavin. Era una registrazione ma nell'ampio spazio della chiesa la melodia dolorosa risultò molto potente. Il momento solenne fu interrotto dal borbottio basso di un rutto soffocato proveniente dall'estremità della panca. Jonah si sporse per guardare mentre un omone si colpì il petto con un pugno.

"Chiedo scusa," mormorò.

Splendido.

La musica finì insieme al servizio funebre. Jonah rimase seduto mentre le prime panche iniziavano a svuotarsi. Marie uscì per prima, in lacrime, sorretta da un uomo anziano che – immaginò – doveva essere il padre, e da un ragazzo dai capelli ricci neri e allampanato come Gavin. Jonah sentì una fitta quando capì che era Dylan. Gesù, quando era diventato così grande? L'ultima volta che lo aveva visto doveva avere sei anni. Sette forse. *Dieci anni fa. Basta fare i conti.*

Dietro di loro c'erano due donne la cui somiglianza con Marie le identificava come le sorelle. Poi si svuotarono le altre panche, ma non ci volle molto prima che arrivasse il turno di Jonah. Aspettò che l'omone all'altra estremità della panca uscisse e si incamminò sulle sue stampelle.

La gente radunata davanti alla chiesa si stava già disperdendo, quasi tutti gli agenti in divisa camminavano verso il cancello e le loro macchine in attesa fuori. Sollevato nel vedere che anche la stampa e le troupe televisive si stavano allontanando, Jonah si unì alla piccola fila che aspettava di salutare la vedova. Più si avvicinava il suo turno, più il suo nervosismo cresceva. Mentre le strette di mano compite e le condoglianze continuavano davanti a lui, vide Bennet in disparte, la giacca di pelle nera e i jeans non la facevano risaltare troppo. Non c'erano tracce di Fletcher e il viso di Bennet non tradì alcuna emozione quando i loro sguardi si incrociarono. Le rivolse un cenno rigido.

Davanti a lui, l'omone stava parlando con Marie. Non sentiva cosa stesse dicendo, poi si salutarono e arrivò il suo turno. La vedova indossava un vestito nero e un trucco pesante che stava perdendo la sua battaglia contro le lacrime. I capelli erano acconciati in maniera diversa, forse un po' più appariscente, ma per il resto non era cambiata molto. Quando Jonah fu a portata del suo profumo notò le rughe e gli occhi gonfi che il trucco non poteva mascherare.

Prese un lungo respiro. "Marie, sono addolorato..."

Non riuscì a proseguire. Lei si avvicinò e gli gettò le braccia al collo così rapida che lui traballò sulle stampelle.

"Oh, Jonah!..."

Ricambiò l'abbraccio meglio che poté. Fu investito dal sentore stucchevole del profumo che non era in grado di coprire l'alcol nel suo fiato. Mentre piangeva sul suo petto, Jonah si accorse di essere osservato. Sentì il viso avvampare, già immaginando le voci. *È lui. Quello che ha trovato Gavin.* Accanto a Marie e al loro figlio adolescente. Dylan si era irrigidito nello sforzo di controllare le emozioni. La somiglianza con il padre era stupefacente, sebbene il ragazzo avesse un'aria accigliata e risentita che Gavin non aveva mai.

Marie si raddrizzò e fece un passo indietro, senza staccarsi da lui e notando finalmente le sue stampelle. "Oh, Dio! Guarda come sei conciato!"

"Mi sto rimettendo..."

Lei non ascoltava. "Non riesco ancora a credere che sia morto."

Abbassò la testa quando sua sorella – una donna più anziana e più in carne ma fatta con lo stesso stampo – le mise un braccio sulle spalle. Jonah provava un disagio estremo, ma lei non si staccava da lui, impedendogli di andarsene.

"Dylan, ti ricordi di Jonah? È un amico del tuo papà," disse tra i singhiozzi.

Il ragazzo alzò lo sguardo quanto bastò per lanciargli un'occhiata in cagnesco. "E allora?"

"Dylan!" I lineamenti della madre si indurirono. "Cosa ti avevo detto? Non è questo il modo di..."

"Vado alla macchina."

Si girò e se ne andò. Marie lo fissò arrabbiata prima di ricomporsi in un sorriso dolente.

"Mi dispiace, Jonah. È un momento delicato per lui e..."

"Lo capisco, Marie."

"Abbiamo organizzato un piccolo rinfresco, vieni? Ci sarà un buffet, qualcosa da bere... oh Dio mio..."

La sorella la confortò. "Sss, Marie. Certo che verrà."

Poi guardò Jonah con un'aria di sfida, come a fargli capire che non poteva rifiutare. Lui mise insieme un sorriso.

"Ci vediamo lì."

Le stampelle grattarono sulla pietra mentre lui zoppicò via.

Povera Marie, si disse, *e povero Dylan*. La funzione funebre era arrivata al momento giusto per ricordargli che non era l'unico alla ricerca di risposte. Sapeva quanto fosse triste dover accettare la scomparsa di una persona cara senza avere un corpo da piangere. Jonah sapeva fin troppo bene cosa voleva dire.

Ma ciò che gli bruciava dentro adesso era il pensiero che lo stesso uomo potesse essere responsabile di entrambe quelle morti.

Le notizie su Owen Stokes lo avevano precipitato nella confusione, ma adesso riusciva a pensare con maggior lucidità. Non voleva più chiedersi cosa avesse voluto dire Fletcher quando aveva fatto quella battuta dispregiativa sui *precedenti* di Gavin e aveva detto che il suo giudizio non poteva essere *preso per oro colato*. L'ispettore capo era agitato e in collera, e Jonah pensò che forse si era lasciato sfuggire qualche parola di troppo. Sembrava proprio che il coinvolgimento di Gavin andasse al di là di ciò che Jonah sapeva.

E doveva scoprire ogni cosa.

Seguì il vialetto fino a quando fu abbastanza lontano dagli altri e si fermò proprio sotto una grande vetrata colorata. Era protetta da una schermatura di plastica un po' malridotta e senza la luce del sole a ravvivarli i colori sembravano muti. Santi e angeli dal viso slavato osservavano con occhi spenti un mondo impossibile da riconoscere. Jonah era abituato a quella sensazione.

Aprì la app dei taxi sul cellulare – gli era stato restituito da Fletcher senza alcun commento – e prenotò una macchina. Arrivo stimato in venti minuti. Era ancora al cellulare quando qualcuno alle sue spalle gli rivolse la parola.

"Jonah?"

Era la voce di una donna, sembrava familiare anche se non la riconobbe immediatamente. Poi si voltò e vide la giornalista che si era intrufolata in camera sua in ospedale. Era in nero per l'occasione, anche se il vestito corto che spuntava sotto la giacca sarebbe stato più adatto per una cena.

"Salve, sono Corinne Daly. Abbiamo parlato..."

"So chi è," rispose, voltandosi.

Lei lo seguì mentre lui si allontanava verso un'uscita laterale nella cancellata. "Mi rendo conto che dev'essere un momento difficile, ma vorrei solo scambiare due parole."

"Non ho nulla da dire."

"Senta, mi dispiace se siamo partiti con il piede sbagliato in ospedale..." Il piede sbagliato? Jonah si fermò, sia per la rabbia sia per i gradini che conducevano al marciapiede. Non avrebbe tentato di superarli davanti a quella giornalista. "Lei si è intrufolata nella mia stanza e ha finto di essere una psicoterapeuta."

"Sono entrata in una stanza vuota, non mi ci sono intrufolata," rispose, il sorriso svanito. "E non ho finto un bel niente. Non è colpa mia se lei è giunto alle conclusioni sbagliate."

"E cosa mi dice di quel mucchio di spazzatura che ha scritto? Ho visto il suo pezzo stamattina. Non ho detto niente di quanto compare nella sua ricostruzione."

"Non era affatto *spazzatura*," rispose secca. "Era un reportage accurato e rifletteva il tono della nostra conversazione. Molto empatico, anche. E non era scontato."

"Cosa vorrebbe dire?"

Sorrise, l'aria di nuovo amichevole. "Che lei ci creda o no, non sono una sua nemica. Capisco perfettamente perché non si fida di me, ma non sono un orco. So cosa vuol dire perdere un amico. E sono una mamma. Mia figlia ha sei anni, si chiama Maddie. Non so cosa farei se le accadesse qualcosa."

"Sono sicuro che sarebbe orgogliosa di lei, per l'articolo intendo."

Quella frecciata l'aveva lanciata senza pensarci troppo ma aveva colto nel segno.

"Lo è, può giurarci," rispose, arrossendo. "Sa che la sua mamma cerca di smascherare i bugiardi e i cattivi."

E si infila nelle stanze d'ospedale spacciandosi per una psicoterapeuta. Jonah controllò il cellulare, sperando che il taxi si sbrigasse. La app diceva che invece era in ritardo. *Merda.*

"Quindi, cosa è venuta a fare qui?" Jonah guardò verso la strada, come se così facendo il taxi potesse arrivare prima.

"Sono venuta a onorare la vittima. E speravo di poter parlare ancora con lei."

"Gliel'ho già detto, non ho nulla da dire."

"Ma lei non sa nemmeno di cosa vorrei discutere." Fece un gesto a indicare la chiesa. "Mi dispiace per Gavin McKinney, ma non è l'unica vittima, no? E le altre tre? Nessuno ha pensato di organizzare una funzione funebre per loro."

"Non sono ancora state identificate."

Anche il solo fatto di averle risposto lo infastidì. Daly alzò la testa.

"No? E se le dicessi che ho saputo che una delle tre vittime ha un nome? E che non era un immigrato illegale?"

Non doveva cascarci, lo sapeva, ma non ci riuscì. "La ragazza?"

Daly adesso mostrava un sorriso intrigante. "Perché non ci vediamo da qualche parte per parlarne con calma? Un pub, una caffetteria, non importa. Oppure potremmo parlarne a cena, se le piace l'idea."

Ma dice sul serio? "Senta..."

"Cosa sta succedendo qui?"

Jonah non aveva sentito Bennet che si avvicinava. E dall'espressione stupita che aveva in viso, neanche Daly. Osservò la giacca di pelle e i jeans. E sfoderò un sorriso educatamente sdegnoso quando la poliziotta li raggiunse.

"Si tratta di una conversazione privata. Lei è..."

"Ispettore Bennet. Questa è una cerimonia privata. La chiesa è chiusa ai giornalisti, devo chiederle di andarsene."

"A dire il vero, credo si sia accorta che la funzione è terminata. E in ogni caso sono fuori dalla chiesa."

Il sorriso di Daly si fece più aggressivo. "Vuole davvero fare una scenata a un'orazione funebre? Davanti alla famiglia della vittima?"

Bennet si strinse nelle spalle. "Non mi importa."

Se stava bluffando, era davvero convincente. Sembrava rilassata ma sul punto di scattare. Jonah pensò che non avrebbe voluto mettersi contro quella donna, neanche con tutte e due le ginocchia a posto.

Evidentemente anche Daly si sentiva allo stesso modo. Si rivolse a Jonah in modo plateale come a dimostrare che non stava battendo in ritirata. "È stato un piacere rivederla, Jonah. Ricordi cosa le ho detto. Quando vuole parlare, io ci sono..."

Si incamminò, poi si voltò verso Bennet con un sorriso di spregio.

"Mi stavo dimenticando, complimenti per il look gotico."

Dopodiché i suoi tacchi alti risuonarono trionfali sul lastricato mentre si incamminava verso il cancello. Bennet la studiò come farebbe un gatto pigro con un uccellino.

"Cosa voleva?"

"Informazioni sulle altre vittime. E prima che me lo chieda, no, non le ho detto nulla."

"Lo spero."

"Secondo lei una delle vittime è stata identificata," aggiunse Jonah. "Non mi ha detto quale, ma ha saputo che non si trattava di un immigrato illegale."

Bennet piantò gli occhi scuri nei suoi. Jonah li trovò giudicanti. "E cos'altro ha detto?"

"Niente, solo quello. Voleva scoprire cosa ne sapessi io."

"E lei non le ha detto nulla?"

"Come avrei potuto? Io non so niente."

Bennet lo studiò per un momento, poi annuì. "Va bene."

"Ma è vero?" domandò mentre lei si incamminava. "Avete identificato una vittima?"

"Non dovrebbe dar retta ai pettegolezzi," disse Bennet, allontanandosi.

11.

Il rinfresco si teneva nella sala privata di un pub. Era uno spazio ampio con portefinestre e un palco nascosto da un sipario su un lato. C'erano delle sedie e un buffet imbandito su una tavola coperta da una tovaglia bianca con sandwich, quiche e contenitori di alluminio per le pietanze calde. Non c'erano più di dieci persone, e quei pochi presenti facevano apparire la sala ancora più vuota.

Da quanto riusciva a vedere, Jonah era l'unico a indossare la divisa della polizia.

Seduta a un tavolo, circondata dai suoi familiari e da bicchieri di vino e birra, Marie sembrava sotto shock. I nipoti e le nipotine adolescenti si erano radunati poco distante, dove Dylan sedeva in silenzio, il viso pallido. Quando Jonah si avvicinò fu di nuovo attirato nell'abbraccio lacrimoso di Marie. Odorava di trucco e vino rosso.

"Jonah, sono così contenta che sei venuto! Dove sono gli altri?" si agitò. "Perché c'è così poca gente? I suoi colleghi, le altre persone che erano in chiesa, dove sono finiti? Non capisco!"

Neanche Jonah. "Staranno arrivando," disse, anche se lui era stato uno degli ultimi a partire dopo la cerimonia. Chiunque avesse deciso di intervenire al rinfresco ormai doveva essere già arrivato.

Marie lasciò vagare lo sguardo nella sala pressoché vuota, come se la vedesse per la prima volta.

"È un incubo. Continuo a credere che a un certo punto mi sveglierò... Dio, non riesco a pensare a Gavin disteso in quel posto, da solo..." Si asciugò gli occhi e prese un sorso di vino. "Sono contenta che sia stato tu a trovarlo. Eravate così legati, non ho mai capito perché vi siete persi di vista."

Jonah aveva già dovuto affrontare quella domanda quando avevano parlato al telefono. "Sono cose che capitano, sai..."

Ma lei non lo stava ascoltando. "Non riesco ancora ad accettarlo. Sai bene che è un mestiere rischioso, ma non credi davvero che possa accadere qualcosa di brutto. Non al mio Gavin. E che qualcuno abbia portato via il suo corpo... Chi farebbe una cosa simile?"

Fu un sollievo quando lei non attese una risposta.

"L'ispettore capo, Fletcher, quello con il viso... È tornato ieri sera e mi ha chiesto se Gavin mi avesse mai parlato di un tizio, Owen Stoke o Stokes. Ma non mi ha detto perché."

Appena sentì quel nome, il suo cuore si mise a correre. "Ah, sì? E lo aveva fatto? Gavin, voglio dire."

"No, sai com'era. Non mi parlava mai del lavoro."

Marie lo fissò con aria supplicante e terrorizzata. "Credono che... sia stato quell'uomo?"

"Non so bene cosa credano, Marie. Non dicono nulla neanche a me."

Era vero, fino a un certo punto, e di sicuro non l'avrebbe aiutata sapere qualche dettaglio in più. Dubitava che potesse stabilire il collegamento tra Owen Stokes e la scomparsa di Theo. Era stato scagionato quasi subito e anche se Gavin doveva aver fatto il suo nome difficilmente lei se ne sarebbe ricordata, dopo tutto quel tempo.

Eppure Jonah si odiò per averle mentito. E si sentì ancora peggio quando lei si aggrappò alla sua mano.

"Sono così felice di vederti. Possiamo parlare, tu sai cosa vuol dire. Come faresti tu a sopportare una cosa come questa?"

"Un giorno alla volta," le disse, desiderando di possedere una risposta migliore.

"Lo so ma... è il fatto di non sapere. Vorrei solo che qualcuno mi dicesse chi è stato e perché... o cosa ha fatto con il... con il... oh Dio mio..."

L'uomo anziano che Jonah immaginò fosse suo padre si avvicinò e fece per portarla via con gentilezza.

"Su, Marie. Gavin non vorrebbe vederti così. Pensa a Dylan."

Ma quell'intervento suscitò solo altre lacrime. L'uomo rimase con Jonah mentre una delle sorelle di Marie la riaccompagnò a sedersi.

"È la prima volta che esce di casa da settimane. Sono suo padre, dovrei essere qui per aiutarla, ma non ho idea di cosa potrei fare. Cosa dovrei dirle? E a Dylan?"

"La polizia non ha fornito alcuna informazione?" domandò Jonah.

"In realtà, no. Stanno seguendo delle piste. Ma cosa vuol dire? Dicono di non poter rivelare i dettagli perché le indagini sono in corso. Nemmeno a sua *moglie*. Dove diavolo è finita la compassione?"

Poi l'uomo sembrò ricomporsi: lo fissava battendo le palpebre come se avesse dimenticato la presenza delle altre persone nella sala.

"Comunque, c'è l'open bar." Cercò di sorridere ma i suoi occhi erano troppo distanti. "Prenda pure quello che vuole."

Jonah si allontanò con una colpevole sensazione di sollievo. Andò al bar e ordinò una birra, preferendo la bottiglia al bicchiere perché sarebbe stata più facile da reggere. Bevve un sorso e guardò la sala quasi vuota. E addio alle sue speranze di scoprire qualcosa. Dove diavolo erano tutti? Il pub avrebbe dovuto essere pieno di colleghi e superiori di Gavin, ma a quanto pareva erano tutti spariti alla fine della cerimonia. Come se non vedessero l'ora di scappare. Jonah non pensava che le domande spiacevoli che circondavano la morte di Gavin potessero giustificare le assenze.

Ma allora, cosa stava succedendo?

"Bello vedere che qualcuno in divisa abbia deciso di presentarsi."

Jonah si voltò e riconobbe l'omone con cui aveva condiviso la panca in chiesa. Era davanti al buffet, un piatto stracarico in una mano e un panino alla salsiccia mezzo mangiato nell'altra. Invece di un completo, per l'occasione indossava un dolcevita nero e dei chinos blu marina sotto una giacca di pelle cosparsa di briciole sul davanti. Fissava Jonah mentre masticava, gli occhietti intenti e furbi sopra le guance piene. Non ostile, ma neanche del tutto amichevole.

"Non è venuta molta gente, vero?" L'uomo aveva una voce roca e ruvida, come se si stesse riprendendo da un'influenza. "Guarda che roba. È un insulto del cazzo!"

Jonah si avvicinò. "Eri amico di Gavin?"

"Già." L'uomo si raddrizzò. "Ho lavorato con lui per otto anni, poi l'anno scorso sono andato in pensione anticipata."

"Io sono Jonah..."

"Lo so chi sei." Si infilò in bocca il resto del panino alla salsiccia e riprese a parlare. "Ti ho visto sul giornale di oggi."

"Mi hanno fregato."

"Sì, l'avevo pensato. Giornalisti del cazzo." Pulendosi le briciole dalle labbra, gli porse la mano. "Jim Wilkes. Ispettore, un tempo."

Sembrava che il suo nome dovesse suscitare una reazione. Ma niente. Jonah gli strinse la mano. Era grassa, la pelle coriacea e ancora unta per il panino. Aveva una stretta piuttosto forte, gli avrebbe fatto male se Jonah non se la fosse aspettata. Poi Wilkes poggiò il piatto e prese una pinta di birra.

"Gesù, che cazzo di affare. Non riesco ancora a crederci. Cioè, Gavin? Non mi sembra possibile." Poi fissò le stampelle di Jonah. "Pare che anche tu sia andato in guerra. Cos'è successo là dentro?"

"Tu cos'hai sentito?" ribatté Jonah.

"Un cazzo di niente. Ho chiesto un po' in giro ma hanno le bocche cucite. Sono stato un ispettore per venticinque anni, capisco che non vogliano rendere pubblici certi dettagli. Ma a parte le stronzate servite alla stampa, non ne so nulla. Niente su possibili sospettati né su cosa Gav stesse facendo lì. Niente di niente." Wilkes si irrigidì, come un pugile che alza la guardia. "Ma non sono un idiota, capisco quando nascondono qualcosa. Gav era un buon compagno. E vorrei sapere cosa sta succedendo."

Jonah rifletté per un istante, soppesò rischi e vantaggi. Dopo essersi scottato con Daly, non si sarebbe più fidato delle parole di nessuno. Ma l'omone aveva proprio l'aspetto di un ex piedipiatti, e Marie lo conosceva di certo. E se non fosse stato un amico di Gavin, non si sarebbe trovato lì in quel momento.

Inoltre Jonah aveva sperato di trovare qualcuno in grado di raccontargli qualcosa degli ultimi dieci anni. In pensione o no, Wilkes aveva lavorato con Gavin, quindi conosceva alcuni aspetti della sua vita dai quali Marie era stata esclusa. E se Jonah voleva scoprire qualcosa, doveva offrire della merce in cambio.

Così, senza nemmeno citare Owen Stokes, fornì all'ex ispettore una ricostruzione parziale di quanto accaduto nel magazzino. Wilkes lo ascoltò cupo, l'espressione che si scurì ancora di più quando seppe che il corpo di Gavin era stato avvolto nella plastica e trascinato via. Quando Jonah ebbe finito, fu sorpreso nel vedere che l'uomo era a pezzi. Prese il fazzoletto e si soffiò il naso.

"Un peccato che tu non abbia fatto fuori quel figlio di puttana." Si schiarì la gola, rimettendosi il fazzoletto in tasca. "E non sei riuscito a vederlo? Mentre eri nel magazzino?"

"Era buio pesto," disse Jonah, infastidito. "Chissà come te la saresti cavata tu, messo fuori combattimento e legato..."

"Era solo una domanda. Non c'è bisogno di innervosirsi." Wilkes fissò il bicchiere con aria torva. "Quindi era un uomo solo?"

"A quanto ho potuto vedere, sì."

"Be', allora non sembra che sia coinvolta una gang criminale. I giornali hanno lasciato intendere che fossero migranti irregolari uccisi dai trafficanti, ma da quello che dici penso più a un pazzoide solitario." Si accigliò ancora di più. "E non ho capito cosa facesse lì Gav. Né perché ha chiamato te. Senza offesa, ma non ricordo che abbia mai fatto il tuo nome. E se era nei guai, per quale motivo si è rivolto a te e non a... chiunque altro?"

"Sto cercando di capirlo anch'io." Jonah non voleva fare troppe domande su quell'aspetto, non dopo le rivelazioni di Fletcher su Owen Stokes. Fece un cenno del capo verso la birra quasi finita di Wilkes. "Ne vuoi un'altra?"

"Non la rifiuto di certo." A guardarlo sembrava non lo facesse spesso. "Prendo qualcos'altro da mangiare e vengo con te."

Jonah attese mentre si riempiva il piatto, poi si mossero verso il bar. Da come camminava, Wilkes doveva avere un problema a un'anca.

"Sono mesi che aspetto questa cazzo di operazione," grugnì. Quando arrivò la sua birra, la alzò verso Jonah. "A Gav."

Jonah inclinò la sua bottiglia – ancora la prima – ma non disse nulla. "Quando l'hai visto l'ultima volta?"

I suoi occhi gonfi si fecero sfuggenti. "Non di recente. Sai com'è quando si va in pensione."

Jonah lo sapeva. Aveva incontrato gli uomini della sua squadra per un drink subito dopo essere uscito dall'ospedale. Anche se era stato piacevole rivederli, si era già sentito tagliato fuori.

"Vi tenevate in contatto?"

"Sì, certo." Sembrava sulla difensiva. "Ci vedevamo per una birra o un curry, cose così. Anche se più raramente da quando aveva traslocato."

"Traslocato?"

"Non lo sapevi?" Gli occhietti scaltri di Wilkes ebbero un lampo trionfale. "Lui e la moglie si erano separati. Aveva preso un appartamento in affitto a Ealing."

Jonah non ne sapeva niente. Marie non gliene aveva parlato, ma forse non aveva avuto voglia di affrontare anche quello. Non quando ogni possibilità di riconciliazione era scomparsa insieme a Gavin.

"Cos'è successo?"

"Non sta a me dirlo," ribatté Wilkes, abbassando gli occhi sulla birra.

"No, certo."

Jonah bevve un sorso dalla sua, lasciando che il silenzio lavorasse per lui.

"Be', detto tra noi, le cose andavano male già da un po', tra loro," concesse Wilkes, avvicinandosi. "Lo conosci Gav, non era certo un santo. Gli piaceva il rischio. Ma non era mai stato costretto ad andarsene di casa, prima."

Jonah si concentrò per non far trasparire nulla. "Frequentava qualcuno?"

"Cristo, no. Non dopo..." Wilkes si fermò all'improvviso. "Cioè, mai niente di serio, non era mica stupido. Non posso fare una colpa alla moglie per essersi incazzata, ma questo lavoro è davvero stressante. Con tutta la pressione che ha dovuto sopportare, con la sospensione e il resto."

"Era stato sospeso?"

Wilkes lo guardò incredulo, quasi godendosi lo stupore di Jonah.

"Gesù, ma non sai proprio nulla. Era stato sospeso senza paga, anche se adesso nessuno vorrà ammetterlo. Non farebbe una bella impressione se la stampa venisse a sapere che gli Affari interni gli erano stati addosso per mesi, no? Bastardi."

All'improvviso molte cose furono chiare. Gli Affari interni indagavano sui casi di sospette infrazioni da parte di agenti della Met. E se Gavin era finito nel loro radar non era un buon segno.

Però spiegava il basso profilo davanti alla sua morte, così come la sala pressoché deserta in cui Jonah si trovava adesso. Poca gente in chiesa, con la stampa in attesa fuori, era una cosa. Di certo poteva generare qualche sospetto, ma un rinfresco privato era un'altra faccenda. Che Gavin fosse stato messo sotto indagine o no, non era bello che i suoi ex colleghi lo evitassero anche da morto per non essere associati a lui.

Tutti tranne Wilkes.

"Cosa pensavano che avesse fatto?" domandò Jonah.

Il poliziotto in pensione bevve un altro sorso di birra, lo sguardo sempre accigliato. "Qualche montatura del cazzo. Sai come va, a volte bisogna aggirare qualche regola per ottenere un risultato. Ormai non importa più, vero?"

Importava ancora, invece, se era collegato a ciò che Gavin stava facendo nel magazzino, pensò Jonah. Perché avrebbe potuto coinvolgere anche Jonah. Adesso era chiaro perché Fletcher era così sospettoso con lui.

"Credevano che prendesse qualche mazzetta?"

Dall'espressione spaventata che guizzò negli occhi di Wilkes Jonah capì di averci preso. Per nasconderla l'ex ispettore fece lo spaccone.

"Se vuoi parlare di quello, allora rivolgiti a qualcun altro. Non parlerò male di lui adesso che non può più difendersi. E non mi frega nulla di quello che la gente dice, Gav era una persona perbene. Meritava molto più di *questo*," disse, indicando con la mano che reggeva la pinta la stanza del pub. "Un'orazione funebre senza infamia e senza lode e un ricevimento nella sala di un cazzo di pub. E quei bastardi voltafaccia non si sono neanche presi il disturbo di venire."

Il viso di Wilkes adesso era paonazzo, in preda all'ira. Jonah non voleva farlo arrabbiare ancora di più, ma doveva sapere.

"Qualunque fosse il motivo della sospensione," chiese, "credi che fosse collegato a quanto successo nel magazzino?"

Wilkes impiegò qualche momento a tornare in sé. "Non vedo come potrebbe. Come ho detto, non sembra avesse una ragione per stare lì. A meno che..."

"Cosa?"

Wilkes si strofinò la punta del naso, come sconfortato per la direzione presa dai suoi stessi pensieri.

"Be', non aveva molto da perdere, non credi? Era sotto indagine interna, la moglie lo aveva sbattuto fuori di casa ed era stato sospeso senza stipendio. Era stato ingannato, comunque la si guardi. Quindi se aveva avuto il sentore che in quel magazzino stesse succedendo qualcosa potrebbe aver pensato 'Al diavolo tutto' ed esserci entrato di gran carriera. Se avesse funzionato, ne sarebbe uscito coperto di allori, e in caso contrario..."

Non finì la frase. Ma quella ricostruzione aveva senso, si disse Jonah. Gavin aveva una certa propensione per il rischio, una mentalità da giocatore d'azzardo che a volte lo spingeva a correre pericoli inutili. Il più delle volte se l'era cavata, rafforzando la sua convinzione che fosse quello l'ordine naturale delle cose. Ma non gli era sempre andata bene, e a volte la sorte peggiore era toccata ad altri.

Era fin troppo facile intravedere uno schema simile in questo caso. Jonah rimase in silenzio mentre Wilkes si scolò il resto della birra e sbatté la pinta sul bancone.

"Beviamo qualcosa di serio, adesso." Fece un gesto al barman. "Due brandy. Doppi."

Pochi istanti dopo, provenne del trambusto dal tavolo di Marie. Era al telefono, agitata, e scuoteva la testa. Una delle sorelle glielo strappò di mano e continuò la conversazione mentre l'altra la rincuorava. Le persone intorno a lei bisbigliavano, parlottavano con l'aria infuriata.

"Cosa c'è ancora?" disse Wilkes.

La sorella terminò la conversazione al cellulare e disse qualcosa a Marie, che riprese subito a piangere. Il padre la stava aiutando a rialzarsi, attorniato dagli altri.

Wilkes si scolò il brandy tutto d'un fiato: "Andiamo a dare un'occhiata."

Si mosse senza aspettare che Jonah prendesse le stampelle. L'intera famiglia era in fermento adesso, si preparavano ad andarsene. Due di loro si allontanarono per parlare con Wilkes. Di qualunque cosa si trattasse, non sembrava niente di buono. Dopo un momento Wilkes tornò con un'espressione compiaciuta sul viso.

"Prendi la giacca. La festa è finita," disse a Jonah. "Un figlio di puttana si è intrufolato nella casa di Marie."

Dall'ultima volta in cui era stato da loro, Gavin e Marie avevano lasciato la piccola casa su due livelli per una villetta in un quartiere di recente costruzione. Il dépliant immobiliare probabilmente l'avrebbe descritto come "esclusivo", sorvolando sulle dimensioni ridotte degli appartamenti e sul modo in cui erano stati costruiti l'uno addosso all'altro. Macchine enormi erano parcheggiate in vialetti troppo angusti, i giardini sul davanti nient'altro che piazzole d'erba a ridosso della pavimentazione di cemento. Non era il genere di posto in cui Jonah avrebbe voluto vivere, ma in ogni caso non avrebbe potuto permetterselo. Per quanto suonasse male, le rate del mutuo dovevano essere troppo alte per lo stipendio di un detective come Gavin.

Soprattutto di un detective sospeso senza paga.

Scendendo a fatica dalla macchina di Wilkes, Jonah lo seguì fino alla porta d'ingresso. Era aperta: in PVC effetto legno con un pannello satinato nella parte alta. Non presentava segni di scasso, quindi chiunque fosse entrato doveva aver trovato un altro accesso. Ma la casa era un disastro. Le stanze erano tutte sottosopra, cassetti e armadi svuotati, il contenuto sparpagliato al suolo. In quel modo sarebbe stato più complicato capire se mancava qualcosa, ma a una prima occhiata sembrava che avessero agito in fretta. La casa disponeva di un antifurto e a quanto pareva i ladri avevano arraffato tutto ciò che potevano prima che qualcuno intervenisse. In salotto il televisore grande e costoso era al suo posto, forse troppo voluminoso per essere portato via.

Marie vagava in lacrime di stanza in stanza, sostenuta dai familiari mentre prendeva nota dei danni. "Chi farebbe una cosa del genere?" continuava a ripetere. "E proprio oggi! Come si fa a essere così senza cuore?"

Jonah si guardò in giro. La stanza messa peggio era quella di Dylan. Il suo computer era scomparso insieme alla consolle per i giochi e le cuffie. Il danno maggiore per lui era la sparizione delle scarpe da ginnastica nuove, ancora nella scatola originaria.

"Merda! Merda!" urlava, tirando cazzotti al muro. "A cosa serve avere un antifurto?"

"Non dire parolacce," lo rimbrottava la madre. "Poteva andare peggio..."

"Certo, per te sì, non è la tua roba a essere scomparsa! E io non ci volevo neanche venire, te l'avevo detto che sarebbe stata solo una perdita di tempo!"

"Non parlare così, Dylan. Lo so che non ci credi neanche tu..."

"Viziato come la merda," disse Wilkes sottovoce. "Bisogna ringraziare la madre. Gav non gli avrebbe mai permesso di parlare in quel modo."

Sul retro, un pannello della veranda era stato distrutto e lo stipite della porta appariva scheggiato. Wilkes si accucciò per dare un'occhiata – sembrava un Buddha con indosso un maglione mentre annuiva.

"Opportunisti," grugnì. "Quei bastardi si tengono informati sui funerali così sanno quando le case sono deserte. Ha rotto il pannello, si è infilato all'interno e ha forzato la serratura. Hanno preso il computer e il resto perché sapevano di riuscire a piazzarli e se la sono svignata. Ci avranno messo cinque minuti, non di più."

"Dovevano essere piccoli per passare da lì," disse Jonah, guardando il pannello rotto.

"Ragazzini, probabilmente. Mandano il più piccolo ad aprire e poi entrano gli altri. Tipo spazzacamino."

Wilkes fece una risata ansante alla sua stessa battuta, ma Jonah non era convinto. "Guarda i bordi del legno, sono molto frastagliati. Anche un bambino avrebbe rischiato di farsi male."

"E quindi? Ho visto bastardi del genere infilarsi in posti da non crederci." Gli schioccarono le ginocchia quando si rimise in piedi. "Hai le prove di un'effrazione proprio davanti a te. Cerchiamo di non complicare le cose..."

Jonah aveva ancora qualche dubbio ma i furti in casa non erano il suo settore. Mentre l'ex poliziotto era nel suo ambiente. Se ne andò in giro per la casa, comportandosi con i due agenti come se fosse il responsabile delle indagini e non un ex detective in pensione. Dopo aver chiesto quando sarebbero arrivati gli uomini della Scientifica per prendere le impronte e che tipo di indagini sarebbero seguite, parve soddisfatto dell'impressione che aveva fatto.

"Non preoccuparti, mi occuperò personalmente di risolvere questa storia," rassicurò Marie.

Lei aveva trovato un calice ancora integro e una bottiglia di vino, così aveva ripreso da dove si era interrotta al pub. Le sorelle sarebbero rimaste con lei, un cognato avrebbe messo in sicurezza la porta sul retro, così quando gli agenti se ne furono andati Jonah non ebbe motivo per trattenersi. Quando la salutò, Marie lo abbracciò di nuovo, facendolo oscillare sulle stampelle una seconda volta.

"Restiamo in contatto, va bene?" gli disse, singhiozzando.

Jonah ricambiò l'abbraccio. Nonostante fosse molto in pena per lei, fu comunque un sollievo andarsene. Fuori faceva freddo, l'aria preannunciava l'inverno in quella serata di autunno inoltrato. Perlomeno l'effrazione aveva migliorato l'umore di Wilkes.

"Brutta giornata," disse, infilandosi un paio di guanti in pelle marrone mentre percorrevano il vialetto. L'anca non sembrava dargli più problemi e lui era più vivace del pomeriggio. "Marie aveva un bell'aspetto, tutto considerato. E non rifiuterei le attenzioni di una delle sorelle."

Jonah gli lanciò un'occhiata ma Wilkes era troppo su di giri per accorgersene. "Ti darei un passaggio ma non vado nella tua direzione," disse quando raggiunsero la macchina.

Jonah non gli aveva detto dove abitava ma non voleva un passaggio comunque. Non aveva voglia di passare altro tempo in compagnia del poliziotto in pensione. La giornata era stata lunga e non aveva ancora avuto il tempo di riflettere su ciò che aveva saputo di Gavin, per non parlare delle rivelazioni di Fletcher su Owen Stokes. Era stanco, gli faceva male il ginocchio e non mangiava da colazione. Non voleva altro che tornare nel suo appartamento per mettere in ordine i pensieri.

Ma forse avrebbe perso un'opportunità.

"Hai qualche progetto per stasera?" domandò.

Wilkes si fermò davanti alla macchina, facendo tintinnare le chiavi. "Perché?"

Sembrava diffidente ma anche incuriosito. Jonah aveva notato che non portava la fede e non aveva mai parlato di una famiglia. Non voleva per forza dire che non ne avesse una, ma c'era qualcosa nel vecchio poliziotto che lo induceva a pensare che vivesse da solo.

Come lui, se era per quello. Si concesse un minuto per immaginarsi mentre tornava a casa, sprofondava nel divano con una birra e del cibo. Poi allontanò quella visione.

"Non abbiamo finito il drink," disse.

12.

"Lo so, va bene? Non sono una completa..." Daly si zittì, alzando gli occhi al cielo mentre la voce nel cellulare non la smetteva. "Certo. So quanto tempo sto passando su questa faccenda, Giles, ma... No, non ho scoperto nulla alla commemorazione ma devo incontrare una fonte... Sì, lo capisco ma... sì. Sì, d'accordo. Se è quello che vuoi."

Chiuse la telefonata colpendo l'icona rossa con rabbia prima di lanciare il cellulare sulla scrivania.

"Fottuta testa di cazzo."

Poi fissò infuriata la finestra buia, senza riuscire a vedere oltre il suo stesso riflesso. E riprese il cellulare per controllare di aver davvero chiuso la comunicazione.

"Testa di cazzo," mormorò di nuovo, riappoggiandolo sulla scrivania.

Si lasciò cadere sulla sedia e fissò le parole sullo schermo del computer di fronte a lei:

Sono molte le domande che circondano i fatti della Banchina del macello in cui quattro persone incluso un agente del Met sono state uccise in modo brutale. Nessuna spiegazione è stata fornita per il momento...

Il cursore lampeggiava alla fine della frase sospesa. Daly lo fissò, poi schiacciò il tasto cancella per far sparire tutto. Le parole scomparvero una dopo l'altra, fino a quando lo schermo non fu di nuovo vuoto. Si appoggiò allo schienale, si infilò le mani tra i capelli e alzò lo sguardo al soffitto.

"'Fanculo..."

Arricciò il naso quando avvertì una nota di sudore dalle ascelle. Indossava ancora il vestito nero con cui era andata alla cerimonia funebre, ormai tutto sgualcito. In più se lo era macchiato con un caffelatte da asporto. Era il suo vestito migliore, quello delle occasioni speciali. Aveva pensato di cambiarsi dopo la cerimonia ma al mattino era uscita di corsa e si era ricordata dei vestiti di ricambio solo quando era troppo tardi per tornare a prenderli. Non lo indossava neanche ai funerali, era una regola che si era data, ma aveva immaginato di incontrare Colley. E, diciamolo, con quello indosso le sue gambe facevano un figurone. Molto meglio del suo solito vestito per i funerali, ormai fuori moda. Aveva beccato Colley che gliele guardava – prego, fa' con comodo – prima che quella poliziotta stronza arrivasse a rovinare tutto. E adesso quel vestito doveva andare in lavanderia. Un'altra spesa che avrebbe evitato, anche perché quel maledetto di Giles non gliela avrebbe mai rimborsata.

"'Fanculo," disse di nuovo.

La faceva infuriare. Sapeva che c'era qualcosa sotto gli omicidi nel magazzino. Quattro morti, incluso un poliziotto, eppure nessuno voleva parlarne. La stampa non faceva pressioni, nessuna rivelazione ufficiale o trapelata da una fonte interna. E nemmeno un sospetto, perlomeno nessuno voleva ammetterlo.

C'era qualcosa che non tornava. Sul serio.

Anche la cerimonia funebre del pomeriggio era stata sottotono. Non c'era stato il clamore che si sarebbe aspettata per l'omicidio di un ispettore. Va bene, magari erano evasivi, non volevano lasciar trapelare nulla finché il corpo non fosse stato trovato. Ma in genere sarebbe bastata quella circostanza a generare un forte interesse. Quindi, perché nessuno chiedeva informazioni? Era come se non volessero tenere quella storia nei titoli dei notiziari.

Come se fossero a disagio.

Non era ancora riuscita a ottenere una dichiarazione ufficiale su ciò che Colley e McKinney stavano facendo in quel magazzino. All'inizio tutti avevano pensato che fosse un'operazione sotto copertura, cosa che avrebbe giustificato la segretezza. Ma perché un uomo del nucleo di intervento armato avrebbe dovuto essere coinvolto in una cosa simile? Colley sembrava un agente modello, ma aveva iniziato a sentire alcune voci su McKinney. A quanto pareva non era proprio pulito, e su di lui incombeva qualcosa di poco chiaro al momento della morte.

E poi c'erano le altre vittime.

Daly era sicura che la chiave di tutto era proprio lì. Nessuno se ne era occupato molto, ridotte a numeri senza nome, nessuno le aveva identificate o le piangeva. E la giornalista sapeva di essere anche lei colpevole da quel punto di vista, visto che si era concentrata su McKinney e Colley, all'inizio. E quando aveva cercato di approfondire quell'aspetto, Giles, il suo capo redattore, le aveva fatto una lezioncina sul fatto che *altri immigrati morti* non facevano vendere i giornali né attiravano la pubblicità, e le aveva detto di non perdere più tempo su quella storia. E che per lui gli omicidi del magazzino ormai erano una notizia vecchia.

Ma Daly non la pensava così. Era stata l'espressione di Colley, in ospedale, quando le aveva parlato di come aveva cercato di salvare la ragazza chiamata Nadine a farle capire tutto. Sì, certo, poi l'aveva buttata fuori, ma non cambiava nulla. E se si fosse scoperto che le tre vittime senza nome non erano *immigrati morti* come diceva Giles, allora tutta la teoria sul traffico di esseri umani sarebbe saltata.

Il maledetto Giles avrebbe dovuto lasciarle seguire la storia, in quel caso. E così Daly aveva iniziato a scavare. Non c'erano molte piste da seguire, ma era partita consultando i siti sulle persone scomparse, in cerca di persone sparite in quel periodo che potessero combaciare con le vaghe descrizioni delle vittime.

Ed era stata molto sorpresa quando ne aveva trovata una.

La polizia si era rifiutata di confermare quando lei aveva parlato con loro, ma non avevano potuto neanche negare. Si era fatta l'idea che gli inquirenti volessero fare un test del DNA prima di rendere pubblica l'informazione. E questo le aveva fornito l'opportunità di batterli sul tempo e di diffondere quel nome per prima.

Ma per farlo aveva bisogno di qualcosa di più concreto. Ecco perché era andata alla cerimonia funebre di McKinney. E non lo aveva ingannato del tutto quando gli aveva detto che una delle vittime non era un immigrato irregolare. Se aveva ragione, allora avrebbe soltanto preceduto l'annuncio ufficiale, e voleva constatare la sua reazione. La sorpresa di Colley le era parsa sincera, e per qualche secondo Daly aveva pensato che fosse finalmente intenzionato a dirle qualcosa.

Poi quella stronza di una poliziotta li aveva interrotti.

Sospirando, Daly controllò l'ora. Aveva passato il pomeriggio cercando di rintracciare i conoscenti della persona scomparsa che poteva – poteva – essere una delle vittime del magazzino. Ma tutti si erano rifiutati di parlare con una giornalista. Ne restava solo uno da contattare e si erano accordati per incontrarsi quella sera stessa. *Quindi fottiti, Giles.* Ma questo significava anche un'altra serata fuori fino a tardi e un'altra telefonata che davvero non aveva voglia di fare.

Negli ultimi tempi erano state troppe.

Quando partì la suoneria, si massaggiò gli occhi con indice e pollice. Si fermò appena risposero e fece un sorriso tanto forzato quanto istintivo.

"Ciao, mamma, sono io." Le sue spalle si abbassarono insieme al sorriso. "Sì, lo so, ma sono dovuta restare in ufficio. No, non so per quanto ancora dovrò rimanere. Lei sta bene? Sì, sono sicura che tu… ma… è lì con te? Lo so che è tardi, è per questo che sto…"

Chiuse gli occhi per il tono accusatorio, implacabile come un trapano da dentista.

"Sì, mamma, lo capisco. E sono davvero molto grata a te e papà. No, so che non lo hai fatto ma allora era diverso. Tanto per iniziare, papà non era un… Senti, possiamo parlarne in un altro momento? Passami Maddie. Non è ancora a letto, la sento… è mia figlia e voglio parlare con lei. No, non stavo alzando la voce, ma è stata una giornata dura e… Sì. Grazie."

Chinò il capo e richiuse gli occhi mentre aspettava. Poi comparve una nuova voce, più giovane e dal tono più alto. Il viso di Daly si aprì in un sorriso che era sincero tanto quanto l'altro era stato di facciata.

"Ciao, tesoro, come stai? È andata bene la giornata? No, la mamma non può tornare ancora a casa, così tu potrai restare un'altra sera dai nonni." Il suo sorriso si allargò mentre ascoltava. "Wow, ma è fantastico! Una zebra! Sai cosa ti dico? Tu tienila al sicuro e domani possiamo pensare a un posto in cui farla andare. Cosa ne pensi?"

La stanchezza era sparita dal volto di Daly, ma poi la prima voce tornò a farsi sentire in sottofondo. Il sorriso di Daly si increspò.

"Sì, la sento. Va bene, ripassami la nonna. Sì, ti voglio bene anch'io, tesoro. Buonanotte. Sì, fa' la brava..." Il sorriso svanì al ritorno della prima voce. "Stavo ancora... No... Sì, ma. Va bene, ti chiamo domattina."

Quando chiuse la telefonata Daly sembrò sgonfiarsi. Guardò fisso davanti a sé senza vedere nulla in particolare, poi mise via il cellulare e prese la giacca dallo schienale della sedia. *È ora di andare.* Non era l'unica a lavorare fino a tardi nell'open space dell'ufficio ma era tra gli ultimi. Jamal era ancora lì, stravaccato davanti al monitor e immerso nei suoi pensieri come sempre quando scriveva, Lauren era ingobbita di fronte al suo. La donna dai capelli rossi le rivolse un'occhiata di ghiaccio quando le passò accanto ma, come sempre in quei giorni, si ignorarono. *Stronza.*

Prese l'ascensore fino al parcheggio sotterraneo. Di solito prendeva le scale ma quelle maledette scarpe la stavano uccidendo. Certo, facevano meraviglie per le gambe, ma i piedi e la schiena ne pagavano il prezzo. Tornò con la mente a Jonah Colley quando le porte si richiusero e il vecchio ascensore iniziò la discesa. C'era qualcosa in lui che l'aveva colpita. Era in forma, se ne era accorta nonostante la maglietta larga e i pantaloni della tuta che portava in ospedale. E non era neanche brutto. Era uscita con uomini peggiori, Dio lo sapeva! Molto peggiori.

Ma c'era dell'altro. Sembrava che fosse ferito, le faceva venir voglia di – be', forse quello avrebbe dovuto aspettare fino a quando lei non avesse finito il pezzo, si disse, sorridendo.

Daly si sistemò la borsa sulla spalla quando l'ascensore raggiunse il parcheggio. La puzza di umido, gomma e gas di scarico la accolse appena le porte si aprirono. I suoi tacchi battevano sul pavimento di cemento mentre raggiungeva la macchina. Era in fondo e il soffitto basso e le luci insufficienti la facevano apparire anche più lontana. Ce n'era qualche altra ma davvero poche. L'edificio ospitava altre aziende – assicurazioni, finanza – i cui dipendenti facevano anche più tardi di lei. C'era qualcosa di disperato in quelle macchine abbandonate laggiù, come se fossero destinate a rimanerci per sempre, ma forse era dovuto alla stanchezza di Daly a quell'ora della sera.

Era a metà strada quando sentì un colpo di tosse.

Era smorzato, come se qualcuno avesse tentato di coprirlo. Fu amplificato dall'enorme spazio vuoto e rimbalzò contro le pareti, così da non essere individuabile. Daly avrebbe pensato che non fosse nulla di strano... solo che sembrò provenire da davanti a lei. Dove c'era soltanto la sua macchina.

I peli alla base del collo iniziarono a rizzarsi come sollevati da un vento leggero. Ma l'aria in quell'antro realizzato dall'uomo era ferma e stantia. Daly rallentò, una tenue preoccupazione si intromise nei suoi pensieri. Il parcheggio era male illuminato, a voler essere gentili, ma di solito non se ne accorgeva nemmeno. Eppure adesso divenne consapevole all'improvviso degli antri profondi e degli angoli in cui la luce non arrivava. Ce n'era uno proprio accanto alla sua macchina.

"C'è nessuno?"

Trasalì al suono della sua stessa voce, che rimbombò un attimo prima di svanire in fretta. *Dio che stupidaggini.* Eppure la presenza di qualcuno era evidente. Ma dove? Daly era stata in palazzi abbandonati, si era aggirata da sola tra scontri di piazza e aveva intervistato membri di gang criminali. Niente di tutto questo l'aveva mai turbata, ma adesso la sua sicurezza abituale vacillò.

"Se c'è qualcuno, parla."

Lasciò che la sua voce si perdesse nel silenzio prima di prendere il telefono dalla borsa con una mano e la boccetta di profumo spray che portava sempre con sé. Da lontano poteva sembrare uno spray al peperoncino e se lo avesse spruzzato negli occhi di uno stronzo avrebbe fatto lo stesso effetto.

"Ti avviso, ho lo spray al peperoncino," disse, e iniziò a registrate tutto con la videocamera del cellulare. "E sto trasmettendo in diretta sui social. Se fai qualcosa, ti vedrà chiunque su internet. A te la scelta."

Puntò il cellulare verso il buio. L'unica risposta fu il rumore dell'acqua che sgocciolava da uno scarico. *Va bene.* Tenendo sempre il telefono di fronte a sé, Daly si mosse verso la macchina. Iniziò a sentirsi a disagio, consapevole di come doveva apparire. Ma era stata in troppe scene del crimine, aveva scritto di troppi omicidi e aggressioni per pensare che a lei non sarebbe mai potuto accadere. E avrebbe preferito essere stupida piuttosto che morta.

In prossimità della macchina dovette abbandonare il profumo per prendere le chiavi. La VW emise un bip e le luci si accesero appena lei aprì la serratura col telecomando. Il parcheggio immerso nel silenzio sembrava prenderla in giro con le sue ombre e gli angoli bui. Nessuno saltò fuori. Poi aprì la portiera, si infilò sul sedile e si chiuse dentro – lo scatto rassicurante della sicura.

"Merda..."

Espirò a lungo, sentendosi svuotata per la tensione che la abbandonava. Aveva ancora il cellulare stretto nella mano, solo adesso allentò la presa. Seguendo un istinto improvviso si voltò a guardare il sedile posteriore e si rilassò appena constatò che era vuoto. *Santo cielo, siamo proprio nervose, non è vero?* Sul viso le spuntò un sorriso triste al pensiero di come doveva apparire qualche istante prima, diretta alla macchina con il cellulare puntato davanti a sé. Come il prete in un film dell'orrore che scaccia i vampiri con un crocifisso. *Gesù, speriamo che nessuno controlli le telecamere a circuito chiuso.* Quel pensiero la fece ridacchiare. Accese il motore e partì. La paura che l'aveva invasa era già dimenticata, l'idea che ci fosse qualcuno ad attenderla nel buio adesso sembrava ridicola. Quando arrivò alla sbarra e prese il telecomando, i suoi pensieri erano già concentrati sull'incontro che avrebbe avuto a breve e al modo per ottenerne il massimo.

Il rumore del motore della VW svanì lasciando il parcheggio di nuovo nel silenzio. Uno dei neon sul soffitto sfarfallò con un ronzio. L'acqua riprese a sgocciolare, una nota solitaria e fluida nell'oscurità. Quando la nebbiolina dei gas di scarico si dileguò, una figura emerse dal buio.

Restando nell'ombra e lontana dalla portata delle telecamere di sicurezza, oltrepassò la barriera e sparì.

13.

Jonah emise un gemito e si coprì gli occhi con un braccio. Cristo, ma quanto aveva dovuto bere? Era da tempo che non si prendeva una sbronza così. La bocca era talmente asciutta che quasi gli faceva male. Come ogni altra parte del corpo, del resto. *Non servirà a molto restarmene sdraiato qui.* Si mise a sedere, fece una pausa in attesa che la pulsazione alle tempie si alleviasse, poi mise i piedi sul pavimento. Restò seduto sul bordo del letto per qualche istante, come a ritardare il momento in cui avrebbe dovuto alzarsi. Quando allungò un braccio verso le stampelle vide che non erano al solito posto. Si guardò in giro fino a quando non le individuò sul pavimento accanto alla porta. Non ricordava di averle lasciate lì.

Si alzò appoggiandosi al comodino e saltellò fino alle stampelle. Andò in bagno, prese due compresse di paracetamolo con due bicchieri d'acqua. Il suo corpo urlava per il bisogno di un sandwich al bacon ma Jonah si fece forza e si allenò per quasi un'ora: prima la fisioterapia, poi la serie limitata di esercizi cui poteva sottoporsi con il ginocchio in quelle condizioni.

La testa gli faceva male ancora di più, ma a mano a mano che si riscaldava la pulsazione alle tempie parve alleggerirsi. Postumi o meno, si rese conto dei miglioramenti rispetto alla settimana prima: la forza e la resistenza solite stavano ritornando.

Gli esercizi lo lasciarono sudato e in affanno ma molto più in sé. E dopo una doccia calda si sentì ancora meglio. Non aveva nulla da fare quel mattino, così dopo essersi scolato un bicchiere di succo d'arancia calmò i postumi della sbornia con una ricca colazione: bacon in padella, uova in camicia sul pane e caffè nero.

Bevendo il secondo caffè, rifletté sull'unica informazione che aveva ottenuto dalla serata in compagnia di Wilkes, e cioè che l'alcol e le stampelle erano un abbinamento anche peggiore di quanto avesse pensato. Non aveva appreso molto altro su Gavin. Wilkes aveva passato la serata a raccontargli vecchie storie di quando era in servizio. Ma Jonah aveva la sensazione che c'era ancora qualcosa che non voleva dirgli, qualcosa di persino più doloroso della sospensione. Parlando con l'ex poliziotto si era fatto un'idea precisa della pressione che doveva aver subìto nelle ultime settimane. Perlomeno adesso poteva capire le battute sui suoi *precedenti* e l'inaffidabilità del suo giudizio. Doveva solo decidere cosa nascondevano.

E poi come muoversi.

Il cellulare annunciò l'arrivo di un messaggio, risvegliandolo dai suoi pensieri.

VOLEVO SOLO SAPERE SE VA TUTTO BENE. NON C'È BISOGNO CHE MI RISPONDA. M.

Una fitta di senso di colpa. Miles e sua moglie Penny gestivano un gruppo di aiuto per genitori che avevano perso un figlio. La loro definizione di "perso" era molto ampia, e includeva qualsiasi cosa, dalla morte, alla scomparsa, all'allontanamento. La loro unica figlia era morta più di vent'anni prima e aiutare gli altri era stato il loro modo per superare la perdita. Negli anni Jonah aveva partecipato sempre meno ai loro incontri, ma Miles era rimasto disponibile anche al telefono, per parlare o – più spesso – anche solo ascoltare.

Il senso di colpa si acuì quando Jonah calcolò da quanto tempo non si faceva sentire. *Più di un anno. Quasi due, a dirla tutta.* Non sapeva neanche se il gruppo di supporto fosse ancora attivo. Entrambi andavano verso i settanta, ormai, forse anche qualcosa in più. E Miles era sempre affamato di notizie, quindi doveva aver letto il suo nome in qualche articolo e aver scoperto che era stato ferito. *Avrei dovuto informarli che va tutto bene e non costringerli a chiedermelo. Si meritano di meglio.*

Decise di affrontare subito la questione e fece per telefonare a Miles. L'improvviso squillo del campanello lo interruppe. Rispose al messaggio – STO BENE. MI FARÒ VIVO IO – poi prese le stampelle. Il campanello squillò di nuovo.

"Va bene, arrivo!" urlò.

Percorse irritato il corridoio e piazzò l'occhio davanti allo spioncino. Distorta dalla lente convessa, una faccia da gargoyle ricambiò il suo sguardo. Jonah poggiò la fronte alla porta. *Fantastico.* Poi si raddrizzò e aprì.

Fletcher e Bennet con le giacche inzuppate dalla pioggia.

"Possiamo entrare?"

Jonah si postò per farli passare. Riuscì a malapena a chiudere la porta prima di chiedere: "Avete trovato Stokes?"

"Sì, lo bevo volentieri un caffè, grazie," rispose Fletcher, andando in cucina senza essere invitato. Quando Jonah lo seguì stava già prendendo una sedia, l'impermeabile che gli pendeva addosso come una vela cascante. "Due cucchiaini di zucchero per me."

Bennet rimase inespressiva. Prese la sedia accanto all'ispettore capo.

"Mi dica solo se lo avete trovato."
"Non proprio."
"Cosa vuol dire?"
Fletcher si mise a sedere. "Parlare sarà più facile se accende il bollitore."
Jonah non si mosse. "Ditemi perché siete qui."
Fletcher fece un cenno verso Bennet. "Fagli vedere."
La donna tirò fuori una cartellina sottile e ne estrasse diverse fotografie, grandi, su carta patinata. Le fece passare tutte, ne tolse due e le piazzò sul tavolo, in modo che Jonah potesse vederle.
"Questa è una delle immagini che abbiamo trovato nel computer di McKinney – ecco l'ingrandimento di un particolare," disse, rimettendosi a sedere. "Scattata due settimane prima della sua morte, secondo la data del file. Ce ne sono molte altre simili, ma la sostanza non cambia."
La foto principale era a colori. Il bancone di un pub, bicchieri e bottiglie allineati davanti a un lungo specchio decorato. Molti avventori in piedi o seduti su sgabelli al bancone, ma lui ne notò solo uno. Un uomo alto, spalle ampie e cranio rasato, con addosso un giubbotto di jeans. Era chino sul bancone, di spalle, e sembrava fissare il suo bicchiere. Al di sopra del colletto era visibile un tatuaggio: una ragnatela nera alla base del collo. L'ingrandimento invece era di una porzione dello specchio in cui il riflesso del viso dell'uomo era visibile con chiarezza. Accigliato, ossa pesanti, la bocca un taglio tra le labbra sottili e occhi incavati.
Owen Stokes.
Jonah trasalì quando il cellulare di Bennet squillò. Lei lo guardò e si voltò verso Fletcher.
"Devo rispondere."

Uscì nel corridoio e si chiuse la porta alle spalle. Fletcher fissava Jonah con uno sguardo acido.

"Be', se questo caffè non vuole proprio prepararlo, allora si metta a sedere, Cristo santo. Mi sta facendo innervosire lì in piedi."

Jonah pensò di restare dov'era ma poi si disse che sarebbe stato troppo infantile e prese una sedia. "Perché me le ha fatte vedere?"

"Chiamiamolo 'contesto'. Il suo amico McKinney stava pedinando Stokes prima della vostra festicciola alla Banchina del macello." Fletcher fece una pausa per rivolgergli un'occhiata indagatrice. "Immagino che non abbia altro da dire in merito."

"Vi ho già detto quello che so."

Fletcher annuì, come se si aspettasse quella risposta. Estrasse altre due foto dalla cartellina, le fece scivolare sul tavolo e si appoggiò allo schienale senza una parola. Erano fermi immagine in bianco e nero delle telecamere di sicurezza in strada. Entrambe prese di notte sullo stesso tratto di una via deserta, anche se provenivano da due videocamere diverse, come testimoniato dalla differente visuale. La qualità era scarsa – erano sgranate e sfocate – ma Jonah riconobbe la figura ritratta. Sempre Owen Stokes. Indossava quello che sembrava lo stesso giubbotto di jeans stavolta con un cappellino da baseball sul cranio rasato. In una delle immagini era rivolto verso la camera, nell'altra si allontanava. Le spalle ingobbite, camminava a capo chino, così la visiera gli nascondeva il volto. Ma mentre cercava di nascondere i suoi lineamenti, lasciava in vista la nuca e il collo. Al di sopra del colletto alzato, le linee nere della ragnatela risultavano chiaramente visibili.

"Va bene, ancora Stokes." Jonah poggiò le foto sul tavolo e alzò le spalle. "Non capisco cosa dovrei vedere."

Fletcher distese un braccio a indicare la data e l'ora di una delle immagini. "Sono state fatte a Ealing intorno alle 23:30 della sera prima della morte di McKinney. Non lontano dal suo appartamento."

Jonah fu percorso da un brivido. "Stokes sapeva dove viveva?"

"Così sembrerebbe, vero?" L'occhio di Fletcher aveva iniziato a lacrimare. Prese un fazzoletto e si asciugò. "Lei sa che non viveva più dove stava prima?"

"L'ho saputo ieri." Jonah stava ancora cercando di assimilare quella nuova rivelazione. "Quindi Stokes sapeva che Gavin lo stava tenendo d'occhio?"

"Esatto. Oppure stava andando a trovarlo. Come si fa tra amici."

Jonah alzò lo sguardo dalla foto. "Sta scherzando."

"Sono accadute cose piuttosto strane." Fletcher indicò le immagini. "Queste ci mostrano che McKinney e Stokes erano a conoscenza l'uno dei movimenti dell'altro prima della notte nel magazzino. In quale modo e perché restano da discutere."

"No. È da escludere che Gavin lavorasse con Stokes." Jonah scosse il capo come a cancellare un pensiero prima che si radicasse nella sua testa. "Stokes doveva aver capito che lo stava pedinando e aveva seguito Gavin a casa sua. Se queste foto mostrano qualcosa è che quella del magazzino era una trappola. Stokes potrebbe averlo condotto lì di proposito."

"È una delle possibilità."

Qualcosa nella voce di Fletcher lo indusse a reprimere ogni protesta. Poi lo guardò sfilare un'altra immagine dalla cartellina. Ancora da una telecamera di sicurezza in strada, ancora di sera. E ancora Stokes era l'unico soggetto: stavolta portava un borsone su una spalla. Il luogo era diverso, però, e Jonah si irrigidì appena riconobbe la casa moderna nel nuovo quartiere borghese.

"Questa è la via dove vivono Gavin e Marie ma non..."

Si interruppe, uno shock freddo gli percorse il corpo quando vide il giorno e l'ora in cui era stata scattata.

Il pomeriggio del giorno prima.

"Scattata intorno all'ora in cui i ladri sono entrati in casa," disse Fletcher. "Il che potrebbe spiegare il borsone. Anche se non me lo vedo andar fin là per rubare la console e il computer di un ragazzino."

Jonah ebbe la sensazione che gli si fosse bloccato il cervello. "Ma allora cosa stava cercando?"

"Me lo dica lei." Fletcher fece strisciare la sedia all'indietro e si mise in equilibrio sulle due gambe posteriori mentre lo fissava.

"E come farei a saperlo?"

La sedia sbatté al suolo con tutte e quattro le gambe, Fletcher si sporse verso di lui. "Perché ci sta nascondendo qualcosa, Colley, è evidente. Qualunque cosa McKinney stesse facendo, qualunque tipo di relazione ci fosse tra lui e Stokes, non credo che l'avrebbe lasciata fuori fino all'ultimo momento. È successo qualcosa di cui lei non mi vuole parlare."

"Avete controllato il mio telefono, se fossi stato in contatto con..."

"La smetta di prendermi per il culo. Prima scopriamo che Owen Stokes era al magazzino, e adesso salta fuori che si è introdotto in casa di McKinney ieri pomeriggio per cercare Dio solo sa cosa. E lei se ne sta qui a battere le palpebre e a dire che non ne sapeva niente? Quindi glielo chiederò un'ultima volta: cos'è che non vuole dirmi?"

La porta della cucina si aprì, Bennet aveva terminato la telefonata. Li osservò, prese atto della tensione ma non fece nulla. Scosse il capo in direzione dell'espressione interrogativa di Fletcher e tornò a sedersi. La bocca quasi senza labbra dell'ispettore capo si irrigidì, lasciando intendere a Jonah che qualsiasi messaggio si fossero tacitamente passati non era nulla di buono.

"Sei arrivata giusto in tempo," le disse Fletcher. "Stavo spiegando al sergente Colley come funzionano le ultime possibilità. E lui stava per dirmi cos'è che ci ha nascosto per tutto questo tempo."

"Qualunque cosa sia, dovrebbe chiedersi se è peggio di un omicidio plurimo," gli disse Bennet, prendendolo di sorpresa. "Perché è quello in cui lei è implicato. A lei la scelta. Ma se non collabora può dire addio alla sua carriera. E sarebbe il minimo che si può aspettare."

"Allora forse dovrei trovarmi un avvocato," ribatté Jonah, cercando di nascondere l'effetto che gli avevano fatto quelle parole. "E sono sicuro che il sindacato sarebbe ben contento di sapere che uno dei suoi membri ha subito delle minacce."

"Nessuno la sta minacciando, stiamo solo illustrando le alternative. Ma credo che questo ormai lo abbia capito."

La sicurezza rilassata della donna era ben più disturbante dell'ostilità del suo superiore, ma Fletcher non permise a Jonah di rispondere.

"Vuole nascondersi dietro la gonnella di qualcuno. Va bene." Era un sorriso duro quello che comparve sul viso di Fletcher, tirandogli la pelle rovinata. "Faccia un reclamo, vediamo dove la porta. E chiami qualcuno che venga qui a tenerle la mano. Ci sta nascondendo qualcosa, Colley, quindi o ci dice di sua volontà di cosa si tratta, oppure può continuare come sta facendo. Ed è un poliziotto da troppo tempo per non sapere come andrà a finire senza che glielo dica io."

Era vero. E anche se l'atteggiamento di Fletcher era molto irritante, aveva ragione. Lui stava nascondendo *qualcosa*. Ma non era ciò che pensavano loro.

"D'accordo. Non avevo solo perso di vista Gavin McKinney," disse, costringendosi a parlare. "C'è un motivo per cui non gli parlavo da anni ma non ha nulla a che fare con tutto questo."

Fletcher incrociò le braccia sul petto. "Vada avanti."

Anche dopo dieci anni, Jonah fu invaso dalla vecchia riluttanza. Non che importasse ormai, nemmeno per lui. Ma il silenzio diventava facilmente un'abitudine. *Dillo.*

"È andato a letto con mia moglie."

14.

Dieci anni prima

La casa aveva l'aspetto di sempre quando Jonah percorse il vialetto che portava all'ingresso. Ma c'era qualcosa di sbagliato. Doveva essere in rovina, cadente, e non intatta dopo quello che era successo. Le chiavi nella mano, fissò i gradini dove Theo una volta era caduto, le lacrime per il ginocchio sbucciato rimpiazzate dalle risate quando Jonah lo aveva tirato su per farlo dondolare tra le sue braccia. *Hai rotto il gradino! Theo è più duro del cemento!*

Strappò lo sguardo da lì, aprì la porta ed entrò. Aveva chiamato Chrissie per dirle che sarebbe andato a prendere le sue ultime cose ma era scattata subito la segreteria. Ormai erano settimane che non si sentivano quasi più. Jonah sapeva che a un certo punto avrebbero dovuto discutere del divorzio ma non ne aveva alcuna voglia. Non aveva neanche contattato un avvocato, sebbene sapesse che Chrissie di sicuro non aveva perso tempo. Uno dei vantaggi di essere l'assistente personale del socio anziano di un ufficio legale invece di un poliziotto in permesso per motivi personali. Senza dubbio Neil Waverly sarebbe stato pronto a offrire consigli e una spalla su cui piangere.

E tutto il resto. Jonah aveva sempre sospettato che andassero a letto insieme anche prima… Be', prima. Ma adesso non aveva più importanza. *Buona fortuna a lei*, si disse. *E che Dio aiuti quel povero bastardo.*

Fu accolto dal corridoio deserto: niente giochi sparpagliati sul pavimento, né scarpette o vestiti sull'appendiabiti. Lo colpì di nuovo, togliendogli il fiato e facendogli tremare le gambe, così impiegò qualche secondo ad accorgersi del rumore della doccia al piano di sopra.

Ah, fantastico, pensò. Chrissie doveva essere in casa. Valutò la possibilità di andarsene. Ma sarebbe comunque dovuto tornare. Raddrizzando le spalle, salì.

"Chrissie?" chiamò, aprendo la porta della camera da letto. "Ti ho lasciato un messaggio, sono passato a…"

Si fermò. Gavin era accanto al letto, si stava abbottonando i jeans. Senza maglietta. Dietro di lui il piumino era appallottolato.

L'odore del sesso impregnava l'aria ed era leggermente diverso dal profumo che Jonah associava a quella stanza. Quando ci dormivano lui e Chrissie.

"Merda," disse Gavin. Si raddrizzò. "So che potrebbe sembrare…"

Jonah lo colpì alla bocca. Gavin cadde all'indietro, Jonah gli si lanciò addosso, si sedette sul suo petto e prese a tempestarlo di pugni. Gavin urlava, cercando di parare i fendenti con le braccia e di liberarsi quando fu investito da un cazzotto al mento. Il braccio di Jonah fu percorso da una scossa fino alla spalla, Gavin perse conoscenza. Senza quasi accorgersi del dolore alle nocche, Jonah alzò il braccio per colpirlo di nuovo, poi ci fu un'esplosione di luce quando qualcosa lo colpì alla nuca.

Stordito, sentiva delle voci che bucavano il ronzio nella testa, poi vide Gavin che si liberava. Mentre la stanza ondeggiava intorno a lui, Jonah cercò di rialzarsi ma non aveva forza nelle braccia. E Gavin era sopra di lui adesso, gli bloccava le braccia con le ginocchia e gli tempestava il volto di cazzotti. Jonah sentì come se il naso gli scoppiasse, poi ogni cosa vibrò e lui svenne sul pavimento.

Riprese conoscenza a causa delle urla.

"... lo hai quasi ucciso, cazzo! Non c'era bisogno che lo colpissi anche tu! Cos'hai che non va?!"

"Sta' zitta, va bene? Chiudi quella cazzo di bocca!"

Con uno sforzo immane Jonah cercò di rimettersi in piedi. Ce l'aveva quasi fatta quando si lasciò andare all'indietro, scivolando seduto appoggiato al letto. Deglutì, avvertendo il sapore di ferro del sangue. Alzò una mano – da quando era diventata così pesante? – per toccarsi la testa. Poi la ritrasse e le dita erano bagnate e appiccicose.

Gavin era ancora senza maglietta, con un occhio gonfio e chiuso. Chrissie era in accappatoio – slacciato – il tessuto umido, i capelli scompigliati e bagnati. I resti del phon erano esplosi sul tappeto come schegge di una granata tutto intorno a lei. Jonah si toccò di nuovo la testa. *Cristo, mi ha colpito con l'asciugacapelli?*

"Stai bene?"

Era Gavin. Jonah sentì qualcosa dentro di sé che andava in pezzi.

"Mollami."

Cercò di rimettersi in piedi facendo forza su un ginocchio.

"Dai, lascia che ti..." disse Gavin, avvicinandosi. Jonah scacciò la sua mano.

"Vaffanculo."

Poi si appoggiò al letto e si rimise sulle gambe. Sembrava che il pavimento si muovesse ma dopo un secondo riconquistò l'equilibrio. Come se lui non l'avesse mai vista nuda prima di allora, Chrissie sembrò accorgersi che il suo accappatoio era slacciato. Se lo sistemò e lo chiuse, la bocca che si trasformava in una linea quasi invisibile.

"Cosa ci fai qui?" gli domandò.

"Ero venuto a prendere la mia roba."

"Non puoi mica presentarti così. Non è più casa tua, questa!"

"Ho chiamato, ti ho lasciato un messaggio!" Jonah stava tremando. "Forse se non fossi stata impegnata a fotterti il mio migliore amico lo avresti sentito!"

"Jonah..." provò Gavin, ma l'altro si voltò verso di lui.

"Sta' zitto! Non dire una sola cazzo di parola!"

Chrissie incrociò le braccia e alzò il mento mentre lo guardava in cagnesco. Lui conosceva bene quell'espressione per tutte le litigate del passato. Stavolta però i suoi occhi erano pieni di lacrime – lacrime che Jonah decise di ignorare.

"Quello che faccio non ti riguarda!" ringhiò lei. "Sei stato tu ad andare via. Cosa ti aspettavi?"

"Da te, niente," ribatté. Ma si voltò verso Gavin mentre lo disse.

Chrissie era furiosa. "Così adesso saresti tu la vittima? Ah, è fantastico!"

"Cosa vorresti dire?"

"Non sono io quella che si è addormentata e ha lasciato annegare mio figlio, o sbaglio? Se vuoi prendertela con qualcuno, be', dai un'occhiata allo specchio!"

"Santo cielo, Chrissie," disse Gavin.

"Cos'è, sei dalla sua parte, adesso?" Si asciugò le lacrime con un gesto repentino. "Cristo, sei patetico quanto lui! Dove stai andando?"

Quest'ultima domanda era rivolta a Jonah, che si muoveva barcollando verso la porta. La rabbia era svanita. Adesso voleva solo uscire da lì. Dovette reggersi al corrimano quando scese le scale. Dalle sue spalle proveniva un rumore di passi.

"Jonah, aspetta!"

Gavin cercò di infilarsi la maglietta mentre lo rincorreva nel corridoio. "Lasciami spiegare! È stato un errore, va bene? Lei era incazzata e sola e... ed è successo. Mi dispiace."

Sì, anche a me. Jonah si fermò alla porta, investito da un capogiro.

Gavin lo prese per qualcos'altro.

"Possiamo parlarne, almeno? Davanti a una birra o qualcosa del genere? Per favore."

Jonah si sentì spaesato mentre fissava l'uomo davanti a lui. Era come guardare un estraneo. Si voltò, aprì la porta e si incamminò lungo il vialetto.

Era quasi arrivato alla macchina quando vomitò.

15.

Quando Jonah ebbe finito calò il silenzio. Il viso di Fletcher era la solita maschera che non mostrava tracce di empatia né di giudizio. Bennet, allo stesso modo, era impassibile. Jonah sapeva che dovevano aver sentito molto di peggio, ma questo non rendeva più facili le cose. Era la prima volta che raccontava ciò che era successo, e sebbene i ricordi avessero perso gran parte del loro potere di farlo soffrire, i fatti non sembravano meno squallidi.

Fletcher lo lasciò sudare per qualche secondo prima di parlare.

"Perché non ce l'ha detto prima?"

"Storia vecchia. Non pensavo che potesse essere rilevante."

"Non pensava? Si è solo dimenticato di dirci che la vittima di un omicidio era finita a letto con sua moglie. Non solo è rilevante, potrebbe addirittura costituire un movente."

"Non direi, se ho aspettato dieci anni. In ogni caso il mio matrimonio all'epoca era già finito, e non per quel motivo."

"Ma è sempre difficile dimenticare una cosa del genere. E dieci anni sono un sacco di tempo per far montare il risentimento."

"Ne abbiamo già parlato," disse Jonah, stanco. "Non sono stato io a ucciderlo e lo sapete bene."

"Sì? Perché in questo momento sto iniziando a chiedermi cos'altro ci sta nascondendo."

"Non sto nascondendo nulla. Proprio così, è questo il mio gran segreto. Ho interrotto i rapporti con il mio migliore amico perché era andato a letto con mia moglie, va bene?"

Fletcher lo studiò. "Ne è stato sorpreso?"

"Vuol dire quando ho trovato il mio migliore amico nel letto di mia moglie? Lei cosa ne pensa?"

"Provo a metterla in un altro modo. Era una cosa da Gavin o no?"

Ecco, a quello era più difficile rispondere. Jonah sapeva che l'amico tradiva Marie molto prima che lo trovasse con Chrissie. Gli piaceva il rischio, come aveva detto Wilkes, ma lo viveva con leggerezza. Jonah gli aveva detto di smetterla più volte, ma Gavin si limitava ad alzare le spalle.

Non possiamo essere tutti santi di gesso, diceva.

"Non pensavo che lo avrebbe fatto," ammise Jonah.

"Non è quello che ho chiesto."

"Senta, io mi fidavo di lui. Non so cos'altro dire."

"Potrebbe iniziare con lo spiegarci perché avrebbe voluto aiutare l'uomo che si era infilato nelle mutandine di sua moglie."

A volte Jonah si era posto la stessa domanda. "Era stato un amico. E come le ho detto mille volte, sembrava che fosse nei guai."

"E immagino che lei abbia il cuore così tenero da aver agito di conseguenza, anche se lui si era fatto sua moglie alle sue spalle."

Jonah notò l'occhiata di disapprovazione di Bennet verso l'ispettore capo. Sapeva che Fletcher stava cercando di provocarlo, ma la ferita era ormai troppo vecchia perché quel gioco funzionasse. Così non disse nulla, guadagnandosi la soddisfazione di vedere le labbra di Fletcher che si stringevano per la frustrazione.

"Do per scontato che sapesse della sospensione di McKinney."
"L'ho scoperto solo ieri, dopo la cerimonia funebre. Perché non me l'ha detto?"
"Vuole scherzare?" L'incredulità dell'ispettore capo era reale. "Lei è un testimone inaffidabile in un'indagine per omicidio, non sta a me dirle..."
Si interruppe, portandosi una mano al collo.
"Signore?" disse Bennet, avvicinandosi.
"Mi serve un sorso d'acqua."
Aveva la voce roca e debole, sembrava che avesse problemi a deglutire. Jonah fece per alzarsi.
"Ci penso io," lo fermò Bennet.
Andò rapida al lavandino, prese un bicchiere dallo scolatoio e lo riempì sotto al rubinetto. Fletcher lo prese senza dire nulla. Le sue mani tremavano quando se lo portò alla bocca. Bennet non tradiva alcuna emozione ma non gli staccò gli occhi di dosso mentre beveva.
"Vuole un tè o un caffè?" gli domandò Jonah, pentendosi della sua cocciutaggine di poco prima.
"No." I suoi modi erano anche più bruschi del solito, adesso. Posò il bicchiere come se volesse allontanarlo da sé. "Parliamo della sospensione di McKinney. Sa quali erano le accuse contro di lui?"
Wilkes non aveva voluto specificare. "In verità, no."
"Corruzione. Prendeva mazzette dai criminali che doveva mettere dentro in cambio di informazioni. Le operazioni a cui prendeva parte stranamente finivano tutte con un buco nell'acqua, i sospettati riuscivano a fuggire come per magia un attimo prima che venissero arrestati. Lui aveva negato tutto, disse che lo stavano fregando. Ma aveva superato i limiti. Saltava i turni di lavoro, si presentava ubriaco o con postumi talmente forti che

a malapena poteva prendere servizio. Ha aggredito fisicamente un collega che lo ha criticato. Ah, ed è risultato positivo a un test antidroga." L'ispettore capo inarcò le sopracciglia. "Tutto questo la sorprende?"

Anche se sapeva che non sarebbe stato facile, era comunque uno shock sentire quella lista di accuse. Jonah non sapeva proprio cosa dire.

"Non era così quando ci frequentavamo."

"No, si limitava a scoparsi la sua mogliettina. Forse la prossima volta farebbe meglio a scegliere con più cura a chi concedere la sua fiducia." Fletcher si alzò. "Lei confermerà quanto ci ha detto?"

"Non ne sarà felice. Si è risposata."

"La felicità della sua ex moglie non è molto in alto nella lista delle mie priorità. E neanche la sua, Colley. Ha il suo numero e l'indirizzo?"

"Solo quelli vecchi. Non ci scambiamo gli auguri per Natale."

"Che sorpresa."

Fletcher si avviò verso la porta lasciando Bennet a raccogliere le fotografie dal tavolo. Jonah lanciò un'ultima rapida occhiata alla figura ingobbita di Stokes che si affrettava lungo la strada buia, la ragnatela visibile sul collo. Poi sparirono nella cartellina.

"Ci risentiamo," disse Fletcher quando uscirono.

La macchina di Jonah aveva il cambio automatico, e questo gli avrebbe permesso di guidare senza usare il piede sinistro. Ne aveva già parlato con il suo ortopedico e il responsabile della sua assicurazione, il quale aveva detto che bisognava aumentare il premio prima di permettergli di tornare alla guida. E comunque non aveva pianificato di farlo prima di un paio di settimane per dare il tempo al suo ginocchio di migliorare il più possibile.

Ma d'altronde c'erano molte altre cose che non aveva pianificato.

La Saab era in un box in affitto in una strada senza uscita a mezzo chilometro di distanza. Un percorso che gli parve lunghissimo sulle stampelle. Quando fu in zona, Jonah riconobbe la BMW parcheggiata fuori. Era una macchina bellissima: una berlina rossa che aveva più di vent'anni. Apparteneva a Stan, il proprietario del garage da cui aveva comprato la Saab. Un meccanico vecchia scuola, oltre che proprietario di un'officina di riparazione e di una carrozzeria, Stan aveva anche un'attività collaterale di rimessa a nuovo e vendita di auto d'epoca. Si occupava della Saab di Jonah come se fosse ancora sua, mugugnando a ogni tagliando se si accorgeva che non era stata trattata con il rispetto che meritava.

"Sei in ritardo," disse a Jonah. Aveva un petto enorme, braccia gonfie di muscoli e una vecchia giacca di velluto Harris sopra la tuta.

"Scusami, ci ho messo più di quanto immaginassi."

Diede un'occhiataccia alle stampelle senza dire nulla. Poi gli porse le chiavi della Saab e quelle del box.

"Ho cambiato l'olio e il fluido dei freni, devi controllare la pressione degli pneumatici. È ferma da troppo tempo."

Non era l'unica, si disse Jonah, aprendo il pesante lucchetto. La Saab blu scuro riempiva quasi completamente lo spazio angusto e ingombro di roba. Attrezzi ad alto voltaggio e latte di vernice piene per metà coprivano lo scaffale sul fondo, scatole di documenti che Jonah non aveva avuto modo di riordinare erano impilate negli angoli.

"Vuoi che te la tiri fuori?" domandò Stan. Sembrava irritato, ma Jonah lo conosceva da così tanto tempo da non accorgersene neanche più.

"Quanto ti devo?"

"Te lo metto nella prossima fattura." Poi alzò un dito e lo fissò con aria minacciosa. "Controlla la pressione delle gomme, capito?"

Rimettersi al volante fu più difficoltoso di quanto avesse immaginato con quel ginocchio ma alla fine ci riuscì. Rimase seduto lì per un momento a godersi la sensazione. Non era un gran risultato ma era una specie di ritorno alla normalità. E Jonah non aveva capito quanto gli fosse mancata.

Ma non aveva alcuna voglia di andare dove doveva.

Aveva evitato di fornire a Fletcher una risposta diretta quando gli aveva chiesto l'indirizzo di Chrissie. Non si sentivano da anni ma conosceva i suoi recapiti recenti. Aveva sposato quello stronzo di Neil Waverly sei mesi dopo il loro divorzio, e non ci aveva messo molto a scoprire sui social media che vivevano ancora allo stesso indirizzo. Sapeva che correva il rischio di inimicarsi ancora di più l'ispettore capo, ma Jonah si disse che non aveva proprio mentito. Voleva tenersi la possibilità di parlare con Chrissie prima che lo facesse Fletcher.

E sarebbe stato molto meglio che lei venisse a sapere di Owen Stokes da lui e non dalla polizia.

Viveva in un'elegante fila di case a schiera in stile georgiano, nascoste da una siepe di faggi e alberi di lime dalle parti di Primrose Hill. Un citofono in acciaio era sistemato nel pilone in pietra del cancello decorato di ferro battuto. Fece una pausa per massaggiarsi il ginocchio provato dalla guida, poi premette il pulsante e rimase in attesa.

"Sì?"

Una voce di donna distorta dalla linea, difficile da riconoscere. Jonah si avvicinò.

"Chrissie?"

Una pausa. "No, mi spiace. La signora Waverly non è in casa."

Sembrava un accento spagnolo. *E da quando Chrissie ha la servitù?* La ringraziò e si incamminò sulle stampelle verso la macchina. Pensava di aspettarla ma non si era spostato di molto quando passò una Range Rover bianca. Vide di sfuggita una donna bionda al volante prima che si fermasse in uno dei parcheggi per residenti proprio davanti alla casa da cui si stava allontanando. Quando le porte posteriori si aprirono, ne uscirono due bambini in divisa scolastica. Un maschietto e una femminuccia di sei o sette anni, abbastanza simili da poter essere gemelli, continuarono rumorosamente la discussione iniziata in macchina.

Quando la donna scese dietro di loro, il primo pensiero di Jonah fu che fosse una vicina. I capelli biondi avevano dei riflessi chiari e portava gli occhiali da sole alzati sulla testa. Era più magra di quanto fosse Chrissie all'epoca e i suoi vestiti erano proprio del tipo costoso e di stile eccessivo che una donna residente in quel quartiere e che guidava una Range Rover bianca avrebbe indossato. I bambini in attesa davanti al cancello si stavano azzuffando.

"Mamma, dille di smetterla!"

"Ma non sono stato io, non ho fatto niente!"

"Per l'amor del cielo, Abigail, fa' la brava. E anche tu, Harry! Non ve lo dirò più."

Quando si avvicinò al cancello elettrico, Chrissie lanciò un'occhiata nella sua direzione, come a verificare in modo automatico la pericolosità di quello sconosciuto con la testa rasata e le stampelle. Fece per voltarsi di nuovo ma si fermò.

"Ciao, Chrissie," disse Jonah.

Vide il suo viso indurirsi, la mamma borghese sostituita dalla ex moglie che ricordava.

"La mamma ha dimenticato una cosa in macchina," disse ai bambini, facendo aprire il cancello con il telecomando. "Dite a Rosa che potete andare a giocare alla PlayStation."

Dimenticarono le loro baruffe e corsero eccitati lungo il vialetto. Jonah sapeva che aveva avuto dei figli – lo aveva visto sui social media – ma constatarlo di persona era un'altra cosa. Chrissie aveva una nuova famiglia. Che non aveva niente a che fare con Theo.

"Non ti avevo riconosciuto," disse. La voce era neutra, stanca.

"Neanch'io. Hai un bell'aspetto."

Diceva sul serio. Adesso più da vicino poté notare le rughe intorno agli occhi e alla bocca, anche se era abbronzata e in forma – una giacca bianca su misura e i jeans attillati facevano risaltare le sue forme. La pesante collana d'oro al collo probabilmente era costata più della sua Saab. Anche il profumo era diverso – note di sandalo e ricchezza.

"Cosa vuoi, Jonah?"

Eccola, è ancora lei. Tutto bene. "Dobbiamo parlare."

Lei era accanto al cancello, una mano poggiata sulle sbarre pronta a ripararsi dietro di esso o a impedire a Jonah l'accesso. "Perché?"

"Non vorrei farlo qui. Possiamo entrare?"

"No se prima non mi dici perché sei venuto."

"Si tratta di Gavin."

"Ho saputo. Mi dispiace ma io…"

"Non sarei qui se non fosse importante."

Guardò verso la casa, poi sospirò. Aprì il cancello.

"Vieni, entra."

16.

La cucina era all'americana, con un piano cottura doppio ed elettrodomestici scintillanti. Non c'era neanche una foto sul portello dell'enorme frigorifero, ma su una parete campeggiava una cornice con un collage di diversi scatti dei bambini. Ridevano o sorridevano in spiaggia, in giardino, mentre spegnevano le candeline: una raccolta di ricordi felici. Una fitta costrinse Jonah ad allontanare lo sguardo.

Una ragazza dai capelli neri era davanti all'isola con il piano di granito. Atteggiò un sorriso gentile e professionale quando entrarono, attraversato da un lampo di sorpresa appena vide Jonah.

"Harry e Abigail hanno detto che potevano giocare alla PlayStation per un'ora," informò Chrissie, scegliendo di fingere che lui non fosse lì. Jonah riconobbe la voce e l'accento: era la donna con cui aveva parlato al citofono.

"Possono giocare mezz'ora, poi faranno i compiti," rispose Chrissie, appendendo la borsa allo schienale di uno degli sgabelli su un lato dell'isola. La ragazza si concesse un'altra occhiata a Jonah, cercando inutilmente di nascondere la sua curiosità.

"Desidera che prepari un caffè?"

"No, grazie, Rosa. Meglio se vai a controllare cosa combinano i gemelli."

La ragazza annuì e lasciò la cucina sotto lo sguardo di Jonah.

"Prima che inizi, lei ci dà solo una mano," disse Chrissie, acida. "Un sacco di gente ha una tata al giorno d'oggi."

"Non avevo intenzione di dire nulla." Jonah non sarebbe stato così stupido da lasciarsi andare a un commento. "Quanti anni hanno i gemelli?"

Sul viso di Chrissie comparve un sorriso riflessivo che le addolcì i lineamenti. "Sei. Abigail è la maggiore. Di soli due minuti, ma si direbbero due anni."

"Congratulazioni."

"Non lo diresti se fossero i tuoi," disse, ma il suo sorriso svanì appena comprese la portata delle sue parole. "Non volevo..."

"Lo so." Si ritrovò a compatirla. Fece un cenno verso la cornice alla parete. "Sembrano due bambini splendidi."

"Grazie." Riecco la tensione. Si voltò e prese un barattolo di caffè da una credenza. "A questo punto, siediti pure." Jonah prese uno sgabello. Lei non gli aveva chiesto se volesse qualcosa. Vecchie abitudini.

"Mi dispiace per Gavin," disse, senza guardarlo. "Hanno preso il responsabile?"

"Non ancora."

Prese a versare il caffè in una caffettiera. "Come sta Marie?"

"Come ci si aspetterebbe. Sono andato alla cerimonia funebre, ieri."

"Ho sentito. Pensavo di andarci anch'io, ma dopo tutto questo tempo... Sai."

Lo capiva. Dubitava che Marie sapesse cos'era accaduto tra la sua amica e suo marito, ma non sarebbe comunque stato facile per Chrissie incontrarla.

"Non immaginavo che vi foste tenuti in contatto."

Non aveva aggiunto *tu e Gavin* ma non aveva bisogno di farlo.

"In realtà, è il motivo per cui sono qui. Credo che la polizia vorrebbe parlarti."

"Parlare con me?"

Jonah prese un bel respiro. "Ho dovuto informarli di te e Gavin."

Lei si fermò e lo fissò. "Per quale cazzo di motivo avresti dovuto farlo?"

"Volevano sapere perché avevo smesso di frequentarlo."

"Cristo santo! Ma che cazzo..."

"Ascolta, non è stato divertente neanche per me, ma non ho avuto scelta. Hanno solo bisogno che tu confermi le mie parole."

"Ah, solo questo? E se non volessi confermare proprio niente?"

"Allora continueranno a tormentarti finché non lo farai."

"Cristo, non ci credo! È successo dieci anni fa, perché mai dovrebbe avere ancora importanza?"

"Be', non saprei. Forse perché Gavin è stato ucciso? Qualcuno l'ha pestato a morte e ha fatto scomparire il corpo, quindi mi dispiace se questo ti crea qualche fastidio..."

Silenzio. Erano entrambi paonazzi, col respiro corto. Un movimento nell'ingresso.

"Va tutto bene signora Waverly?"

Chrissie si ricompose. "Sì, tutto bene, Rosa. Grazie."

Poi si chiuse la porta alle spalle.

"Entro domani a quest'ora tutta la cricca delle mammette snob saprà ogni cosa."

Jonah si massaggiò la nuca, nel punto in cui i muscoli avevano iniziato a irrigidirsi. "Mi dispiace."

"Siamo in due." Piegò la testa all'indietro e chiuse gli occhi. "Lo sapevo. Lo sapevo che non avrei dovuto lasciarti entrare."

Non c'era nessuna rabbia in quelle parole né ostilità sul suo viso. Solo stanchezza. Chrissie sembrava invecchiata di dieci anni rispetto alla donna sicura di sé che Jonah aveva visto fuori.

"C'è un'altra cosa," le disse.

"Non ne dubitavo. Aspetta, però," aggiunse, prima che potesse continuare. "Meglio che mi sieda."

Jonah rimase in silenzio mentre lei versava il caffè in due tazze di porcellana fine. "Né latte né zucchero, vero?"

"Sì, grazie."

Lei poggiò una tazza davanti a lui poi andò a sedersi dall'altro lato dell'isola della cucina. "Va bene, spara."

"C'è un sospettato. Owen Stokes."

Jonah vide la sua espressione cambiare. "Vuoi dire l'uomo che secondo loro aveva portato via Theo? Non capisco..."

Non era l'unica. Limitandosi ai fatti strettamente necessari, Jonah le raccontò quello che sapeva. Era strano. Non parlava mai delle indagini che conduceva, quando erano sposati. E se anche lui avesse voluto farlo, lei non avrebbe voluto sentire nulla.

Il viso di Chrissie si irrigidì mentre lo ascoltava. Strinse le braccia al petto come a difendersi da ciò che lui stava per dire.

"Nessuno ne ha fatto cenno prima. Come mai lo sento solo adesso?"

"Non sapevano che fosse Stokes fino a quando non hanno fatto il test del DNA. E adesso sono molto preoccupati per come possano essere andate le cose. La situazione non è chiara a nessuno, stanno cercando di limitare i danni finché non avranno capito i contorni della vicenda."

"Ma perché Gavin era in quel magazzino? A meno che..." Chrissie impallidì. "Cristo santo."

"Non c'è niente di sicuro," disse Jonah con gentilezza, immaginando cosa le stesse passando per la testa.

Ma lei non lo ascoltava. "La polizia aveva detto che nessuno era coinvolto, che è stato un incidente! E adesso, dieci anni dopo, salta fuori che questo... questo Stokes ha davvero rapito mio figlio?"

"Non possiamo affermarlo con sicurezza," rispose Jonah, consapevole di ritrovarsi nel ruolo che Fletcher aveva nei suoi confronti. "Tutti dicono che i risultati delle indagini sulla scomparsa di Theo stanno ancora in piedi. Gavin era... stava passando un brutto periodo, così quando si è imbattuto di nuovo in Stokes forse ha tratto le conclusioni sbagliate."

"Ne sei sicuro?"

Stava per dire che non lo sapeva, ma le parole gli restarono bloccate in gola. Scosse la testa.

"No."

"Non posso credere che stia succedendo davvero." Chrissie chiuse gli occhi. "Dio, mi sento male."

"Chrissie..." Jonah fece per alzarsi.

Lei scosse il capo e alzò una mano come a fermarlo. Lui si bloccò. Sapeva che non c'era nulla di utile che potesse dire. Lei abbassò lo sguardo sul piano di granito dell'isola.

"Non finirà mai, non è così? Cerchi di rifarti una vita, ma..." Aveva gli occhi pieni di lacrime. "Mi manca ancora, sai. Tu pensavi che non me ne importasse nulla, ma non è così."

"Io non..."

"Sì, invece, non negarlo. Lui voleva sempre stare con te. Che io ci fossi o meno non importava. Ma io ero la sua mamma. Era mio quanto tuo. Non passa un giorno senza che io pensi a lui. E a cosa gli è successo." Scosse di nuovo la testa, come a scacciare qualunque immagine le avesse invaso i pensieri. "Ti ho odiato, lo sai..."

"Chrissie..."

"Va tutto bene. L'ho superato. Ma ti ho odiato, sì. Mi sentivo come se tu ti fossi messo tra noi quando era ancora vivo e poi hai lasciato che... che questa cosa orribile e incredibile accadesse... Cazzo... Tu, proprio tu che eri il suo eroe! Non potevo sopportarlo. Volevo solo... volevo solo ferirti in qualunque modo possibile."

"Ed è per questo che sei andata a letto con Gavin?"

Gli lanciò un'occhiataccia, ma nemmeno lei aveva voglia di litigare.

"Mi sentivo inutile. Avevo perso il mio bambino, il mio matrimonio era a pezzi. Volevo solo che quell'incubo *finisse*. Anche solo per qualche minuto. Così quando Gavin è tornato a farsi vivo, mi sono detta... Perché no? Sapevo che dopo mi sarei odiata ancora di più, ma era proprio quello il punto. Volevo farmi del male quanto volevo farne a te."

Jonah si sentì come se gli stessero strappando la pelle dal corpo. Non era andato da Chrissie per parlare di quello, ma doveva accadere.

"Hai detto quando Gavin *è tornato a farsi vivo*. In che senso?"

Lei lo guardò con pietà. "Credi davvero che non ci avesse provato, prima?"

"Perché non me ne hai mai parlato?"

"Come l'avresti presa? Se avessi provato a dirti che il tuo carissimo migliore amico stava cercando di portarmi a letto, avresti pensato che volessi solo fare casino. Avresti creduto a lui e non a me. Non ho alcun dubbio."

"Non è vero."

"No? Ammettilo, non vuoi crederci neanche adesso, non è così?"

Aveva ragione. Chrissie scosse la testa.

"Lo vedi? Quando c'era di mezzo lui non eri mai obiettivo. E non credere che lui non ne abbia approfittato. Metteva sempre se stesso prima di ogni altra cosa, ma non te ne sei mai accorto."

Credimi, me n'ero accorto, avrebbe voluto dirle, ma rimase in silenzio. Chrissie si raddrizzò dopo aver emesso un respiro quasi impercettibile.

"Cosa succede adesso?"

"Non ne ho idea," ammise, poi si interruppe quando la porta della cucina fu spalancata e due piccoli tornado entrarono.

"Mamma, Harry non vuole farmi giocare!"

"Non è vero, tanto non sei capace!"

"No, stai imbrogliando! Mamma, digli che non può..."

Si zittirono appena videro Jonah, la stessa espressione di sorpresa sui visini quasi identici.

"Abigail, Harry, lui è Jonah. È un amico della mamma," disse Chrissie. "Allora, cosa si dice?"

Seguirono due "Ciao" e altrettanti sorrisi timidi. Jonah si ritrovò a cercare una somiglianza con il suo Theo nei loro lineamenti.

Si domandò se sapessero di quel fratellastro.

"Mamma, di' a Harry che adesso è il mio turno," protestò la piccola, voltando le spalle a Jonah, la novità ormai esaurita.

"No, non è giusto!"

"Va bene, basta così," dichiarò Chrissie. "Dov'è Rosa?"

Appena sentì il suo nome, la ragazza accorse in cucina con l'aria spaventata. "Mi scusi, signora Waverly, ero uscita un attimo per fare una telefonata..."

"Non preoccuparti, accompagnali a fare i compiti, io arrivo tra un minuto."

Jonah attese fino a quando la ragazza non ebbe accompagnato fuori i bambini. "Devo andare," disse.

Chrissie non protestò. Lanciò un'occhiata verso il corridoio per assicurarsi che nessuno la sentisse.

"Devo preoccuparmi?"

"Intendi per Owen Stokes? Non vedo perché dovresti."

"Mi hai appena detto che ha ucciso Gavin e altre tre persone e che ieri si è introdotto in casa di Marie. Dopo Theo..."

Si bloccò, incapace di dirlo.

"Era diverso," le rispose Jonah, cercando di essere il più convincente possibile. "Gavin ha messo i bastoni tra le ruote di Stokes quando ha iniziato a pedinarlo. Stokes non sa nulla di te, e se così non fosse non avrebbe comunque alcun motivo per preoccuparsene."

Chrissie annuì, ma quando gli aprì la porta aveva ancora un'espressione poco convinta.

Jonah uscì e si voltò per un istante dopo aver superato il gradino.

"È stato bello rivederti, Chrissie."

Dall'occhiata che gli rivolse, non fu sicuro di poter dire lo stesso per lei.

"Abbi cura di te, Jonah," rispose, chiudendo la porta.

17.

Il crepuscolo stava scendendo quando arrivò alla banchina. Si fermò sullo stesso spiazzo d'asfalto soffocato dalle erbacce dell'altra volta, poi cedette all'ultimo minuto al bisogno superstizioso di parcheggiare in un posto diverso.

La sua era l'unica macchina. Guardò il punto in cui aveva visto l'Audi di Gavin poi scese. Dall'acqua si alzava un vento freddo che portava con sé un odore di fango e benzina. In equilibrio sulle stampelle, Jonah rabbrividì, chiedendosi cosa ci facesse lì. Dopo aver lasciato la casa di Chrissie aveva avvertito come un senso di perdita. Non voleva tornare subito nel suo appartamento così si era messo alla guida senza una destinazione precisa. Ma come se l'idea avesse solo atteso il momento giusto per presentarsi, prima ancora di essere arrivato alla fine della strada, aveva già preso una decisione. Ancora adesso non riusciva a spiegarselo, a parte il fatto che quell'istinto era cresciuto in lui fin da quando aveva lasciato l'ospedale. Certo non si illudeva che tornare in quel magazzino gli fornisse chissà quale rivelazione né potesse aiutarlo a comprendere cosa era successo.

Aveva solo bisogno di rivederlo.

Anche se forse sarebbe stato meglio andarci prima del buio. La luce stava svanendo in fretta quando imboccò il sentiero che conduceva alla banchina. Seguì lo stesso percorso dell'altra volta, attraversando la stradina laterale accanto alla vecchia conceria dove il selciato spuntava sotto l'asfalto in frantumi come da antiche ferite. L'unico rumore era il ticchettio ritmato delle sue stampelle, ma avvicinandosi al fiume iniziò a sentire lo sciabordio dell'acqua contro i piloni. Le chiatte ormeggiate si annunciavano con il cigolio lamentoso dei paraurti in gomma. La più grande a distanza superiore dalle altre come un ospite inatteso a una festa. La scritta THE ORACLE sulla prua era sbiadita e su un vetro della cabina Jonah notò un cartello VENDESI.

Nessun segno del gatto, stavolta.

Il freddo aumentò a mano a mano che si avvicinava all'estremità della banchina. Il vento arrivava direttamente dal fiume portando con sé un fronte freddo e umido che rendeva più vivo il dolore al ginocchio. Di fronte a sé poteva vedere l'ultimo magazzino. La recinzione danneggiata era stata sostituita ma per il resto era esattamente come lo ricordava. Un guscio vuoto con porte sbarrate e finestre in pezzi.

Si era chiesto cosa avrebbe provato a tornare in quel posto e la verità era: niente. Non provava niente. Nessuno shock emotivo, nessuna catarsi. E zero risposte. Fissò il magazzino per qualche istante dopodiché si voltò e si incamminò verso la macchina.

Non fu un tragitto breve e mentre calava l'oscurità la banchina deserta sembrava assumere un aspetto ancora più sinistro. Le ombre che si ispessivano gli procurarono un senso di *déjà vu*. Cercò di ignorarlo fino a quando non sentì un rumore metallico, come di una catena che veniva mossa. Quel tintinnio lo riportò nell'area di carico, con l'odore del sangue e il corpo di Gavin avvolto nella plastica. Vacillò, come se il suo cuore avesse perso un battito.

Poi passò, lasciandolo sudato e scosso. Non c'erano catene, era solo la recinzione in ferro che ondeggiava nel vento. *Gesù*... Emise un respiro debole e si rimise in cammino. Voleva soltanto tornare al calore della sua macchina. Allontanandosi dalla sponda, ripercorse la stradina accanto alla conceria. Il buio era ancora più fitto lì, fece molta attenzione a dove metteva i piedi sul selciato.

Non avrebbe saputo dire quando capì di non essere solo. Se ne rese conto gradualmente, aiutato da un disagio subliminale che non poté più ignorare. Senza sapere perché, Jonah sentì i peli che gli si rizzavano alla base della nuca.

Guardò davanti a sé e vide una figura all'estremità opposta della stradina.

Una donna. Nell'oscurità non era facile riconoscerla, il viso era un ovale pallido sopra il soprabito scuro. Ma Jonah sapeva che lo stava osservando. *No. Non è possibile*... Fece un altro passo incerto e cadde quando una stampella urtò una pietra.

Alzò lo sguardo, la donna era sparita.

La strada era deserta, come se lei non fosse mai stata lì. E forse era vero. Jonah stava già iniziando a dubitare di ciò che credeva di aver visto. Raggiunse la fine della stradina il più velocemente possibile e una volta arrivato si guardò in giro. Adesso la notte era quasi scesa del tutto, le luci sulla sponda opposta del fiume scintillavano nell'oscurità. Ma non era così buio da impedirgli di vedere che non c'era proprio nessuno.

La Saab era un'ombra indistinta e solitaria nello spiazzo deserto. Aprì la portiera e salì in macchina, rimanendo al buio mentre il suo battito riprendeva un ritmo normale. Stava tremando. Tornare in quel posto lo aveva scosso più di quanto si era aspettato. Aveva cercato di convincersi che quegli eventi non lo avevano toccato poi tanto e che, ginocchio a parte, non avesse subito un effetto sul lungo periodo.

Sì, certo.

Alzò una mano. Il tremore era diminuito, ma neanche troppo. Si sentiva in grado di guidare e sapeva che sarebbe stato meglio lasciare quel posto alla svelta. Tornare lì era stata un'idea stupida, soprattutto ora che l'oscurità stava calando. Era solo quello e la sua fervida immaginazione, si disse, avviando il motore. Non poteva essere altro.

Perché la sagoma nella stradina assomigliava alla ragazza morta nel magazzino.

Un ratto sgattaiolò fuori da dietro un bidone dell'immondizia stracolmo. Si fermò un attimo come a valutare l'invasore, gli occhi attenti illuminati dal lampione mentre annusava l'aria. Poi, senza timore, riprese a occuparsi degli affari suoi.

Jonah si tenne a distanza dai bidoni mentre proseguì accanto all'edificio vittoriano. Quell'area di Hammersmith ospitava quasi solo negozi e piccole aziende con qualche appartamento ai piani alti dei palazzi. Durante il giorno ribolliva ma adesso tutte le attività stavano chiudendo o avevano già abbassato le serrande. Quando aveva lasciato la banchina, quasi in automatico si era diretto verso casa, ma adesso si sentiva troppo inquieto e nervoso per tornarci. Tutto il suo corpo era un nodo di tensione.

Da quando Fletcher e Bennet gli avevano detto che era stato Stokes a introdursi nell'appartamento di Marie si sentiva a pezzi, confuso. Poi aveva subìto l'umiliazione di dover raccontare ai due poliziotti di Chrissie e Gavin e dopo ancora la visita alla sua ex moglie. Sebbene fosse contento per lei, vederla nel suo nuovo ambiente familiare non era stato facile emotivamente. E chiudere quella giornata con una visita alla Banchina del macello era stato un richiamo per i guai. Non c'era da stupirsi se si era trovato a rivivere quei brutti momenti nel magazzino. Si era lasciato impressionare da qualche ombra.

Eppure, nonostante tutti i tentativi di razionalizzare, il ricordo di cosa – di chi – pensava di aver visto in quella stradina gli si era conficcato nei pensieri come una spina. Non molto tempo prima avrebbe chiamato Khan o qualche altro membro della sua squadra. Si sarebbero dati appuntamento per una birra, ne avrebbero parlato e – molto probabile – avrebbe scacciato il pessimo umore con qualche drink e un po' di compagnia.

Ma adesso non si sentiva in grado di farlo. Non con Fletcher che ficcanasava in giro e non in una situazione simile. Era troppo personale, troppo legata al suo passato. In quel momento Jonah ricordò il messaggio che aveva ricevuto da Miles il mattino.

Se c'era qualcuno con cui poteva parlare, era lui. Era giovedì, quindi in serata ci sarebbe stato un incontro del gruppo. Sollevato, Jonah aveva accostato e aveva chiamato Miles per controllare. Era partita la segreteria, così aveva lasciato un messaggio per annunciare la sua presenza, sperava che non fosse un problema.

Si era sentito subito meglio, come se quel pensiero bastasse a calmargli i nervi. Aveva del tempo a disposizione, così si era fermato in una caffetteria per un sandwich. L'edificio in cui tenevano le riunioni ospitava anche una sala biliardo che lo occupava quasi interamente. Jonah passò dal retro. Incassata tra i condotti di ventilazione c'era una porticina. Sopra, un cartello recitava CASA DELL'AMICIZIA. SIETE TUTTI BENVENUTI.

Abbassò la maniglia. La porta era aperta, quindi era vero che ci sarebbe stato un incontro. Aprì ed entrò in uno stanzone che puzzava di tè troppo forte e intonaco freddo. Il pavimento era di tavole non lucidate, scheggiate ma rese uniformi dall'uso. Lungo le pareti erano impilati sedie di plastica e tavoli pieghevoli, su una bacheca in sughero campeggiava un manifesto sbiadito. In grosse lettere rosse comunicava un messaggio chiaro: NON SEI SOLO.

Jonah si chiuse la porta alle spalle. La sala sembrava deserta ma la porta era aperta e le luci accese, quindi doveva esserci qualcuno. Stava per dare una voce quando le luci si spensero.

Fu inghiottito dall'oscurità. Preso dal panico, si voltò e indietreggiò, alzando una stampella per difendersi. Qualcosa lo colpì alle gambe da dietro e cadde su una pila di sedie con un rumore metallico.

Si riaccesero le luci.

Jonah batté le palpebre, stordito dalla luce improvvisa. Un uomo con un giaccone slacciato era davanti alla porta dall'altra parte della stanza, una mano ancora sull'interruttore della luce. Era alto e un po' curvo, i radi capelli grigi ben pettinati. Gli occhiali dalla montatura di metallo gli ingrandivano gli occhi, che adesso erano spalancati in un'espressione quasi comica di stupore.

"Jonah?" Sembrò ancora più sconvolto quando vide le stampelle. "Dio santo, stai bene?"

"Sì, sì... Io stavo..." Jonah non finì la frase, che ovviamente non aveva senso. "Ciao, Miles."

L'uomo si affrettò ad aiutarlo. "Lascia che ti dia una mano."

"Va tutto bene, Miles, grazie. Ce la faccio."

Il panico era sparito, lasciando dietro di sé l'imbarazzo. Poggiandosi sulla gamba sana, Jonah raccolse una stampella e fece per rimettersi in piedi. Miles spostò le sedie per fargli spazio.

"Se avessi saputo che saresti venuto, avrei lasciato le luci accese. Stavo chiudendo."

"Non hai ricevuto il mio messaggio?" domandò Jonah, chinandosi per raccogliere l'altra stampella.

Miles si bloccò mentre stava rialzando una sedia dal pavimento. Sembrava mortificato. "No, mi dispiace. Non controllo spesso il telefono..."

"Nessun problema, non preoccuparti." Rimettendo in piedi l'ultima sedia, Jonah osservò lo stanzone vuoto. "Non doveva esserci un incontro, stasera?"

Miles si sistemò gli occhiali, il suo disagio era evidente. "Senti, siediti mentre metto su l'acqua. Possiamo fare quattro chiacchiere davanti a una tazza di tè."

Jonah lo osservò con una certa preoccupazione mentre andava in cucina. C'era qualcosa che non andava, ma Miles glielo avrebbe detto a tempo debito. Prese una sedia e si accomodò a un tavolo su cavalletti in ascolto dei rumori provenienti dalla cucina. Come sempre, ritrovarsi in quel posto lo riempiva di sentimenti contrastanti. Lo riportava indietro a un periodo doloroso, il peggiore della sua vita. Ma c'erano anche un senso di calma rassicurante, una familiarità che lo confortava e ne limitava l'impatto emotivo. Proprio come era sempre stato, d'altronde.

Era venuto a conoscenza del gruppo di supporto grazie a un volantino nella cassetta delle lettere. Non c'erano altri messaggi e non aveva riconosciuto la calligrafia sulla busta. All'interno solo un foglietto senza pretese ma il titolo in maiuscole lo aveva colpito come un cazzotto: HAI PERSO UNA PERSONA CARA? Sotto, in caratteri più piccoli, il testo recitava:

La perdita può assumere diverse forme. Non è necessario affrontarla da solo. Vieni a incontrare altre persone che possono capire come ti senti. Puoi raccontare la tua storia o rimanere in silenzio, la scelta sta a te. Ogni martedì e giovedì alle 19.00 presso la Casa dell'Amicizia.

C'erano un indirizzo di Hammersmith e un numero di cellulare. Jonah non aveva mai scoperto chi glielo avesse spedito. Aveva immaginato che fosse opera di un membro della sua squadra che voleva aiutarlo ma era troppo imbarazzato per farlo apertamente. Ma a Jonah non interessava. Aveva appallottolato il volantino e lo aveva gettato nel cestino.

Poi però era tornato a prenderlo, lo aveva aperto e lo aveva infilato in un cassetto. Ci erano volute un paio di settimane prima che cedesse e si recasse a Hammersmith per la prima volta. Non era stato facile individuare l'ingresso nascosto sul retro della sala biliardo e lo spazio non gli aveva fatto una bella impressione. Aveva pensato che in quel posto non ci fosse proprio niente per lui.

Ma si sbagliava.

Per un paio d'anni quegli incontri due volte a settimana erano stati un'ancora di salvezza, lo avevano aiutato a superare ogni giorno vuoto e orribile. Quel luogo diventò un santuario. In genere c'erano poche persone, a volte solo lui, Miles e Penny. In altre occasioni parlavano di argomenti lontani dalle tragedie immani che li avevano condotti lì.

Poi per gradi Jonah aveva smesso di andarci. Ma anche allora si era tenuto in contatto con Miles. Adesso, mentre lasciava vagare lo sguardo nello stanzone, Jonah si lasciò invadere dal senso di colpa per aver perso ogni contatto con loro.

Miles uscì dalla cucina portando un vassoio. Si era tolto il soprabito, rivelando la sua divisa abituale – un cardigan su una camicia bianca consunta ma perfettamente stirata. Alcune cose, almeno, non cambiavano mai.

"Eccoci," disse, appoggiando il vassoio con due tazze di tè e un piattino di biscotti. Alla crema, Jonah constatò. Erano i preferiti di Miles. "Dimmi se vuoi altro latte."

"Va bene così, grazie."

Jonah non metteva mai né zucchero né latte nel tè. Lo faceva solo qui, gli sembrava naturale. Miles si mise a sedere, un po' rigido, notò Jonah. Ebbe un'altra fitta quando vide che i capelli di Miles andavano diradandosi e le macchie – non le aveva mai notate prima – che gli tempestavano le mani dall'ossatura robusta ma comunque eleganti.

Il sorriso però era lo stesso, così come il calore nei suoi occhi castani. "Sono proprio felice di rivederti, Jonah."

"Avrei voluto chiamarti prima di oggi, ma..."

"Oh signore, non c'è alcun bisogno di scusarsi. Sono felice che tu stia bene. Quando ho letto quell'articolo nel giornale di ieri e ho capito che eri finito in quel posto orribile..." Scosse la testa. "Come stai?"

"Bene." Jonah alzò le spalle. "Ci vorrà del tempo prima che io torni a fare il ballerino..."

"Una grossa perdita per il mondo della danza, senza dubbio." Gli occhi castani di Miles sembravano scavare dentro di lui. "Ma non intendevo questo. Volevo sapere come stai tu."

Jonah abbassò lo sguardo sulla tazza. Era andato lì per parlare, ma sapeva che non sarebbe stato facile.

"Oggi sono passato a trovare la mia ex moglie. Si è risposata, ha due gemelli. Sono carini."

"Ah." Miles annuì, fissando la tazza. "Sono felice per lei, ovvio. Ma non dev'essere stato facile. Ho letto che conoscevi il poliziotto che è morto insieme a quei poveretti. Eravate molto amici?"

Fatta da chiunque altro sarebbe stata una domanda invadente. "Un tempo."

"Mi dispiace. Doveva essere un brav'uomo."

Un brav'uomo. Jonah non sapeva se quella descrizione fosse adatta a Gavin. "Non saprei. Ma siamo stati grandi amici per molto tempo. E adesso non mi piace pensare a lui in termini negativi."

"Allora un po' e un po'. Come tutti noi." Miles sospirò. "Non starò a chiederti cos'è successo in quel posto, ma il fatto che tu sia qui mi fa sospettare che hai qualche problema a gestire la situazione. E sarebbe del tutto comprensibile."

Jonah fece per parlare ma gli si chiuse la gola. Se la schiarì e riprovò.

"Diciamo che mi ha riportato indietro nel tempo in un modo inaspettato." Anche se avesse voluto, non avrebbe potuto parlargli di Owen Stokes. Chrissie aveva il diritto di saperlo anche se Jonah aveva corso più di un rischio informandola. "Ci sono molte cose che non capisco. Devo trovare delle risposte ma non so come."

"Lo vuoi scoprire?"

La semplice chiarezza di quella domanda scacciò la nebbia in cui Jonah era stato avvolto. "Sì."

Miles lo scrutò per qualche istante prima di parlare.

"Ricordo la prima volta che sei venuto. Ti sei seduto in fondo alla stanza con l'aria di chi vorrebbe prendersela con il mondo intero. So come ti sentivi. Io come la maggior parte delle persone che entrano da quella porta. Arrabbiate, confuse, in cerca di qualcuno da incolpare. E soprattutto schiacciate dal dolore. Eri come un pugno chiuso."

Alzò la mano e la strinse, come a illustrare quelle parole.

"E non riesco neanche a dirti quanto è stato commovente vederti mollare la presa. Anche per Pen. Ecco perché mi sono preoccupato quando ho saputo del tuo coinvolgimento in quella storia orribile. Certo, ho sperato che non avessi avuto la peggio dal punto di vista fisico, ma ero più preoccupato di un eventuale contraccolpo emotivo. I nuovi traumi in genere disseppelliscono quelli vecchi, e tu hai già dovuto affrontare qualcosa che la gente in genere non deve sopportare. E non vorrei vederti di nuovo trasformato in un pugno chiuso, Jonah."

"Non succederà," disse.

"Spero di no. E so che non sei così stupido da volerti fare giustizia da solo."

Aveva parlato in modo esplicito, poi i suoi occhi si strinsero in un sorriso. Afferrò il piattino e glielo porse.

"Prendi un biscotto."

Jonah obbedì e decise che era ora di allontanare la conversazione da se stesso. "Come sta Penny?"

"Oh, lei sta... be', non troppo bene, a dir la verità. Ecco perché non sono venuto qui spesso. Stasera ero passato a controllare che tutto fosse a posto e a ritirare la posta." Di nuovo prese a fissare la tazza. "Pen ha un tumore."

"Cristo, Miles..." Quella notizia lo staccò dalle sue preoccupazioni, facendolo sentire egoista per averne parlato.

"Dove?"

"Più o meno dappertutto, a dir la verità. Perlomeno, quando l'hanno trovato. Non sta facendo nessun trattamento. Si sentiva... be', dobbiamo sfruttare al massimo il tempo che le rimane. Non voglio dire che ci siamo rassegnati, ma l'abbiamo accettato. Alcuni giorni sono migliori di altri, ma in genere è abbastanza su di morale."

"Non sai quanto mi dispiace."

"Lo so." Era tornato il sorriso. "Le piacerebbe vederti. Devi tornare. Presto."

"Lo farò," promise Jonah.

Quando tornò al suo appartamento erano le nove passate. Gli faceva male il ginocchio così parcheggiò la macchina in strada per non dover affrontare il lungo tragitto a piedi dal garage. Il cielo nero era macchiato da nuvole simili a fumo, solo le stelle più luminose si vedevano attraverso le luci della città quando percorse la passerella di cemento che conduceva all'ingresso. La notizia di Penny lo aveva rattristato e reso più lucido, e in un qualche strano modo gli aveva anche schiarito le idee. I suoi problemi non erano più semplici, ma adesso riusciva a osservarli da una prospettiva più ampia.

Un gruppo di ragazzi se ne stava sotto un piccolo passaggio coperto in un angolo. Jonah li scrutò, l'abitudine del poliziotto, ma senza che il suo sguardo apparisse minaccioso. Lo osservarono in silenzio quando attraversò l'ingresso e chiamò l'ascensore. Una delle plafoniere era spenta e notò di nuovo la tristezza di quegli ambienti. Le mattonelle alle pareti erano sudicie e crepate, i pannelli di vetro dell'ingresso mostravano un alone nei punti in cui erano stati rimossi i graffiti.

Non per la prima volta si domandò cosa ci facesse ancora lì. Non c'era un motivo particolare e niente gli impediva di andarsene.

Ma come al solito quel pensiero si fermò lì. Sperando che l'ascensore arrivasse in fretta, si chinò a massaggiarsi il ginocchio, piegando l'articolazione malandata. Una ventata d'aria gelida lo investì quando due ragazzi entrarono dall'esterno. Le porte dell'ascensore si aprirono e salirono anche loro. Entrambi avevano la testa coperta da un cappuccio, uno portava anche un cappellino da baseball sotto. L'altro aveva il viso martoriato dall'acne. Dovevano avere diciassette o diciotto anni, sembravano nervosi. I loro vestiti emanavano un odore misto di sudore e qualcosa di chimico. Non lo guardavano in modo diretto ma Jonah vide uno dei due lanciare un'occhiata all'altro appena le porte si richiusero. Nessuno dei due schiacciò un pulsante.

Ah, fantastico. Jonah non li aveva riconosciuti ma immaginò che fossero lì per vendere o comprare della droga e avevano deciso che un invalido fosse un obiettivo perfetto. Tenendo gli occhi fissi sulle cifre illuminate dei piani al di sopra delle porte, si mosse in modo da spostare il peso sulla gamba sana.

"Sono della polizia."

I due si scambiarono un'occhiata poi tornarono a fissarlo.

"Tu che cosa?"

Era stato il più piccolo dei due a parlare, quello con i capelli unti e biondicci che gli spuntavano sotto il cappuccio. Jonah non distolse lo sguardo dall'indicatore del piano.

"Avete sentito."

L'ascensore superò un altro piano. Jonah continuò a tenere lo sguardo verso l'alto, l'espressione di pietra. Sentiva la tensione che montava, sapeva che poteva accadere di tutto. Stampelle o no, dopo la giornata che aveva avuto a quel punto non gli interessava.

L'ascensore si fermò. Le porte si aprirono con un cicalino.

Jonah si sentì addosso i loro sguardi mentre uscì e si incamminò senza fretta lungo il corridoio. Restò in ascolto di qualsiasi rumore provenisse dalle sue spalle ma ci fu solo il cigolio delle porte che si richiudevano. Quando sentì che l'ascensore iniziava a scendere, si fermò e si voltò. Un neon ronzò tremolando nel corridoio deserto.

Incerto se sentirsi sollevato o deluso, arrivò alla porta ed entrò. Si tolse la giacca, andò al frigorifero e prese una birra. Bevve direttamente dalla lattina, poi ordinò una pizza. In genere cercava di mangiare sano ma era tardi ed era troppo stanco per prepararsi qualcosa.

Un altro di quei giorni. Aveva finito la lattina e stava accarezzando l'idea di berne un'altra quando suonarono alla porta. Usando una sola stampella zompettò nel corridoio e guardò nello spioncino. Un po' si aspettava di vedere le teste di cazzo dell'ascensore, ma non erano loro. La persona che aveva suonato era ancora meno gradita.

Jonah poggiò la fronte contro la porta. *Perfetto. Semplicemente perfetto.* Il campanello suonò di nuovo, seguito questa volta da un paio di colpi decisi. Jonah si raddrizzò e aprì.

Corinne Daly gli rivolse un sorriso allegro. Reggeva il cartone di una pizza. "Spero che non abbia ordinato quella alle acciughe."

18.

Jonah non prese il cartone con la pizza. “Cosa vuole?”

“Be’, un drink lo accetterei volentieri, nel caso volesse offrirmene uno.” Il suo sorriso svanì quando Jonah non rispose. Lei gli porse di nuovo il cartone. “Potrebbe almeno prendere questo? Mi si sta colando l’olio sulle dita.”

Jonah non si mosse. Daly sospirò.

“Sono salita in ascensore con il ragazzo delle consegne, gli ho detto che gliel’avrei portata io. Gli ho lasciato anche la mancia. E non ho nemmeno avvelenato la pizza, giuro.”

Jonah prese il cartone e fece per chiudere la porta.

“No, aspetti!” Daly piazzò una gamba tra la porta e lo stipite. “Non sto lavorando, sono venuta per scusarmi.”

“Non mi interessa.”

“Mi ascolti, la prego. Ho scoperto qualcosa che vorrebbe sapere.”

Jonah si fermò, la mano ancora sulla porta. “Che cosa?”

“Mi lasci entrare e le spiegherò tutto. Senta, se teme che io...” Rovistò nella borsa e prese il cellulare. “Ecco, lo spengo.”

Daly gli mostrò il telefono.

“Vede? È spento, non sta registrando. E credo che lei vorrebbe davvero sapere ciò che ho da dirle.”

Jonah esitò ma la curiosità alla fine ebbe la meglio. Aprì la porta per farla entrare.

"Le concedo cinque minuti."

In risposta ottenne un sorriso. "Grazie."

Lasciò che entrasse lei per prima nel salotto. Daly poggiò la borsa sul tavolino basso e sprofondò nel divano con un sospiro. Rimase così, le lunghe gambe distese, il bel collo in vista, con la testa all'indietro. All'improvviso Jonah notò quanto era attraente. Scacciando quel pensiero, si sedette nella poltrona in modo che il tavolino stesse in mezzo a loro.

"Quindi, cosa voleva dirmi?"

"Ci arrivo tra un attimo. Prima ho un peso che vorrei togliermi." Daly si mise a sedere, indecisa. "Continuo a pensare a quello che ho fatto, all'ospedale e poi alla commemorazione e... Volevo scusarmi per il mio comportamento. Non sono così. Non mi piace pensare a me come quel genere di persona. A volte non mi piace ciò che devo fare. Proprio com'è successo con lei."

Jonah temeva che fosse l'ennesimo trabocchetto. Ma seduta lì Daly aveva un'aria stanca e fragile, era diversa dalla giornalista sicura di sé che gli aveva teso un'imboscata nella sua camera d'ospedale o lo aveva affrontato fuori dalla chiesa. E le sue scuse sembravano sincere.

"Allora perché non la smette?"

"Ci creda o no, mi piace ancora il mio lavoro. Qualcuno deve costringere la gente ad assumersi la responsabilità delle proprie azioni, e nei giorni buoni è così che la vedo. E anche perché sono una madre single con una figlia di sei anni e l'affitto da pagare. Mi serve lo stipendio." Un sorriso mesto. "Non sto cercando la sua comprensione, volevo solo... Non lo so. Spiegarle, immagino. In modo che lei non mi reputi una stronza."

"Va bene." Non era ciò che Jonah si aspettava ma non era ancora pronto a deporre le armi. "Dice di aver scoperto qualcosa che dovrei sapere."

Abbassò lo sguardo, comprendendo i suoi sospetti. Ma quando gli occhi di Daly incontrarono di nuovo i suoi avevano una luce che non poteva essere fraintesa.

"Conosco il nome di una delle vittime."

Jonah non poté trattenersi. "Quale?"

Daly sorrise. Si appoggiò allo schienale, la preda aveva abboccato.

"Prima una fetta di pizza."

"Si chiamava Daniel Kimani."

Daly si pulì le dita su un pezzo di rotolo da cucina.

L'ultima fetta di pizza giaceva fredda nel cartone con accanto una lattina di birra piena per metà. La seconda di Daly, Jonah era alla terza – ne aveva bevuta una prima che lei arrivasse. Si era detto che sarebbe stata l'ultima.

Daly aveva insistito per mangiare prima di raccontargli tutto. Lui all'inizio si era mostrato impaziente ma aveva deciso di assecondarla. E fino a quel momento lei non gli aveva fornito alcun motivo per rimpiangere di averla fatta entrare. Aveva parlato quasi sempre lei, perlomeno quando non stava mangiando o bevendo, ma aveva evitato i fatti del magazzino. Anche se una parte di lui restava sulla difensiva, Jonah in realtà si stava godendo la sua compagnia.

Ma adesso lei era pronta per mettersi al lavoro.

"Era un dottorando," riprese, lasciando cadere la carta da cucina appallottolata sul tavolino. "Ventisei anni, del Kenya, arrivato qui due anni fa con un visto da studente di Scienze politiche e Sociologia. A quanto pare aveva un'ottima reputazione anche se non socializzava molto. Aveva solo un paio di amici e comunque se ne stava sulle sue; organizzava campagne per i diritti umani. La scomparsa è stata denunciata due giorni prima che lei trovasse il suo corpo nel magazzino. Non si era fatto vedere alle riunioni in università e non rispondeva al telefono. Il suo coinquilino ha detto che era uscito di casa di corsa un mattino poi non l'aveva più visto. Non aveva detto a nessuno dove stava andando né se aveva intenzione di incontrare qualcuno."

Mentre ascoltava, i pensieri di Jonah correvano. Se questo Kimani era entrato nel paese con un visto da studente, allora la teoria che le vittime fossero tutti immigrati irregolari uccisi da una gang di trafficanti di esseri umani non reggeva più.

"Come fa a sapere queste cose?" I notiziari non ne avevano parlato, quindi o la notizia era stata diffusa da poco oppure Daly aveva un ottimo informatore nella polizia.

"Non arrivano dagli inquirenti, se sta pensando a questo. Non dicono nulla, così ho fatto delle ricerche per conto mio." Cercò di non apparire troppo compiaciuta ma l'orgoglio era evidente. "Ho controllato tutti gli annunci di persone scomparse in quel periodo che potevano combaciare con le descrizioni diffuse dalla polizia – mi creda, erano tantissime – e sono andata per eliminazione. È rimasto il nome di Daniel Kimani. Alcuni suoi amici dell'università hanno promesso una ricompensa a chi avrebbe fornito informazioni così li ho contattati e mi hanno raccontato il resto."

L'entusiasmo di Jonah si affievolì. "Quindi non c'è un riconoscimento ufficiale. Sono sue supposizioni?"

"Sì, ma per la conferma è solo questione di tempo," rispose, arrossendo. "Se ci sono arrivata io, allora lo faranno anche gli inquirenti."

E forse scarteranno quell'ipotesi, pensò Jonah. Cercò di non mostrare la sua delusione. "Come ha detto lei, probabilmente ci sono molte persone scomparse che corrispondono alla stessa descrizione."

"Ma quante di loro conoscevano una ragazza di nome Nadine?"

Sentire quel nome fu un vero e proprio shock. Daly sorrise, godendosi la sorpresa sul volto di Jonah.

"A quanto pare Kimani frequentava da un paio di settimana una ragazza chiamata così. Nessuno dei suoi amici la conosceva né sapeva nulla di lei, ma il suo coinquilino l'aveva vista una volta che era andata da lui. Sulla ventina, capelli neri ricci, aspetto mediterraneo o mediorientale. Molto attraente. Le ricorda qualcosa?"

Certo. L'immagine del viso terrorizzato di Nadine, sporco e bruciato dalla calce viva, gli balenò nella mente. Deglutì, cercando di farla tornare da dove era venuta.

"Avevano una relazione?"

Se fosse stata distesa sul corpo del compagno sarebbe stato anche peggio, e magari aveva assistito al suo omicidio. Ma Daly scosse la testa.

"È stato il mio primo pensiero, ma Daniel Kimani era gay. Nessuno dei suoi amici mi ha saputo dire perché si frequentassero, ma erano sicuri che non si trattava di un legame sentimentale."

"Lo hanno detto alla polizia?"

"Certo. Sono stati ringraziati per l'informazione e avvisati che verranno tenuti al corrente degli sviluppi."

Quindi Fletcher sapeva già tutto. E dovevano anche aver provveduto a confrontare il DNA e le impronte digitali per avere la certezza che il corpo era di Kimani. E questo voleva dire o che non era suo…

O che avevano deciso di non rivelarne l'identità.

Jonah si sentì come riportato a galla da quella notizia, ma anche infastidito. Daly aveva fatto ciò che avrebbe dovuto fare lui. Invece era rimasto sulle sue, lasciando che gli inquirenti se ne occupassero, come se Fletcher gli avrebbe mai spifferato qualcosa che non avrebbe potuto dirgli.

Quando si dice un poliziotto...

"Come si chiamano questi amici?" domandò.

Daly gli rivolse un sorriso tirato. "Non si aspetterà che le riveli le mie fonti..."

No, certo. Ma valeva la pena provarci. "E le altre due vittime? Ha scoperto qualcosa?"

"Non ancora." Daly fece una pausa, fissando la lattina di birra. "Quindi il nome di Daniel Kimani non le dice niente? Non ne ha mai sentito parlare?"

Ma Jonah era intenzionato a non concederle nulla. "Perché mi ha detto tutto questo?"

Adesso toccava a Daly essere sorpresa. "Pensavo che volesse saperlo. Senta, non voglio apparire scortese, ma la prende lei l'ultima fetta?"

Il cambio di argomento lo spiazzò. "No, si serva pure."

"Di solito non mangio così tanto, ma ho saltato il pranzo," disse, afferrando la fetta e prendendone un morso. Fece un mugugno di piacere. "Gesù, sono proprio un'ipocrita. Dico sempre a Maddie che il cibo spazzatura fa male e adesso sono qui che mi ingozzo..."

"Maddie è sua figlia?" le domandò, ricordando la conversazione che avevano avuto fuori dalla chiesa.

"Già. La adoro, ma sa essere un mostro a volte. Manovra i miei genitori come vuole. Be', lei conosce bene queste dinamiche, immagino." Quando se ne accorse la sua faccia si trasformò in una maschera. “Oh, merda. Mi dispiace tanto, non volevo...”

“Va tutto bene.” Jonah aveva imparato da tempo a non reagire in certe situazioni. Ma non voleva dire che non gli facevano più effetto. “Vive da sola con sua figlia, se non ho capito male...”

Daly non vedeva l’ora di superare la gaffe. “Non è niente di strano. Non che il padre sia scappato o sia morto, era solo una merda. Diciamo che è un’altra parte della mia vita di cui non sono particolarmente orgogliosa. E ce ne sono diverse, mi creda. Ma ho Maddie, quindi gli sono comunque debitrice.”

“Lui non la vede mai?”

“No. Non sarebbe mai accaduto, e questo lo sapevo fin dall’inizio. Ma è lui a perderci. Non è il tipo che avrebbe portato qualcosa di buono nella sua vita, anche se avesse deciso di vederla ogni tanto. Mi dispiace per Maddie ma è una bambina felice, ha una famiglia che adora. Vorrei solo che...”

“Cosa?” domandò Jonah, quando lei si bloccò. Daly alzò le spalle, studiando la lattina.

“Vorrei essere più presente. Voglio dire, devo lavorare e cerco di sfruttare al massimo il tempo che trascorriamo insieme. Cerco di essere una buona madre, davvero. Ma a volte è difficile.” Si fermò di nuovo, scuotendo la testa. “Mi scusi. Non dovrei lamentarmi con lei dei miei problemi. Non dopo quello che ha passato.”

Jonah si strinse nelle spalle, a disagio per la direzione che la conversazione stava prendendo. “Nessun problema.”

“Sì, certo.” Daly sorrise. Ritirò le gambe e si accovacciò sul divano, voltandosi per guardarlo negli occhi. “Mi dispiace per Gavin McKinney. Eravate molto amici?”

Fu come se una nuvola gli passasse sulla testa. “Lo siamo stati.”

"Lo so che non vuole parlarne, ma quando io..." Si fermò. "No, non importa."

"Cosa?"

Daly scosse il capo. "No, lasci perdere."

Jonah la fissò, per capire se fosse una trappola. Aveva il capo chino, i capelli che le pandevano sul viso. "Vada avanti."

"Stavo per dire che ho perso la mia migliore amica qualche anno fa, quindi so quello che sta passando. In circostanze del tutto diverse: un'overdose accidentale. O almeno tutti hanno detto che è stata accidentale, ma io non ci ho mai creduto fino in fondo... Ho continuato a ripetermi che avrei dovuto fare di più, che l'ho abbandonata."

Un'altra pausa, come per dare a Jonah l'opportunità di dire qualcosa. Ma ciò che provava per Gavin era troppo complicato per addentrarsi in quel campo minato. Quando lui non rispose, Daly si mordicchiò un labbro.

"Ho una domanda, ma non sono sicura di volergliela fare," disse.

Jonah sorrise ma sentì la tensione tornare. *Eccoci.* "Be' allora non la faccia."

Il sorriso di Daly si spense. Adesso era più vicina a lui, sempre sul divano con le gambe ripiegate sotto di sé.

"Ho sentito delle voci sul suo amico. Che era nei guai. E non avrebbe dovuto trovarsi in quel magazzino perché era stato sospeso dal servizio. È vero?"

Merda. Jonah poggiò la birra sul tavolino. "Dove lo ha sentito?"

"Non si preoccupi, non mi aspetto che lei confermi o smentisca, ma... Be', non può negarlo, mi sbaglio?"

Jonah era sempre più lucido. "Gesù santo," disse, stupendosi della propria imbecillità.

"Va bene, mi dispiace, dimentichi quello che ho detto," disse Daly, facendo per alzarsi. "Per favore, non..."

Ma Jonah si era già rimesso in piedi, scordando per un momento il ginocchio ferito. Ma appena vi poggiò il peso, una lama di dolore gli attraversò l'articolazione, facendogli uscire un gemito. La gamba cedette e quando fece per reggersi alla poltrona, con la tibia colpì il tavolino, che si ribaltò, rovesciando le lattine e la borsa di Daly sul pavimento. Jonah riuscì a rimettersi a sedere, stringendo i denti per la pulsazione nel ginocchio mentre lei accorse.

"Oh, cielo, non di nuovo! Sta bene?"

"Sì, sì. Sono solo... un imbecille."

Un imbecille imbarazzato. Il dolore si stava calmando al punto da permettergli di rendersi conto di quanto Daly fosse vicina. Gli aveva messo una mano sulla spalla, l'altra sul petto. Quando aprì gli occhi, il viso di lei era a pochi centimetri dal suo. Sentiva il suo profumo, il calore delle sue mani sembrava bruciargli la pelle sotto la maglietta. Non dissero niente. Daly si avvicinò, o forse fu lui.

Poi squillò il cellulare di Jonah.

Sobbalzarono entrambi come adolescenti presi di sorpresa. Daly tornò sul divano mentre la suoneria proseguiva. Il cellulare era caduto sul pavimento, Jonah dovette piegarsi a fatica per raggiungerlo. Poi vide il nome sul display.

Marie.

"Devo rispondere," disse.

Non era vero ma era una buona scusa per mettere della distanza tra di loro. Ancora scosso e infuriato con se stesso, prese il cellulare e si diresse nel corridoio. Si chiuse la porta alle spalle lasciando solo una fessura da cui osservare Daly mentre parlava.

"Ciao. Come stai?" domandò, tenendo la voce bassa ed evitando di pronunciare il suo nome.

"Oh, Jonah, Jonah..." Stava piangendo. "Volevo solo... Tu eri il suo migliore amico, sai che non era... Potresti venire?"

Biascicava in modo quasi incomprensibile. Jonah lanciò un'occhiata nella fessura della porta. Daly era ancora sul divano, stava frugando nella borsetta. "Perché, è successo qualcosa?"

"... era lì, è sempre stato lì, per tutto il tempo..."

"Che cosa?" Dio, era completamente sbronza.

"... è come se mi parlasse dalla tomba..."

Jonah si massaggiò gli occhi, era impossibile capirci qualcosa. "Senti, ti chiamo domattina, va bene?"

"Mi manca tanto... loro non capiscono, nessuno capisce..."

"Domani mattina," ripeté. "Adesso va' a letto e cerca di dormire un po'."

Marie tirò su col naso, fece un altro commento incomprensibile e poi la comunicazione terminò. Marie aveva ogni motivo per stare così, ma sembrava che stasera avesse proprio esagerato. Come se le parlasse dalla tomba: cosa voleva dire?

Aprì la porta e tornò nel salotto. Daly sembrava ancora agitata, il rosso sulle guance che si estendeva fino al collo e alla porzione di pelle lasciata scoperta dalla scollatura.

"Farei meglio ad andare," disse, senza guardarlo.

Lui annuì. Raggiunsero la porta d'ingresso. Jonah la aprì. Daly gli rivolse un sorriso imbarazzato.

"Be', grazie per la pizza..."

"È stato un piacere." Gli venne in mente qualcosa. "Aspetti, forse è meglio che scenda con lei."

Lei non rispose subito, quasi sulla difensiva. "Perché?"

"Poco fa c'erano dei ragazzi intorno al palazzo. La accompagno alla macchina."

Lei scoppiò in una risata sorpresa. "Dice sul serio? La ringrazio ma so badare a me stessa."

Con il viso in fiamme, Jonah la guardò andare via. I suoi passi dettavano un ritmo rapido che rimbalzava sulle pareti del corridoio mentre si dirigeva verso l'ascensore. Jonah chiuse la porta a chiave poi vi poggiò la testa.

"Imbecille del cazzo!"

Daly sentì la porta che si richiudeva alle sue spalle. Arrivò all'ascensore e schiacciò ripetutamente il pulsante di chiamata quando le porte non si aprirono all'istante.

"Forza..."

Poi l'ascensore arrivò. Le porte si aprirono. Non c'era nessuno all'interno. Daly entrò e premette il pulsante del piano terra. Le sue spalle si rilassarono un po' quando le porte si richiusero e sentì la momentanea assenza di peso che dava inizio alla discesa.

"Merda, merda, merda!"

Aveva rovinato tutto. Scosse la testa, accigliata. Cosa diavolo le era venuto in mente di fargli quelle domande così dirette? Era tardi ed era stanca e – sorpresa – salta fuori che Colley era un tipo a posto. Era attratta da quell'uomo e non era stata in grado di nasconderlo. Aveva quasi dimenticato perché era lì. Si era lasciata andare e poi aveva cercato di metterci una toppa con quella domanda su McKinney. Sì, le birre non avevano aiutato, ma non poteva prendersela con l'alcol. E se il suo cellulare non si fosse messo a squillare proprio quando...

Ma era andata così. *Non è successo niente. Quindi piantala e non pensarci più.*

Frugò nella borsa. Il cellulare era ancora lì. Spento. Ignorandolo, prese il registratore digitale. La spia rossa era accesa: era ancora in funzione. Tornò all'inizio della registrazione e schiacciò play. Il piccolo altoparlante diffuse la voce di Colley, sottile ma riconoscibile:

"Perché era stato sospeso dal servizio. È vero?"

"Dove lo ha sentito?"

"... Be', non può negarlo, mi sbaglio?"

Daly fermò la riproduzione. Perlomeno era comprensibile. Aveva fatto attenzione a lasciare la borsa aperta ma temeva comunque che la registrazione non fosse utilizzabile. Invece, fino a quando la borsa non era caduta sul pavimento il microfono aveva fatto il suo dovere. Non che ci fosse molto da sentire, dopo.

Peccato.

Forse era riuscita a ottenere ciò che voleva. Ovviamente Colley non aveva mai sentito parlare di Daniel Kimani, ma il modo in cui si era chiuso a riccio quando gli aveva chiesto di McKinney le aveva detto ciò che lei aveva bisogno di sapere. Aveva gettato un amo, ingigantendo le voci che aveva sentito. E lui non era parso sorpreso o colpito. E non aveva negato, che era come confermare, per quanto la riguardava. Già prima di allora era stato reticente su McKinney. Si accigliò, ricordando la risposta di Colley quando gli aveva chiesto se fossero amici. Aveva detto che lo erano stati.

Come a dire che non lo erano più.

Daly sentì l'eccitazione invaderla piano. E se ci fosse una qualche storia tra McKinney e Colley? E se non si fossero trovati nel magazzino per un'operazione sotto copertura? Questo avrebbe gettato una luce nuova sui fatti. Merda, poteva anche dire che Colley era sospettato...

Ma l'eccitazione svanì appena ricordò di quando avevano parlato di sua figlia. Aveva cercato di nasconderla, ma la tristezza traspariva dal suo volto. E anche se offrirsi di accompagnarla alla macchina era un gesto un po' maschilista... be', era anche una cosa dolce, in effetti. Si era preoccupato per lei, e quando era stata l'ultima volta che qualcuno si era comportato in quel modo con lei?

E in cambio lei lo aveva fregato.

Daly rimise il registratore nella borsa. Vide il proprio riflesso nel pannello di vetro sulle porte dell'ascensore. Era sporco e pieno di segni e rimandava l'immagine un po' distorta di una donna non più giovane con un'espressione dura. Non le assomigliava. *Ti ci devi abituare. Ti assomiglierà sempre meno.*

Il riflesso ricambiò lo sguardo cinico e consapevole.

L'ascensore arrivò al piano terra con un sobbalzo. Le porte si aprirono con un cigolio rivelando l'androne illuminato dai neon. Puzzava di piscio, alcol, oltre all'odore nauseabondo dell'hashish e della disperazione. Si affrettò a superare le porte in vetro. Fuori faceva freddo, i ponti e le passerelle di cemento apparivano deserti. Perlomeno la gang di cui le aveva parlato Colley era sparita. C'erano dei ragazzi all'esterno quando era arrivata, forse si riferiva a loro. Aveva ignorato le loro occhiate e le risatine rallentando appositamente il passo. C'era una cosa che le aveva insegnato il suo mestiere: non importa quanta paura hai, tienila sempre nascosta. Daly aveva intervistato stupratori e assassini, sbattuto il suo registratore in faccia a rivoltosi e aveva affrontato situazioni che in qualsiasi altro momento l'avrebbero terrorizzata. E quello che all'inizio era un atteggiamento studiato, con il tempo era diventato naturale, come se il suo tesserino da giornalista potesse garantirle una invulnerabilità reale.

Se ne ricordò adesso, mentre i suoi passi risuonavano nel buio. Sembrava che tutti i lampioni fossero rotti, creando enormi pozze di oscurità. L'unico parcheggio che aveva trovato era a più di duecento metri di distanza dal palazzo: sperava di ritrovare la macchina, possibilmente tutta intera. Non era scontato in un quartiere come quello.

Rabbrividì quando un alito di vento portò una spruzzata di pioggia contro la nuca scoperta. La vergogna che aveva provato in ascensore era già svanita. Era sulle tracce di qualcosa, lo sentiva. E anche se non aveva ottenuto quanto avrebbe voluto da Colley, oltre a ciò che aveva scoperto su Daniel Kimani, adesso poteva costringere Giles a darle retta. Daly sorrise a se stessa, iniziando a trasformare i suoi ricordi della serata in qualcosa di più attraente.

Stava ancora sorridendo quando dalle sue spalle provenne un fischio. Non era forte. Non era un fischio di ammirazione e nemmeno uno di quelli fatti mettendosi due dita tra le labbra. Solo due note, una alta e l'altra bassa. Daly si irrigidì e non si voltò. Continuò a camminare, ma i suoi sensi adesso erano concentrati su ciò che succedeva alle sue spalle. Forse era solo un tizio che portava a spasso il cane, si disse. Solo che non si sentiva alcun rumore canino né passi diversi dai suoi. Proseguì con la stessa andatura tranquilla. Cosa si era appena detta? Di non mostrare la propria paura. Un aggressore non si sarebbe fatto notare in quel modo, quindi doveva essere solo uno sfigato che voleva fare il gradasso. Spaventando una donna sola su una strada buia. *Be', ripensaci, coglione.*

Il fischio risuonò una seconda volta.

Più vicino e adesso Daly sentì un brivido. Non poteva più far finta che non fosse rivolto a lei. E anche se non voleva dare a quell'imbecille la soddisfazione di averla spaventata, se non avesse reagito il messaggio che avrebbe trasmesso sarebbe stato proprio quello. *Va bene. Scopriamo il bluff di questo segaiolo.*

Prese dalla borsa la boccetta spray del profumo e si voltò. La strada deserta sembrò prendersi gioco di lei. Negozi chiusi e lotti vuoti sui due lati, alti cumuli di mattoni luridi interrotti da pile di rifiuti e recinzioni in filo di ferro. Non c'era nessuno in vista ma i lampioni fuori uso lasciavano chiazze di oscurità in cui chiunque avrebbe potuto nascondersi. Daly alzò la boccetta, dipingendosi in viso un'espressione aggressiva.

"Questo è spray al peperoncino, testa di cazzo! Ho già avuto una giornata di merda, quindi se vuoi provare a peggiorarla fatti avanti!"

Niente. Nessun movimento, nessun segno di vita. Daly cercò di non badare alla sua paura che stava ormai affiorando. Fece un balzo quando all'estremità del campo visivo notò un movimento sull'altro lato della strada. Ma era solo un gatto. No, una volpe, si disse dopo averne visto meglio la taglia. *Gesù, cosa ci fa qui?* La sagoma scura fece per attraversare la strada poi si bloccò. Fissò quella che sembrava l'imboccatura di una viuzza buia a pochi metri da dove si trovava Daly, gli occhi che luccicavano nella luce di uno dei pochi lampioni funzionanti. Poi si voltò e scappò via.

Daly fissò il punto che aveva incuriosito la volpe. Aveva visto qualcosa? All'improvviso ricordò cos'era accaduto nel parcheggio sotterraneo qualche sera prima. Era convinta che qualcuno si fosse nascosto lì, in attesa. *Oh, piantala. Non fai altro che spaventarti, così!* Qualunque cosa la volpe avesse o non avesse visto, ora non c'era nessuno. *Datti una calmata.* Con un'ultima occhiata nella viuzza buia, si voltò – con lentezza studiata – e riprese a camminare.

Aveva appena fatto una decina di passi quando rieccolo.

Oh, cazzo. Porca puttana! Daly si disse di nuovo di stare calma, ma dovette fare uno sforzo enorme per non guardarsi alle spalle e non accelerare l'andatura. *Non fargli capire che ti ha spaventata. È proprio quello che vuole quel patetico bastardo.* Cristo, dove cazzo aveva lasciato la macchina? Stringendo la boccetta di profumo come un talismano, rovistò nella borsa, questa volta in cerca del telefono. Fu solo quando lo ebbe preso che realizzò di non averlo più acceso. *Merda, merda, merda!* Le tremavano le mani mentre cercava di riaccenderlo, le dita all'improvviso maldestre. Quel maledetto aggeggio ci stava mettendo una vita a riaccendersi, ma lo svitato dietro di lei non poteva saperlo. Se lo poggiò all'orecchio e iniziò a parlare a voce alta nell'apparecchio ancora spento.

"La polizia, per favore. Sì, vorrei denunciare un tentativo d'aggressione. Sì, proprio adesso. Sono su..." Si zittì pensando a dove si trovasse, poi vide un cartello più avanti. "Ashton Way. Mi stanno seguendo, mandate un'auto per favore. Sì, subito. Grazie."

Il cellulare emise un cicalino quando lei finì di parlare, lo schermo finalmente illuminato. *Era ora, cazzo.* Prese le chiavi e poi capì che se adesso avesse chiamato davvero la polizia si sarebbe tradita. Poi vide la sua macchina poco più avanti. *Grazie al cielo!* Sollevata, si accorse che il fischio non si era più sentito. Si voltò e guardò la strada. Era ancora deserta, ma adesso lo sentiva con più chiarezza. Qui i lampioni funzionavano, illuminando un bel tratto di strada che chiunque la stesse seguendo avrebbe dovuto attraversare. Non solo lo avrebbe visto arrivare ma avrebbe fatto in tempo a raggiungere la macchina prima che lui le fosse addosso.

E allora vaffanculo, patetico bastardo! In preda all'euforia, fece il dito alla strada deserta, e si voltò affrettandosi verso la macchina.

Qualcuno saltò fuori da una stradina buia davanti a lei. Daly fece un salto, spaventata. Eppure la logica le diceva che chi aveva fischiato non poteva averla raggiunta e superata. Non senza essere visto. Quindi non era la stessa persona. Appena lo capì la sua rabbia ebbe la meglio.

"Perché non guardi dove..." iniziò a dire.

Ma non riuscì a finire la frase. Né sentì la boccetta di profumo che si frantumava sul marciapiede.

19.

“Oh, Jonah, grazie a Dio!” Marie lo trascinò in casa appena aprì la porta. Aveva l’aria scompigliata, sconvolta. “La polizia è stata qui!”

“Va bene, adesso calmati.” Aveva visto Fletcher e Bennet andare via quando aveva parcheggiato. Non era sicuro che lo avessero notato, ma non si era mosso finché non erano partiti. Non c’era alcuna ragione perché lui non dovesse andare a trovare Marie, ma meno doveva spiegare a Fletcher e meglio era. “Dai, mettiamoci a sedere.”

Aveva ancora i postumi della sbornia quando l’aveva chiamata quel mattino. Non aveva voluto dirgli perché lo avesse cercato la sera prima, preferiva parlargliene di persona. Conoscendola, poteva significare due cose: aveva dimenticato di aver fatto la telefonata in preda all’alcol o forse voleva solo un po’ di compagnia. Dopo la visita di Daly, Jonah aveva pensato di fare qualche ricerca per conto suo, per verificare le informazioni che la giornalista gli aveva passato su Daniel Kimani. Ma Marie aveva insistito. E c’era sempre la possibilità che si trattasse di qualcosa d’importante.

Andarono in cucina. I segni visibili dell’effrazione erano scomparsi, a eccezione di quelli sulla porta posteriore. Il pannello rotto della veranda era sbarrato da un'asse di compensato, e il legno nuovo e non ancora lucidato era visibile dove lo stipite era stato sostituito.

Dylan sedeva al tavolo della cucina, la testa china. Alzò lo sguardo quando Jonah entrò. Aveva il viso pallido ed emaciato, si rabbuiò appena lo vide.

"Lui cosa ci fa qui?"

"Gli ho chiesto io di venire, Dylan. È qui per darci una mano..."

"Ah, sì? E come? Può riportare indietro papà?" La sedia strisciò sul pavimento dietro di lui quando si alzò. "Che merda!"

"Dylan!"

Marie gli si aggrappò a una manica appena le passò accanto ma lui la scacciò. Sembrò sul punto di piangere quando oltrepassò Jonah e uscì. I suoi passi pesanti risuonarono sulle scale, poi la porta sbatté facendo tremare i muri.

John accompagnò Marie al tavolo e prese una sedia per farla accomodare. Una bottiglia di vino piena a metà giaceva sul tavolo accanto a un calice vuoto sporco di rossetto.

Lei prese la bottiglia e si riempì il calice quasi fino all'orlo. Jonah tenne un breve dibattito con se stesso, poi decise che era il caso di dire qualcosa.

"Forse dovresti andarci più piano con il vino," commentò, mettendosi a sedere.

"Lo so ma ho bisogno di qualcosa per calmare i nervi."

Prese un lungo sorso, buttandolo giù come fosse acqua. Jonah attese che posasse il calice.

"Perché non mi racconti cos'è successo? Perché è venuta la polizia?"

Poteva immaginarlo ma voleva sentirlo da lei. Marie sussultò.

"Era di nuovo l'ispettore capo Fletcher. Ha detto che è stato... Owen Stokes a entrare in casa." Lo guardò con gli occhi sgranati e tremanti. "Mi stava chiedendo di lui. Non mi ha detto perché, ma credono che sia stato lui a uccidere Gav, altrimenti perché insistere tanto? E come ha fatto a entrare qui? Non capisco, perché lo avrebbe fatto?"

Sembrava terrorizzata e Jonah poteva capirla. "Non lo so, Marie. Cos'altro ha detto Fletcher?"

"Niente! Ha continuato a chiedermi se avessi idea di cosa questo Stokes potesse volere, ma come potrei saperlo? Cosa potrebbe volere in questa casa?"

Jonah non lo sapeva. "Non ha detto altro?"

"Solo che non c'è niente di cui preoccuparsi. Cristo santo, niente di cui preoccuparsi? È facile per lui!" La sua mano tremava quando prese di nuovo il calice. "Mi ha detto che dovremmo stare da mia sorella per qualche giorno. Per motivi di sicurezza. Ma perché dire una cosa del genere? Teme che Stokes possa tornare?"

"Magari è solo per precauzione, e non sarebbe una cattiva idea." Per una volta Jonah era d'accordo con Fletcher. Se Stokes aveva trovato ciò che stava cercando, allora non aveva alcun motivo di tornare. Ma in caso contrario avrebbe deciso di riprovarci. E la prossima volta Dylan e Marie sarebbero stati in casa. "Ne hai parlato con tua sorella?"

"Non ancora. Dio, non so cosa fare, è troppo! E l'ispettore capo si è preso anche la lettera!"

"Quale lettera?"

"Quella per cui ti ho chiamato ieri sera. L'ho trovata in camera da letto rimettendo in ordine. Era sul pavimento, insieme a tutte le cose tirate fuori dai cassetti. Come se Gav mi stesse cercando. Doveva averla lasciata l'ultima volta che era passato da qui."

Adesso Jonah capiva cosa aveva voluto dire la sera prima con quel *mi sta parlando dalla tomba*. "Non ne hai una copia, vero?"

"No, non pensavo ce ne fosse bisogno. Non immaginavo che quel maledetto Fletcher l'avrebbe presa."

Jonah digrignò i denti, frustrato. Forse nella lettera c'era la spiegazione del comportamento di Gav. Era possibile che Stokes stesse cercando proprio quella e Jonah si era fatto sfuggire la possibilità di leggerla. Cristo, se solo fosse arrivato un po' prima...

Marie fece per prendere la bottiglia ma Jonah la anticipò.

"Lascia, faccio io." Gliene versò un goccio poi poggiò la bottiglia fuori dalla sua portata. "Cosa c'era scritto?"

"Appena ho visto la sua calligrafia il cuore mi è andato in pezzi." Si asciugò gli occhi. "Avevamo passato un periodo un po' difficile. L'avremmo superato, so che ce l'avremmo fatta, ma nell'ultimo anno è andato tutto storto. Gav subiva un sacco di pressione al lavoro e avevamo qualche problema economico. Ecco perché abbiamo traslocato e poi lui è stato sospeso. Non voleva parlarmene. Evitava l'argomento, dicendomi che non c'era da preoccuparsi. Ma la lettera era... Non lo so... diversa."

"In che senso?"

"Assomigliava a come eravamo prima. Anni fa. Si scusava per non essere stato un marito e un padre migliore. Sapeva di averci deluso, di aver deluso tutti. Voleva sistemare le cose e anche se non poteva cambiare il passato aveva una nuova occasione per farlo."

Jonah si era raddrizzato sulla sedia. "Ha spiegato quale?"

"No, voleva solo che fossimo orgogliosi di lui. E ha detto che se non avesse funzionato, un sacco di gente avrebbe parlato male di lui e noi non avremmo dovuto credergli. E se... se gli fosse successo qualcosa, dovevamo ricordarci che ci amava tanto. Oh, Dio..."

Marie cedette, il viso stravolto, e si coprì gli occhi. Jonah le mise una mano sulla spalla. Voleva chiederle se nella lettera si parlava di Theo, se Gavin si riferiva a quello quando diceva di voler *sistemare le cose*. Ma Marie glielo avrebbe già detto e di sicuro avrebbe voluto sapere il motivo di quella domanda. Fletcher non aveva menzionato il collegamento tra lui e Owen Stokes. E anche se non gli piaceva l'idea di nasconderglielo, Marie aveva già abbastanza problemi al momento per aggiungere anche quel carico.

"Gavin ti ha spiegato cosa intendeva fare?" domandò, con gentilezza. Lei scosse il capo, asciugandosi gli occhi con un fazzolettino di carta. "No, ma direi che è ovvio, non credi? Voleva cercare di salvare quei poveri disgraziati nel magazzino. Ecco che tipo di persona era. Ha detto che tu ci avresti spiegato tutto."

Jonah pensò di aver capito male. "Cos'ha detto?"

"Che tu avresti spiegato ogni cosa. Citava anche te nella lettera, proprio alla fine. Diceva che non dovevo fidarmi di nessun altro. Solo di te. Mi chiedeva di dirti che era dispiaciuto. E che mi avresti spiegato tutto." Lo fissò al di sopra del fazzolettino. "Che cosa voleva dire?"

Jonah scosse la testa ma fu percorso da un brivido freddo. Se aveva scritto quella lettera, Gavin sapeva di essere in pericolo ma pensava di riuscire a spiegare tutto a Jonah. Qualcosa aveva sconvolto i suoi piani, ma il fatto che lo avesse citato voleva dire che la telefonata che gli aveva fatto quella sera non era stata un gesto istintivo. Gavin aveva già pianificato di coinvolgerlo.

E l'unico motivo che gli veniva in mente era che riguardasse Theo.

"Cos'altro ti ha scritto?" domandò.

"Non mi ricordo. Non volevo che la portassero via, ma l'ispettore capo ha detto che era una prova. Ha anche detto che me l'avrebbero restituita, ma tra quanto? Non è giusto."

"Procedure," disse Jonah, ma era sconvolto. Fletcher aveva preso la lettera come prova del fatto che lui sapeva più di quanto non stesse ammettendo. E Jonah non avrebbe potuto spiegare nulla. *Gesù, Gavin…* Anche da morto riusciva a incasinare le cose.

"Vorrei solo che Gav mi avesse detto qualcosa, che avessimo avuto la possibilità di parlare!" Marie bevve un altro sorso di vino. "L'ultima volta che è stato qui avrei dovuto capire che qualcosa non andava. Lui e Dylan hanno litigato su una stupidaggine. Dylan voleva un paio di scarpe da ginnastica nuove e quando Gav si è rifiutato di dargli i soldi ha avuto una crisi. Io li ho lasciati fare, ma dopo Gav sembrava… distrutto. Triste. Come se sapesse già che non ci avrebbe più visti."

Forse era così, pensò Jonah. "Quando è successo?"

"Lo stesso giorno in cui è andato… in quel cazzo di magazzino! È stato allora che deve aver nascosto la lettera. Avevo fatto un po' di pulizia qualche settimana prima, scegliendo alcuni vecchi vestiti da dare in beneficenza. E se la lettera fosse già stata in camera l'avrei vista. Mi ha spezzato il cuore trovarla sul pavimento."

Si fermò al rumore di passi sulla scala. Dalla porta del corridoio Jonah vide Dylan correre alla porta d'ingresso.

"Dylan? Dove stai andando?" urlò Marie.

Il ragazzo prese il giaccone dall'appendiabiti. Nella luce fioca il suo viso sembrava quello di un fantasma.

"Esco."

"Adesso? E dove vai?"

"Esco e basta. Va bene?"

"Non puoi! Hai sentito cos'ha detto l'ispettore. Dobbiamo trasferirci dalla zia Karen per qualche…"

La porta d'ingresso sbatté. Quando l'eco svanì, Marie rivolse a Jonah un sorriso debole.

"È fuori di sé. Scoprire che non era solo un furto lo ha sconvolto più dell'aver perso le sue cose. Oltre a tutto il resto. Resterà furioso per un po'..."

Jonah annuì, pensando al volto terreo del ragazzo. "Sai dov'è andato?"

"No, se ne va sempre in giro ma non mi dice mai dove. Be', a quell'età è così, no? Comunque non rimane in zona, prende un taxi di solito. Non credo che si veda con gli amici, e quando gli ho chiesto se stava frequentando una ragazza mi è saltato in testa. Dio, spero che non stia facendo uso di droghe." Gli lanciò un'occhiata colma di speranza. "Perché non provi a parlargli? Forse darebbe retta a un amico di suo padre."

Jonah ne dubitava ma voleva comunque parlare con il ragazzo. In teoria prima che fosse arrivato il suo taxi.

"Adesso devo andare. Chiamami quando vuoi, se hai bisogno."

Marie si stava già gettando sulla bottiglia prima ancora che lui uscisse.

Fuori non c'era traccia di Dylan ma percorrendo il vialetto vide un ragazzo lungo la strada, in un punto nascosto rispetto alla casa. Sembrava preoccupato, impaziente, controllava l'ora e fissava l'ingresso della via. Quando la stampella di Jonah strisciò sull'asfalto, si voltò. Per un attimo parve piccolo e spaventato, poi vide che era Jonah e i suoi tratti si indurirono. E tornò a voltarsi, in modo sfacciato.

Jonah zoppicò fino a lui. "Tutto bene?"

Dylan continuò a fissare la strada, come se Jonah potesse sparire se avesse evitato di guardarlo. "Sì."

"Aspetti qualcosa?"

"No." Si strinse nelle spalle, prima di cedere. "Un taxi."

"Ti do un passaggio?"

"No."

Il ragazzo continuava a non guardarlo. "Tua madre è arrabbiata. So che è un brutto momento, ma..."

"Lasciami in pace, va bene?"

Gli lanciò un'occhiataccia, era sul punto di piangere. Jonah annuì.

"Va bene. Ci vediamo."

Dylan non rispose. Jonah lo lasciò lì e andò alla sua macchina. Salì a bordo e sistemò lo specchietto interno in modo da vederlo. Anche a quella distanza, sembrava ferito e teso, prossimo a spezzarsi. Forse Marie aveva ragione sulla droga, eppure a Jonah non sembrava che stesse correndo a comprare qualcosa. Piuttosto lottava contro il panico. Il che era comprensibile dopo le ultime settimane, ma all'orazione funebre del padre non stava così. E anche quando il ladro si era introdotto in casa gli era parsa solo una scocciatura. Certo, le notizie portate da Fletcher sull'identità del ladro facevano paura, ma neppure questo spiegava perché il ragazzo fosse corso fuori così all'improvviso.

O dove prendesse i soldi per il taxi.

Una Vauxhall argento con la scritta taxi sulla portiera lo superò. Jonah avviò il motore della Saab mentre Dylan fece un cenno con la mano e salì sul sedile posteriore. Attese che la macchina fosse ripartita e cominciò a seguirla tenendosi a distanza.

Impegnato a guardare la macchina che lo precedeva, non notò quella che aveva alle spalle.

20.

Jonah si tenne a due auto di distanza. La Vauxhall argento si dirigeva a nord attraverso i quartieri periferici di Londra e non dava segni di volersi fermare. Si domandò dove diavolo stesse andando Dylan. Oltretutto, il taxi gli sarebbe costato una fortuna.

Dopo qualche altro chilometro, la Vauxhall svoltò in una strada costeggiata da grandi ville vittoriane e edoardiane un po' cadenti. Cento anni prima doveva essere un quartiere ricco. Adesso le lussuose magioni di un tempo erano state suddivise in monolocali e appartamentini affollati. Se Dylan doveva comprare della droga, questo sembrava il posto giusto per farlo. Più avanti, Jonah vide il taxi accostare. Lo superò e parcheggiò poco oltre. Sistemando lo specchietto interno in modo da tenere sott'occhio la strada alle sue spalle, Jonah vide la porta del passeggero della Vauxhall che si apriva e Dylan che scendeva. Il ragazzo si guardò intorno con aria furtiva, poi imboccò il vialetto d'accesso di una delle ville e scomparve oltre la siepe trascurata.

Jonah scese dalla Saab – a fatica, il ginocchio si era irrigidito – e prese le stampelle. Non c'era alcun cancello sul vialetto che Dylan aveva imboccato, ma due montanti in ferro battuto ne segnavano l'ingresso, arrugginiti e malandati. Il giardino era lungo, sovrastato da vecchi sicomori e ippocastani che avevano già perso quasi tutte le foglie. La pavimentazione sconnessa del vialetto conduceva oltre alcuni bidoni strapieni fino a un edificio di quattro piani che portava ancora i segni della passata grandezza. Gli elaborati rivestimenti e gli stipiti in legno erano ormai marci e cadenti. Accanto alla porta c'erano due bovindi, uno dei quali oscurati dall'interno da un lenzuolo appeso al posto della tenda.

Raggiunse il malridotto pannello del citofono, la cui doppia fila di pulsanti testimoniava il numero di persone che abitavano in quel posto. Non c'erano nomi, solo numeri da uno a dodici, alcuni quasi illeggibili. Stava per premerne uno a caso, sperando di convincere qualcuno ad aprirgli, quando la porta si aprì all'improvviso.

"Scusi," disse Jonah, scansandosi per far passare una donna. Non lo degnò neanche di uno sguardo, lasciando dietro di sé un odore di fumo e cibo. Jonah fermò la porta prima che si richiudesse e si infilò all'interno.

L'androne era buio. Molto tempo fa era dipinto in diverse tonalità di verde. Verde pisello alle pareti, decorazioni verde scuro e un tappeto a motivi concentrici anch'esso verde. L'unica luce proveniva da una finestrella sulle scale, sembrava di essere sul fondo di uno stagno. Al pianterreno c'erano diverse porte, tutte dello stesso verde scuro e tutte chiuse. Il palazzo era silenzioso, ma mentre Jonah decideva il da farsi, sentì una porta che veniva aperta e poi chiusa da qualche parte sopra di lui.

Proveniva da uno dei piani più alti. Guardò le scale ripide senza particolare entusiasmo, poi si mosse. La passatoia malconcia minacciava di intrappolare le stampelle a ogni gradino. Si fermò su tutti i pianerottoli in cerca di un eventuale segno di Dylan. Da alcune delle porte provenivano i suoni attutiti di televisori o di impianti stereo, ma tutte rimanevano chiuse. Poi, al terzo piano, sentì un cigolio di cardini dietro di sé. Si voltò e vide un occhio che lo fissava dallo spazio stretto di una porta socchiusa. Lo fissò per un istante, poi la porta si richiuse piano.

Pensava che quello superiore fosse l'ultimo piano, ma quando lo raggiunse vide un'altra rampa di scale, più strette, che scomparivano nel sottotetto. Non aveva alcuna certezza che Dylan fosse lassù, ma il rumore della porta che Jonah aveva sentito aprirsi e chiudersi veniva da molto in alto, forse proprio dall'ultimo piano della casa.

Sospirò e riprese a salire.

C'era una sola porta, vecchia, solida. Si apriva verso l'esterno, sul pianerottolo invece che sull'interno, ed era provvista di due serrature extra. Una sopra e una sotto all'originale, in acciaio, costose. Anche la struttura della porta era stata rinforzata, come notò dai buchi del trapano che mostravano dove era stata fissata ai mattoni su entrambi i lati.

Attese un momento per riprendere fiato e notò alcune strisce nerastre accanto alla serratura più bassa. Impronte, grandi, come se qualcuno avesse cercato di sfondare la porta a calci. Qualcuno aveva tentato di ripulirle, lasciandole ancora riconoscibili, anche se il disegno della suola era ormai indistinto.

Jonah rimase in piedi davanti alla porta, in ascolto. Rumori leggeri di movimenti provenivano dall'altro lato, ma nessuna voce. La porta era sprovvista di spioncino, da dentro nessuno avrebbe potuto vederlo, ma comunque si spostò di lato prima di bussare. I rumori dall'interno si fermarono all'improvviso. Jonah bussò di nuovo.

"Chi è?"

Era la voce di Dylan. Stridula, terrorizzata.

"Il padrone di casa," disse Jonah.

Una pausa. "Cosa vuole?"

"Devo controllare il contatore."

Jonah non sapeva nemmeno se ce ne fosse uno in quella stanza, ma immaginò che non lo sapesse neanche Dylan.

"Non potrebbe... non potrebbe tornare più tardi?"

C'era una nota di disperazione nella sua voce, adesso. Jonah ne fu dispiaciuto.

"Non ci vorrà molto." Prese le chiavi del suo appartamento e le fece tintinnare, in modo che Dylan sentisse. "Se non apri la porta, entro con le mie chiavi."

"No, aspetti. Mi dia solo un minuto..."

Dall'interno provenne un rumore di movimenti rapidi, il *clic* di una chiusura seguito da un fruscio. Jonah bussò di nuovo.

"Forza, sbrigati."

"Eccomi, sto arrivando."

Una chiave girò nella serratura centrale, poi in quella in alto e infine quella in basso. Appena la porta si aprì Jonah fece un passo a bloccarla con il corpo in modo che non potesse essere richiusa. Il ragazzo era solo. Confusione e stupore lo assalirono appena vide chi era. Jonah entrò e gli rivolse un sorriso.

"Come va, Dylan?"

Era un piccolo monolocale, meglio di tanti altri, ma non molto. L'unica luce naturale proveniva da un piccolo lucernario sudicio. C'erano un vecchio tappeto di nylon, macchiato e ingobbito, e un fornetto unto sopra il frigorifero. Un divano a due posti malandato di fronte a una stufa a gas, oltre la quale si trovavano una sedia dallo schienale dritto e un lettino disfatto. Su un tavolino di legno scheggiato di fronte al divano vide della carta stagnola e un pacchetto di cartine. Una canna fumata a metà era stata spenta in un piattino crepato, un filo di fumo che ancora si alzava dalla punta.

Il ragazzo lo fissò, cadaverico. "Cosa vuoi?"

"Che tu ci creda o no, sto cercando di aiutarti," disse, andando al piccolo armadio accanto al letto. Nessuno avrebbe potuto nascondersi lì dentro, ma controllò lo stesso. Qualche camicia, un paio di jeans, ma non del tipo che un ragazzo indosserebbe.

"Cosa stai facendo?" gli domandò Dylan.

"Controllo che non ci sia qualcuno nascosto da qualche parte."

"Non c'è nessuno."

"Allora non ti dispiacerà se do un'occhiata."

C'era solo una porta, all'altro capo della stanza. Un cubicolo angusto con un WC macchiato, un lavandino e una doccia dietro una tendina di plastica ammuffita. Ragni morti giacevano accartocciati sul piatto doccia asciutto.

Dylan si stava riprendendo dallo shock, facendo lo spaccone per riacquistare fiducia in sé. "Te l'ho detto, non c'è nessuno! E comunque non sono affari tuoi."

"Forse no. Ma sono un poliziotto e scommetto che non sei l'inquilino, e questo è un fatto." Jonah lasciò ricadere la tendina della doccia e si voltò verso Dylan. "E sono anche piuttosto sicuro che in quella sigaretta non c'è solo tabacco."

Dylan cambiò espressione quando vide cosa c'era sul tavolino. Fece per avvicinarsi.

"Non toccarlo," gli disse Jonah. "Perché non mi spieghi cosa stavi facendo qui?"

"Niente."

Non riusciva a guardare Jonah negli occhi.

"Di chi è questa casa?"

"Di un amico. Me la lascia usare."

"Come si chiama?"

Gli occhi di Dylan sfrecciarono intorno alla stanza, come se stesse cercando un'idea. "Perché dovrei dirtelo?"

Jonah sospirò. "Era di tuo padre, vero?"

Il ragazzo sembrò riflettere se negare, poi annuì controvoglia. Quando Jonah aveva visto la porta rinforzata e le serrature aggiuntive, per un paio di secondi aveva pensato che forse si era sbagliato e Dylan era effettivamente uscito per comprare della droga. Poi si era detto che uno spacciatore avrebbe installato uno spioncino nella porta, per sicurezza. E lì non c'era, quindi l'inquilino non si aspettava molte visite. E anche se Dylan aveva le chiavi, i vestiti nell'armadio chiaramente non erano suoi. Sembravano appartenere a un uomo più grande. Secondo Fletcher e Wilkes, Gavin si era trasferito in un appartamento a Ealing dopo essersi separato da Marie. Non si era parlato di nessun'altra casa, e Jonah era sicuro che se l'ispettore capo ne fosse stato a conoscenza gli avrebbe rivolto qualche domanda al riguardo.

Ma perché Gavin aveva preso in affitto anche quel posto e lo aveva tenuto segreto?

"Mi devi dire cosa stavi facendo qui," ripeté.

"Niente." L'alzata di spalle era forzata. "Ci vengo ogni tanto. Per rilassarmi, fumare qualcosa."

La sua postura parlava chiaro. Il ragazzo era spaventato ma stava cercando di nasconderlo.

"Tuo padre lo sapeva?"

"No, certo che no." La sua espressione si fece colpevole. "Ho iniziato a venirci solo dopo... be', hai capito..."

"Allora come fai a sapere di questo posto?"

Il ragazzo alzò una spalla in un gesto che gli ricordò dolorosamente il padre. "Ho visto papà che ci veniva, una sera. Stavo andando da un amico, è sceso da una macchina davanti a me. Lui non si è accorto di nulla, ma l'ho visto prendere le scale, poi dopo un po' si è accesa una luce sul tetto. Sono rimasto in zona per vedere se usciva ma non l'ha fatto."

"Sai cosa faceva qui?"

"Perché dovrei?" Adesso sembrava evasivo. Iniziò ad agitarsi mentre Jonah lo fissava senza dire nulla. "Pensavo che ci venisse per incontrare qualcuno, va bene?"

"Vuoi dire una donna?"

"No, Babbo Natale! Certo che voglio dire una donna!" Il viso di Dylan riprese colore, capendo di avercela quasi fatta. Continuò con riluttanza. "Non sarebbe stata la prima volta. E comunque sapevo che aveva affittato anche l'altro appartamento, quindi non viveva qui."

Solo che, a quanto pareva, invece ci viveva davvero. O perlomeno ci trascorreva un tempo sufficiente da aver bisogno di un cambio di vestiti.

"Dove hai preso le chiavi?"

"È importante?"

"Certo. Dove le hai prese?"

"Tu cosa pensi? Le ho prese, ecco tutto." Sembrava sul punto di scoppiare a piangere. "Abbiamo litigato l'ultima volta che è passato da casa. Ero incazzato con lui e ho dato un'occhiata nelle tasche del suo giubbotto."

Marie gli aveva detto che lui e il padre avevano litigato per delle scarpe da ginnastica. E Dylan aveva detto che nell'effrazione gli avevano rubato un paio di scarpe da ginnastica che aveva appena comprato, ma era riuscito a sostituirle: quelle che portava adesso sembravano nuove e piuttosto costose.

"Perché hai preso le chiavi?" domandò.

"Perché volevo vendicarmi!" Dylan stava urlando, le lacrime a rigargli il volto. "Aveva mandato tutto affanculo e se n'era andato. Credevo che si stesse scopando qualcuno, così ho pensato di lasciarlo fuori dal suo… dal suo *scopatoio*! Non sapevo che sarebbe… che avrebbe…"

Che sarebbe stato ucciso quello stesso giorno. Jonah era in pena per lui ma non poteva ancora fermarsi.

"L'affitto?"

Dylan si asciugò gli occhi con un gesto rabbioso. "L'affitto cosa?"

"Chi lo paga?"

"E che ne so?"

Gavin poteva aver pagato in anticipo oppure aveva impostato un bonifico ricorrente, ma di quello se ne sarebbe occupato Fletcher. Jonah fece un cenno con la testa verso le scarpe nuove di Dylan.

"Dove hai preso i soldi per quelle?"

"Che cosa?"

"Tua madre ha detto che avevi litigato con tuo padre perché non voleva darti i soldi per un paio di scarpe da ginnastica. Ma l'altro giorno te ne hanno rubato un altro paio, nuovo, e quelle che hai ai piedi non sembrano molto usate. Con cosa le hai pagate?"

"Me le ha comprate la mamma."

Era un pessimo bugiardo. "Prova di nuovo. Cosa vendi?"

"Chi dice che vendo qualcosa?"

"Quel denaro arriva da qualche parte, quindi non prendermi per il culo. Cos'hai trovato qui?"

"Niente!" Il ragazzo all'improvviso sembrava nervoso. "Va bene, c'era un computer. Ma non conoscevo la password, così l'ho venduto."

Brutta faccenda. Chissà quali informazioni Gavin archiviava in quel computer. E non c'era più modo di scoprirlo, a meno che non fosse possibile recuperarlo.

"A chi l'hai venduto?"

"Non mi ricordo."

"Ti toccherà pensarci, perché la polizia di sicuro vorrà saperlo. Chi era?"

"Un amico."

"Come si chiama? E non inventarti qualche altra stronzata, stavolta."

"Barry."

"Barry come?"

"Non lo so, è l'amico di un mio compagno. Li prendo da lui i vestiti, va bene?"

Merda.

Jonah avrebbe potuto cercare di recuperare il computer per conto suo, ma anche se non era ancora stato rivenduto, non sarebbe riuscito a crackare la password da solo. Per quanto volesse sapere cosa c'era dentro, sarebbe stato meglio lasciare anche quel lavoro a Fletcher.

"Cos'altro hai venduto?"

"Niente."

"Guardami." Jonah attese che il ragazzo alzasse gli occhi per rivolgergli uno sguardo duro. "Non hai comprato solo le scarpe da ginnastica, c'erano anche il computer e la console che è stata rubata dalla tua stanza. Hai detto che era nuova e il computer da solo non sarebbe bastato per ricomprare tutto. Per non parlare del taxi fino a qui. Quindi, dove prendi i soldi?"

"Guardati intorno, ti sembra che potesse esserci qualcosa da vendere?"

"Allora perché sei corso qui?"

"Non sono corso qui."

"Ero lì, ti ho visto. Temevi che chi è entrato in casa tua potesse venire anche qui?"

"No." Negazione poco convincente. Dylan alzò di nuovo una spalla come faceva il padre. "Volevo solo uscire. Nient'altro."

Bene, pensò Jonah, rassegnato. Se Dylan non voleva dirlo a lui, allora avrebbe dovuto verificare come sarebbe andato quell'atteggiamento con Fletcher.

"Dove sono le chiavi?" domandò.

"Perché?"

"Dammele e basta."

"'Fanculo. Non puoi costringermi."

"Sì che posso. O me le dai o devo portarti dentro."

Era un bluff ma Jonah sperava che il ragazzo non lo capisse. Dylan lo guardava rabbioso, la faccia rossa, i pugni stretti, poi allontanò gli occhi. Si cacciò una mano in tasca.

"Tutta questa storia fa schifo," mugugnò.

"Lasciale sul letto e torna a casa," gli disse Jonah.

Il ragazzo le lanciò sul materasso, poi andò a recuperare la stagnola e le cartine dal tavolino. Jonah scosse il capo.

"Quella roba resta qui."

"Ma che...?"

"Se è tua, allora potresti beccarti fino a cinque anni per possesso di stupefacenti." Era molto più probabile una ramanzina o una multa. In realtà, Dylan poteva fare molto peggio che fumare hashish. Ma Jonah aveva fatto una promessa alla madre, e un bello spavento non poteva che far bene al ragazzo. "Vuoi che tua madre sappia cosa facevi qui?"

"Cosa... Aspetta, hai intenzione di dirglielo?"

Jonah sospirò. "Vattene a casa, Dylan."

Attese sul pianerottolo finché non sentì il rumore del portone d'ingresso che si richiudeva, poi tornò nel monolocale. Gli toccavano una spiacevole conversazione con Marie e una ancora peggiore con Fletcher. Ma entrambi avrebbero dovuto aspettare. Si tirò la porta alle spalle e si assicurò che fosse chiusa bene. Poi si mise in cerca di quello che Dylan non aveva voluto che scoprisse.

21.

La stanza non sembrava grande abbastanza da poterci nascondere qualcosa. Non c'erano nascondigli a eccezione di un paio di pensili in cucina e l'armadio. Ma Dylan era corso lì in preda al panico quando aveva pensato che i ladri potessero trovare anche quel posto. E qualsiasi cosa volesse controllare, era più importante dell'hashish che stava fumando.

Quindi, cos'era?

Jonah sapeva che stava entrando in un territorio pericoloso. Il monolocale faceva parte di un'indagine per omicidio plurimo, e lui era ancora un poliziotto. La cosa più sensata sarebbe stata chiudere la porta, tornare alla macchina e avvisare subito Fletcher.

Ma appena l'avesse fatto sarebbe stato tagliato fuori da ogni informazione e l'ispettore capo gli avrebbe detto solo ciò che avrebbe ritenuto necessario. Gavin doveva aver avuto un buon motivo per tenere segreta l'esistenza di quell'appartamento, e Jonah non avrebbe avuto altre occasioni per scoprire quale fosse. Stokes cercava qualcosa quando si era introdotto in casa di Marie e dai segni dei calci sulla porta qualcuno aveva provato a entrare anche qui. Se c'era anche la minima possibilità che Gavin avesse nascosto lì delle informazioni su Theo, allora Jonah doveva scoprire di cosa si trattava.

Rimpiangendo di non avere guanti con sé, usò i polsini del giubbotto per evitare di lasciare impronte. Non ci volle molto. Per qualunque utilizzo Gavin avesse preso quel posto, di sicuro non si era preoccupato di riempirlo di comodità. Nell'armadio trovò un paio di boxer e due calzini e sopra solo un bottone rotto e un bello strato di polvere. Nel comodino c'era un mazzo di chiavi di scorta e nient'altro, niente nemmeno nel fornetto unto sopra il frigorifero e nel mobiletto del lavandino solo una collezioni di padelle incrostate. Il bagno fu un'altra delusione: nello sciacquone non trovò che acqua e calcare. Poi Jonah alzò il materasso e infine si chinò con grande fatica per guardare sotto il letto. Dopo verificò anche l'area esterna intorno al lucernaio, salendo su una sedia per assicurarsi che non ci fosse nulla tra le tegole e nella grondaia.

Niente. Scese dalla sedia e pensò a cosa fare. Dylan aveva nascosto qualcosa prima di aprire la porta e non aveva avuto molto tempo per farlo. Quindi, dov'era?

Jonah guardò le chiavi che il ragazzo gli aveva lasciato. Ce n'erano cinque infilate in un anello. Una per il portone principale, una per la serratura centrale e due per quelle nuove.

Quindi a cosa serviva la quinta?

Infatti ce n'era una più piccola delle altre, simile alla chiave di un lucchetto. Forse era di un garage da qualche parte, si disse Jonah. Non poteva servire a nulla in quella stanza altrimenti l'avrebbe...

Si bloccò, guardando il letto. Aveva controllato sotto ma adesso notò che la testiera copriva in parte il muro dietro di essa. E non dovette muovere troppo il letto per vedere cosa c'era lì dietro.

Una botola rettangolare nella parete.

Su un lato c'erano dei cardini, l'altro era bloccato da un lucchetto inserito in una chiusura d'acciaio. Il lucchetto era al suo posto ma aperto. Nella fretta, Dylan non lo aveva richiuso quando aveva spinto il letto contro la parete.

Bingo.

Sfilò il lucchetto e aprì la botola. Una folata d'aria fredda soffiò fuori dal buco nero scavato nella parete di cartongesso. Chinandosi, Jonah si sporse all'interno di quello spazio. Era buio e l'odore di umido e di mattoni bagnati gli pizzicò il naso. C'erano dei piccoli tagli di luce dove il chiarore si infiltrava tra le tegole ma non abbastanza da permettere di vedere. Prese il cellulare e accese la torcia, puntandola verso l'oscurità.

Un teschio.

"Cazzo!"

Indietreggiò istintivamente, fece cadere il cellulare e batté la testa contro il telaio della botola. Il cellulare era finito ai piedi della botola, la torcia ancora accesa. Un turbinio di particole di polvere si agitava nel fascio luminoso che era puntato sulla pallida forma ovale che lo aveva spaventato. Era infilato tra due travi del tetto e Jonah si lasciò andare in una risata amara quando capì di cosa si trattava.

Un nido di vespe.

Era della forma e delle dimensioni di un pallone da rugby, con buchi e rientranze nella superficie porosa che lo facevano quasi sembrare una faccia. Tutto intorno giacevano i resti accartocciati degli insetti morti e dall'interno Jonah non sentì provenire alcun ronzio. Sembrava vecchio e anche se non lo fosse stato non pensava che le vespe fossero ancora in attività in quel periodo dell'anno. Però voleva assicurarsi che non vi fosse alcun segno di vita prima di riaffacciarsi oltre la botola per recuperare il cellulare. La torcia lo accecava. Era finito fuori dalla sua portata, costringendolo a sporgersi di più mentre cercava di raggiungerlo.

La sua mano toccò qualcosa che scricchiolò.

La ritrasse. *Va bene, allora c'è qualcosa qui dentro.* Strizzando gli occhi contro la luce della torcia, cercò di vedere cosa fosse. Ma tutto intorno al fascio di luce c'era solo oscurità. Batté le palpebre per scacciare i puntini luminosi che gli si erano formati davanti agli occhi e si chinò di nuovo. Questa volta fece attenzione a non toccare nulla tranne la struttura rigida del telefono. Lo afferrò saldamente e lo voltò per puntare la luce verso il basso.

La luce colpì un borsone nero. Era poggiato alla parete proprio sotto la botola. Era aperto e all'interno si vedeva un sacco di plastica nera per i rifiuti. Qualcuno aveva fatto uno sforzo per richiuderlo ma senza troppa attenzione. Conteneva delle mazzette da venti sterline, alcune chiuse da un elastico, altre sfuse o che spuntavano da buste aperte.

Cristo santo, si disse, stupito. Chrissie aveva ragione. Nonostante tutto, lui non aveva creduto che Gavin fosse un poliziotto corrotto. Aveva voluto convincersi che si era comportato in quel modo perché aveva scoperto qualcosa su Theo e Owen Stokes e aveva cercato di correggere un torto risalente a dieci anni prima.

Ma il borsone raccontava una storia diversa. Forse era a questo che si riferiva nella lettera quando aveva parlato di *sistemare le cose*, pensò Jonah con amarezza. Nel momento della morte si era spinto così in là da pensare che avrebbe potuto lavare i suoi peccati lasciando alla famiglia un borsone pieno di denaro sporco.

Non c'era da stupirsi che Dylan non volesse dargli le chiavi.

La delusione aveva un sapore acido nella bocca di Jonah. Non c'era motivo di restare lì. Pensò di lasciare la botola aperta, tanto aveva già interferito abbastanza con la scena del crimine. Ma anche se la porta sembrava sicura, avrebbe reso la vita troppo facile a chi si fosse introdotto nel monolocale.

Chiuse lo sportello della botola, assicurò il lucchetto e sfilò la chiave. La canna fumata a metà da Dylan era ancora sul tavolino insieme alle cartine e alla stagnola. Se la polizia l'avesse trovata lì avrebbe significato altri problemi per Dylan e Marie, e dovevano affrontarne già a sufficienza. E anche se aveva un pessimo carattere, Dylan era solo un ragazzino. Non molto più grande dell'età che avrebbe avuto Theo adesso, e quel pensiero fu sufficiente affinché Jonah prendesse una decisione.

Andò al tavolino, si assicurò che fosse spenta poi infilò la canna nella tasca del giaccone insieme alla stagnola e alle cartine. Poi, dopo un'ultima occhiata, si voltò per uscire.

Un'asse di legno scricchiolò sul pianerottolo esterno. Subito pensò che fosse Dylan ma poi scartò quell'ipotesi. Se avesse voluto rientrare, avrebbe aspettato di vederlo andar via. Era qualcun altro. Jonah si avvicinò alla porta cercando di fare il minor rumore possibile. Non sentiva più nulla, ma ero certo che chi era arrivato sul pianerottolo era ancora lì. Poteva avvertire quella presenza, dall'altro lato della porta. Pensò che fossero più di uno. In ascolto, proprio come lui.

Con cautela fece per afferrare la maniglia. Ma prese a muoversi prima che ci arrivasse, girando lenta come per un movimento autonomo. Si sentì un cigolio minimo ma Jonah aveva chiuso a chiave quando Dylan se n'era andato. Quando la maniglia tornò nella sua posizione normale, si preparò con le chiavi. Stampelle o no, doveva vedere chi c'era là fuori. Afferrò la maniglia con una mano, con l'altra infilò la chiave.

Clic.

Fu come se una bolla fosse scoppiata rilasciando la tensione che era montata. Jonah sentì uno scricchiolio poi un altro. *Merda.*

Abbandonando ogni tentativo di non far rumore, girò la chiave mentre dei passi pesanti si rincorrevano lungo le scale. Jonah aprì la porta, corse verso le scale e si affacciò. Ma troppo in fretta: le stampelle persero il bordo di uno scalino e cadde. Cercò di aggrapparsi alla ringhiera, battendo il ginocchio, il braccio e il costato, ma riuscì a fermarsi, evitando di cadere per le scale. Senza fiato, si issò in piedi e si mise in ascolto.

Il vano delle scale era immerso nel silenzio. Chiunque fosse, era andato via.

Jonah tirò un pugno al muro per la frustrazione. *Cristo santo! Chi era? Stokes?* La delusione era insopportabile. Tirò fuori il cellulare e fece per chiamare Fletcher. Se fosse riuscito a mandare subito una squadra in zona forse avrebbero potuto beccare qual bastardo prima che se la svignasse.

Ma si fermò. Cosa gli avrebbe detto? Fletcher non avrebbe creduto che fosse Stokes solo perché lo diceva lui e anche Jonah iniziava ad avere i suoi dubbi. Poteva essere chiunque. Già il giorno prima si era fatto spaventare dalle ombre quando pensava di aver visto la ragazza del magazzino sulla Banchina del macello. E adesso poteva essere la stessa cosa.

Nessuno degli altri inquilini era uscito per vedere cosa fosse quel trambusto, quindi perlomeno non aveva dovuto fornire spiegazioni. Sentendosi stanco e avvilito, chiuse la porta del monolocale e iniziò la discesa. Con più attenzione, adesso. Fu più dura della salita, e quasi cadde di nuovo quando una stampella si impigliò nella passatoia e il gommino saltò via. Dovette rimetterlo al suo posto, le mascelle serrate per il dolore che gli attanagliava il ginocchio, prima di poter continuare.

Non incontrò nessuno sulle scale, anche se al terzo piano il cigolio e lo scatto di una porta che veniva richiusa annunciò la presenza dello stesso osservatore silenzioso di prima. Forse era lui che era salito a dare un'occhiata, pensò, stanco. Un vicino che voleva vedere cosa stesse succedendo.

In quel momento sembrava un'ipotesi molto più probabile di quella che vedeva coinvolto Owen Stokes.

Quando arrivò al pianterreno era esausto. Le braccia indolenzite per le stampelle, il ginocchio che pulsava. La prospettiva di telefonare a Fletcher una volta risalito in macchina era davvero deprimente. Aprì il portone e iniziò a fare i gradini prima di accorgersi che c'era qualcuno davanti a lui.

"Sta andando da qualche parte?" gli domandò Bennet.

22.

Se era stata progettata con l'intenzione di stroncare la resistenza di chi si trovava al suo interno, allora la stanza degli interrogatori era un capolavoro del design. In alto, un tubo al neon faceva piovere un bagliore impietoso che perdeva vita a intervalli regolari ed emetteva un ronzio simile a quello di un insetto impazzito intrappolato nel soffitto. Le pareti erano di un grigio gelido, il tavolo pieno di segni aveva le gambe di metallo imbullonate al pavimento. La sedia di plastica su cui Jonah prese posto era ergonomica, ma sembrava realizzata per una variante diversa del corpo umano. Dopo i primi venti minuti, le cosce gli si erano addormentate e la schiena era in preda a un dolore sordo. Durante l'attesa fece qualche allungamento, cercando di isolare il cervello dalla situazione in cui si trovava. Eppure le conosceva molto bene le stanze come quella. Ne aveva visitate più di una decina nel corso della sua carriera.

Dall'altra parte del tavolo, però.

Era stato condotto alla stazione di polizia da due agenti in uniforme mentre la strada davanti all'edificio del monolocale si riempiva di veicoli con le insegne. I due lo avevano ignorato, portando avanti la loro conversazione a strappi mentre lui sedeva da solo sul sedile posteriore. Li aveva odiati, aveva odiato la sensazione di trovarsi dal lato sbagliato della macchina della giustizia. In centrale lo avevano portato in una stanza per gli interrogatori e poi se n'erano andati. Il tempo aveva rallentato fino a strisciare e fu quasi un sollievo quando alla fine Fletcher fece la sua comparsa. L'ispettore capo aveva l'aria stanca, i vestiti sempre troppo grandi e sgualciti e la pelle del viso, tirata e livida come al solito, appariva pallida e smunta. Bennet entrò dopo di lui e si chiuse la porta alle spalle. Si piazzarono su due sedie all'altra estremità del tavolo. Dopo le frasi di rito all'inizio della registrazione, Fletcher prese a fissare Jonah senza dire una parola, lasciando che il silenzio si allungasse prima di parlare.

"Da quanto tempo fa il poliziotto?"

"Lo sa."

"Me lo ricordi."

"Sedici anni."

"Sedici anni," ripeté Fletcher. "Abbastanza da sapere che non si ficca il naso in una scena del crimine. Anche se a quanto pare lei ha l'abitudine di farlo, non è così?"

"Non sapevo che fosse una scena del crimine fino a quando non ci sono entrato. E ho fatto attenzione a non toccare nulla a mani nude."

"Non dovrebbe aver toccato proprio niente."

Jonah non avrebbe potuto ribattere. La cosa peggiore era sapere di essere la causa di tutto. Aveva sperato che Fletcher e Bennet non lo avessero visto arrivare quando aveva lasciato la casa di Marie, ma ovviamente non era andata così. L'ispettore capo aveva detto a Bennet di lasciarlo alla prima fermata della metropolitana e poi di tornare ad aspettare davanti alla casa di Marie. E quando Jonah era uscito per seguire Dylan, era stato così concentrato sulla Vauxhall argento su cui era salito il ragazzo da non accorgersi che anche lui era oggetto di una simile attenzione.

Lo stupore del trovarsi di fronte Bennet dopo aver lasciato il monolocale era stato sostituito da un'acuta consapevolezza: era in un mare di guai. Ed era incazzato con se stesso per aver agito in modo tanto stupido. Aveva sperato che le informazioni sul monolocale di Gavin e il borsone con i soldi potessero in qualche modo far passare in secondo piano l'evidenza che per nessun motivo lui avrebbe dovuto trovarsi in quel posto. E adesso, invece di fornire le informazioni di propria volontà, era stato beccato mentre – all'apparenza – se la stava squagliando. Il che lo metteva in una posizione molto diversa.

Fletcher lo studiò dall'altra parte del tavolo. "Il monolocale era stato affittato da un tizio di nome Richard King. Le dice qualcosa questo nome?"

Jonah fece di no con la testa. "No. L'ho già detto. Non ne so nulla."

"Il padrone di casa dice che questo King pagava l'affitto in anticipo ogni sei mesi," continuò Fletcher, come se non lo avesse nemmeno sentito. "In contanti, oltre ad avergli dato una sostanziosa caparra. Il padrone non gli ha chiesto documenti né garanzie bancarie trovandosi di fronte a tutti quei soldi, ma la descrizione che ci ha fornito corrisponde a McKinney. Lo ha anche riconosciuto in una foto. Il figlio di McKinney ha ammesso di aver rubato le chiavi al padre e di aver venduto un suo computer trovato nel monolocale. Questo è avvenuto prima che scoprisse i soldi e iniziasse a usarli."

"E il computer? Lo avete ritrovato?" domandò Jonah.

"Questo ricade nella categoria 'Non sono affari suoi'. E comunque no, non lo abbiamo ritrovato. Credo sia sensato considerarlo perduto per sempre."

Non c'era da sorprendersi, ma era comunque una delusione. Se Gavin avesse conservato qualche informazione su Stokes era molto probabile che le avesse archiviate proprio in quel computer.

"Abbiamo trovato un borsone con settantacinquemila sterline nascosto dietro una botola," continuò Fletcher. "Cinquemila le aveva sottratte il ragazzo. Una somma impressionante. Ha idea di come McKinney se la fosse procurata?"

"No."

"Va bene, allora mettiamola così. Crede che abbia ottenuto quel denaro in modo onesto? Un prestito bancario, magari? O forse era un gran risparmiatore..."

Jonah stava per dire che non lo sapeva, ma le parole gli si bloccarono in gola. "No."

"Almeno su questo siamo d'accordo. E credo che risponda alla domanda se McKinney fosse corrotto. Però mi lascia, ancora una volta, con una domanda: che ruolo ha lei in tutta questa storia?"

"Continuo a ripetervelo, la madre di Dylan mi ha chiesto di tenerlo d'occhio perché di recente si è comportato in modo strano. E non ero a conoscenza né dei soldi né del monolocale fino a quando non l'ho seguito fin lì. E stavo per tornare in macchina a chiamarvi quando ho visto l'ispettore Bennet."

"Non ho dubbi al riguardo. Però c'è una parte di me che continua a pensare che lei ce ne stia parlando solo perché l'abbiamo beccata mentre usciva."

"So che può sembrare così, è stata solo una coincidenza sulle tempistiche."

"Sembra che le capiti spesso."

Neanche a quell'affermazione Jonah avrebbe potuto ribattere. L'ispettore capo attese di vedere se il suo sarcasmo lo facesse reagire in qualche modo prima di procedere.

"Cosa mi dice della lettera che McKinney ha lasciato a sua moglie? Le ha scritto che se gli fosse capitato qualcosa avrebbe dovuto fidarsi solo di lei. E che lei avrebbe spiegato ogni cosa. Come avrebbe potuto farlo se non era al corrente della situazione?"

"Non ne ho idea." Jonah era consapevole di non apparire convincente. "Forse aveva in mente di dirmelo quando ci saremmo incontrati."

Fletcher fece indietreggiare la sedia senza staccargli gli occhi di dosso.

"Giusto per seguirla, poniamo che lei sia davvero così stupido come dice e non sappia nulla," disse. "Il monolocale, i soldi, oh mio Dio, che sorpresa... La cosa che però mi mette in difficoltà è: perché un poliziotto con sedici anni di servizio avrebbe deciso di perquisire il posto da solo invece di informarci dell'esistenza di nuove prove riguardanti un'indagine per omicidio plurimo? E non sto parlando di un'occhiata veloce. Lei ha spostato il letto per raggiungere una botola nascosta. Stava cercando qualcosa, e se non erano i soldi allora deve dirmi di cosa si trattava."

Jonah sapeva che non aveva più senso negare. "Pensavo che Gavin avesse delle informazioni su Theo."

"E perché lo pensava?"

"Lo ha detto lei che doveva avere un motivo per seguire Stokes e poi per chiedermi di incontrarci quella sera. E l'unica cosa a cui mi viene da pensare è che avesse scoperto qualcosa sui fatti di dieci anni fa."

"Le ho già detto che non c'è alcun..."

"Lo so, ma stiamo parlando di mio figlio. Se c'è anche la minima possibilità che Gavin avesse trovato qualcosa, ovviamente vorrei saperlo."

Fletcher non disse nulla per un po', limitandosi a fissarlo con gli occhi socchiusi.

"Va bene. Parliamo di questo misterioso visitatore che dice di aver sentito davanti alla porta," disse Fletcher, cambiando discorso all'improvviso. "Ha detto a Bennet che sarebbe scappato prima che lei potesse vederlo. Ma lei sapeva che Owen Stokes si era introdotto in casa dei McKinney in cerca di qualcosa e aveva appena scoperto un borsone pieno di soldi. Quindi se lei aveva trovato il monolocale allora poteva farlo anche lui. E lei vorrebbe dirmi che non è stato neanche sfiorato dal pensiero che potesse essere proprio lui?"

Tutti gli argomenti che gli erano venuti in mente nel monolocale gli si ripresentarono in quel momento. Ricordava di essere rimasto davanti alla porta, solo pochi centimetri di legno a separarlo da chi c'era dall'altra parte. Si era convinto che non potesse essere Stokes, ma adesso nuovi dubbi si stavano formando.

"Non ho visto chi era. Poteva trattarsi di chiunque," disse, cercando di convincere prima di tutto se stesso. "Non pensavo che mi avreste ringraziato se avessi scatenato il panico perché un inquilino del palazzo era venuto a curiosare. E comunque Stokes non sarebbe scappato via in quel modo. Non se stava cercando i soldi."

"Questo è quello che pensa lei. C'è una possibilità che l'uomo responsabile della morte del suo amico e del suo ferimento, e che lei è ancora convinto sia in qualche modo immischiato nella scomparsa di suo figlio, fosse lì e lei non si è preso la briga di informarci?"

"L'ispettore Bennet teneva sotto controllo il portone," disse Jonah, sempre più preda dei dubbi. "Se fosse stato Stokes, l'avrebbe visto uscire."

La voce di Bennet fu fredda quanto la sua espressione. "C'è una porta sul retro."

Cristo. Jonah fu invaso dal panico al pensiero di essersi sbagliato. "Mi state dicendo che era lui? Qualcuno l'ha visto?"

"Stiamo ancora sentendo gli inquilini," disse Fletcher. "Ma adesso mi interessa di più sapere perché avrebbe deciso di non dirci niente quando in teoria dovrebbe essere molto deciso a prendere Owen Stokes."

Perché non mi fidavo di me stesso. Perché credevo di aver visto una persona morta alla Banchina del macello.

"Non può davvero pensare che me ne sarei stato zitto se avessi pensato che fosse lui! Perché diavolo avrei dovuto farlo?"

"Ah, non lo so. Forse quella montagna di sterline che aveva appena trovato c'entra qualcosa."

"Be', se ero interessato ai soldi, perché li avrei lasciati dove li avevo trovati? Avrei preso il borsone, non crede?" ribatté Jonah. "Ma non è così, voglio solo scoprire cosa è successo a mio figlio! E se nel monolocale ci fosse stato qualcosa su di lui, non credevo che voi me ne avreste parlato!"

"Questa è un'indagine per omicidio plurimo, Colley, io non sono tenuto a dirle un bel niente!"

"Allora non si sorprenda se cerco le risposte da solo!"

Silenzio. Fletcher rimase impassibile, ma la pelle del suo viso adesso era arrossata.

"Sa qual è il suo problema, Colley? Crede che il mondo le debba un trattamento di favore. Ma lei non ha alcun diritto speciale solo perché è un poliziotto e suo figlio è morto. All'inizio pensavo che lei e McKinney aveste organizzato una specie di vendetta contro Stokes, ma adesso credo che sia più un litigio tra ladri. Sappiamo già che McKinney era corrotto, quindi forse lui e Stokes hanno sottratto quel denaro a una gang criminale e poi hanno litigato. E niente di quanto ho sentito finora mi convince che anche lei non ci sia dentro fino al collo."

Jonah cercò di rimanere calmo. "Allora perché non mi accusate?"

"Oh, non si preoccupi, lo farò appena sarò pronto. Non vedo l'ora..."

Si guardarono in cagnesco. L'atmosfera nella stanzetta era pesantissima. Bennet guardò Fletcher e si schiarì la gola.

"Signore, forse dovremmo..."

"Lo so, Bennet, non c'è bisogno che me lo ricordi," ringhiò. Sembrò sul punto di alzarsi, poi si bloccò. "Un'ultima cosa. C'era un forte odore di hashish nel monolocale. Immagino che lei non ne sappia niente, è così?"

"Non ho visto Dylan fumare, se è questo che mi sta chiedendo," disse Jonah. In teoria, era vero: la canna era rimasta accesa sul tavolino.

"No?" Fletcher aveva un sorriso da predatore. "Be', lui non ha ricambiato il favore. Ha giurato che se qualcuno ha fumato qualcosa è stato lei."

Oh, Dylan, piccolo bastardo. "No, non è vero."

"Allora non le dispiacerà svuotarsi le tasche."

"Dice sul serio?"

"Certo."

Jonah pensò di opporsi, per principio. Ma non aveva senso. Spinse la sedia all'indietro che strisciò sul pavimento. Si alzò, reggendosi al tavolo per non perdere l'equilibrio. Si svuotò le tasche una dopo l'altra, poggiando il contenuto sul tavolo. Portafoglio, chiavi della macchina, chiavi di casa, monetine, un fazzoletto pulito, un pacchetto di gomme da masticare.

"Anche il giaccone," ordinò Fletcher. "Quelle interne."

Jonah aprì la cerniera di entrambe le tasche interne. Estrasse il cellulare dalla prima e lo poggiò sul tavolo. Poi rovesciò le fodere di entrambe per mostrare che erano vuote.

"Contento?"

"Non ancora. Non ha nulla contro una rapida perquisizione, immagino."

Jonah fu sul punto di protestare, poi lasciò perdere. Si tenne in equilibrio meglio che poté e allargò le braccia.

"A te l'onore, Bennet," disse l'ispettore capo.

"Non crede che dovrebbe occuparsene un uomo, signore?"

Le lanciò un'occhiata, poi scosse il capo. "Va bene, ci penso io."

Spostando le stampelle di Jonah, Fletcher gli passò le mani sul petto e sulle braccia, poi si chinò per controllare le gambe.

"Abbiamo finito o vuole che mi spogli?" disse Jonah, abbassando le braccia.

"Abbiamo finito. Per ora." Fletcher si mosse verso la porta poi si bloccò di nuovo. "Ripensandoci, la sua macchina è rimasta al monolocale. L'ispettore Bennet la porterà lì tra poco."

Il viso della donna tradì una rara emozione. "Ma, signore…"

"C'è qualche problema?"

Una piccola vendetta. Bennet si ricompose nella solita maschera.

"No, signore."

"Infatti." Fletcher lanciò un'occhiataccia a Jonah. "Parleremo presto, sergente Colley."

Bennet non era per niente felice. Marciò in silenzio lungo i corridoi fino a un parcheggio recintato sul retro della stazione di polizia, lasciando Jonah a cercare di starle dietro sulle stampelle. Quando la raggiunse aveva già spalancato la portiera della Polo e si era messa al volante. Non era sicuro che lei gli avrebbe dato il tempo di infilare le stampelle sul sedile posteriore, così se le tenne davanti, sistemandole in qualche modo.

"Non è stata una mia idea," disse, affrettandosi ad allacciare la cintura quando lei si fermò alla barriera d'uscita e abbassò il finestrino per mostrare il pass.

"Mai detto che lo fosse."

Rassegnandosi a un tragitto in silenzio, Jonah guardò fuori dal finestrino nel traffico della sera. Faceva freddo nella macchina, l'umidità del sedile gli attraversava i jeans. Senza una parola, Bennet accese il riscaldamento, che riempì l'abitacolo di una rumorosa ventata d'aria fresca che si intiepidì con lentezza.

E con lentezza ancora maggiore, l'atmosfera nella macchina si ammorbidì.

"Cosa succederà a Dylan," le domandò Jonah dopo un po'. "Verrà accusato?"

"Non sta a me decidere."

"Ma è solo un ragazzino."

"Ha diciassette anni. Abbastanza grande da sapere che non si usano dei soldi trovati in un borsone in un sottotetto."

"Pensava che fossero del padre."

"Già. Perché è normale per un poliziotto mettere insieme settantacinque zucche. Non c'è proprio niente di strano."

Il profilo di Bennet era rigoroso e impietoso nel bagliore dei lampioni stradali. Ma dopo qualche istante alzò le spalle.

"Lo lasceranno andare con una reprimenda. Ma è solo la mia opinione. Come ho detto, non sta a me decidere."

Jonah avrebbe voluto chiederle come andavano le ricerche di Owen Stokes ma sapeva che lei non si sarebbe sbottonata. Ma c'era una cosa che aveva bisogno di dirle.

"È vero che una delle vittime, un uomo, è stata identificata?"

"Mi sembrava di averle detto di non dar retta alle voci."

"Ma questa era più di una voce. Mi hanno detto che si chiamava Daniel Kimani."

Il silenzio di Bennet fu più di una conferma. "Chi gliel'ha detto? Ancora quella giornalista?"

Jonah esitò, ma Daly non gli aveva detto che si trattava di un'informazione confidenziale. In ogni caso, se aveva intenzione di pubblicarla, allora gli inquirenti avevano tutto il diritto di saperlo.

Annuì. "Quindi è vero?"

"Cos'altro le ha detto?"

"Che era un kenyota e aveva un visto da studente."

"Altro?"

"No, nient'altro. Ma sta facendo ricerche."

"È una giornalista, è il suo mestiere." L'unico segno esteriore di un eventuale nervosismo era l'indice destro che picchiettava il volante. "Le sta dando una mano?"

"No, ovviamente no."

"E perché si sarebbe confidata con lei?"

"Sperava di ottenere qualcosa in cambio. Ma non si preoccupi, non ho parlato."

Appena disse quelle parole si domandò se fossero vere. Il ricordo della visita di Daly lo metteva ancora a disagio.

"Perché non ne ha parlato con Fletcher, prima?" domandò Bennet.

"Mi è sfuggito."

Era vero, ma all'inizio. Poi Jonah avrebbe solo voluto uscire da quella stanza. E non voleva fornire a Fletcher un'altra scusa per trattenerlo.

"Se fossi in lei, non mi lascerei scappare di bocca più nulla," commentò Bennet. Lo lasciò accanto alla Saab. Solo quando si fu infilato al posto di guida si rese conto di essere stanchissimo. Era stata un'altra lunga giornata, quindi parcheggiò di nuovo sotto casa per evitare la lunga camminata di ritorno dal garage.

Avvicinandosi all'ingresso illuminato del palazzo, non pensava ad altro che piazzarsi sul divano, mangiare qualcosa e guardare un programma poco impegnativo alla TV, una partita, per esempio.

Quando la bottiglia esplose ai suoi piedi capì di non essere solo.

Jonah era ricoperto di birra e schegge di vetro. Sorpreso e furioso, guardò da dove era piovuta. A poca distanza, vide un gruppo di figure in ombra sotto un porticato di cemento. Era troppo buio per distinguerle, ma gli parve di riconoscere i due che erano saliti in ascensore con lui la sera prima.

Jonah li fissò, in attesa di una loro mossa. Che non arrivò, così si voltò e s'incamminò con studiata lentezza verso l'ingresso. Una parte di lui avrebbe voluto affrontarli, per sfogare la frustrazione verso se stesso e Fletcher, ma aveva già passato troppi guai per un giorno solo. Ragazzini o meno, erano in superiorità numerica, e lui aveva le stampelle. Se avevano dei coltelli allora non ci sarebbe stata partita.

Mentre zoppicava verso l'androne non sentì alcun passo dietro di lui. Attese l'ascensore con lo sguardo sulla porta, quasi aspettandosi di vederli arrivare. Ma oltre i pannelli di vetro si vedevano solo le passerelle di cemento illuminate dai lampioni. Entrò nell'ascensore e come al solito prese a fissare l'indicatore del piano. Con tutto quello che era successo, aveva dimenticato gli aspiranti rapinatori. Ma loro invece non si erano dimenticati di lui, e adesso c'erano anche i loro amici. *Fantastico.* Sapeva che l'essersi dichiarato un poliziotto non li avrebbe tenuti alla larga per molto. Anche se ci avessero creduto, lui viveva chiaramente da solo, e le stampelle lo rendevano un obiettivo fin troppo facile. Prima o poi avrebbero tentato qualcosa.

Ma era un problema da rimandare a un altro giorno. Entrando in casa, chiuse la porta a chiave, andò in cucina e si mise a sedere. Poggiò le stampelle al tavolo e rovesciò quella che si era impigliata nella passatoia perdendo il fermino in gomma. Jonah lo smontò – fece un *pop* quando lasciò l'alluminio. Poi puntò la stampella cava verso il tavolo e la agitò.

La canna di Dylan, le cartine e la stagnola.

Dopo una giornata simile, Jonah era quasi tentato di accendersela. Ma poi gettò tutto nel cestino. Li aveva nascosti nella stampella quando Bennet era salita al monolocale. Per sicurezza, perché Fletcher sarebbe stato ben felice di accusarlo anche di possesso di droga. Lo avrebbe perquisito anche se Dylan non lo avesse incolpato, probabilmente.

Tale padre, tale figlio, si disse Jonah, risistemando il gommino sulla stampella. Gavin forse non aveva intenzione di lasciarlo nella merda, ma il risultato era quello. Prima con la telefonata, poi con la lettera a Marie. E adesso con un monolocale di cui nessuno sapeva nulla e un borsone pieno di soldi provenienti da Dio solo sa dove. Anche da morto Gavin gli procurava soltanto problemi.

Si aprì una birra, sperando che per quel giorno le sorprese fossero finite.

23.

"Pezzo di merda!"

Jonah indietreggiò d'istinto, quasi vacillando sull'orlo dei gradini dell'ingresso di Marie. Aveva il viso stravolto quando lo affrontò sulla soglia.

"Senti, Marie..."

"Settantacinquemila fottute sterline! Settantacinquemila! E io non vedrò neanche un centesimo. E tutto grazie a te!"

Aveva cercato di chiamarla quella mattina, sentendo il dovere di spiegarle del monolocale. A ripensarci, avrebbe dovuto capire tutto quando lei non aveva risposto alla telefonata né ai suoi messaggi. Fletcher gli aveva fatto capire che avevano già interrogato Dylan, quindi Marie ormai sapeva tutto. Ma comunque voleva parlargliene di persona. E visto che lei non lo aveva richiamato, aveva preso la macchina ed era andato da lei, sperando non si fosse già trasferita dalla sorella.

Ma era stata una pessima idea.

"Era ovvio che Gav volesse lasciarli a noi, quei soldi. Ma, no! Tu dovevi ficcare il naso in questa storia, non è vero?" urlò. "E adesso la polizia mi fa mille domande. Si comportano come se anche Dylan avesse fatto qualcosa di sbagliato! Lui andava in quel posto solo per stare vicino a suo padre. Non voleva che mi arrabbiassi, ecco perché non me ne aveva mai parlato. Giura che non si era mai accorto dei soldi. E mio figlio non è un bugiardo!"

Jonah si domandò se Dylan le avesse parlato dell'hashish che stava fumando o se forse gli era passato di mente anche quello. Cercò di nuovo di parlare.

"Marie, se mi lasci..."

"Va tutto bene, mamma?"

Dylan era apparso nel corridoio alle sue spalle. Appoggiò una valigia sul pavimento accanto alle altre due già pronte, fissando Jonah con un'espressione compiaciuta.

"Va tutto bene, tesoro, va' a finire di preparare le tue cose," gli disse la madre. Poi si voltò verso Jonah con rinnovato astio.

"Cristo, perché diavolo mi è venuto in mente di chiedere il tuo aiuto? Adesso capisco perché Gav non ti parlava più, perché sapeva che sei un cazzo di disastro ambulante. Jonah di nome e di fatto! Ma sta' alla larga da noi. Non voglio più vederti. Mai più!"

E gli sbatté la porta in faccia.

"Sempre un piacere, Marie," disse al pannello di legno.

Si voltò e tornò alla macchina. Non poteva biasimare Marie per tutta quella rabbia. Dal suo punto di vista lui non aveva fatto che aggiungere altri problemi a quelli esistenti. Che non avesse avuto scelta, che le sue azioni fossero state dettate dagli eventi, non l'avrebbe intenerita più di quanto non aveva fatto con Fletcher.

O con se stesso, in effetti.

Jonah era rimasto sveglio fino a notte fonda, ripensando a tutto quello che aveva fatto. Ma la sua autoflagellazione era incentrata sulla possibilità che oltre la porta ci fosse davvero Stokes, che aveva fatto la scelta sbagliata e che lo aveva lasciato fuggire. Se le cose stavano così, allora si meritava il biasimo di Fletcher.

Eppure non riusciva ancora a crederci. Tra le banconote nel monolocale e la persona fuori dalla porta c'era stato solo lui.

Se fosse stato Stokes, avrebbe davvero provato a prenderle?

La scoperta di quel denaro aveva cambiato ogni cosa. Innanzitutto, sembrava aver risposto una volta per tutte alla domanda se Gavin era un poliziotto corrotto. E mentre Jonah osservava l'alba in arrivo dalla finestra del suo appartamento, un altro pensiero inquietante lo colpì. Indipendentemente da chi era andato al monolocale, Stokes stava cercando qualcosa quando si era introdotto in casa di Marie. La conclusione più ovvia era: il denaro. Ma come faceva Stokes a esserne a conoscenza?

A meno che Gavin non gliene avesse parlato.

Jonah non riusciva ancora a credere che i due potessero aver lavorato insieme, ma l'ipotesi di Fletcher aveva una sua logica. Da un lato c'erano ancora le tre vittime da considerare. Nadine, Daniel Kimani e la terza ancora ignota. A un primo sguardo, la presenza di Kimani sembrava screditare la teoria che gli omicidi fossero legati a un traffico di esseri umani. Gli era sempre parsa un'ipotesi tirata per i capelli, in particolare da quando Fletcher aveva detto che Stokes non aveva affiliazioni criminali di cui fossero a conoscenza.

Gavin invece le aveva. E settantacinquemila sterline erano un motivo sufficiente. La gente moriva per molto meno, e questo apriva un ventaglio ampissimo e sconosciuto di possibilità rispetto alle vittime. E se – se – Gavin stava collaborando con Stokes, voleva dire spingersi troppo in là pensare che quella circostanza poteva avergli fatto scoprire qualcosa su quanto era accaduto a Theo dieci anni prima?

E questo riportava Jonah all'inizio. Al motivo dell'ultima telefonata di Gavin. Forse era più complicato di così. Forse il denaro e l'idea di fare ammenda per le colpe del passato erano due elementi che non si escludevano a vicenda, almeno nella sua testa. Forse uno aveva condotto all'altro, e Owen Stokes, le vittime del magazzino e tutto il resto della faccenda erano inestricabilmente legati.

O forse Jonah si stava arrampicando sugli specchi.

Accese il motore e lasciò la casa di Marie. Non si sentiva così alla deriva e impotente dalla scomparsa di Theo, e non si era avvicinato neanche di un millimetro alla verità. Ma c'era un posto in cui avrebbe potuto ottenere qualche risposta.

Anche se prima avrebbe dovuto fare un'altra tappa.

Wilkes abitava in una villetta bifamiliare degli anni sessanta in una stradina senza uscita. Era l'ultima ad aver mantenuto le porte e le finestre in legno – complete di vernice scrostata – mentre tutte le altre sfoggiavano infissi in PVC. C'era un giardinetto striminzito, in cui un paio di cespugli incolti di rose erano presi d'assalto dalle erbacce.

Jonah percorse il minuscolo vialetto d'accesso e suonò il campanello. Emise una specie di scricchiolio rugginoso, così bussò alla porta. Dall'interno provenne il rumore di un chiavistello che veniva tirato poi la porta si aprì.

L'ex poliziotto aveva una barbetta incolta e l'aria trasandata. Indossava una maglietta bianca macchiata e un asciugamano intorno al collo. Emanava un puzzo di alcol e sudore, gli occhi sopra le gote rosse di capillari rotti erano giallognoli e iniettati di sangue. Scrutò Jonah con un rancore dovuto ai postumi di una sbornia.

"Cosa vuoi?"

"Mi chiedevo se ti andasse di fare quattro chiacchiere."

Wilkes tossì, sembrava che gli si muovesse qualcosa di umido nei polmoni. "Su cosa?"

"Te lo dirò dentro." Jonah alzò il sacchetto che aveva con sé. "Ho portato questa."

Una bottiglia di whisky Jameson, la marca che Wilkes aveva ordinato al pub.

"Bravo." Fece un passo indietro e tenne aperta la porta. "Vieni, entra."

La casa puzzava di fumo, cibo fritto e vestiti sporchi. Il tappeto era nodoso sotto i piedi quando Jonah percorse lo stretto e buio corridoio fino al salotto. La stanza era dominata da un vecchio televisore a parete, enorme, di fronte al quale si trovava una poltrona reclinabile in pelle consunta, i cuscini appiattiti dall'uso. Su un tavolino basso, un piatto sporco e una tazza erano poggiati su alcune riviste automobilistiche.

"Siediti," urlò Wilkes. "Arrivo tra un attimo."

L'unica opzione oltre alla poltrona reclinabile era una sedia dall'aspetto scomodo, che la diceva lunga sulla vita sociale del poliziotto in pensione. Jonah spostò le riviste che occupavano la seduta, cercando uno spazio libero dove riporle prima di lasciarle sul pavimento. Poi si mise a sedere, le stampelle poggiate al bracciolo.

Wilkes tornò con indosso quello che sembrava lo stesso dolcevita dell'orazione funebre e due lattine di birra in mano.

"Possiamo iniziare con queste e aprire il Jameson più tardi," disse, porgendone una a Jonah. "Chi ti ha detto dove vivo?"

"Tu stesso, l'altra sera."

Wilkes non gli aveva rivelato l'indirizzo, ma in quel quartiere viveva una sola persona con il suo nome. La poltrona reclinabile aveva scricchiolato sotto il suo peso quando vi si era accomodato e aveva aperto la lattina.

"Salute," disse, prima di prenderne un sorso. Jonah si accontentò di un sorso simbolico. Anche se non avesse dovuto guidare, avrebbe comunque evitato un'altra bevuta, ma per Wilkes sarebbe stato uno sgarbo se non si fosse bagnato neanche le labbra. Il padrone di casa poggiò la lattina e fece un rutto.

"Allora, di cosa vorresti parlare?"

"Sapevi che Gavin aveva un'altra casa?"

Jonah lo osservava con attenzione per coglierne ogni reazione. L'ex detective si accigliò.

"Lui cosa?"

"Aveva un monolocale, oltre all'appartamento a Ealing."

Lo stupore di Wilkes sembrava reale. "E perché mai?"

"L'ho scoperto solo ieri," disse Jonah. "Il figlio gli aveva preso le chiavi e ci andava a farsi le canne."

"Davvero?" Wilkes fece una risatina roca. "Assomiglia al padre, direi..."

"Gavin non te l'aveva detto?"

"No, non a me." Non ne parve molto contento.

"Ti viene qualche idea sul perché avrebbe dovuto affittare due case?"

"Se vivesse ancora con la moglie, direi che gli serviva un posto dove portare le donne. Ma non ne aveva bisogno, non vivendo più con Marie. Chi sa di quel posto oltre al figlio?"

"La moglie e la polizia." Jonah cercò di evitare quell'argomento. "Quindi non ti viene nessuna idea sul motivo che l'avrebbe spinto a farlo?"

Wilkes gli lanciò un'occhiataccia. "Mi sembra di averlo già detto, no?"

Jonah lasciò andare. Wilkes lo fissò mentre beveva un altro sorso di birra.

"Ho una domanda. Se tu e Gav eravate così amici, come mai non parlavate più?"

"Te l'ho detto, non eravamo più in contatto da anni."

"Stronzate. La moglie dice che stavate sempre insieme e poi all'improvviso più niente. Dev'esserci stato un motivo."

Jonah bevve un sorso di birra, riflettendo su cosa dirgli. Ma l'ex detective se ne sarebbe accorto se gli avesse mentito.

"L'ho trovato a letto con mia moglie."

Wilkes gettò la testa all'indietro e scoppiò a ridere. "Porca puttana! Lo sapevo! Sapevo che c'era sotto qualcosa!"

"Mi fa piacere che lo trovi divertente," disse Jonah.

Le spalle di Wilkes stavano sussultando. Dovette poggiare la birra per asciugarsi gli occhi.

"Scusami, non dovrei ridere ma... Cristo santo, è incredibile! La moglie del suo migliore amico. Non riusciva a tenerlo nei pantaloni. È così che è cominciato tutto."

"Cominciato cosa?" disse Jonah, il fastidio che già scivolava via.

Wilkes si scolò la lattina e la schiacciò nella mano carnosa. "Aspetta, ne prendo un'altra e ti racconto tutto."

Si chiamava Eliana Salim.

Era entrata nel Regno Unito dalla Siria con una decina di altre ragazze nascoste in un container pieno di giocattoli. I genitori erano morti durante la guerra e il suo piano era di lavorare come tata per poter far arrivare anche la sorellina che era rimasta a vivere con dei parenti.

Non accadde.

"Era bellissima," disse Wilkes, dopo un sorso di birra. "Sembrava una modella. Era un vantaggio per lei, perché in quel modo la gang che l'aveva fatta entrare nel paese, invece di sbatterla in un bordello di terz'ordine, la vendeva come escort. Certo, il lavoro era lo stesso, ma perlomeno era vestita bene e poteva fare qualche sorriso a un ricco bastardo prima di farsi scopare."

Controllata notte e giorno con altre tre ragazze, poteva uscire dall'appartamentino in cui viveva solo per andare a lavorare. Una sera, mentre la accompagnavano a una festa privata a Mayfair, il conducente venne fermato dalla polizia.

"Aveva un coltello e della cocaina, quindi quello stupido bastardo si è spaventato e ha schiacciato l'acceleratore," continuò Wilkes. "Quando ha capito che non poteva scappare, si è fermato in una stradina laterale, ha consegnato tutto a Salim e l'ha sbattuta fuori dall'auto. Le ha detto di tornarsene a casa e poi è sparito. Lei però non era una stupida, così è andata alla stazione di polizia più vicina e ha chiesto aiuto. È stata una sfortuna per tutti che toccò a Gav interrogarla."

Quando Gavin era arrivato alla stazione, il conducente era già in custodia. Era un armeno, faceva parte di una gang della zona implicata in un giro di traffico di esseri umani e prostituzione. Wilkes si accigliò, ricordando quella storia.

"Erano pesci piccoli, ma sapevamo che lavoravano per una grande organizzazione criminale dell'Est," disse. "Stavamo lavorando da anni con l'Interpol per mettere le mani su quei bastardi, ma ci sfuggivano come serpenti. Erano brutali. Non si limitavano a uccidere chi apriva la bocca, torturavano e facevano fuori anche i familiari. Così quando Gavin vide Salim in quella stanzetta per gli interrogatori, sapeva che rappresentava la possibilità di ottenere informazioni dall'interno."

"Come informatrice, vuoi dire?" Jonah non riusciva a crederci. "L'ha fatta tornare da loro?"

Wilkes allontanò lo sguardo, massaggiandosi la base del collo. "Non l'ha costretta. Però le ha detto che forse c'era un modo per far arrivare nel paese anche la sorella, se lei avesse collaborato. E in caso contrario... be', poteva aspettarsi mesi o anni in un centro di detenzione prima di essere riportata in Siria."

Gesù... Anche per i recenti standard di Gavin, questo era davvero un punto bassissimo. "Poteva farlo?"

"'Fanculo, no. Non avrebbe dovuto, in ogni caso. Gli informatori vanno registrati, e solo dopo aver attivato tutte le procedure di sicurezza, ma Gavin sapeva che non c'era tempo per quella roba. Perché funzionasse, lei sarebbe dovuta tornare subito a casa, prima che i suoi scimmioni iniziassero a chiedersi perché ci stesse mettendo tanto. E se si fossero convinti che era tornata di sua volontà, allora avrebbero abbassato la guardia. Era un'opportunità incredibile, bisogna ammetterlo. E forse non avremmo mai avuto un'altra possibilità del genere di ottenere informazioni su quei bastardi dall'interno. E non solo su di loro, ma anche su quelli a cui portavano le ragazze. E credimi, circolavano nomi grossi. Politici, uomini d'affari, banchieri. Gav sapeva che era un rischio enorme, ma pensava che ne valesse la pena."

"E i rischi che correva lei?" disse Jonah, stupito. "Cristo santo, la stava rispedendo indietro dai suoi sfruttatori!"

Wilkes ebbe la decenza di mostrarsi imbarazzato. "Sì, be'. Detta così non suona bene, ma lei sapeva cosa stava facendo. Nessuno l'ha costretta. Ed era rischioso anche per Gav. Quando è venuto fuori è scoppiato il finimondo. Per un attimo è sembrato che volessero cacciarlo dalla polizia."

Avrebbero dovuto farlo, si disse Jonah.

"E poi hanno cambiato idea?"

Wilkes alzò le spalle. "Chiudere la stalla dopo che le mucche, eccetera eccetera. Il danno era fatto e sarebbe stato stupido a quel punto non sfruttare una risorsa già sul posto e disponibile ad agire."

"Una risorsa?" ribatté Jonah, prima di riuscire a mordersi la lingua.

"Tu come l'avresti chiamata?" Lo sguardo di Wilkes era duro quanto il suo tono. "E non c'è bisogno che mi fissi in quel modo. È facile giudicare quando non sono le tue mani a sporcarsi."

Jonah sapeva che non poteva permettersi di inimicarsi Wilkes, non se voleva sapere il resto della storia. Alzò le mani, in segno di resa.

"Va bene. Poi cos'è successo?"

Con un'ultima occhiataccia, Wilkes prese un altro sorso di birra e continuò.

"Non sono ancora sicuro di come ci riuscì, ma gli permisero di essere il suo responsabile. La motivazione era che aveva già stabilito un rapporto con lei, ma se lo chiedi a me, lo hanno fatto per limitare i danni nel caso in cui le cose si fossero messe male. Coinvolse anche me, e non ne ero affatto contento. Non dall'inizio però, perché sembrava avesse mandato tutto al diavolo. Non potevamo rischiare di contattarla visto che era sempre controllata, così abbiamo dovuto aspettare che fosse lei a farlo. Gav le aveva dato il suo numero ma non si è fatta viva per settimane. Poi all'improvviso ha ricevuto un messaggio in cui gli chiedeva un incontro. Gavin aveva ragione, dopo un po' avevano allentato la presa. Avevano smesso di tenerla sempre sotto controllo, la lasciavano uscire da sola... la scommessa di Gavin aveva funzionato. Cristo, era al settimo cielo. Io sarei dovuto andare con lui all'appuntamento, ma lui ha detto che sarebbe stato meglio se ci andava da solo. Un'operazione non ufficiale, diciamo così..."

Wilkes fissò pensieroso la sua birra, l'ampia fronte corrugata.

"Col senno di poi, forse non è stata una grande idea. Ma allora... Comunque, quella diventò la routine. Gav mi lasciava in un pub e lui andava a incontrarla nel luogo stabilito, poi passava a prendermi e mi aggiornava su cosa gli aveva detto."

Gavin ovviamente non voleva avere Wilkes tra i piedi. "Te l'ha detto lui che andavano a letto o l'hai indovinato tu?"

"Be', conoscendo Gav, l'ho immaginato." Wilkes allontanò lo sguardo. "Ma non ci vedevo niente di male. Cioè, Salim ci stava dando informazioni importanti. Nomi, date, luoghi, cose che aveva sentito. Il livello era basso ma paragonato a quello che riuscivamo a ottenere prima era oro. All'improvviso Gav era il salvatore della patria. E a me non dava alcun fastidio, a dir la verità."

E a Salim? Questa volta Jonah si tenne per sé le sue riflessioni. "Quindi, cosa è andato storto?"

Wilkes si rabbuiò. "Era troppo coinvolto. All'inizio pensavo che se la stesse spassando. Non pensavo che fosse una cosa seria. Era distratto, come se avesse la testa da un'altra parte. Ed era sempre nervoso, a dir poco. Aveva una tonnellata di pressione da sopportare quindi all'inizio parve normale a tutti. Poi un giorno qualcuno della squadra ha fatto una battuta su Salim e Gav è andato fuori di testa. Lo avrebbe ucciso a pugni se non lo avessi fermato. Lì ho capito che ci era caduto mani e piedi. E ha iniziato a chiedere di andare a prendere Salim, dicendo che aveva già fatto tanto. Il problema era che stava svolgendo un ottimo lavoro. E adesso che stavamo ottenendo informazioni importanti non eravamo pronti a chiudere il rubinetto. *Ancora un po' di tempo*, dicevano. *Un altro paio di mesi e poi la tireremo fuori.*"

Wilkes si scolò la lattina e la accartocciò, di nuovo, lasciandola cadere sul tappeto.

"E poi abbiamo perso ogni contatto con lei. Niente telefonate, niente messaggi, niente di niente. Avevamo messo sotto sorveglianza anche la casa in cui viveva, ma da un giorno all'altro anche lì è terminata ogni attività. E sapendo con che genere di bastardi avevamo a che fare, non era un buon segno. Gav era fuori di sé. E io temevo che se non avessimo fatto qualcosa subito, ci sarebbe andato da solo."

Jonah si irrigidì, pensando al magazzino.

"E lo ha fatto?"

"Non è stato necessario."

Fecero irruzione all'alba. L'operazione era stata organizzata con enorme cura e pianificata per dare il minimo preavviso possibile. Sfondarono la porta ed entrò la squadra armata, perquisendo stanza dopo stanza.

Ma l'appartamento era vuoto. Era stato ripulito, rimanevano solo i materassi sui letti e il bagno privo di ogni traccia umana. Eliana Salim e le altre ragazze, oltre alle loro guardie, erano scomparse.

"La casa puzzava di candeggina," disse Wilkes. "Ogni superficie era stata igienizzata, cassetti e credenze svuotati. E io ho pensato che fosse meglio così, perché temevo avremmo trovato qualche cadavere. Sembrava che avessero portato Salim e le altre in un posto diverso. Gav stava per dare di matto, poi abbiamo sentito un urlo dalla cucina."

Jonah attese che Wilkes prendesse un'altra lattina dal pavimento accanto alla poltrona. La aprì e ne bevve metà tutta d'un sorso.

"C'erano degli uomini intorno al frigorifero, guardavano all'interno. Ricordo di essere arrivato lì e di essermi domandato cosa fosse tutto quel casino, perché c'era solo un piatto bianco con delle interiora piene di sangue. Poi ho capito cos'era. Quei maledetti avevano scoperto che Salim era un'informatrice. Le avevano tagliato la lingua e avevano fatto in modo che la trovassimo."

"Cristo..." Jonah sapeva che sarebbe stato un brutto affare, ma era comunque sotto shock.

"Abbiamo trovato il resto del corpo nei cestini dietro il palazzo," continuò Wilkes, dopo un altro sorso. "Fatta a pezzi e avvolta nella pellicola trasparente. Il tutto infilato nei sacchi neri, come fosse spazzatura. Animali del cazzo. Te lo dico, io ne ho viste in vita mia, ma così, mai... Dovevano averla ammazzata qualche giorno prima, i topi avevano... Comunque, il DNA e le impronte di Salim non erano nel database, quindi abbiamo potuto identificarla solo dalla testa."

"Mio Dio, Gavin ha dovuto...?" Anche se non si poteva scusare ciò che aveva fatto, Jonah pensò che fosse troppo. Ma Wilkes scosse il capo.

"Cristo, no, non lo avrei mai permesso. Anche io avevo fatto da referente, quindi mi sono offerto. Gav era già in condizioni terribili. Pensavo che lo avrebbero licenziato, o perlomeno gli avrebbero dato una bella lavata di capo, ma in quel modo si sarebbe alzato un polverone. Nessuno voleva pubblicizzare quell'orrore, e Salim qui non aveva familiari quindi nessuno si sarebbe lamentato. Hanno infilato tutto sotto il tappeto e Gav è stato sospeso per un paio di settimane, ma prendeva comunque la paga. È tornato dopo che le cose si erano calmate, ma non era più lo stesso."

Mentre Wilkes tentava di dar forma ai pensieri la sua ampia fronte si corrugò.

"Sembrava... non so. Vuoto. Cercava di fingere di essere quello che tutti si aspettavano, ma in realtà non gliene fregava più un cazzo. E ha cominciato a bere. Cioè, gli è sempre piaciuto divertirsi un po', ma non così."

"E poi ha iniziato anche con le bustarelle?" domandò Jonah.

Wilkes si fermò con la lattina a mezz'aria. "Che cazzo di domanda è? Te l'ho detto, Gavin portava le cose a termine, anche se voleva dire aggirare qualche regola."

"Tipo rispedire indietro Eliana Salim e farla ammazzare?"

"Pensavo che tu fossi suo amico." Adesso Wilkes era paonazzo, furioso. "Dici queste cose perché si è scopato la tua signora?"

Jonah si impedì di rispondere. *Respira.*

"Dev'esserci un motivo per quello che è successo nel magazzino. Perché era lì, perché mi ha chiamato? Voglio solo scoprire di cosa si tratta. Credo..." esitò, incerto su come dirlo. "Credo che possa riguardare dei fatti di anni fa. Io... mio figlio è scomparso. Secondo le indagini è annegato, ma credo che Gavin avesse trovato qualcosa. Qualcosa che lo aveva convinto che i risultati delle indagini erano sbagliati."

Non poteva dire troppo a Wilkes, certo non di Owen Stokes, visto che la sua identità non era stata nemmeno resa pubblica. Ma l'ex poliziotto era l'unica persona che potesse dirgli qualcosa su Gavin. E Jonah voleva tenerlo a bordo.

"Sì, avevo sentito di tuo figlio. Mi dispiace," disse Wilkes, rude. "Ma non capisco cosa c'entri con questa storia."

"Magari nulla, ma devo esserne certo."

Il colorito dell'ex poliziotto stava tornando alla normalità, ma era ancora arrabbiato.

"Be', non vedo come posso aiutarti, però. Ma se vuoi sapere se mi ha stupito che lo abbiano sospeso, be', la risposta è no. Quello che è accaduto a Gavin è una cazzo di vergogna ignobile, ma se vuoi sapere la mia, una parte di lui era già morta allora, il giorno dell'irruzione. Non ti dirò altro. Fine della cazzo di storia."

Rovesciò la testa all'indietro e si scolò l'ennesima lattina. La accartocciò nella mano come sempre e la lanciò sul pavimento accanto alle altre. Si alzò.

"Non c'è bisogno che ti accompagni."

24.

Jonah non ricordava nulla del tragitto di ritorno al suo appartamento. Guidò in modo automatico e con la mente tornava a quanto aveva sentito. Una parte del quadro si stava componendo. Ciò che era accaduto con Eliana Salim doveva aver colpito profondamente Gavin. Erano state le sue decisioni, le sue azioni, che avevano condotto alla morte della ragazza, e quella consapevolezza doveva averlo annientato. Jonah sapeva bene quanto tossica potesse essere la combinazione di perdita e senso di colpa. Nei primi giorni dopo la scomparsa di Theo, era stato proprio Gavin a controbilanciare i suoi istinti più neri, salvandolo dal baratro. E in seguito, dopo la loro rottura, Miles aveva fatto lo stesso. Non c'era stato nessuno a salvare Gavin, però.

E alla fine non l'aveva superata.

Parcheggiando nella strada sotto casa, Jonah si domandò se Fletcher fosse a conoscenza di quella disastrosa operazione. Forse no. Erano passati molti anni ormai. Oppure poteva giudicarla non rilevante a meno che gli inquirenti non sapessero del coinvolgimento emotivo di Gavin con Eliana Salim. E chi avrebbe potuto parlargliene? Secondo Wilkes, non molti lo avevano intuito.

Ma Jonah pensava che l'impatto della morte della ragazza su Gavin non poteva essere sottovalutato. Se non altro metteva in prospettiva le sue ultime azioni. La sua morte era stata un punto di svolta, facendolo incamminare su un percorso autodistruttivo terminato poi nel magazzino. Era anche possibile che ci fosse un legame tra l'organizzazione criminale che aveva ucciso l'informatrice e gli omicidi della banchina. Forse si stava spingendo troppo in là: dopotutto Fletcher aveva detto che Owen Stokes non era mai stato coinvolto in alcuna organizzazione criminale.

Eppure, non c'era modo di sapere cosa passasse nella mente di Gavin all'epoca. Forse aveva scoperto i corpi nel magazzino e la scena lo aveva riportato alla morte di Eliana. Forse il ricordo del suo fallimento lo aveva spinto ad agire da solo, a fare irruzione senza pensare alle conseguenze.

Tornando all'appartamento, per la prima volta Jonah sentì di essere vicino a comprendere i fatti del magazzino. Non tutto, però. Ad esempio, non sapeva ancora nulla sul coinvolgimento di Owen Stokes né sul suo rapporto con Gavin. Ma l'aver trovato qualcosa lo faceva stare bene. E forse sarebbe bastato a convincere Fletcher che stava dicendo la verità.

Non sognare troppo. Non aspettarti miracoli. Quando arrivò davanti al palazzo si sentiva più ottimista di quanto non fosse da settimane, e il buonumore non lo abbandonò per il resto della serata.

Fino a quando Stan lo chiamò per dirgli che qualcuno era entrato nel suo garage.

La fila dei garage era deserta quando Jonah ci arrivò dopo mezzanotte, una sagoma bassa e indistinta nell'oscurità. Non c'era segno di Stan. La luce nell'abitacolo della BMW era spenta e impediva a Jonah di vedere se ci fosse qualcuno. Accese la torcia che si era portato con sé, si avvicinò e la puntò nel finestrino del guidatore.

"Te la sei presa comoda."

Jonah si voltò, perdendo quasi l'equilibrio, mentre una figura emergeva dall'oscurità dietro di lui. Stan alzò un braccio, strizzando gli occhi nella luce della torcia.

"Toglimi quel dannato aggeggio dalla faccia!"

Jonah la abbassò. "Cristo, Stan..."

"Non vedo un cazzo di niente," grugnì l'altro, sbattendo le palpebre. In una mano stringeva una chiave inglese enorme.

"Pensavo che mi aspettassi in macchina."

"Pensavi male." Lo superò e si diresse verso i garage. "Forza, porta qui quella torcia."

Jonah la puntò intorno a loro mentre lo seguì, scacciando le ombre a rivelare porte sbarrate e facciate di mattoni.

"Me ne sono accorto quando ho messo via la mia macchina. Guarda cos'hanno fatto questi bastardi!"

Il lucchetto era a terra, la chiusura a U sfondata con tale forza da farne schizzare i pezzi tutto intorno. Sembrava che qualcuno lo avesse rotto con una mazza, e la porta non era in condizioni migliori. Dove c'era il lucchetto, il metallo portava i segni dei colpi.

Non ha proprio l'aria di un furto casuale, si disse Jonah. Puntò di nuovo la torcia dietro di loro per assicurarsi che non ci fosse nessuno. Alcuni dei lucchetti degli altri garage erano poco più che decorativi, ci sarebbe voluto molto poco per farli saltare. E invece di concentrarsi su uno di quelli, qualcuno si era sobbarcato la fatica di forzare il suo. Ricordò la bottiglia che gli era scoppiata tra i piedi la sera prima e la sensazione che quei delinquentelli stessero tramando qualcosa. Jonah credette di aver individuato i responsabili. Dovevano averlo visto andare a prendere la macchina, oppure avevano scoperto da soli qual era il suo garage.

Bastardi.

"Chiami i tuoi amici?" gli domandò Stan.

Intendeva la polizia, ovviamente. Ma l'unica cosa di reale valore custodita all'interno era la Saab, che per fortuna era parcheggiata in strada. Il danno era troppo ridotto per chiedere un rimborso all'assicurazione e non aveva senso far perdere tempo alla polizia per una porta ammaccata e un lucchetto rotto.

"Diamo un'occhiata, prima," disse. "Fammi un po' di spazio."

Non si aspettava che ci fosse ancora dentro qualcuno, ma se il suo lavoro gli aveva insegnato qualcosa era che non bisognava dare mai nulla per scontato. Quando Stan si spostò, Jonah appoggiò le stampelle ai mattoni tra un garage e l'altro. Reggendosi sulla gamba sana, si chinò, afferrò la maniglia della porta e cercò di alzarla. La porta oppose resistenza, bloccata dalle martellate che aveva ricevuto. Poi, con un cigolio di metallo, finalmente cedette.

Jonah fece un verso di disapprovazione. "Guarda che roba. Quei bastardi hanno combinato un casino."

Sembrava che ogni scatolone fosse stato capovolto e il contenuto rovesciato sul pavimento macchiato d'olio. E anche se non c'era molto da rubare, i ladri avevano preso ciò che avevano trovato. Jonah si accorse che gli attrezzi ad alto voltaggio erano spariti dalla mensola fissata alla parete in fondo. Un trapano, una piccola sega a nastro, una smerigliatrice. Non valevano granché, ma se li erano portati via lo stesso.

"Sembra che abbiano rovistato anche nell'armadietto," disse Stan. Jonah puntò la torcia sul vecchio mobiletto di metallo nell'angolo. Le ante, che erano state forzate, erano socchiuse. Non c'era molto all'interno, perlopiù scatoloni pieni di vecchi documenti che non si era ancora deciso a gettare via. Erano sul pavimento, fogli dappertutto.

"Spero che non ci tenessi nulla di importante," disse Stan, dietro di lui.

Jonah diede una spinta svogliata a una delle ante con la stampella, che fece per chiudersi ma poi qualcosa la bloccò. Con un cigolio dei cardini, si riaprì con lentezza.

Di un biancore scioccante, una mano sbucò dall'apertura.

"Cristo santo!"

Jonah quasi non sentì l'esclamazione di Stan. La mano era rivolta all'insu, le dita allargate come in una supplica. Era piccola, liscia, e in uno strano abbandono. Usando la stampella Jonah riaprì l'anta. Un'altra imprecazione dalle sue spalle. Jonah poggiò la stampella al pavimento, all'improvviso bisognoso di reggersi.

Il corpo era stato avvolto frettolosamente nella plastica, che si era allentata sulla sommità, a rivelare una testa infilata in un sacchetto trasparente. Del nastro isolante intorno al collo era stato usato per chiudere il sacchetto, la plastica sul naso e sulla bocca appariva immobile. Il sacchetto era umido di condensa all'interno, i capelli nascondevano il viso. Ma non al punto di impedire a Jonah di riconoscere la donna infilata come una bambola rotta nell'armadietto.

Corinne Daly.

25.

"Non l'ho uccisa io."

Non era la stanza per gli interrogatori della volta prima, ma avrebbe potuto esserlo. Stesso arredamento minimale, stesse pareti scrostate, stesso tavolo avvitato al pavimento. Seduto di fronte a Fletcher, Jonah stava ripetendo la stessa cosa da ore.

L'ispettore capo sospirò. Non era scena: aveva l'aria stanca e tesa, la pelle del viso del colore dello stucco.

"Allora, cosa ci faceva il corpo nel suo garage?"

"Non faccio che ripetervelo, non lo so! Non ce l'ho messo io."

Jonah era fin troppo consapevole di quanto apparisse poco credibile. In teoria, questa era una deposizione volontaria, ma non si faceva illusioni sul suo reale significato. Se l'avessero arrestato, la polizia avrebbe potuto trattenerlo solo per ventiquattro ore, un tempo che poteva essere esteso a quattro giorni se necessario. Ma poiché lui era lì di sua spontanea volontà, l'interrogatorio poteva andare avanti finché volevano. Le ventiquattro ore sarebbero partite dal momento dell'arresto.

Quando lo avevano portato lì era fiducioso che non sarebbe accaduto. E abbastanza tranquillo da non chiedere un avvocato. Nonostante tutto, era riluttante ad ammettere che forse ne aveva davvero bisogno, visto che non aveva commesso alcun crimine.

Adesso iniziava a non sembrare una mossa troppo astuta.

"Quindi, lei ammette che Daly è venuta a casa sua due sere fa," continuò Fletcher. "Per *scusarsi* mi sembra che abbia detto così, giusto?"

"Esatto! Si sentiva a disagio per il modo in cui mi aveva trattato."

"E le ha creduto? Dopo che l'ha fregata in ospedale e l'ha aspettata fuori dalla commemorazione funebre di McKinney?"

"So come può apparire, ma sì. Mi ha detto che nutriva dei dubbi sul suo lavoro."

"E così lei le ha offerto una spalla su cui piangere, ho capito bene?"

"No, abbiamo solo parlato," disse Jonah. E adesso era molto grato per il tempismo della telefonata di Marie. Forse non sarebbe comunque accaduto niente tra Daly e lui, ma in caso contrario adesso avrebbe avuto anche altro da spiegare.

"Che ore erano?" domandò Fletcher.

"Intorno alle nove e mezza. Potete controllare perché avevo ordinato una pizza. Lei è arrivata insieme al fattorino e me l'ha portata su."

"Le ha consegnato la pizza?"

"Era una specie di scherzo. Credo temesse che non l'avrei fatta entrare."

"Quindi è arrivata alle nove e mezza. E poi?"

"Ha detto che voleva scusarsi. Abbiamo iniziato a parlare e siamo finiti a dividere la pizza con un paio di drink."

"Molto comprensivo da parte sua." Fletcher estrasse un fazzoletto piegato con estrema cura e si tamponò l'occhio che gli lacrimava. "Cos'ha bevuto?"

"Birra."

"Quante?"

"Un paio, mi sembra. Lattine piccole."

"E lei?"

"Lo stesso. Ne avevo iniziata una prima che arrivasse, quindi... una in più di lei."

"Fanno tre, quindi." Era difficile pensare che Fletcher non se la stesse godendo. "Dice che avete parlato. Di cosa?"

"Discorsi generici. Mi ha raccontato di sua figlia. E poi mi ha detto che una delle vittime era stata identificata." Lanciò un'occhiata a Bennet, che ricambiò lo sguardo senza il minimo barlume di emozione. "Mi ha detto che era uno studente kenyota di nome Daniel Kimani."

L'assenza di sorpresa da parte di Fletcher gli fece capire che ne era già a conoscenza. "Altro?"

"Sapeva che Gavin era stato sospeso, ma non ha voluto dirmi chi l'ha informata."

"E lei? Lei cosa le ha detto?"

"Niente su Gavin o sul caso, se è di questo che si preoccupa."

"Ah, non sono io quello che dovrebbe preoccuparsi. Ma solo per essere chiari, lei ha mangiato una pizza, bevuto una birra e avuto una conversazione gradevole con una giornalista che l'aveva fatta apparire come un imbecille. Dopodiché ha salutato e se n'è andata. È così?"

"Sì, direi di sì."

"A che ora è andata via?"

"Intorno alle undici. Forse undici e trenta."

"È rimasta da lei per due ore? Santo cielo avevate un sacco di cose da dirvi. Le ho detto che abbiamo trovato la sua macchina? Parcheggiata non lontano dal suo appartamento. Quindi sappiamo che non ci è mai arrivata. E il giorno dopo non è andata al lavoro. Infatti, nessuno l'ha vista o sentita dopo la sera trascorsa con lei."

"Stava bene quando se n'è andata. Fate controllare le telecamere di sicurezza, se non mi credete."

"Oh, lo faremo. Ma sembra che tutte quelle della zona siano state distrutte. Strano, vero?"

Jonah si sentiva troppo male per preoccuparsi della battuta. "Sapete già come è stata uccisa?"

Fletcher lo squadrò per un momento. "Lei è impagabile, Colley, lo sa? Lei davvero crede che io sia qui per discuterne con lei?"

"Era avvolta nella plastica come le altre vittime," insisté Jonah. Voleva che rimanesse nella registrazione. "A quanto ho visto era vestita e non c'era traccia di sangue, quindi immagino che le abbiano fatto perdere i sensi e poi l'hanno lasciata morire per asfissia. Di nuovo, come le tre vittime nel magazzino. Il sacchetto di plastica era nuovo, ma credo che lui abbia imparato qualcosa da quello che è successo con la ragazza, Nadine. Non voleva correre il rischio che Corinne Daly sopravvivesse."

"E con quel *lui* intende...?"

"Lo sa benissimo di chi sto parlando. Owen Stokes. Doveva essersi appostato da qualche parte sotto casa mia e l'ha aggredita quando è uscita."

"Ah, certo." Fletcher annuì, e anche quel gesto parve sarcastico. "A quanto pare Stokes andrebbe incolpato per un sacco di cose che accadono intorno a lei."

Si fermò appena la porta della stanza si aprì e Bennet entrò. Aveva con sé una piccola scatola per le prove, che poggiò sul tavolo. Guardandola, Jonah sentì una leggera apprensione.

Fletcher continuò. "Sta affermando che Owen Stokes ha ucciso Corinne Daly dopo che lei era uscita da casa sua e in seguito si è introdotto nel suo garage per lasciarci il corpo? Perché? Per far ricadere la colpa su di lei?"

"Sì, è proprio quello che sto dicendo."

"E quando sarebbe accaduto? Stasera, quando ha denunciato l'effrazione? O due sere fa, cioè quando è scomparsa?"

"Non lo so. Gliel'ho detto, questa sera sono tornato al garage per la prima volta da quando avevo preso la macchina. Cioè il mattino del giorno in cui Daly sarebbe venuta da me. Stokes avrebbe potuto introdursi lì in qualsiasi momento in quel lasso di tempo."

Fletcher arricciò le labbra, passandosi il dorso delle dita sotto il mento come farebbe un gatto. "Be', immagino che combaci con i primi rilievi dell'anatomopatologo. Dice che Daly probabilmente è morta quarantotto ore fa, e che il corpo è rimasto nell'armadietto per un tempo simile. E secondo i calcoli sarebbe la sera in cui è venuta a casa sua."

"Ecco, allora è proprio quello che è successo," disse Jonah. Ma aveva una strana sensazione.

"Bene. Quindi siamo d'accordo che il corpo è rimasto nel suo garage per due giorni. Il problema che ci si presenta adesso è che il suo padrone di casa – non un suo grande estimatore, devo dire – afferma che il garage era intatto quando lui è passato di là, qualche ora fa. E se è per questo anche quando ci è passato ieri. Si è alquanto indignato quando lo abbiamo messo in dubbio. Ha detto che se ne sarebbe accorto se il suo garage fosse stato aperto a martellate, e io sono propenso a credergli. Sarebbe stato difficile non accorgersene."

Jonah aprì la bocca, ma non sapeva come ribattere. Fletcher annuì.

"Lo so. Un bel casino, non è vero? Sappiamo che il corpo di Daly è rimasto lì per due giorni, ma l'effrazione ha avuto luogo solo stasera. E questo in qualche modo suggerisce che chiunque ce l'abbia lasciato doveva avere una chiave. Owen Stokes non aveva una chiave del suo garage, o sbaglio?"

"Oh, santo cielo..."
"Aveva una chiave?"
"No, ma..."
"C'era qualcun altro in possesso di una chiave, oltre a lei?"
Jonah cercò una via d'uscita. Non ne trovò. "No."
"No," gli fece eco Fletcher. "Capisce qual è il problema? Se il corpo di Daly è stato messo nel garage due giorni fa, ma l'effrazione è avvenuta stasera e lei è l'unica persona ad avere la chiave, allora questo restringe di molto la lista dei sospetti, o mi sbaglio? La restringe a... be', solo a lei, in realtà."
Jonah sentiva che Fletcher lo stava mettendo alle corde. "Va bene, allora qualcun altro è entrato nel garage stasera. All'inizio ho pensato che potesse trattarsi di alcuni ragazzi del quartiere con i quali ho avuto qualche problema. Potrebbero essere stati loro."
"Ragazzi? Doveva dirlo prima! Dei mocciosi, mi sa che ha ragione. Se non fosse che..." Fletcher fece un segno con le dita. "... questo ci lascia con due effrazioni da spiegare. Qualcuno si è introdotto nel garage a colpi di martello, non c'è niente da discutere in questo caso. Ma anche se il suo padrone di casa non avesse notato la prima effrazione, se qualcuno – diciamo Owen Stokes – fosse già entrato due sere prima, questi teppistelli non avrebbero dovuto spaccare il lucchetto stasera, giusto?"
"Mi ascolti, non ho ucciso io Corinne Daly," disse Jonah, avvertendo la disperazione nella propria voce. "Non può credere davvero che sarei stato così stupido da nasconderne il corpo nel mio garage se la avessi ammazzata io!"
"Le dico cosa penso. Credo che lei abbia perso la testa e l'abbia uccisa in casa sua, poi ha aspettato che calasse la notte, ha recuperato la macchina e ha trascinato il corpo fino all'ascensore. Lei sapeva che le telecamere di sicurezza erano fuori uso – a quanto ne so potrebbe averle manomesse lei stesso – quindi

non aveva di che preoccuparsi. Certo, il ginocchio malandato non era d'aiuto, così ha lasciato il corpo nel garage mentre decideva cosa farne. Ma è stato sfortunato. Qualcuno è entrato nel garage, questi teppistelli di cui si è ricordato solo ora o altri. Lo hanno messo sottosopra e sono scappati appena hanno scoperto cosa c'era nell'armadietto. E poi quando il padrone di casa l'ha chiamata per avvisarla, sapeva che non aveva altra scelta: doveva denunciare l'accaduto cercando di farla franca."

Fletcher incrociò le braccia, come a dimostrare che aveva ragione. A Jonah era chiaro che non stava facendo l'avvocato del diavolo. Ci credeva davvero.

"Cristo santo, questo è proprio quello che Stokes vuole!"

"Rieccoci," sbuffò Fletcher. "Mi dia una sola ragione per cui Owen Stokes si imbarcherebbe in una cosa del genere per uccidere una giornalista che neanche conosce! E perché vorrebbe incastrarla?"

"Non lo so!" Jonah dovette impedirsi di urlare. "Non ho idea di cosa passi nella testa di quel maledetto bastardo! Ma sta scappando a causa mia! Ha anche perso i soldi del monolocale a causa mia. E io? Perché mai avrei voluto uccidere Corinne Daly? Cristo santo, mi piaceva!"

"Molto bello da parte sua. Probabilmente le ha semplificato il lavoro."

La rabbia di Jonah era già svanita. Aveva pensato che la trappola fosse stata azionata, ma adesso capiva che tutto quello che era accaduto fino a quel momento era solo l'inizio.

"Stava scrivendo un altro pezzo su di lei," disse Fletcher.

"Non le credo," ribatté Jonah, come per riflesso.

"Oh, è vero. Secondo il suo caporedattore ci lavorava da un po'," continuò Fletcher. "Ha detto che era sicura che c'era sotto qualcosa. E aveva ragione, non è così?"

"Aveva spento il cellulare, l'ho visto con i miei occhi..."

Adesso gli venne in mente che quello di Daly era stato un gesto plateale. Ci aveva messo poco a rassicurarlo: *È spento, non sta registrando*, gli aveva detto. E tutte quelle domande su Gavin...

Oh, Cristo...

"E lei sarebbe un poliziotto," disse Fletcher, la voce che grondava autocompiacimento. "Ispettore Bennet, se non le dispiace."

"Abbiamo trovato la borsa di Daly infilata nell'armadietto," disse, estraendo una piccola prova dalla scatoletta che aveva portato con sé. "Non abbiamo trovato il cellulare, quindi chiunque l'abbia uccisa non voleva correre il rischio che venisse rintracciato. Ma c'era questo."

Un piccolo oggetto rettangolare. Jonah sentì un nodo allo stomaco quando vide il registratore digitale.

"Daly poteva anche aver spento il cellulare, ma ha registrato comunque la vostra conversazione," disse Fletcher, riprendendo la parola. "La qualità non è eccelsa ma è sufficiente. Si sente lei che la invita a entrare, poi le chiacchiere. Tutto molto carino. E poi arriviamo a questo."

Schiacciò il tasto play attraverso il sacchetto di plastica. Jonah sentì la voce di Corinne Daly seguita dalla sua, metallica e lontana ma riconoscibile.

"Ho sentito delle voci sul suo amico. Che era nei guai. E non avrebbe dovuto trovarsi in quel magazzino perché era stato sospeso dal servizio. È vero?"

"Dove lo ha sentito?"

"Non si preoccupi, non mi aspetto che lei confermi o smentisca, ma... Be', non può negarlo, mi sbaglio?"

"Gesù santo."

"Va bene, mi dispiace, dimentichi quello che ho detto," disse Daly, facendo per alzarsi. "Per favore, non..."

Poi ci furono un urlo, rumore e confusione. Un tonfo, un cigolio, altri suoni attutiti.

E dopo, più nulla.

Fletcher fermò l'audio. Nel silenzio colmo di accuse Jonah sentiva il battito del suo cuore.

"La registrazione va avanti, ma si sentono solo dei tonfi e altri rumori," disse l'ispettore capo, poggiando la bustina con il registratore. "A me sembra che ci sia materiale a sufficienza, no?"

Jonah si sentì precipitare, come se il terreno si fosse aperto sotto i suoi piedi. "Non è come sembra."

"No? Perché sembra proprio che lei abbia perso la calma e abbia aggredito Corinne Daly."

"No! Cristo, non è andata così!" Jonah sudava e non perché nella stanza facesse troppo caldo. "Va bene, ero arrabbiato, ma con me stesso per aver abbassato la guardia. Mi sono alzato, il ginocchio ha ceduto e ho rovesciato il tavolino mentre cadevo. È andata così! La borsa di Daly è finita sul pavimento e il registratore dev'essere stato coperto da qualcosa."

"E poi?" domandò Fletcher.

"Niente! Non è successo nient'altro. Qualche minuto dopo mi ha chiamato la moglie di Gavin. Potete controllare. E Daly se n'è andata poco più tardi, e quella è stata l'ultima volta che l'ho vista. Ma giuro che stava bene!"

"Purtroppo abbiamo solo la sua parola."

Jonah cercò di pensare a qualcosa che potesse cambiare le cose, convincerli della sua innocenza. Ma non gli venne in mente niente.

Fletcher lo fissava, tamburellando le dita sul piano in formica. "L'autopsia rileverà il suo DNA o del liquido seminale sul corpo di Corinne Daly?"

"Che cosa?" Per Jonah quello fu un vero shock. "No! Pensate che l'abbia stuprata?"

"Vedremo, non è così?"

Fletcher sí alzò e uscì, lasciando Bennet a raccogliere la scatolina delle prove prima di seguirlo.

La stanza sembrava stringersi su Jonah dopo che se ne furono andati. Aveva ancora l'orologio da polso e il tempo sembrava immobile. Dieci minuti, venti, un'ora. Poi, come se il tempo si fosse rimesso in moto, la porta si aprì e Fletcher e Bennet rientrarono.

Jonah cercò di leggere i loro visi quando si sedettero. La donna era illeggibile come sempre ma il capo ispettore adesso sembrava calmo. Una pacatezza snervante che non gli aveva mai visto prima.

"A dirla tutta, questo non è il mio caso quindi non toccherebbe a me farlo," disse Fletcher. "Ma visti i collegamenti, il supervisore ha accettato."

"Non ho ucciso io Corinne Daly," disse Jonah, senza sperare che servisse a qualcosa.

Fletcher lo fissò.

"Sa una cosa, Colley? Mi sto stancando di sentirglielo ripetere. Lei non ha ucciso Corinne Daly, lei non ha ucciso McKinney, lei non ha ucciso nessuno di quei poveri bastardi nel magazzino. E per dirla tutta, le credevo. Non a tutto – sapevo che c'era qualcosa di strano. Ma non la vedevo come un assassino. E ancora non riesco a capire se lei sia responsabile delle altre morti. Manca ancora qualcosa. Ma quanto a Daly..."

All'improvviso sembrò che nella stanza non ci fosse più aria.

"Jonah Colley," recitò Fletcher. "La dichiaro in arresto per l'omicidio di Corinne Daly."

26.

Era stato arrestato.

Arrestato.

Non gli sembrava possibile, neanche adesso. Ma la brandina dura sotto di lui era piuttosto reale. La cella di detenzione in cui si trovava era piccola e senza finestre e il puzzo di disinfettante non riusciva a sovrastare quello dell'urina. Una luce schermata al soffitto illuminava un WC in acciaio senza coperchio e un lavandino minuscolo. A Jonah era stato concesso di tenere le stampelle ma aveva dovuto consegnare qualsiasi altro oggetto personale. Orologio, cellulare, portafoglio. Le dita macchiate per la raccolta delle impronte, il fondo della gola ancora graffiato dal tampone usato per prendergli il DNA. Anche nei momenti peggiori dopo la notte al magazzino non aveva mai pensato che potesse accadere davvero. Si era aggrappato alla certezza che la sua innocenza fosse un dato di fatto, che il suo non coinvolgimento non potesse essere messo in dubbio.

E ora eccolo lì.

Chino in avanti sul bordo della brandina, Jonah si prese la testa tra le mani e si coprì gli occhi. Cercando di scacciare l'immagine di Corinne Daly nell'armadietto. *Colpa mia.* Certo non l'aveva uccisa lui, ma era morta a causa sua. Aveva sottovalutato

Owen Stokes. Troppo. Era stato così concentrato sui suoi sospetti, cercando di scoprire un collegamento tra gli omicidi del magazzino e la scomparsa di Theo, che non si era preoccupato di cosa Stokes avrebbe potuto fare dopo.

E di quanto disperato potesse essere.

Grazie a Jonah, adesso era costretto alla fuga e aveva perso i soldi nascosti nel monolocale di Gavin. Perché ormai non aveva più dubbi sull'identità della persona che aveva sentito sul pianerottolo. All'inizio era sembrato imprevedibile, ma proprio lui più di chiunque altro avrebbe dovuto immaginare di cosa fosse capace Stokes. Aveva visto con i suoi occhi cosa aveva fatto a Nadine, a Daniel Kimani e a quell'altro povero bastardo nel magazzino. Cristo, lo aveva anche visto trascinare via il corpo di Gavin.

Eppure anche dopo che si era introdotto in casa di Marie Jonah non si era accorto dei pericoli. Ingenuamente aveva pensato che Stokes accettasse il ruolo del fuggitivo e che fosse troppo impegnato a evitare di farsi prendere per rappresentare una minaccia. L'idea che potesse ritenere Jonah responsabile dell'accaduto, che anche per lui potesse essere una questione personale, non gli era mai venuta in mente.

E Corinne Daly era morta proprio per questo.

Adesso appariva chiaro che Stokes si era introdotto due volte nel suo garage, la prima in modo più sottile, per lasciarci il corpo di Corinne, e la seconda in modo evidente, per indurlo a sporgere denuncia. E la registrazione di Daly a casa sua doveva essergli sembrata un dono dal cielo, l'occasione per incolparlo dell'omicidio della giornalista.

Si batté le mani sulla testa. *Idiota del cazzo! Stupido, stupido, stupido!*

Ma lo scoppio di rabbia cessò subito. Incolparsi non lo avrebbe portato da nessuna parte. Prese un respiro profondo, si alzò e cercò di calmarsi. Di pensare. Non sapeva perché la giornalista fosse stata presa di mira. Ma Stokes era un assassino, quello era ovvio. Anche lasciando da parte ciò che poteva essere accaduto o non accaduto a Theo – e Jonah sapeva che non poteva permettersi di finire di nuovo in quel buco nero –, Stokes aveva già ucciso quattro persone. E difficilmente si sarebbe spaventato davanti a un omicidio in più.

Forse Corinne si era solo trovata nel posto sbagliato al momento sbagliato, danneggiata dal suo rapporto con Jonah e dal ruolo che avrebbe potuto giocare in una messinscena ai suoi danni. La domanda sul perché Stokes si fosse preso la briga di architettare un piano simile lo perseguitava ancora, ma adesso era più importante capire cos'avesse in mente quel bastardo.

E cosa Jonah avrebbe potuto fare.

Il difensore d'ufficio era una donna sulla quarantina di nome Farah. Capelli che andavano ingrigendo, occhi stanchi, Jonah si aspettava che si dedicasse al suo caso senza particolare convinzione. Però sembrava preparata e le sue domande furono abbastanza precise da accendere in lui il primo barlume di speranza da quando Fletcher gli aveva letto i suoi diritti.

"Per quanto tempo mi terranno qui, secondo lei?" domandò, pur conoscendo in anticipo la risposta.

"Per un'indagine così grave mi sorprenderei se decidessero di rilasciarla prima della scadenza delle novantasei ore. A meno che non formulino un'accusa."

Trascorso quel periodo poteva essere formalmente accusato oppure rilasciato. Nel primo caso, sarebbe rimasto in custodia e tenuto sottochiave fino al processo, che poteva aver luogo anche mesi dopo. Ingoiato dal sistema giudiziario britannico con il cliché del poliziotto che passa dall'altra parte della barricata.

Anche peggio di Gavin.

"So che lo dicono tutti, ma non sono stato io," disse a Farah. Il sorriso della donna era imperscrutabile. "Domani torneremo su tutta la vicenda, va bene?"

Tornato in cella, Jonah si distese, le mani sugli occhi a schermare la luce che pioveva dal soffitto. Cercò di dormire, un tentativo inutile. Appena chiudeva gli occhi vedeva l'immagine del corpo di Corinne Daly infilato nell'armadietto come il pupazzo rotto di un ventriloquo.

Entrava e usciva da un debole torpore in cui non perdeva mai la consapevolezza di essere in quella cella. Ma a un certo punto il suo corpo doveva aver ceduto perché fu risvegliato da un rumore metallico. Si mise a sedere, non aveva idea di dove si trovasse. Poi, come se fosse caduto in una botola, la memoria tornò a opprimerlo. *Oh Cristo.* Si massaggiò gli occhi, come per scacciare la stanchezza, e gettò le gambe oltre il bordo della brandina, mentre dalla piccola apertura nella porta qualcuno infilava un vassoio all'interno.

Un piatto con due fette anemiche di pane macchiate di un untuoso sostituto del burro e una tazza di tè già tiepido. La colazione. Jonah stava morendo di fame, se ne rese conto solo in quel momento. Aveva divorato il pane e stava finendo il tè quando con un altro rumore la porta venne aperta. Gli si attorcigliò lo stomaco al pensiero di dover tornare nella stanza degli interrogatori.

Sulla soglia apparve Bennet, non un agente in divisa.

"Se ne può andare," disse.

Jonah credette di non aver capito bene. "Come?"

"Rilasciato su cauzione."

Cauzione? In genere quella possibilità non era prevista in casi gravi come un'accusa di omicidio, quindi Jonah non ci aveva neanche pensato. E comunque non equivaleva a un proscioglìmento. Potevano sempre richiamarlo per un ulteriore interrogatorio o accusarlo definitivamente. Ma perlomeno fino ad allora sarebbe tornato in libertà.

"Come mai?" domandò, mentre il sollievo si faceva largo dentro di lui. Prese le stampelle.

"Non abbiamo ulteriori domande, per il momento."

Rimettendosi in piedi, Jonah si fermò a guardarla. Il suo viso era impassibile come sempre, ma adesso avvertiva in lei una strana tensione.

"Non mi lascereste uscire su cauzione se non ci fosse un valido motivo. Cos'è successo?"

Lei gli aprì la porta. "Vuole andarsene o no?"

Certo che lo voleva, ma adesso il sollievo nascondeva una punta di sospetto.

"Perché mi state rilasciando adesso?" domandò, uscendo nel corridoio.

"Dovrà chiederlo all'ispettore capo Fletcher."

Lei attese che si incamminasse, ma Jonah non si mosse. Bennet sospirò.

"Cosa c'è adesso?"

"Perché non mi spiega cosa sta succedendo?"

"Guardi, non ho tempo per stare qui a discutere..."

"Allora mi dica solo perché mi state rilasciando."

Bennet sembrò sul punto di staccargli la testa, poi parte della sua aggressività sembrò svanire. Allontanò lo sguardo.

"Ci sono nuove prove."

Jonah attese una spiegazione che non arrivò. "Di che tipo?"

Un'altra pausa.

"Hanno visto Owen Stokes nei dintorni del monolocale di McKinney. Uno degli inquilini ha notato un tizio che correva giù per le scale: corrisponde alla sua descrizione. Lo stesso pomeriggio in cui lei era lì con il figlio di McKinney. Il testimone lo ha descritto come un uomo alto con un cappellino da baseball. Aveva un tatuaggio o qualcosa di simile dietro il collo."

Quindi era davvero Stokes sul pianerottolo. Jonah provò una frustrazione amara al pensiero di quanto gli fosse stato vicino, ma la sua domanda non aveva ancora ottenuto risposta.

"Questo dimostra solo che Stokes sapeva del monolocale," disse, incamminandosi lungo il corridoio. "Non c'entra nulla con Corinne Daly, quindi perché mi rilasciate?"

Erano arrivati a una porta. Bennet si fermò per mostrare il tesserino.

"Mai sentito il detto: 'A caval donato non si guarda in bocca'?"

"Andiamo, di sicuro mi sta nascondendo qualcosa."

Bennet afferrò la maniglia quando l'apertura scattò. Aprì la porta e gli fece spazio per lasciarlo passare.

"L'agente di custodia le restituirà le sue cose," disse.

Jonah aveva perso la cognizione del tempo all'uscita dalla stazione di polizia. Quando era entrato era notte e una volta dentro si era ritrovato in un limbo privo di orologi e con le luci sempre accese. Ora il chiarore del giorno lo disorientò, era come entrare in un altro mondo.

Scendeva una pioggerellina sottile, fredda e fastidiosa. Fermo sul marciapiede bagnato, alzò il volto al cielo, godendosi quella strana sensazione di pulito. Relativamente pulito, a dirla tutta. Aveva i vestiti sgualciti e una barbetta incolta sul viso. Senza sapere dove andare, si incamminò lungo la strada. Raggiunta una fermata, prese il primo autobus in arrivo senza curarsi della destinazione. Salire a bordo non fu facile con le stampelle, ma dopo aver pagato il biglietto trovò un posto accanto al finestrino e alla porta. Si sedette, distese le gambe meglio che poté e guardò le strade che scorrevano all'esterno.

Gli sembrava di non avere più punti di riferimento. L'idea di essere stato arrestato – per omicidio – era ancora troppo enorme da accettare. Mentre l'autobus si faceva largo nel traffico, cercò di pensare alle sue prossime mosse. Il suo errore era stato considerare questa faccenda da un solo punto di vista: lui era il cacciatore e Stokes la preda. Ma adesso non poteva più permetterselo, non dopo la morte di Daly. Stokes lo stava osservando, era chiaro. Lo seguiva, come aveva fatto con Gavin. Se voleva sopravvivere, Jonah doveva adattarsi a quella nuova e spaventosa realtà.

Anche lui era una preda.

Cambiò tre autobus per arrivare dalle parti di casa. Una tensione nuova lo investì quando scese a una fermata nel suo quartiere e si incamminò verso il palazzo. Controllò le strade e i portoni, attento a ogni indizio di un'imboscata. Nessuno si fece avanti e il piazzale davanti al suo palazzo era deserto fatta eccezione per un gruppo di ragazzini accasciati sulle loro biciclette. Nessun segno di Owen Stokes né dei teppistelli che gli avevano lanciato la bottiglia. Una donna anziana uscì mentre lui entrava. Si scostò per farla passare e lei guardò le sue stampelle.

"Ascensori fuori uso," disse.

Quando si fu arrampicato fino al suo piano, affrontando un gradino alla volta, Jonah era sudato e col fiato corto. Aprì la porta ed entrò. Si spogliò, si fece una doccia poi si sedette sul letto per infilarsi una maglietta pulita e un paio di jeans. Aveva il cellulare accanto a sé, che squillò per l'arrivo di un messaggiò. Proveniva da un numero sconosciuto. Il contenuto fu scioccante:

BANCHINA DEL MACELLO, 19.00. VIENI DA SOLO.

27.

"Hai una bella faccia tosta!"

Stan se ne stava nel mezzo della sua officina, le maniche arrotolate della tuta sporca di olio a mostrare avambracci muscolosi e pugni nodosi. Una radio trasmetteva musica classica in sottofondo mentre qualcuno fuori dalla sua visuale stava fischiettando qualcosa di completamente diverso. Una macchina era issata ad altezza d'uomo su una rampa, circondata da altre in diverse fasi di smontaggio.

"Mi dispiace..." esordì Jonah.

"Un cazzo! Gestisco la mia attività in modo onesto. E non voglio avere più niente a che fare con te!"

"Dai, Stan. Se avessi saputo cosa c'era lì dentro, credi che ti avrei lasciato entrare?"

"Credi che mi sia piaciuto venire trascinato alla stazione di polizia ed essere interrogato come un criminale?"

"Ascoltami, per favore." Jonah non temeva che Stan lo colpisse ma non aveva mai visto il vecchio così incazzato. "Rivuoi indietro il tuo garage, benissimo. Mi riprenderò la mia roba appena possibile. Ma ho davvero bisogno di noleggiare una macchina. Con il cambio automatico, non mi interessano marca e modello."

La Saab era stata sequestrata dalla polizia. Gliel'avrebbero restituita solo dopo un'analisi forense: cercavano tracce di Corinne Daly.

Lo sguardo di Stan era implacabile. "Non m'importa, la risposta è ancora no."

"Non te lo chiederei se non fosse importante."

"E chi se ne frega. Londra è piena di taxi."

Sarebbe stato più facile, in effetti. Ma Jonah non aveva idea di cosa lo attendeva. E se avesse dovuto scappare via di corsa dalla Banchina del macello non voleva dover chiamare un taxi. Tutte le agenzie a cui si era rivolto gli avevano negato il noleggio per via delle stampelle.

Provò ancora una volta. "Se è per i soldi, sono disposto a pagare qualsiasi somma."

"Non voglio i tuoi soldi, voglio solo che tu sparisca! Adesso!"

Jonah cercò qualche argomento per convincerlo ma non ne trovò. E stava sprecando solo tempo.

"Va bene," disse cupo. "Mi dispiace di averti trascinato in questa storia." Si voltò e si incamminò lungo il percorso a ostacoli di latte d'olio e parti di motore. Alle sue spalle, il vecchio imprecò sottovoce.

"A cosa ti serve?"

Jonah si voltò. Stan era ancora furioso ma le fiamme si erano trasformate in braci.

"Devo incontrare una persona stasera. Potrebbe sapere chi ha ucciso la donna nel garage."

Se il messaggio lo aveva inviato chi pensava lui, allora quello sì che voleva dire minimizzare. Ma per scoprirlo gli serviva una macchina. Attese che Stan prendesse una decisione: il vecchio stava scuotendo la testa, come se fosse impegnato in una discussione interiore.

"Tu cacciami ancora nei guai e te ne pentirai," grugnì. "La trovi sul retro."

Un mostro. Una Volvo station wagon impregnata di fumo, con i sedili rivestiti da un tessuto multiuso che puzzava come un antico giaciglio per cani. Sembrava pesante come un carro armato, con la chiusura manuale e il portellone posteriore che minacciava di aprirsi a ogni secondo. Quanto ai vantaggi, c'era più spazio per stendere le gambe che nella Saab.

Stan lo costrinse a compilare tutti i moduli necessari, cosa che non gli impedì di chiedergli una tariffa doppia rispetto allo standard.

"O me la riporti indietro intera, oppure te la compri, mi hai sentito?" lo avvisò.

La mole della Volvo gli offrì una certa sicurezza quando Jonah si infilò nel traffico dell'ora di punta. Andò dritto verso la banchina. Era presto ma voleva un po' di tempo per ispezionare l'area.

E aveva bisogno di qualsiasi vantaggio riuscisse a ottenere.

Jonah non aveva dubbi: era Owen Stokes l'autore del messaggio. Non aveva idea di come quel bastardo fosse entrato in possesso del suo numero, ma con le competenze tecniche e i contatti giusti non doveva essere stato un problema. Dopo aver letto il messaggio, Jonah aveva preso a girovagare per la casa sulle stampelle, cercando di decidere il da farsi. Più volte era stato sul punto di chiamare Fletcher. Aveva già perso un'occasione di mettere le mani su Stokes al monolocale e non poteva ripetere un simile errore.

Ma Stokes non era affatto uno stupido. Se qualcuno lo avesse accompagnato, se ne sarebbe accorto e se la sarebbe svignata subito.

E con lui le possibilità di ottenere le risposte che Jonah cercava.

Fu questo a farlo decidere. Sapeva che c'erano buone probabilità di cacciarsi in una situazione potenzialmente mortale. Di certo Stokes voleva portare a termine il lavoro iniziato nel magazzino. Prima avrebbe voluto sapere se aveva tenuto lui i soldi, poi lo avrebbe fatto fuori.

Ma se Jonah non fosse andato non avrebbe mai potuto scoprire cosa Stokes era in grado di dirgli. E non solo sugli omicidi del magazzino, ma anche cosa era davvero successo a Theo dieci anni prima. Se esisteva anche la minima possibilità per Jonah di estorcergli la verità, di scoprire se il figlio era davvero annegato per un incidente o se Stokes aveva avuto un ruolo nella sua scomparsa, allora non poteva farsela sfuggire.

Nonostante tutti i rischi.

Erano le sei passate quando si fermò sullo spiazzo. Spense le luci, scese dalla Volvo e si guardò in giro. Rabbrividì. L'aria era fredda e umida, ma non era per quello che tremava.

Era di nuovo alla Banchina del macello.

Il cielo, prima nuvoloso, si era schiarito e adesso una luna piena proiettava una luce monotona sullo squallore dickensiano della banchina. Il chiarore naturale rendeva inutile la torcia, ma l'aveva portata comunque con sé per un altro motivo: poteva essere usata come un'arma. Certo, prima bisognava vedere se Stokes si sarebbe presentato con una pistola, ma l'oggetto di metallo lo rassicurava lo stesso.

Stokes non aveva indicato un luogo preciso, anche se il magazzino era quello più ovvio. Se non l'avesse trovato lì, Jonah sarebbe tornato ad aspettarlo in macchina. L'odore pungente di acqua stagnante e alghe marce divenne più forte quando percorse la strada selciata accanto alla vecchia conceria. Sull'acqua, le chiatte ormeggiate dondolavano come caravan galleggianti. *O bare*. Quel pensiero la diceva lunga su cosa Jonah avesse in mente. Quella più grande era sempre discosta dalle sorelle minori. Il cartello di vendita scritto a mano era ancora appeso a uno dei vetri sudici e quando Jonah la oltrepassò dal ponte provenne un basso brontolio. Alla luce della luna vide che il gatto randagio era tornato nel boccaporto. Soffiò e si irrigidì a proteggere un incarto tutto masticato finché Jonah non lo ebbe superato.

La banchina era un luogo sinistro, solitario e squallido, e mentre si avvicinava al magazzino si sentì sempre più a disagio. Si fermò di fronte al cancello, accese la torcia e la puntò oltre la recinzione di filo di ferro. Notò un cartello che non aveva visto l'ultima volta che era stato lì. Era appeso al cancello e recitava:

PERICOLO! STRUTTURA PERICOLANTE! VIETATO L'INGRESSO.

Jonah rimase in ascolto per qualche momento, ma sentì solo il vento e lo sciabordio dell'acqua. Puntò la torcia sull'edificio. Finestre sbarrate e muri cadenti. Se Stokes era già lì, doveva essersi nascosto da qualche parte.

Controllò l'ora. Le sei e mezza. Non aveva senso rimanere lì al freddo. Il ginocchio gli faceva male, avrebbe fatto meglio ad aspettare in macchina che Stokes si facesse vivo.

E poi avrebbero chiuso quella storia.

Il percorso all'indietro lungo la banchina sembrò più lungo che all'andata. Si sentiva troppo esposto, ma lo imputò alla sua immaginazione. Rimase comunque attento a qualsiasi altro rumore oltre a quello delle sue stampelle. Avanzò scrutando l'oscurità oltre il fascio della torcia in cerca di qualunque movimento.

Non c'era nessuno, ma il suo disagio si approfondì. Quando raggiunse le chiatte era teso, rigido, sul punto di scattare. Dall'acqua provenne un soffio acuto, si voltò, impugnando con più forza la torcia, prima di individuare gli occhietti che luccicavano sulla barca e ricordarsi del gatto. La tensione lo abbandonò, lasciandolo come sgonfiato.

Gesù...

Allontanandosi dalla sponda, si diresse verso la stradina. Non vedeva l'ora di raggiungere la Volvo. Senza che ce ne fosse bisogno, affrettò il passo.

Dalla chiatta il gatto emise un altro mugugno basso.

Gli si rizzarono i peli sul collo. Non rallentò né si voltò, ma sentiva un rumore leggero di passi dietro di lui, di poco fuori sincrono rispetto ai suoi. Imprecò in silenzio. Aveva pensato che Stokes arrivasse in macchina ma con tutto quello che era successo aveva dimenticato un particolare ovvio. Qualcosa che avrebbe dovuto ricordare dalla notte nel magazzino.

Stokes aveva una barca.

I passi adesso risuonavano con più chiarezza ma non sembrava si fossero avvicinati. Il bastardo lo stava stuzzicando, voleva farlo uscire di testa. Ma Jonah si sentiva abbastanza sicuro ed era pronto anche a giocare – un pensiero che quasi lo indusse a voltarsi subito per affrontarlo.

Ma per quanto fastidioso potesse essere, sapeva che non avrebbe vinto uno scontro aperto con le stampelle. Doveva essere più lucido. La ex conceria era proprio davanti a lui, un'ombra squadrata sull'angolo della strada. Svoltato quell'angolo, sarebbe stato nascosto alla vista di Stokes per qualche secondo. C'era una porta più avanti e se riusciva a raggiungerla prima che Stokes arrivasse all'angolo poteva aggredirlo appena a tiro. Si voltò per azzardare un'occhiata dietro di lui.

Illuminata da dietro dalla luna, una figura corpulenta tagliava le ombre.

Jonah avvertì un sapore amaro, come di rame, quando tornò a voltarsi. Stokes sembrava più grosso di quanto ricordasse. All'improvviso si sentì troppo vulnerabile con le stampelle. Cosa diavolo gli era saltato in mente di andare laggiù in quelle condizioni? *Troppo tardi adesso. È il momento di agire.* Prese un respiro dopo l'altro, pronto a scattare verso la porta appena avesse svoltato l'angolo. I passi alle sue spalle risuonavano con chiarezza sempre maggiore. Jonah si affrettò a imboccare la stradina.

Si trovò davanti un SUV nero che bloccava il passaggio.

Jonah barcollò quando una portiera si aprì. Muovendosi quasi al rallentatore si voltò per cercare di sfuggire a quella trappola.

Appena lo fece, una sagoma alta girò l'angolo verso di lui. *Oh merda!* Gli puntò la torcia all'altezza del viso, sperando di abbagliarlo e riuscire a colpirlo subito dopo. La sagoma alzò un braccio per proteggersi dalla luce ma non prima che il fascio ebbe mostrato la corporatura enorme dell'uomo e i lineamenti leggeri, quasi infantili, sulla testa grossa come una roccia.

Non era Owen Stokes.

Dietro di lui qualcuno scese dal SUV. Si voltò ancora e vide che era una donna. Poi una mano enorme gli afferrò l'avambraccio. Il gigante si era mosso in silenzio e con rapidità spaventosa. Jonah cercò di liberarsi, tentando di attirarlo a sé per mollargli una ginocchiata all'inguine, ma fu come cercare di spostare un masso di granito. L'uomo strinse la presa e gli girò il braccio fino a indurlo a lasciar cadere la torcia. Rimase accesa, producendo un balletto di ombre mentre rotolava sul terreno.

"Va bene, Stefan."

Una voce bassa, con un leggero accento. La donna si avvicinò, la torcia che le illuminava il viso.

Di fronte a lui c'era la ragazza morta nel magazzino.

"Possiamo parlare?" disse.

28.

Portava un cappotto lungo color fumo, forse di cachemire. I capelli neri erano raccolti e lasciavano scoperto il collo esile, gli zigomi alti e gli occhi a mandorla. L'ultima volta che Jonah aveva visto quel viso era sotto diversi strati di plastica, arrossato e bruciato dalla calce viva.

Ora la pelle era immacolata.

"Lascialo andare, Stefan," disse al gigante. "Il sergente Colley non darà alcun fastidio."

Il gigante obbedì e indietreggiò. Jonah si massaggiò il polso, poi distese le dita. Cristo se era forte quel tizio.

"Cosa sta succedendo?" domandò Jonah.

"Glielo spiegherò in macchina. Prego," aggiunse, quando lui non si mosse. "Non ho molto tempo. Ed è rischioso per me essere qui."

Jonah esitò. Fece per chinarsi verso la torcia ma il gigante lo precedette e la raccolse. Poi tornò al suo posto, gli occhietti che fissavano Jonah senza il minimo interesse.

"Prego," ripeté la donna, indicando il SUV.

Nessuno obiettò quando lui si avvicinò alla macchina e occupò il posto del guidatore. In quel modo non avrebbero potuto portarlo via e quel piccolo gesto di sfida consolò il suo ego provato. La donna scivolò con grazia nel sedile del passeggero mentre il gigante le teneva la porta aperta. Jonah fu sollevato quando la richiuse e tornò ad appostarsi sull'angolo.

"Grazie per aver accettato di parlare," disse la donna, voltandosi verso di lui. Emanava una fragranza di muschio speziato, sottile ma in grado di inebriarti. Nella silenziosa luce di cortesia, il viso era liscio, privo di segni, la pelle oliva ritoccata solo da un velo di trucco. I capelli erano lisci e non ricci e i lineamenti un po' diversi, e anche se la ragazza che aveva detto di chiamarsi Nadine aveva da poco superato l'adolescenza, la donna di fronte a lui era più grande, magari non di molto.

Quando si chinò in avanti il suo viso fu avvolto dall'ombra per un momento. Orbite più scavate, zigomi più pronunciati, sembrava quasi che il teschio spingesse per uscire. Poi si riappoggiò allo schienale e quella visione illusoria svanì.

Adesso era lei ad apparire nervosa.

"Sa chi sono?"

Esitò, ma la somiglianza era troppo marcata per essere un caso. Ed era troppo giovane per essere la madre di Nadine.

"Assomiglia molto a sua sorella," disse Jonah.

Inclinò il capo, come a dargli ragione. "Grazie, ma non intendevo questo. Sa chi sono?"

Lo fissava come se si aspettasse che lo sapesse, con una determinazione fastidiosa. Sentì qualcosa che iniziava a muoversi nel suo subconscio, il primo lampo di un'immagine più grande di cui non aveva percepito l'esistenza.

"Il mio nome è Eliana Salim." Un breve cenno della mano. "O perlomeno lo era."

Non fu lo shock che lo fece tacere, quanto gli ingranaggi che si erano innescati nel suo cervello. Wilkes gli aveva detto che Salim aveva una sorella più piccola, ma aveva anche detto che lei era stata uccisa, la lingua tagliata e il corpo fatto a pezzi. L'ex poliziotto non aveva mentito, Jonah ne era certo. Eppure non dubitava neanche della sincerità della donna seduta accanto a lui. Era la ex informatrice della polizia e amante di Gavin.

Nonché la sorella maggiore di Nadine.

"Mi avevano detto che lei era morta."

"Eliana Salim è morta. Non io."

"E adesso come si fa chiamare?"

"Non è importante. Lei era con Nadine quando è morta. Vorrei che me ne parlasse."

Jonah stava iniziando a riprendersi. "Se voleva parlare, perché non mi ha detto nulla quando l'ho vista qualche sera fa?"

"Ero spaventata." Salim abbassò lo sguardo sulle mani intrecciate in grembo, eleganti, la manicure perfetta. Portava un solo anello, un opale incastonato in una montatura d'oro che sembrava una piccola luna in gabbia. "A volte vengo qui, per stare nel luogo in cui mia sorella è morta. Ma non mi aspettavo di vederla."

La sorpresa è reciproca, pensò Jonah. "Sua sorella non è stata identificata. Come faceva a sapere che era una delle vittime?"

Salim si passò una mano sul cappotto, apparentemente calma e composta. "Il notiziario aveva detto che la vittima di sesso femminile si chiamava Nadine, la descrizione fornita corrispondeva a mia sorella, e si credeva fosse di origini mediorientali. Sarebbe bastato quello, ma sapevo che era lei per il coinvolgimento di McKinney."

Jonah le lanciò un'occhiata tagliente. "Perché?"

"Troppe coincidenze perché non fosse lei." Gli occhi scuri mostravano una certa solennità, screziati d'oro come quelli di un gatto. "Nadine aveva quindici anni quando ho lasciato la Siria. Viveva con i nostri zii ad Aleppo e io speravo di guadagnare abbastanza da farla venire qui. Legalmente, non come avevo fatto io. Purtroppo, a causa delle… circostanze, quando fui in grado di contattarla gli zii erano stati uccisi durante un bombardamento. Venni a sapere che Nadine era sopravvissuta, ma era una rifugiata tra milioni di altri come lei e non avevo modo di rintracciarla. L'ho cercata da allora. Non avevo idea che fosse qui fino a quando non ho letto il suo nome in un articolo insieme a quello di McKinney. Non potevo credere che conoscesse un'altra Nadine, di età e aspetto fisico identici, così capii che era lei. Doveva essere venuta qui per trovarmi e in qualche modo si era messa in contatto con lui, sperando che potesse aiutarla. Solo non capisco come abbia fatto a rintracciarlo o perché sia morta in quel luogo."

Era la seconda volta che si riferiva a Gavin usandone il cognome. E lo pronunciava con un distacco evidente: Jonah aveva notato la sua totale indifferenza quando aveva parlato della sua morte. Non sembrava proprio la storia d'amore di cui Wilkes gli aveva parlato. E poi il fatto che Salim fosse in quella macchina, viva e vegeta, era la prova che l'ex poliziotto non sapeva tutto di quella vicenda.

"Mi dispiace," disse Jonah. "Non credo di poterle dire più di quanto già non sappia."

"Lei era lì con mia sorella." Gli occhi scuri si fecero indagatori. "Nadine era tutta la mia famiglia. So che la sua è stata una morte lenta e orribile, ma ho bisogno di sapere cos'è successo. La prego."

Gli mise la mano sul polso e all'improvviso Jonah divenne estremamente consapevole della sua presenza. Sapeva che lo stava manipolando, ma Salim non poteva neanche presentarsi alla polizia come familiare della vittima in quanto anche lei ufficialmente era morta. E Jonah poteva capire perché volesse conoscere gli ultimi istanti della sorella.

Così, parlò. Limitandosi ai fatti principali, riducendo i dettagli più dolorosi ma senza evitarli del tutto. Quando ebbe finito, lei fissava il suo opale, rigirandosi l'anello sul dito.

"Stava soffrendo molto quando l'ha trovata?"

"Era già molto debole, ormai. Ma tentò comunque di avvisarmi, prima che venissi aggredito."

"Crede che a quel punto avesse qualche possibilità di sopravvivere?"

"Non lo so," ribatté Jonah, poi sentì di non essere stato sincero.

"Forse."

Salim si carezzò una guancia con il dorso di un dito. "Grazie. Per avermelo detto e per aver cercato di salvarla."

"Mi dispiace. Avrei voluto fare di più."

"Anche a me."

Parlò con tristezza, non con rimprovero. Jonah esitò, chiedendosi quanto potesse dire. Ma doveva chiederglielo.

"Le dice qualcosa il nome Daniel Kimani?"

"No." Era strano, non era per niente curiosa, ma la sua domanda successiva scacciò quei pensieri dalla mente di Jonah. "Mi parli di Owen Stokes."

Jonah si bloccò. I dettagli sulla morte della sorella erano una cosa, ma aveva fatto attenzione a non citare Owen Stokes.

"Chi gliene ha parlato?"

"Amici." Gli occhi screziati d'oro lo scrutarono freddi. Non c'era alcuna traccia di fragilità in lei, adesso. "Mi hanno detto anche che è lo stesso uomo sospettato della scomparsa di suo figlio."

Gesù Cristo, si disse Jonah. All'improvviso l'atmosfera nella macchina era cambiata.

"Cosa sta succedendo?" le domandò.

"Le ho fatto una domanda. Voglio sapere com'è stata uccisa mia sorella. So che questo Stokes è ritenuto responsabile della morte di lei, di McKinney e delle altre vittime. E so anche che aveva un buon motivo per sospettare di lui anche prima di questi fatti. Allora mi chiedo se lei è innocente come dice."

Per sapere quei particolari Salim doveva conoscere qualcuno aggiornato sulle indagini. O che poteva accedere ai documenti della polizia. In entrambi i casi. Forse sapeva anche tutto il resto della storia. I soldi del monolocale, anche l'omicidio di Corinne Daly.

"Se sa queste cose, allora è a conoscenza anche del fatto che sono già stato interrogato," disse. "E se sta pensando che sua sorella è morta perché stavo cercando in qualche modo di vendicarmi di Owen Stokes, si sbaglia. Fino a poco tempo fa, non avevo alcuna ragione di credere che mio figlio non fosse morto per un incidente. Non sapevo nulla di tutto questo fino a quando non sono entrato in quel magazzino. È da allora che cerco di capirci qualcosa."

"E adesso?" domandò lei.

"Cosa intende?"

"Ha detto che credeva suo figlio fosse morto *per un incidente*. Adesso reputa che il responsabile sia Owen Stokes?"

"Non lo so," ammise. "Ma è quello che vorrei scoprire."

"Allora abbiamo qualcosa in comune." Lo fissò, lo sguardo felino come in attesa. "Ho sentito che lei e McKinney eravate amici."

Suonava come un'accusa.

"Abbiamo smesso di esserlo anni fa, ma temo che lei sapesse già anche questo," ribatté Jonah. "E prima che me lo chieda, non ho idea di cosa stesse facendo Gavin in quel magazzino né di cosa ci fosse tra lui e Owen Stokes. Fino a stasera non sapevo nemmeno che Nadine avesse una sorella. Bene, ho risposto alle sue domande, cosa ne direbbe adesso di rispondere alle mie?"

"Dipende dal genere di domanda."

"Iniziamo da lei e Gavin McKinney. Che relazione c'era tra di voi?"

Il suo sguardo adesso era freddo. Si voltò verso il finestrino. "Nessuna. La polizia voleva usarmi come informatrice. Era il mio responsabile."

"Ho sentito dire che c'era dell'altro."

"Ha sentito male. Andavamo a letto ma, e sono sicura che lei lo sappia, questo non lo metteva in un club esclusivo. McKinney voleva usarmi, come chiunque altro. Gli davo ciò che voleva."

"Lui credeva che ci fosse qualcosa in più?"

"Lei crede che me ne importasse?" ringhiò. "Avevo chiesto aiuto e invece ero stata rispedita da quella gente che mi avrebbe uccisa se lo avessero scoperto! *Abbi pazienza* mi diceva. Pazienza! Facile per lui. Quando ho letto tutti quegli articoli sull'*eroe* dopo la sua morte mi sarei messa a ridere se non ci fosse stato da piangere. A causa sua vivevo nel terrore ogni giorno. Ogni giorno! Trattata come una qualunque troia straniera senza valore! Cos'ha fatto lui per cambiare le cose? Niente, a parte fottermi."

All'esterno, il gigante aveva notato la sua agitazione. Si voltò verso di lei, fissando Jonah con la determinazione priva di emozioni di un cane da guardia. Ma Salim si era già ricomposta.

"Ha altre domande?" gli chiese, l'aria sardonica.

"Sapeva che era ancora viva?"

"No, ovviamente."

"E sua sorella?"

"Nadine non sapeva niente di niente."

"E quindi come poteva essere a conoscenza di Gavin?"

Un sospiro. "Gliel'avevo detto io."

Abbassò di nuovo lo sguardo sulle mani, rigirandosi l'opale sul dito.

"Le scrivevo qualche lettera," spiegò. "Menzogne su quanto fosse meravigliosa la mia vita. Cos'altro avrei potuto dire a una ragazzina che andava ancora a scuola? Le tenevo nascoste fino a quando non avevo l'opportunità di spedirle. A volte ci volevano settimane, quindi non scrivevo mai nulla di pericoloso nel timore che le trovassero. Poi è diventato più facile quando i miei... *datori di lavoro* hanno iniziato a fidarsi di me, permettendomi di uscire da sola. In quel modo potevo incontrare McKinney. Lui mi lasciava telefonare a Nadine, inviarle delle e-mail, ma lei non rispondeva mai. Così andai avanti con le lettere, recapitandole all'indirizzo degli zii nella speranza che ne arrivasse almeno una e lei sapesse che ero ancora viva. Una almeno deve avercela fatta."

"Ha fatto il nome di Gavin a sua sorella?"

"No, non sono così stupida. Non le avevo neanche detto il grado né dove prestava servizio. Le avevo detto che avevo incontrato una persona. Un ispettore della polizia, alto, bello. Un'altra bugia per farla felice. Come il mio bellissimo appartamento e il mio lavoro e tutti i miei nuovi amici."

La sua voce era appesantita dall'amarezza e dalla disapprovazione per se stessa.

"Non sarebbe riuscita a rintracciarlo con quelle minime informazioni," disse Jonah.

"Non le avevo detto altro. E di sicuro non si era rivolta alla polizia per chiedere aiuto. È entrata illegalmente nel paese, era priva di documenti."

Jonah non si disturbò a chiederle come facesse a saperlo. "Trafficanti?"

"Oppure ce l'ha fatta da sola. Nadine era piena di risorse, ma anche impaziente. I canali ufficiali avrebbero richiesto un sacco di tempo. Tutto quello che so è che, in qualunque modo sia arrivata, non lo ha fatto con le persone con cui lo avevo fatto io. Grazie al cielo."

"Come fa a esserne sicura?"

I suoi occhi parvero scurirsi ancora di più. "In quel caso, lo avrei saputo."

Una vibrazione, come un'ape intrappolata nell'abitacolo. Salim prese il cellulare da una tasca. Lo schermo illuminato trasformò il suo viso in una maschera azzurra. Lesse il messaggio senza mutare espressione poi mise via il telefono.

"Devo andare."

"Un'ultima domanda," disse Jonah svelto. "Tutti pensavano che lei fosse stata uccisa. Come è riuscita a farla franca?"

"Chi dice che sia andata così?"

"Allora mi dica almeno a chi apparteneva il corpo che hanno trovato."

Un'ombra le rabbuiò il viso. Fu come se la vita l'avesse abbandonata. Di nuovo, si fissò le mani in grembo.

"Qualcuno che non poteva essere salvato."

"Cosa vorrebbe dire?"

"Non ha importanza, ormai." L'atmosfera si fece tesa quando lei si voltò verso di lui. "Dovevo sopravvivere per mia sorella. Se fosse stato suo figlio, lei cosa avrebbe fatto?"

Jonah fu salvato da un'altra vibrazione del cellulare. Questa volta Salim non controllò e dopo qualche secondo l'apparecchio si ammutolì.

"Devo andare," ripeté, facendo un segno al gigante.

"Come posso contattarla?" domandò Jonah, frustrato per la fine della conversazione.

"Guardi nel portaoggetti nel cruscotto." Un sorriso stanco quando lo vide esitare. "Non si preoccupi, non è uno scherzetto."

Dovette distendersi sopra di lei. Nel portaoggetti c'era un cellulare.

"Contiene il numero a cui contattarmi se avrà informazioni su Owen Stokes," gli disse. "Potrà usarlo solo una volta. E sono sicura che non c'è bisogna che le dica di non parlarne con nessuno."

Jonah si infilò il cellulare in tasca. "Cosa succederebbe se lo facessi?"

"Non deve!" C'era qualcosa di nuovo nella sua voce, adesso. Continuò, più calma. "Sarà meglio per tutti se non lo fa. Mi creda."

"Perché? Di chi ha paura? Se sono i criminali che la costringevano a prostituirsi, conosco qualcuno che potrebbe aiutarla."

Il suo sguardo era divertito ma freddo. "Me l'hanno già detto. Ma non si preoccupi, non rappresentano più una minaccia. Altre persone non sarebbero contente di sapermi qui. Adesso deve andare."

Jonah aveva altro da chiederle ma l'aria fredda si infilò nell'abitacolo quando la porta fu aperta. Il gigante lo fissava con i suoi occhietti privi di curiosità. Jonah stava già per scendere dall'auto quando Salim parlò ancora.

"Anna Donari."

La guardò, confuso. "Cosa?"

"Ricordi questo nome. Anna Donari."

"Perché? Chi è?"

Una mano enorme aveva già afferrato il suo braccio. Jonah si liberò con un gesto istintivo ma fu costretto a cedere e a scendere dall'auto. Salim si spostò sul sedile posteriore, invisibile dietro i vetri oscurati. Lui si puntellò sulle stampelle. Il motore prese vita con un rombo. I fari gli impedirono di leggere la targa quando la Mercedes fece inversione nella stradina e si diresse verso lo spiazzo. I fari illuminarono le erbacce e la spazzatura mentre spazzavano l'oscurità.

Poi le luci posteriori sparirono nella notte, lasciando Jonah alle sue ombre.

29.

Jonah parcheggiò sotto casa al solito posto. Il freno a mano della Volvo era duro, manuale ovviamente, e riuscì ad azionarlo solo dopo diversi tentativi. Spense il motore e rimase seduto nella vecchia macchina maleodorante cercando di riflettere su quanto accaduto alla banchina.

Ancora adesso gli risultava difficile accettare che Eliana Selim era viva. Wilkes non aveva alcun motivo per inventarsi la storia del suo omicidio ed era senza dubbio convinto che i resti smembrati identificati proprio da lui appartenessero a quella donna. Ma l'ex poliziotto aveva detto anche che fu identificata dalla testa, che portava i segni del lavorio dei topi. E per sua stessa ammissione, non aveva mai visto Selim da vicino, se non in fotografia. E poiché intorno a lui tutti erano convinti che fosse lei, l'identificazione doveva essersi ridotta a una pura formalità.

Solo che si erano sbagliati.

Jonah scese dalla Volvo, chiuse la portiera e si incamminò lungo la strada buia. Scendeva un'acqua sottile ma non faceva alcuna differenza. Il cellulare di Salim nella tasca pesava come un'accusa. Sapeva che prenderlo poteva essere stato un errore, stabilendo un legame con quella donna che aveva lasciato morire un'altra persona al posto suo, e i cui *amici* avevano accesso alle informazioni riservate di un'indagine per omicidio plurimo. Jonah non aveva bisogno che il braccio indolenzito dove si era concentrata la stretta del gigante gli ricordasse quanto fosse pericolosa Eliana Salim.

Eppure anche lei voleva disperatamente mettere le mani su Owen Stokes, e proprio per quello il suo istinto lo aveva spinto a fidarsi. La scoperta che Nadine era sua sorella gettava una luce nuova sui fatti del magazzino. Inclusi i motivi per i quali Gavin era lì. Se Nadine lo aveva seguito o era nei guai con Stokes per altri motivi, Gavin doveva averlo scoperto e poi ha cercato di fare con lei ciò che non era riuscito a fare con la sorella.

Salvarla.

E stavolta l'avevano pagata con la vita, entrambi.

A Jonah restava una scelta impossibile. Fletcher doveva sapere chi era Nadine, ma il timore da parte della donna che lui ne parlasse in giro gli era sembrato molto reale. E se lui avesse tradito la sua fiducia non sarebbe stato migliore di Gavin.

Quindi, cosa fare?

Appena vide l'ingresso illuminato del palazzo sembrò cadergli addosso la stanchezza del giorno. All'improvviso tutto ciò che riusciva a fare era mettere un piede – o una stampella – davanti all'altro. Nelle ultime ventiquattro ore aveva scoperto il corpo di Corinne Daly, era stato arrestato e poi rilasciato su cauzione, e aveva parlato faccia a faccia con una donna che riteneva morta. Una giornata complicata, da qualsiasi punto di vista. Adesso voleva solo mangiare qualcosa e andare a dormire. Le decisioni che doveva prendere potevano aspettare fino a domani, si disse.

Poi vide le figure incappucciate sull'altro lato della strada.

Erano tre, seminascoste nella porta di un negozio chiuso. Non c'era bisogno che ne vedesse i volti per sapere che erano gli stessi delinquentelli che lo avevano infastidito nei giorni passati. *Oh, Cristo. Non stasera.* Avvertiva i loro sguardi su di lui ma andò avanti, mostrandosi indifferente. L'ingresso illuminato del palazzo non era troppo distante. Rimase in ascolto dei rumori provenienti dalle sue spalle. Era quasi arrivato.

Poi una stampella fu ostacolata da uno sbalzo nella pavimentazione. Riuscì a non cadere, ma l'imprevisto aveva modificato la sua andatura. Come se stessero aspettando solo quello, sentì dietro di lui un rumore di passi di corsa.

"Aspetta, amico."

Jonah lo ignorò e andò avanti. Non sarebbe riuscito ad arrivare all'ingresso ma nel piazzale c'erano diversi lampioni di sicurezza. E almeno lì un'aggressione sarebbe stata visibile.

"Ehi, stronzo, sto parlando con te!"

Jonah capì che non sarebbe arrivato nemmeno al piazzale. C'era un muro accanto a lui, però. Vi appoggiò le spalle e poi si voltò. I tre ragazzi si fermarono davanti a lui. Riconobbe il cappellino da baseball e l'acne dei due dell'ascensore. Il terzo non lo aveva mai visto, ma aveva un'aria tesa: doveva aver preso qualcosa anche lui.

Quello con l'acne gli sorrise. "Hai un minuto?"

Jonah non rispose. Aggiustò il peso sulle stampelle, reggendosi sulla gamba sana.

"Mi piacciono le tue stampelle," disse il terzo "Posso farci un giro?"

Risatine. Jonah si guardò in giro, nella speranza di vedere un passante che avrebbe potuto chiedere aiuto se le cose si fossero messe male. Ma c'erano solo loro quattro.

"Sono un poliziotto. Non mi sembra una grande idea."

"E allora dov'è la tua divisa del cazzo?"

"Fa parte della squadra paralitici," disse quello col cappellino. "Le stampelle hanno la sirena incorporata."

Risate.

"Dai, facci vedere," disse il terzo. "Accendile."

Quello col cappellino imitò il suono di una sirena.

"Ti ho detto di accenderle, stronzo!" disse il terzo, il sorriso ormai scomparso. "Avanti, pezzo di merda, ubbidisci."

Un calcio. Voleva colpire una stampella per farlo cadere, ma Jonah si era preparato a quell'evenienza. Rapido scostò la stampella, infilandola sotto la gamba del ragazzo. Sperava di farlo cadere ma non ci riuscì. Il ragazzo perse l'equilibrio ma prima che Jonah potesse fare qualsiasi altra mossa qualcosa lo colpì sull'altro lato.

Cadde senza fiato sull'asfalto bagnato. Un dolore lancinante al ginocchio lo fece piegare su se stesso. Sapeva cosa sarebbe successo adesso.

Una gragnuola di calci.

"Bastardo! Maledetto bastardo!"

Fu travolto da una marea di colpi, calci e pedate. Cercò di tenere la schiena contro il muro in modo da non esporre i reni. Ignorando il dolore al ginocchio tentò di proteggere la testa e l'inguine. Un calcio bucò le sue difese investendogli la mascella con un tonfo sonoro. Jonah afferrò il piede alla cieca e lo tirò. Ci fu un urlo e un corpo gli cadde addosso. I colpi si fermarono e prima che quello caduto potesse rialzarsi, Jonah lo immobilizzò. Girandosi in modo da avere il corpo davanti a sé, lo bloccò con gambe e braccia mentre il ragazzo si dimenava.

"Pezzo di merda! Lasciami andare!"

La voce era vicina, squillante e in preda al panico. Un odore di sudore acido e deodorante economico riempì le narici di Jonah mentre il suo prigioniero cercava di liberarsi. Lui teneva la testa bassa senza mollare la presa. Con il muro alle spalle era meno esposto. Questo non impedì agli altri due di continuare a provarci. Un calcio sulla spalla per fargli cedere il braccio. Jonah si voltò e un urlo confermò che il pestone successivo aveva colpito il suo scudo umano.

"Ma che cazzo! Hai preso me, razza di imbecille!"

Poi Jonah si sentì afferrare un piede. Scalciò con la gamba sana, colpendo duro. Un altro urlo.

"'Fanculo!" una voce in affanno esclamò sopra di lui. "Spostati che devo farla pagare a questo figlio di puttana!" A Jonah si attorcigliò lo stomaco. Guardò oltre la spalla del suo prigioniero e vide quello col cappellino che prendeva qualcosa dalla tasca. E poi fu stordito dalla luce dei fari.

"Polizia! Getta l'arma!"

La notte si riempì di stridore di pneumatici, luci azzurre di lampeggianti, portiere che sbattevano. Illuminati dai fari, i due aggressori, ancora in piedi, schizzarono via come centometristi. Jonah fu invaso dal sollievo, ma il suo ostaggio adesso si dimenava sempre più mentre gli agenti si avvicinavano. Jonah cercò di tenerlo fermo ma il suo ginocchio ricevette un colpo. Un'ondata di dolore, mollò la presa, il ragazzo si liberò. Jonah tentò di bloccargli le gambe ma ottenne solo un altro calcio in faccia. La testa gli schizzò all'indietro, il teppistello si diede alla fuga.

Si accasciò al marciapiede bagnato. I poliziotti si lanciarono all'inseguimento ma lui era troppo esausto per badarci. Chiuse gli occhi, poggiò la fronte sul braccio, i polmoni alla ricerca disperata d'aria.

"Sta bene?"

Riconobbe la voce. Alzò la testa e vide Bennet inginocchiata accanto a lui. Alle sue spalle i mezzi della polizia bloccavano la strada, i lampeggianti silenziosi che tingevano la notte d'azzurro. Cristo, sembrava un'operazione su vasta scala.

"L'hanno ferita? Serve un'ambulanza?" domandò Bennet.

Jonah scosse la testa. Aveva dolori dappertutto, nuove fitte che si aggiungevano un secondo dopo l'altro. Aveva la bocca invasa dal sentore ramato del sangue, la testa gli pulsava ma poteva andare peggio. Molto peggio. Tentò di mettersi a sedere.

"Non si muova," disse Bennet, poggiandogli una mano sulla spalla.

"Sto bene." Ma seguì comunque il suo consiglio. La schiena sempre addossata al muro, guardò l'abbondanza di mezzi e uomini davanti a sé. "Cosa succede?"

Bennet non rispose. Un giramento di testa, chiuse gli occhi e riappoggiò la fronte sul braccio. Sentiva un rumore di passi che si avvicinavano. Non di fretta, stavolta.

Si fermarono davanti a lui. Jonah aprì gli occhi. Illuminato da dietro dalle luci dei veicoli, Fletcher lo stava fissando.

"Congratulazioni, Colley. Ha di nuovo mandato tutto a puttane."

Avvolto in un asciugamano, il sacchetto di piselli congelati sembrava un cataplasma enorme sul suo ginocchio. Pulsava ancora ma il ghiaccio aiutava, e non appariva più gonfio del solito. Oltre a ripulire i tagli e le abrasioni peggiori su viso e mani, Jonah non aveva ancora avuto modo di farsi un'idea precisa delle ferite che aveva riportato. Niente di rotto però, quindi aveva rifiutato l'offerta di un'ambulanza. Aveva dolori dappertutto e gli girava la testa. Voleva solo spogliarsi, farsi una doccia bollente e crollare a letto.

Avrebbe dovuto aspettare, però.

"Mi arrestate di nuovo?" domandò per la terza volta. Era nel suo salotto, la gamba distesa sul divano con i piselli tenuti in posizione dallo scotch. Le luci azzurre provenienti dalla strada oltrepassavano la finestra, anche se la maggior parte dei mezzi era andata via. Fletcher si aggirava nell'appartamento, gli occhi che scrutavano dappertutto come se non l'avessero già perquisito.

"Se volessi arrestarla, saremmo alla centrale, non qui," disse, afferrando un tascabile e sfogliandolo.

"Mi vuole dire cosa sta succedendo?"

"Pensavo fosse ovvio. L'abbiamo salvata mentre quei ragazzini le stavano facendo il culo." Fletcher lasciò il libro su una sedia. "Immagino sia la gang di cui mi aveva parlato..."

"Solo tre. Mi hanno aggredito mentre tornavo a casa."

"Ho visto. Mi ricordi cos'ha combinato per farli incazzare così."

"Ho impedito che mi rapinassero in ascensore. Dopodiché, già solo respirare è stato un motivo sufficiente."

"Fa quest'effetto alle persone." Fletcher gli offrì la sua interpretazione di un sorriso. "Forse non hanno apprezzato ciò che hanno trovato nel suo garage."

"Crede davvero che si sarebbero avvicinati ancora a me se avessero trovato loro il corpo di Daly?"

"Occhio per occhio, magari."

"Giusto. Sono dei cittadini coscienziosi. O forse non ne sapevano nulla perché Stokes ha inscenato tutto quanto."

Jonah si aspettò che Fletcher sogghignasse come prima, ma questa volta si trattenne. Prese una sedia, si accomodò tirando su un poco i pantaloni prima di accavallare le gambe.

"Dov'è stato oggi?"

"Perché?"

"Perché glielo sto chiedendo."

"Se mi stavate controllando, lo sa già. Non c'è bisogno che glielo dica."

Era l'unica ragione cui Jonah riusciva a pensare per la presenza di agenti in borghese sotto il suo palazzo. Era stato rilasciato su cauzione con un pretesto per vedere cosa faceva e dove andava. In tal caso, Fletcher avrebbe già saputo tutto.

Ma l'ispettore capo si comportava in modo diverso. "Se fosse stato sotto sorveglianza non lo avrei chiesto," ribatté. "Quindi può dirmelo qui o alla stazione di polizia."

O non lo sapeva o era una trappola. Jonah non riusciva a capirlo ma non aveva scelta.

"Sono tornato alla Banchina del macello."

Ebbe la soddisfazione di vedere Fletcher senza parole per qualche istante. "Bene, allora di sicuro potrà indovinare la prossima domanda. Perché?"

"C'è una vecchia chiatta in vendita. Sto pensando di comprarla."

"Cazzate. Riprovi."

Jonah era su un confine. Se non avesse detto a Fletcher di Salim e della sorella gli avrebbe nascosto delle prove, puro e semplice. Ma se lo avesse fatto, avrebbe messo in moto una catena di eventi che non avrebbe potuto prevedere. Salim era informata dei progressi delle indagini dai suoi *amici*, quindi avrebbe scoperto presto se lui avesse spifferato tutto all'ispettore capo. Questo non sarebbe bastato a fermare Jonah, ma la donna sembrava molto spaventata all'idea che qualcuno sapesse del loro incontro. E non sembrava una persona che si spaventava facilmente. Jonah poteva decidere di mettere la propria vita in pericolo, non la sua. Non dopo che lei si era fidata di lui.

Altrimenti sarebbe stato come Gavin.

Fletcher aspettava. Era ora di decidere.

"Pensavo di trovarci Stokes."

Non ci furono tuoni, la terra non si spaccò in due. Fletcher lo scrutava. "E l'ha trovato?"

"No."

"Che sorpresa."

Era difficile intuire i pensieri dietro quel volto, ma se Fletcher stava mentendo, allora si era perso una promettente carriera sul palcoscenico. Jonah si sentì sollevato e colpevole allo stesso tempo.

Dal corridoio provenne il rumore della porta che si apriva. Un istante dopo Bennet entrò nel salotto.

"Nessun segno degli aggressori, ma abbiamo trovato un coltello nella grondaia," disse a Fletcher.

Lui annuì. Si voltò verso Jonah e portò una mano all'orecchio.

"Cos'ha detto, Colley? Grazie per avermi salvato la vita?"

"Le sono debitore," rispose Jonah, piatto. "Adesso mi spiega cosa sta succedendo?"

L'ispettore capo tamburellò i braccioli con un ritmo alternato. "Abbiamo trovato i filmati delle telecamere di sicurezza della notte in cui Daly è scomparsa," disse. "Quelle nel piazzale davanti al palazzo erano state manomesse, ma è stata ripresa dal circuito interno di un negozio davanti al quale è passata. Abbiamo dovuto ripulire le immagini, ma è lei. Stava tornando alla macchina, poco prima delle undici."

Ecco perché era stato rilasciato su cauzione. Sollievo e rabbia. "Da quanto lo sapete?"

"Non sono fatti suoi. Non dimostra la sua innocenza, quindi si calmi," disse Fletcher. "Per quanto mi riguarda, lei è ancora un sospettato."

Jonah non si disturbò a rispondere. Sarebbe stato inutile e sentiva che c'era dell'altro. Irradiando una profonda infelicità, l'ispettore capo si grattò il collo.

"Abbiamo anche trovato questo, nella stessa telecamera. È di un paio di minuti dopo. Glielo faccia vedere, Bennet."

La poliziotta prese il cellulare, inserì un paio di password e poi lo girò verso di lui. Sembrava l'ingrandimento di un'immagine più ampia ripresa attraverso la vetrina di un negozio. Sullo sfondo c'erano delle ombre, forse scaffalature. In strada stava passando un uomo alto, una figura allampanata. L'immagine era mossa, il viso dell'uomo celato da un cappellino da baseball, ma questo e il giubbotto erano simili a quelli nei fermoimmagine di Owen Stokes davanti a casa di Gavin e nella strada in cui viveva Marie.

La rabbia di Jonah stava montando. "Sapevate che Stokes l'aveva seguita? Cristo santo, è per questo che mi avete rilasciato?"

"Lei è stato rilasciato per la comparsa di nuove prove."

"Stronzate! Sapevate che Stokes era stato in zona così vi siete appostati sperando che tornasse. Usandomi come esca!"

"Abbiamo fatto un buon lavoro. Altrimenti adesso lei starebbe morendo dissanguato sul marciapiede." Fletcher alzò il mento con aria combattiva. "Abbiamo intuito una possibilità di arrestare Stokes e l'abbiamo sfruttata. Non avevamo pensato che lei e i suoi amichetti mandaste tutto a puttane! E dopo il casino di stanotte, Stokes non si farà più vedere da queste parti."

"Io non ho mandato niente a puttane! Non ne sapevo nulla." Jonah stava urlando. "Perché diavolo non mi avete avvertito?"

"Non lo vuole proprio capire, non è così?" ribatté duro Fletcher. "Non siamo dalla stessa parte, lei non gioca con noi. Lei è un sospettato. Pensava che le avremmo chiesto il permesso?"

Jonah si bloccò. Fissò Fletcher e poi Bennet. Almeno lei ebbe la decenza di distogliere lo sguardo.

"Ancora? Anche dopo questo? Pensa ancora che io abbia ucciso Corinne Daly?"

"Per quanto mi riguarda, lei è sporco quanto McKinney. Fino a prova contraria." Lo guardò in cagnesco e poi si alzò e andò verso la porta. Quando Bennet lo seguì, Jonah sentì una rabbia lucida. Le parole dell'ispettore capo avevano quasi colpito il bersaglio. Non nel modo in cui intendeva, ma la coscienza di Jonah era lontana dall'esser pulita.

"Aspetti."

I due poliziotti si fermarono. Jonah ebbe difficoltà a guardarli negli occhi mentre cercava le parole.

"Negli ultimi giorni ho fatto un po' di ricerche. Ho sentito... ho sentito che Gavin era coinvolto in un'indagine finita male. Cinque o sei anni fa, un'informatrice è stata uccisa. Siriana."

Fletcher guardò Bennet e poi Jonah. "Di cosa sta parlando?"

"La ragazza del magazzino, Nadine." Jonah vuotò il sacco. "Potrebbe esserci un collegamento."

"Potrebbe esserci un collegamento? Con un'informatrice morta anni prima?" Lo sguardo di Fletcher era furioso e penetrante. "Sa qualcosa, non è così?"

"Dico solo che forse dovreste andare a fondo in quella faccenda."

"Stronzate." Fletcher tornò indietro, l'indice puntato su Jonah. "Qualsiasi cosa ci sta nascondendo, adesso è ora di parlare, Colley. Perché lo scoprirò, e quando succederà, giuro che la rivolterò come un calzino."

Jonah fu sul punto di dirglielo. Le parole erano pronte ma non poté costringersi a pronunciarle. Fletcher gli rivolse un cenno del capo.

"Non venga a dirmi che non l'avevo avvertita."

Si voltò e uscì. Bennet si fermò sulla foglia a guardarlo. Scosse il capo.

"Le piace proprio essere punito, eh?"

Quando sentì la porta d'ingresso che veniva chiusa, Jonah si appoggiò allo schienale. *Merda.* Non voleva compromettere

Eliana Salim ma doveva dire qualcosa. Perlomeno adesso avrebbero dovuto controllare i rapporti di Gavin e una sola occhiata alla foto di Salim avrebbe evidenziato la somiglianza con la sorella più piccola. Da lì sarebbero stati in grado di unire i puntini da soli.

Sperava di aver fatto la cosa giusta.

Dio, gli faceva male dappertutto. Prese le stampelle. Erano messe male, una addirittura piegata, ma era troppo stanco per occuparsene. Troppo stanco per qualsiasi altra cosa tranne una doccia bollente e poi il letto.

Dormì per otto ore filate, un record per i suoi standard. Quando si svegliò si sentiva ancora malconcio, come dopo un allenamento pesante. E il ginocchio sembrava aver retto bene. Il sole filtrava dalla finestra e dopo aver fatto colazione il suo umore migliorò. Le cose iniziavano ad avere senso. Nonostante le parole di Fletcher, il filmato delle telecamere di sicurezza lo scagionava dall'assassinio di Daly. E senza quella spada di Damocle sulla testa poteva iniziare a scavare per conto suo. Forse seguire la pista di Daniel Kimani tracciata proprio dalla giornalista e parlare con i suoi amici.

Stava mettendo a punto un piano quando squillò il cellulare. Era Chrissie ma non riuscì a capire cosa stesse dicendo. Era fuori di sé.

"Rallenta, non capisco niente," le disse.

Poi le sue parole presero forma e tutti i piani di Jonah andarono in malora.

30.

Rosa stava scrollando Instagram mentre si godeva il sole del mattino. Anche se erano le vacanze di metà trimestre, nelle prime ore del giorno il parco era tranquillo, se si escludono i battibecchi dei gemelli. Erano due bambini dolcissimi per la maggior parte del tempo, anche se un po' litigiosi. In quei casi lei li ignorava fino a quando non diventavano troppo rumorosi o non sembravano sul punto di usare le mani. A volte succedeva e Dio non volesse che tornassero a casa con un graffio. Dopo l'ultima volta che era successo poteva dirsi fortunata se aveva ancora un lavoro, e perderlo sarebbe stata una rottura di palle superiore all'avere a che fare con stronza piena di sé come la loro madre. Le servivano le referenze oltre ai soldi.

Anche se a volte si domandava se ne valesse davvero la pena.

Il livello del rumore si stava alzando al punto da risultare fastidioso. Rosa alzò gli occhi dal cellulare. "Harry, per favore, lascia in pace tua sorella."

Il bimbetto mise su un'espressione di innocenza ferita. "Le stavo solo spiegando le regole."

"Sì ma perché le fai sempre tu, le regole?"

"Perché quella è una delle regole!"

"No, non lo è! Non è giusto!"

Rosa sospirò e mise giù il telefono. "Bambini, non litigate."

Harry sembrò riflettere per qualche istante. "Ma anche papà e la mamma lo fanno."

"Litigano tutti i giorni," si accodò la sorella, all'improvviso dalla sua parte. "Papà perde sempre."

"Be', ma quello è..." Rosa cercò di pensare a un argomento convincente, poi lasciò perdere. "Loro sono grandi."

I due bambini si guardarono come se comunicassero a un livello che escludeva chiunque altro.

"Ma perché se lo fanno loro va bene e se lo facciamo noi no?"

"Perché loro sono i vostri genitori. Volete che gli dica che avete bisticciato di nuovo?"

Rifletterono entrambi, poi fecero un sorriso identico. "No." Assomigliavano alla madre, pensò Rosa. Ma per fortuna non nel carattere. Sentì un sorriso affiorarle sulle labbra.

"Bene, è ora di tornare a casa, comunque." Lamentele poco convinte. I gemelli trascinarono i piedi per un po' raccogliendo le loro cose. Rosa prese il cellulare e li spinse verso l'ingresso del parco. Con quel tono di voce era impossibile perderseli ma Rosa non voleva dover spiegare né un graffio né una frattura.

Il parco si raggiungeva facilmente a piedi dalla casa. Quando aveva iniziato a lavorare da loro, Rosa sperava di poter prendere la Range Rover della madre per le uscite. L'aveva accennato, spiegando che aveva la patente e le piaceva guidare. Il padre sembrava non averla neanche sentita, la madre l'aveva guardata e le aveva detto: "Be', meglio che inizi a metter via qualcosa per comprartene una, allora."

Quindi andavano a piedi.

Seguirono il solito percorso, lungo le vie più tranquille ed evitando le più trafficate. Il cellulare vibrò per una notifica. Lo teneva sempre senza suoneria, perché era meglio perdere una chiamata che beccarsi una ramanzina perché stava al cellulare mentre doveva tener d'occhio i bambini. Lì osservò, ma erano troppo assorbiti dalla seconda parte del loro bisticcio per preoccuparsi di cosa facesse. Sbloccò lo schermo e un istante dopo stava sorridendo a un post di Instagram.

Non notò il furgone bianco più avanti.

Era parcheggiato sotto i rami bassi di un ippocastano. Quando Rosa entrò nella sua ombra, le porte posteriori si aprirono. Ancora concentrata sul cellulare, sentì il cigolio dei cardini. Non vide più nulla e le mancò l'aria, emise un grido che fu subito strozzato. Si sentì sollevare e girare, poi il metallo freddo del pianale del furgone le arrivò addosso. Stordita, cercò di liberarsi di ciò che le copriva la testa, poi fu colpita da qualcosa di piccolo e duro. Sentì i gemelli piangere quando le caddero addosso, poi le porte vennero richiuse. Sul punto di soffocare, cercò nuovamente di strapparsi dalla testa ciò che la copriva. Poi il motore del furgone prese vita. Fu sbattuta di lato quando il mezzo si mosse e sentì in bocca il sapore del sangue quando una testolina carambolò sulla sua. I gemelli urlavano e piangevano, proprio come lei, poi una voce ruvida risuonò dal posto di guida.

"Chiudete quelle cazzo di bocche!"

I gemelli continuarono a lamentarsi.

"Vi ho detto di chiudere la bocca!" tuonò la voce. Aveva uno strano accento, diverso da quello londinese a cui Rosa era abituata. "Volete un cazzo di motivo per piangere?"

"No, per favore..." provò Rosa, poi il furgone svoltò e loro tre finirono dall'altro lato in un groviglio di gambe e braccia.

Una nuova cacofonia si unì alla loro, e nello stordimento impiegò qualche momento a capire che era musica. Heavy metal, a un volume assordante. Sentì un corpicino vicino al suo e d'istinto lo tirò a sé. Capelli lunghi: Abigail. Harry era fuori dalla sua portata ma sentiva i suoi lamenti a pochi centimetri da lei.

"Va tutto bene, va tutto bene," gridò, sapendo di mentire. Faceva fatica a respirare, con la mano libera cercò di sfilarsi il sacco dalla testa, o qualsiasi cosa fosse. Il furgone fece un'altra svolta e di nuovo loro tre rotolarono gli uni sugli altri.

Poi una frenata, i tre corpi furono gettati in avanti. Dolorante e confusa, stava ancora cercando di capire cosa stesse accadendo quando le porte furono aperte con un rumore metallico. Qualcuno la afferrò e la tirò indietro.

"No!"

La luce del giorno colò oltre il sacco quando venne scaricata dal furgone. Finì su una superficie dura e ruvida, battendo la testa, perdendo sangue. Due mani ruvide la afferrarono per il bavero del giubbotto, sollevandola. Sentì il calore del fiato attraverso il tessuto quando la voce dall'accento strano le sibilò in un orecchio.

"Di' ai genitori che Colley deve portare mezzo milione al magazzino, stanotte. Da solo. Sa quale. Se fanno casino o chiamano la polizia, gli rispedisco indietro i figli a pezzi, capito?"

Dopo un attimo era di nuovo a terra. Sentì le porte del furgone che sbattevano. Si scoprì la testa. Nella luce del sole riconobbe il quartiere. Era sdraiata sulla strada di fronte alla casa in cui lavorava.

I gemelli erano scomparsi.

"È tutta colpa tua! Sei stato tu! Tu lo hai portato qui!"

Jonah era nella cucina della grande casa, in silenzio, senza neanche cercare di difendersi dalle accuse di Chrissie mentre il marito provava a portarla via. Si sentì stordito e nudo, come sotto shock per un trauma troppo profondo da razionalizzare.

Due pensieri si rincorrevano nella sua testa. Lo stupore davanti alla storia che si ripeteva. E il fatto che Chrissie avesse ragione.

Era colpa sua.

Aveva ascoltato la ricostruzione dettagliata della tata. Lei era in cucina quando era arrivato, il viso rigato dal pianto, le ginocchia sbucciate e sanguinanti. Non fu in grado di descrivere l'uomo che aveva caricato lei e i bambini sul furgone, ma doveva essere alto e forte. Poi c'era la sua voce. Roca, con uno strano accento che aveva sentito solo in TV. Di Liverpool.

"Non voglio mettermi nei guai," Rosa disse a Jonah, il viso terrorizzato.

"Va tutto bene," la tranquillizzò. "Perché non va in camera sua per il momento?"

Chrissie aveva smesso di piangere ma la sua faccia con il trucco sbavato sembrava la maschera di un clown. Il marito era seduto su uno sgabello dell'isola della cucina, stordito e livido. Si aggrappava al bicchiere con il whisky come a una zattera di salvataggio. Quando la tata uscì lo fissarono entrambi, sperando che potesse dare risposte che però non aveva.

"Non startene piantato lì!" urlò Chrissie. "Porca puttana, di' qualcosa! Cosa facciamo adesso?"

Jonah era in caduta libera. Ma in realtà c'era una cosa da dire.

"Dovete avvisare la polizia."

Dovevano chiamare subito. A ogni minuto che passava le possibilità di ritrovare i gemelli vivi si riducevano, ma questo non lo disse. Waverly avrebbe voluto farlo, appena avevano capito ciò che la tata in piena crisi isterica stava cercando di dire. Era stata Chrissie che si era opposta, chiamando Jonah invece.

E adesso doveva convincerli che era stato un errore. "La polizia? Non hai sentito cosa le ha detto? Che li avrebbe rimandati indietro a pezzi!" Si passò una mano tra i capelli, gli occhi due pozze di incredulità. "Cristo, non posso credere che stia succedendo di nuovo! È lui, non è vero? Quella merda di Owen Stokes! Ti ho chiesto se correvamo qualche rischio e cos'hai detto? *Non preoccuparti, Chrissie, andrà tutto bene!* Col cazzo! Si è preso i miei figli. I miei figli!"

Il marito si mosse, come qualcuno che cerchi di riemergere da un incubo. A Jonah non era mai piaciuto, prima ancora che sospettasse della loro relazione, ma adesso soffriva per lui.

Sapeva bene cosa stava passando.

"Jonah ha ragione," disse. "Dovremmo chiamare la polizia. Hanno le squadre speciali. Esperti. Loro... sapranno cosa fare."

"Come hanno fatto con Theo? Ho già perso un figlio e non posso..." Chrissie si prese la testa tra le mani. "Cristo, non è possibile! Non di nuovo! Ma perché proprio noi? Cosa diavolo vuole da noi?"

Vuole me. Stavolta vuole me. A Jonah sembrò che gli stessero strappando il cuore dal petto. "Chrissie, mi dispiace ma non avete scelta."

"Scelta? Facciamo quello che dice lui, ecco la scelta. Questo maledetto bastardo non saprebbe neanche della nostra esistenza se tu non lo avessi portato qui, quindi non provare più a dirmi che non abbiamo scelta!"

Quelle parole lo scorticarono. Sapeva che Stokes doveva averlo seguito lì, e quella colpa lo opprimeva già abbastanza. E almeno in parte doveva essere perché – grazie a Jonah – la polizia aveva trovato i soldi nascosti nel monolocale. Soldi che, adesso ne era sicuro, Gavin doveva aver rubato a Stokes, magari fregandolo in qualche modo. Come fosse accaduto rimaneva ancora un mistero, ma non era importantc per il momento. Se i gemelli avevano una possibilità di salvezza, Jonah sapeva che non doveva fidarsi dell'uomo che li aveva rapiti. Chrissie non sapeva cosa stavano affrontando. Non aveva visto il lavoro di Stokes alla Banchina del macello, non sapeva cosa aveva fatto a Corinne Daly. Accettare le sue richieste non avrebbe salvato i bambini. Li avrebbe soltanto condannati a morte certa.

Se erano ancora vivi.

"Mi consegnerei a lui in questo istante se pensassi che fosse utile," le disse. "Ma non è così. Non funziona in questo modo. So che è dura, ma la scelta migliore per riavere indietro i gemelli sani e salvi è affidarsi alla polizia. Adesso."

"Perché, così posso starmene qui ad aspettare mentre loro girano a vuoto e tengono conferenze stampa per poi sentirmi dire 'Ci dispiace, non possiamo fare altro'?" Chrissie fece una risata spezzata. "Ci sono già passata. E non voglio più giocare a quel gioco."

"Stavolta è diverso..." tentò Jonah.

"Sì, perché stavolta sappiamo chi è stato. Sappiamo cos'è successo e chi è il bastardo che li ha presi! E sappiamo anche cosa vuole, quindi porca puttana diamoglielo! Non intendo perdere i miei bambini perché sei troppo spaventato per rischiare il culo."

"Lo sai che non è così."

"Allora dimostralo!" urlò. "Facciamo come vuole. Può avere i suoi cazzo di soldi, e se non glieli porterai tu, allora lo farò io!"

"Non abbiamo tutti quei soldi," disse il marito.

"E allora trovali. Non mi interessa se devi rubarli dalle casse dello studio..."

"Cristo santo, sta' zitta!" La mano di Waverly si abbatté sul piano di granito. "Credi che sia utile? Lasciami... lasciami pensare."

Jonah si aspettava una reazione esplosiva, invece il volto di Chrissie si accartocciò. Scacciò la mano del marito quando lui fece per avvicinarsi ma poi sprofondò nel suo abbraccio. Jonah riprovò la paura e il dolore per la scomparsa di Theo come se fosse accaduto il giorno prima.

Solo che non riusciva a ricordare lui e Chrissie che si confortavano a vicenda. Quando Theo era scomparso si erano scagliati l'uno contro l'altra, facendosi a pezzi.

"Scusate, ma bisogna prendere una decisione," disse. "Farò quello che deciderete, ma se pensate di coinvolgere la polizia, va fatto adesso."

Asciugandosi gli occhi, Waverly si staccò dalla moglie, cercando di ricomporsi.

"Se noi..." Si schiarì la gola e riprovò. "Se ci rivolgiamo alla polizia cosa succederà?"

"Dirameranno un allarme per la scomparsa dei bambini. Via e-mail, SMS, social media, radio e TV. Diffonderanno la descrizione e il nome di Stokes. Metteranno in campo tutto quello che hanno."

Waverly annuiva come se stesse capendo ma i suoi occhi dicevano altro. "Questo Stokes, era un sospettato anche nel caso di vostro figlio?"

A Chrissie sfuggì un gemito. Jonah avvertì un dolore al petto.

"Sì."

Ci sarebbe stato tempo per parlare del passato, ma non adesso. Waverly sembrò intuirlo.

"Quindi non è la prima volta che... Voglio dire, sa cosa fa la polizia in situazioni simili."

"Direi che è possibile, sì."

"E se viene diramato un allarme alla TV e alle radio, lo sentirà anche lui. E saprà che abbiamo ignorato le sue richieste."

Jonah capì dove stesse andando a parare ma non sapeva come evitarlo.

"Cercheranno di essere discreti. Non faranno nulla che possa mettere a rischio la vita di un bambino."

"Magari no, ma Stokes ovviamente deve averlo previsto. Dobbiamo dare per scontato che abbia già immaginato una risposta della polizia." L'abituale sicurezza di Waverly stava tornando adesso che usava il suo acume da avvocato. "Si nasconderà e porterà i bambini in un posto difficile da trovare. Ci ha dato fino a mezzanotte per consegnargli i soldi, quindi abbiamo... sì, poco più di dodici ore. Puoi garantirci che la polizia trovi i bambini prima di allora?"

"No," ammise Jonah. "Ma allo stesso modo non abbiamo alcuna garanzia che Stokes manterrà la sua parola anche se otterrà ciò che vuole. So che non sono cose che vorreste sentire, ma non credo abbia intenzione di fare quanto ha detto."

Waverly aveva l'aria malata. "Chrissie, cosa ne pensi?"

La sua espressione era enigmatica. "Rivoglio i miei bambini, non mi interessa come. Riportatemeli qui, per favore."

Il marito le carezzò la testa. "Sono d'accordo. Facciamo come vuole."

Anche se secondo la logica era la cosa sbagliata da fare, Jonah non poteva biasimare l'avvocato o mettere in dubbio il suo ragionamento. Se fosse stato di fronte alla stessa scelta – alle stesse possibilità – quando Theo era scomparso, cosa avrebbe fatto lui?

"Riesci a mettere insieme i soldi?" gli domandò.

"Entro stasera?" Waverly esitò. "Non così tanti. Non ci vado neanche vicino."

Chrissie rincarò la dose. "Provaci. Cristo, stiamo parlando dei tuoi figli!"

"Credi che non lo sappia? Ma non posso schioccare le dita e..." Waverly sembrò spegnersi. "Anche se svuoto i conti dell'azienda non ci arrivo neanche vicino. Non abbiamo una simile disponibilità, non entro stasera. Se chiedo un paio di favori potrei metterne insieme centomila, non di più."

Chrissie lo stava fissando, la disperazione in piena vista. "Se troviamo i soldi, ci aiuterai?"

Se Jonah avesse accettato, avrebbe messo in gioco la propria vita oltre a quella dei figli di Chrissie. Stokes non aveva ancora finito con lui, era ovvio. La richiesta di incontrarlo di nuovo in quel magazzino rappresentava un messaggio chiaro, e Jonah sapeva che stavolta sarebbe stato diverso. Prima aveva avuto la sorpresa e anche la fortuna dalla sua parte. La fortuna, soprattutto. Adesso Stokes sarebbe stato pronto ad aspettarlo.

Eppure se Jonah non lo avesse fatto avrebbe condannato due bambini a morte. Miracoli a parte, c'erano pochissime possibilità che la polizia li localizzasse prima della scadenza imposta da Stokes. E ai miracoli non credeva più, da quando Theo era scomparso. I gemelli forse erano già morti. Ma era stato lui a coinvolgere la famiglia di Chrissie in quella storia orribile. Se c'era anche una minima possibilità di salvarli, allora doveva farlo. Era un'opportunità che non aveva mai avuto con suo figlio, ed era pronto a fare qualunque cosa per coglierla adesso.

"Mi serviranno alcune cose," disse.

31.

Wilkes aveva un aspetto anche peggiore del solito. Un paio di pantaloni della tuta, macchiati, e una maglietta a coprire il ventre cascante. Entrambi gli indumenti erano di un grigio simile e gli davano l'aria di un poppante dal pessimo carattere in un pagliaccetto sporco. Un poppante che aveva il segno di un succhiotto che andava sbiadendo sul collo. Strizzando gli occhi infossati per proteggerli dalla luce, scrutava Jonah come se faticasse a riconoscerlo.

"Cazzo vuoi?" domandò, la voce un gracidio spesso.

Jonah aveva cercato di chiamarlo prima di andare da lui. Magari era fuori, ma avrebbe scommesso che stesse dormendo per i postumi di un'altra sbornia.

"Ci sono novità. Posso entrare?"

Wilkes lo guardò acido, bloccando la porta. "Cos'è successo alla tua faccia?"

L'occhio di Jonah era diventato nero durante la notte, la mascella era gonfio per il calcio ricevuto.

"Niente. Senti, dobbiamo parlare. È importante."

"Sono occupato."

"Ti pago," disse Jonah prima che Wilkes potesse chiudere la porta. "Ha a che fare con Gavin."

Wilkes lo fissò con occhi stretti e indagatori. Si grattò i genitali con aria assente.

"Cos'hai scoperto?"

"No, non qui. Fammi entrare e ti racconto."

Gli occhi gonfi non erano più amichevoli del solito, ma Jonah poteva quasi vedere le rotelle che giravano nella sua mente.

"Devo pisciare."

Si voltò e tornò in casa, lasciando Jonah a seguirlo. Scomparve oltre una porta accanto alle scale.

"Renditi utile. Accendi il bollitore."

"Non abbiamo..."

La porta del bagno si era già richiusa. Con riluttanza, Jonah proseguì fino alla cucina. Fu accolto da una montagna di piatti da lavare e il cestino stracolmo. Recuperando due tazze che sembravano ragionevolmente pulite, ispezionò la credenza in cerca del tè e del caffè mentre aspettava che l'acqua bollisse. Aveva preparato due caffè e stava versando il latte dall'aspetto rancido che aveva trovato nel frigo in uno dei due quando sentì lo sciacquone. Poi lo scroscio del rubinetto e Wilkes che scatarrava; dopodiché comparve in cucina sistemandosi i pantaloni della tuta.

"Mi sento come se mi avessero schiacciato la testa," annunciò, passandosi una mano sul viso coperto da una barbetta di un paio di giorni. Era ancora imperlata d'acqua e anche se gli occhi erano sempre gonfi e rossi aveva un aspetto leggermente migliore. "Sono stato su tutta la notte a giocare a poker online. Che cazzo di perdita di tempo."

"Ho provato a chiamarti, prima."

"Ci hai messo lo zucchero?"

Wilkes prese il caffè macchiato, lo assaggiò e fece una smorfia. Jonah strinse la mascella mentre l'ex poliziotto si versava tre cucchiai di zucchero, poi aggiunse un altro po' di latte e si portò la tazza al tavolo della cucina. Il mobile in legno scricchiolò sotto il suo peso quando vi si appoggiò per sedersi a gambe divaricate. Non aveva ancora guardato Jonah.

"Cosa devi dirmi di Gavin?" domandò, bevendo un sorso di caffè.

"So chi lo ha ucciso. Lo stesso uomo che stamattina ha rapito i due bambini della mia ex moglie."

In un altro momento sarebbe stato da ridere. Wilkes si strozzò con il caffè, spalancando gli occhi. Tossì e poggiò la tazza sul tavolo versandone un po' mentre alzava gli occhi su Jonah.

"Tu sai cosa?"

Jonah prese posto sull'unica altra sedia. "Si chiama Owen Stokes. Ha ucciso Gavin e le altre vittime del magazzino, oltre a una giornalista che stava scrivendo un articolo sulle indagini. E credo che sia anche responsabile di quanto accaduto a mio figlio, o perlomeno conosce i dettagli."

La bocca di Wilkes si spalancò per lo shock. "Mi stai prendendo per il culo?"

"Vuole che prepariamo mezzo milione entro la mezzanotte di oggi. Ha chiesto che li consegni io. Li ucciderà se coinvolgiamo la polizia. Hanno sei anni."

"Cristo di un Dio!" Wilkes era fuori di sé. "Hanno già diramato un allarme?"

"No, i genitori hanno deciso di fare ciò che chiede Stokes." Jonah scosse il capo, ancora in disaccordo. "Li ho avvisati ma sono in preda al panico. E non li biasimo."

"Vogliono pagare?"

"Credono di non avere scelta."

"E vuole mezzo milione? Gesù." Wilkes fece un fischio. "La tua ex può mettere insieme una cifra simile?"

"Non credo e comunque non così in fretta. Raccoglieranno il più possibile e sperano che basti."

"Stanno giocando con la vita dei bambini." Finalmente Wilkes sembrò concentrarsi. "Lo porti tu il riscatto?"

"Non ho scelta neanche io. Ecco perché sono qui."

Fu come se sugli occhi di Wilkes calasse una tapparella. "Cioè?"

Jonah aveva pensato di chiedere all'ex poliziotto di accompagnarlo. Non poteva dar la caccia a Stokes da solo, in quelle condizioni, e ancora meno dopo il pestaggio della sera prima. Era chiedere molto, ma c'era un altro modo per riequilibrare la situazione.

"Mi serve una pistola."

"Ma che cazzo ti prende? Sei impazzito?" urlò Wilkes.

No, solo disperato. Jonah stava per oltrepassare un confine senza possibilità di ritorno. Ma non aveva scelta. Non se l'alternativa era andare da Stokes disarmato e sulle stampelle. E soprattutto non quando erano in gioco le vite dei bambini di Chrissie.

"Ascoltami," iniziò.

"No! Scordatelo. Sei tu la testa di cazzo del nucleo di intervento armato. Trovati un maledetto cannone."

"È proprio quello che sto cercando di fare. Ma non ho contatti utili e soprattutto non ho tempo."

"Allora va' a chiedere a uno dei tuoi compagni di aiutarti. Ma che cazzo!"

"Sai bene che non posso farlo."

Non che non ci avesse pensato. Ma le armi della polizia erano tenute sotto stretta sorveglianza, ogni spostamento registrato e tracciato. E anche in caso contrario, Jonah non era abbastanza stupido né disperato da avvicinare qualcuno della sua vecchia squadra. Sapeva come sarebbe finita. Se avesse avuto più tempo di certo gli sarebbe venuta un'idea migliore per trovare qualcosa.

Ma non ne aveva.

Wilkes fece una risata strozzata. "Invece va bene chiederlo a me? Ma che cazzo, credi che io abbia una pistola nascosta nel divano?"

"No, ma pensavo che sapessi dove recuperarne una."

"Ah, nient'altro? Cristo santo, ma che cazzo di sbirro pensi che fossi?"

Jonah non rispose. "Sei stato un ispettore per venticinque anni. E mi vuoi dire che in tutto questo tempo non sapevi chi vendeva cosa? O non conoscevi chi lo sapeva?"

"Non è questo il punto. Sai cosa mi stai chiedendo, non è così? Cristo, se tu fossi costretto a usarla, io diventerei complice di un omicidio!"

"Spero di non doverla usare." Una pistola era un deterrente molto potente. Le minacce da sole potevano non bastare a convincere Stokes a lasciar andare i gemelli. "E comunque non direi dove l'ho presa."

"Ah, sì, questa l'ho già sentita. Vaffanculo!"

"Non ti sto chiedendo di farlo per me. Ci sono due bambini di sei..."

"Non provarci neanche, cazzo!" Wilkes puntò addosso a Jonah il suo indice paffuto. "Non è colpa mia. Non li ho presi io quei bambini, quindi non venire qui in tutta la tua cazzo di gloria a chiedermi di giocarmi il culo. Io non c'entro un cazzo di niente!"

"Mi serve solo un nome. E se non lo sai, basta che tu me lo dica perché non ho tempo."

"Bene, allora te lo sto dicendo. Ora prendi quella cazzo di porta e sparisci."

Con il viso in fiamme, Jonah si alzò. Non poteva biasimarlo. Sapeva che non sarebbe stato facile, ma sperava che l'ex poliziotto si facesse venire un'idea.

"Aspetta. Aspetta."

Jonah si fermò sulla porta della cucina e si voltò. Wilkes si stava mordendo il labbro, la gamba destra che andava su e giù in preda al nervosismo.

"Cosa intendi fare?" gli domandò.

"Non preoccuparti. Come hai detto, non sono affari tuoi."

"Sì, lo so, ma..." Wilkes si passò una mano sugli occhi. "Magari non fa del male ai bambini. Se gli dai quello che vuole forse li lascerà andare."

"Vuoi dire come ha fatto con le altre vittime? Scusami ma non credo che l'ottimismo sia la strategia migliore."

"Cristo." Wilkes sbuffò. "Se vai a chiedere una pistola alla persona sbagliata, sei fottuto. Lo sai, vero?"

"Se non ho una pistola sono fottuto lo stesso." Il dubbio e la stanchezza lo invasero di colpo. "Non lo so, forse riproverò a parlare con la mia ex moglie. Per convincerla a rivolgersi alla polizia."

"Troppo tardi, ormai," disse Wilkes. "I genitori hanno ragione. Se avete solo fino a mezzanotte, sarà impossibile riuscire a trovarli in tempo."

"E allora cosa suggerisci? Perché io credo di aver finito le idee."

Wilkes non rispose. Fissava il pavimento continuando a mordersi il labbro inferiore. Jonah aveva abbastanza senno da restarsene in silenzio, lasciando che lui se la vedesse con se stesso. All'improvviso batté un pugno sul tavolo.

"Merda. Merda!" scattò in piedi. "Non muoverti."

Uscì in corridoio quasi sbattendo la porta. Jonah sentì i suoi passi che si allontanavano verso il salotto. Esitò, poi si avvicinò alla porta chiusa della cucina, in ascolto. Sentì il mormorio della voce di Wilkes al telefono, ma era troppo bassa per capire qualcosa. A un certo punto l'ex poliziotto alzò il tono, poi ci fu un lungo silenzio mentre ascoltava chiunque fosse all'altro capo della linea. Quando parlò di nuovo, lo fece in tono più brusco, come a chiudere la telefonata.

Jonah si scostò dalla porta. Pochi istanti dopo Wilkes la aprì e rientrò in cucina.

"Forse posso aiutarti."

"Puoi trovarmi una pistola?" Jonah non sapeva se sentirsi sollevato o meno.

"È quello che volevi, no?" Era tornato quello di prima, adesso che aveva deciso. "Ma se hai cambiato idea..."

"No." Jonah pose fine ai suoi dubbi. "Possono recuperare una Glock 17?"

Era il modello che aveva usato più spesso. Wilkes fece una risata acida.

"Vuoi scegliere anche il colore? Cosa ne dici di un bel rosso?"

"Ok, qualsiasi cosa andrà bene." Jonah quasi non credeva che lo stesse facendo davvero. "Quanti colpi?"

Wilkes si strinse nelle spalle. "Non lo so. Quello che arriva, arriva."

Jonah non protestò. Aveva la nausea già così. "Quanto?"

"Mille."

Era più di quanto Jonah pensasse, ma non importava. Avrebbe pagato quello che doveva.

"Dove vado a prenderla?"

Wilkes non rispose. Fissava il pavimento come se fosse ancora indeciso su qualcosa.

"Dove dovresti portare i soldi?" domandò, alla fine. Sembrava arrabbiato, afflitto.

"Al magazzino sulla Banchina del macello. Perché?"

L'ex poliziotto scosse la testa, come se non riuscisse a credere a se stesso.

"Vengo con te."

32.

Jonah non osò rischiare di tornare a casa sua dopo essere stato da Wilkes. Adesso che aveva indirizzato Fletcher verso Eliana Salim era solo questione di tempo prima che la sorella venisse identificata. E quando ciò fosse accaduto, avrebbe dovuto rispondere ad alcune domande imbarazzanti. L'ispettore capo avrebbe voluto sapere come faceva a sapere di quella vecchia indagine di Gavin e questa volta non si sarebbe lasciato ingannare. Jonah avrebbe dovuto fornire le risposte, a un certo punto, ma non poteva rischiare di rimanere bloccato in un interrogatorio quel giorno. Per quanto brutto sembrasse, avrebbe dovuto evitare Fletcher fino a quando non fosse finita. E dopo...

Dopo non era importante.

Quindi non sapeva dove andare. Chrissie e il marito lo avrebbero chiamato una volta raccolto il denaro, la somma più alta che potevano, e Wilkes non voleva che lui lo accompagnasse a comprare la pistola. Dietro la sua insistenza si erano accordati per vedersi alle undici e mezza allo spiazzo della Banchina del macello. Jonah avrebbe preferito passare a prendere Wilkes nella sua Volvo a noleggio. Stokes aveva detto che avrebbe dovuto presentarsi da solo a consegnare il denaro, quindi raggiungere il luogo prestabilito con due macchine avrebbe potuto essere rischioso.

Ma solo se Stokes li avesse visti. E se avesse raggiunto la banchina in barca come l'ultima volta, allora non avrebbe potuto scoprirlo. In caso contrario, era possibile che fosse già al magazzino ad aspettare Jonah, suggerì Wilkes. Poteva seguire Jonah da dietro, restando in disparte ma pronto ad accorrere in suo aiuto o a chiamare i rinforzi, se necessario.

A Jonah non piaceva, ma l'ex ispettore era stato irremovibile. E inoltre non avrebbe saputo dire quanto avrebbe impiegato a recuperare la pistola. Se l'acquisto si fosse protratto più del previsto, sarebbe stato meglio se Jonah fosse rimasto ad aspettare alla banchina e non davanti a casa di Wilkes.

"E se non arrivi entro la mezzanotte?" gli aveva chiesto Jonah.

"Vorrebbe dire che qualcosa è andato a puttane e allora saremmo fottuti tutti e due," fu la risposta.

Jonah odiava aspettare. Sentiva la tensione dentro di sé simile a un motore su di giri. Era come prima di un'operazione di polizia, quando l'adrenalina pompava e l'immaginazione era libera di passare in rassegna tutte le cose che potevano andare storte.

Aveva bisogno di qualcosa a cui pensare.

L'ultima luce andava svanendo quando parcheggiò in una strada tranquilla in attesa della chiamata di Chrissie. Si era comprato un sandwich confezionato e una bottiglia d'acqua. Mangiò guardando il cellulare. Una ricerca su Daniel Kimani rimandò gli annunci sui siti di persone scomparse quindi la polizia non aveva ancora confermato l'identificazione del corpo. Una fotografia mostrava un ragazzo paffuto e sorridente, tagliata in modo da lasciar fuori le altre persone ritratte. Oltre ai siti ufficiali, i suoi amici e i familiari avevano creato una pagina Facebook dedicata. Pensò di contattarli ma se non erano stati informati dell'avvenuta identificazione, non voleva essere lui a dare la notizia. Dando per scontato che l'identificazione fosse già stata effettuata, si ripeté. Fletcher e Bennet non avevano confermato.

Comunque, raccogliere informazioni su Daniel Kimani avrebbe richiesto più tempo e concentrazione di quanto potesse dedicarvi adesso. Controllò l'ora, cancellò la cronologia delle ricerche sul telefono e digitò "Anna Donari".

Lo scrisse nel modo che gli parve più corretto, basandosi sulla pronuncia di Salim. Migliaia di risultati, troppi per essere di qualche utilità. Jonah aggiunse "Regno Unito" e riprovò. Il numero dei risultati era inferiore ma quando non si imbatté in nulla di utile aggiunse anche "Londra". Non sapeva neanche se avesse senso, però doveva provare. Ma anche in questo caso la ricerca fornì un numero di risultati del tutto scoraggiante.

Uno attirò la sua attenzione. Lo aveva quasi ignorato perché riportava una variante del nome: "Ana Donauri", invece di Anna Donari. La prima cosa che lo colpì fu la data. La pagina web segnalata era di dieci anni fa.

Una settimana dopo la scomparsa di Theo.

Era un articolo di un giornale locale. Il corpo di una donna ritrovato in una stradina vicino a Euston Station era stato identificato con quel nome, una trentasettenne proveniente dalla Georgia. La causa della morte non era indicata, ma il giornalista affermava che il cadavere era senza mani. Quel particolare risvegliò l'interesse di Jonah ma non c'erano altri dettagli. Poi fece una nuova ricerca con la nuova versione del nome: un articolo precedente sempre della stessa testata, risalente a quando il corpo era stato trovato. Non c'erano altri dettagli. Si chiudeva con la solita espressione: "La polizia sta continuando le indagini."

Nient'altro.

A Jonah iniziò a far male il ginocchio: era seduto in macchina da troppo tempo. Lo mosse e prese il cellulare consegnatogli da Salim. Lo osservò, tentato di chiederle se si riferisse a quella persona. Ma lei era stata chiara: avrebbe potuto usare quel cellulare una volta sola e non voleva sprecare la sua unica occasione. Se avesse voluto dirgli di più, lo avrebbe fatto.

Ma allora perché gli aveva dato quel nome?

Rimettendo via il cellulare di Salim, sobbalzò quando squillò il suo. Lo afferrò, pensando fosse Chrissie. O Wilkes che lo contattava per dirgli che c'era un problema.

Ma sul display apparve il numero di Fletcher. *Merda.* Jonah lo lasciò squillare. Se avesse risposto forse Fletcher gli avrebbe chiesto di vedersi a casa sua o di passare alla stazione di polizia. Jonah non poteva fare nessuna delle due cose e voleva evitare una lunga discussione con un ispettore incazzato quando attendeva la chiamata di Chrissie. Però evitare Fletcher lo metteva a disagio, come se si sentisse un fuggitivo.

Quando lo squillo cessò anche il silenzio parve accusarlo. Adesso fuori era buio, i lampioni gettavano una luce malaticcia sulla Volvo. Jonah evitava di controllare l'ora ma adesso cedette: erano le sette e mezza. Mancavano solo poche ore. Bruciore di stomaco. *Forza, Chrissie, dove sei finita?*

Come a rispondergli, il cellulare squillò di nuovo. Era lei. Aveva la voce rotta, spezzata.

"Abbiamo il denaro," disse.

C'era stato un incidente sulla strada a scorrimento veloce. Una corsia era stata chiusa e il traffico era in aumento. Erano quasi le nove quando Jonah si fermò davanti alla casa georgiana di Chrissie. Affrettandosi, zoppicò fino al cancello e citofonò. Nessuna risposta, solo l'apertura automatica. La porta si aprì prima che la raggiungesse e quando Jonah vide Chrissie ne fu scioccato.

Sembrava invecchiata di anni da quel mattino. Le ultime ore avevano richiesto un prezzo decisamente alto. Nessuno disse niente. Lui la seguì nella cucina a vista. Sembrava che ogni luce della casa fosse accesa, come se scacciare le ombre potesse introdurre un'illusione di normalità. Waverly era al tavolo, vestito come se fosse appena rientrato dal lavoro. Ma la tensione era visibile anche sul suo viso. Le guance incavate, la pelle ancora più pallida rispetto al mattino. Documenti bancari e ricevute erano sparpagliate di fronte a lui, un tumbler con del whisky – o così sembrava – era poggiato su un sottobicchiere in ardesia.

"Jonah, grazie per essere venuto," disse, raddrizzandosi. Poteva sembrare una visita di cortesia, e Jonah notò lo sforzo che gli costava darsi un tono. "Qualcosa da bere?"

"No, grazie."

"Tè o caffè, allora?"

Un lamento soffocato da parte di Chrissie. "Cristo santo!"

Il marito la fissò privo di espressione, le mascelle che si muovevano come se un meccanismo si fosse inceppato.

"In realtà un caffè sarebbe perfetto," disse Jonah.

Waverly annuì come se fosse appena stata presa una decisione fatale. "Va bene, splendido."

Ma né lui né la moglie si mossero. L'atmosfera era soffocante. "Siete riusciti a trovare il denaro?"

"Non tutto." Waverly esitò. "Sono riuscito a mettere insieme poco più di centomila sterline."

"Dio santo," sibilò Chrissie, scuotendo la testa.

"Ne abbiamo già parlato: è il meglio che posso fare."

"Il meglio? Stiamo parlando dei tuoi figli!"

Il marito parve colpito. "Credi che non lo sappia?"

"Li avete qui?" domandò Jonah, sperando di evitare un battibecco.

"Sì, certo." Waverly prese la custodia in pelle di un portatile e la poggiò sul tavolo. Aprì la cerniera e mostrò a Jonah le mazzette di banconote come a cercare la sua approvazione. "Non sapevo che tagli lui... Comunque, sono banconote da cinquanta. Occupano meno spazio, così... be', hai capito."

"Bene," disse Jonah. Stokes non l'aveva specificato e comunque non credeva avesse importanza. E se tutto fosse andato bene, non avrebbe fatto alcuna differenza.

Waverly spinse la custodia sul tavolo verso di lui. "Adesso cosa succede, quindi?"

Jonah esitò. Non gli aveva detto della pistola e non aveva ancora deciso se era necessario che lo sapessero. Ma Chrissie non gli permise di rispondere.

"Voglio chiamare la polizia."

Aveva le braccia strette intorno al petto, pallida come mai. Il marito sembrò stupefatto.

"Cosa? Ma avevi detto..."

"Non m'importa cos'avevo detto. Non è la cosa giusta, questa." Chrissie continuava a scuotere la testa come nel tentativo di scacciare i suoi pensieri. "Dobbiamo avvertirli. Prima che sia troppo tardi!"

"Sul serio? È troppo tardi, non puoi cambiare idea adesso!"

"Sì che posso. Possiamo spiegare tutto. Di' loro che noi..."

Stava iniziando a tremare, come un meccanismo rotto sul punto di finire in pezzi. Waverly andò da lei.

"Chrissie..."

"Non posso farlo. Non posso, non di nuovo. Per favore!"

Il marito la abbracciò, poi la sospinse con gentilezza verso il corridoio. "Lo so. Dai, vieni."

Lei non si oppose quando la portò fuori. Jonah sentì il marito che le mormorava qualcosa mentre i loro passi risuonavano sulle scale. *Dio santo.* All'improvviso esausto, si sedette su uno degli sgabelli dell'isola, la gamba malandata tenuta dritta di lato. C'era una foto incorniciata dei bambini. Uno dai capelli scuri e un sorriso gigante, l'altra bionda e con un'espressione timida, entrambi nella divisa di una scuola privata. Appena li vide, Jonah si sentì travolgere dai dubbi. Pensò di chiamare Bennet. Sarebbe stato più facile spiegarlo a lei che a Fletcher, e per un attimo la tentazione di consegnare tutta quella faccenda nelle mani di qualcun altro fu sul punto di vincerlo.

Ma se bisognava rivolgersi alla polizia, allora sarebbe dovuto accadere quel mattino, subito dopo il rapimento. E non a meno di tre ore – controllò l'orologio anche se non ce n'era bisogno – dall'appuntamento con Stokes. Avevano fatto una scelta, e adesso dovevano andare fino in fondo. Passarono altri venti minuti prima che qualcuno scendesse. Waverly apparve nella porta della cucina, gli occhi rossi.

"Sta bene?" domandò Jonah.

"Sta facendo la doccia. Credo sia la quinta, oggi." Waverly andò al tavolo, afferrò il bicchiere e si scolò il whisky. Ebbe un sussulto poi si voltò verso Jonah. "Sicuro di non volerne uno anche tu?"

Altre tentazioni, ma Jonah scosse il capo. Doveva restare lucido. "No, grazie."

Waverly raggiunse una bassa credenza in legno e prese una bottiglia di single malt. Se ne versò una dose abbondante, esitò, versò ancora e poi rimise a posto la bottiglia.

"Non credo di averti ancora ringraziato," disse, sedendosi su uno sgabello.

"Non ce n'è alcun bisogno."

Jonah iniziava a pentirsi di aver rifiutato il whisky. "Sai, credo che Chrissie abbia ragione. È tutta colpa mia."

Waverly sospirò. "Non intendeva dire questo. Non potevi sapere cosa... quel figlio di puttana avrebbe fatto."

Biascicava un po', Jonah si domandò quanto avesse bevuto. Non che lo biasimasse. Waverly alzò il bicchiere poi lo riabbassò senza bere.

"Credi che la polizia si sia sbagliata? Sì, sai... dieci anni fa..."

Non c'era bisogno che aggiungesse altro. Jonah scosse il capo. Non poteva permettersi di ripensarci, non adesso.

Waverly non colse il suo gesto. "Come hai fatto a superarlo? Io non credo sarei in grado di... cioè, se questa..."

"Non devi nemmeno pensarci." Gli venne fuori in un tono più duro di quanto avrebbe voluto, ma parlarne adesso non sarebbe stato d'aiuto per nessuno.

"E forse anche basta whisky."

"Sì, hai ragione." Waverly annuì. Poggiò il bicchiere. "Ci ho provato. A trovare il resto del denaro."

"Ne sono sicuro."

"Credi che sarà sufficiente?"

"Be', sono un sacco di soldi," disse Jonah, evitando di rispondere.

Waverly annuì come se volesse rassicurare se stesso. "E se non funziona? Se fa qualche mossa strana o prende il denaro senza... be', hai capito..."

"Come ho detto prima, cerca di non pensarci."

"Ma hai un piano, se non vuole fare lo scambio? Dio solo sa quanto ti sono grato, ma..." Lanciò un'occhiata intimorita, quasi furtiva, alle stampelle di Jonah. "Sei sicuro di potercela fare?"

Era un po' tardi per quella domanda, ma Jonah capiva. Fino a quel momento Waverly era stato concentrato sulla ricerca dei soldi, eliminando ogni altro pensiero. Ma adesso non c'era più nulla a bloccarli.

"Non ho intenzione di mentirti sui rischi dell'operazione," disse Jonah. "Ma non sono così stupido da presentarmi lì e sperare che vada tutto bene e basta. Fidati di me."

"Mi fido, certo. Ma, forse... dovrei venire con te?"

Quella era l'ultima cosa che Jonah avrebbe voluto. Si era chiesto quanti dettagli rivelare. Meno sapevano, meno problemi avrebbero avuto a cose fatte, in particolare se fosse finita male. Ma osservando la situazione del loro punto di vista, Jonah non avrebbe apprezzato di essere tenuto all'oscuro.

"Mi sono organizzato con una persona, un rinforzo," disse. "Un ex poliziotto che sa il fatto suo. Resterà nascosto a meno che non si renda necessario un suo intervento. E se Stokes prova qualche mossa azzardata, lui sarà lì."

"Bene. Bene. E sarà..." Waverly annuì ma i suoi pensieri stavano ancora correndo. "Sarà sufficiente? E se Stokes fosse armato?"

"Lo sarò anch'io."

Quando era arrivato aveva notato il pallore di Waverly. Ma adesso il viso dell'uomo aveva il bianco delle ossa. Si portò una mano alla bocca.

"Vuoi dire che porterai una pistola? Mio Dio..."

"Una precauzione. Probabilmente non mi servirà." Provò Jonah con una sicurezza che non gli apparteneva.

"Ma una pistola!" Waverly sembrò sul punto di vomitare. Scosse la testa. "No, non posso... Voglio dire, non è..."

"Bene."

Jonah non aveva sentito Chrissie lungo le scale. Dopo la doccia aveva indossato un accappatoio bianco e morbido, i capelli ancora bagnati pettinati all'indietro quando entrò in cucina. Waverly si era quasi alzato, l'aria scioccata.

"Chrissie, non possiamo..."

"Ammazzalo," disse a Jonah, come se il marito non fosse lì. Si fermò davanti a lui, gli occhi luminosi e duri. "Non mi importa se si mette a implorare o a piangere, lo voglio morto, quel bastardo."

"Non sparerò a nessuno, a meno che non sia necessario."

"Per quale cazzo di motivo? Credi che non farebbe lo stesso con te? Guarda cosa è successo a Gavin." Chrissie lo afferrò per il bavero. "Ti conosco, Jonah, so a cosa stai pensando. Lo vuoi vivo nel caso sappia qualcosa su Theo. Ma non si tratta di lui, non più. Si tratta di Harry e Abigail, quindi voglio che alla prima occasione cacci una pallottola nella testa di quel fottuto bastardo! Mi hai sentito?"

Le lacrime le rigavano il volto. Jonah le prese le mani, accarezzandole prima di staccarle con gentilezza. Waverly le si era avvicinato. Le poggiò una mano sulla spalla, cercando di allontanarla.

"Ce li riporterà," le disse. "Non è vero, Jonah?"

"Sì. Lo prometto," Jonah si sentì dire.

In quel preciso momento ricordò che Gavin gli aveva detto la stessa cosa.

Il tragitto verso la banchina sembrò irreale. I fari delle auto lo infastidivano più del solito, l'oscurità appariva impenetrabile. Aveva sistemato la custodia del portatile con i soldi nel pozzetto del sedile del passeggero per averla sotto gli occhi anche mentre guidava. Conteneva più soldi di quanti ne avesse mai visti in vita sua, e si trovò a fissarli in continuazione, per scacciare la paura subliminale che potessero sparire.

Sapeva che era solo un sintomo della sua tensione e non la causa. Il pensiero del posto in cui era diretto, di cosa stava per fare, gli fece sudare le mani sul volante. In tutti i suoi anni nel nucleo di intervento armato, Jonah non aveva mai sparato a nessuno. Sperava che le cose rimanessero così, e adesso lo avrebbe scoperto. Stava andando a recuperare un'arma illegale e c'erano buone possibilità che dovesse usarla.

Eppure quando fu vicino alla banchina i suoi nervi iniziarono a rilassarsi. Lo scontro con Stokes non era più un'idea astratta, a molte ore di distanza. Stava accadendo proprio in quel momento, e accettando quel fatto Jonah fu invaso da una strana lucidità. Non era riuscito a salvare Theo, ma la storia non doveva per forza ripetersi. Le questioni sulla moralità e la legalità dell'operazione, tutti i suoi dubbi, ogni cosa scomparve. Era semplice, davvero.

Avrebbe salvato i bambini di Chrissie. Oppure sarebbe morto provandoci.

Quando fermò la Volvo sullo spiazzo della banchina, l'orologio del cruscotto indicava pochi minuti dopo le undici. Era presto. Non vide la macchina di Wilkes ma quando spense le luci intuì la sagoma di un veicolo sull'altro lato dello spiazzo. *Bene*. Se anche lui aveva dovuto cercarla allora c'erano minori possibilità che Stokes la vedesse.

Scese dall'auto e si infilò la custodia di pelle a tracolla. Si incamminò lento sul terreno sconnesso. Il cielo era nuvoloso ma non voleva accendere la torcia, quindi doveva fare molta attenzione a dove puntava le stampelle. Riconobbe la Vauxhall dell'ex poliziotto solo quando fu a pochi metri di distanza. La luce interna era spenta e quando si avvicinò al sedile del passeggero Jonah sperò che Wilkes l'avesse spenta in modo che non si accendesse all'apertura di una porta.

Notò la figura robusta al volante. Con un'ultima occhiata alla spianata, Jonah bussò sul finestrino prima di aprire la porta ed entrare.

"L'hai presa?" domandò a voce bassa. "Cos'hai...?"

La voce gli si spense in gola. Wilkes era accasciato sul sedile. Magari dormiva, ma c'era qualcosa sulla sua testa. Un sacchetto di plastica trasparente, e sotto gli occhi sbarrati e la bocca spalancata dell'ex poliziotto. Un movimento dietro di lui. Si voltò pronto a reagire quando un cranio pallido e rasato emerse dall'oscurità sul sedile posteriore. E vide un viso familiare, impossibile. Fu investito dallo shock.

Qualcosa lo colpì alla testa e il mondo virò al nero.

33.

Gli faceva male la testa. Quella fu la prima cosa di cui ebbe consapevolezza, ma altri dolori si presentarono presto. Debole e indolenzito, era sdraiato su una superficie dura e ruvida. Un tappeto, marrone, spesso. Non il suo. Sembrava muoversi sotto di lui con un rollio che faceva peggiorare la sua nausea. Aveva le braccia piegate dietro la schiena, appena cercò di muoverle qualcosa di duro e sottile gli scavò i polsi. Anche le caviglie erano legate.

Cordini di nylon.

"Non perdere tempo. Questi non si scioglieranno come quelli dell'altra volta."

La voce gli procurò uno shock. Poi tornò la memoria. La macchina di Wilkes, l'ex poliziotto morto. Il viso che lo fissava dal sedile posteriore. *No. Non è possibile...* Voltò la testa.

La luce malaticcia di una lampada a muro illuminava una stanza lunga dal soffitto basso. C'era un odore acido di sporco, di muffa e di umido. Le pareti rivestite di legno erano inclinate verso l'interno, e oltre al movimento leggero del pavimento sentì anche un profondo sciabordio. Non era una stanza, si rese conto. Una cabina.

Si trovava su una barca.

Una figura dalle spalle larghe lo guardava da una seduta a qualche metro di distanza, china in avanti con i gomiti sulle ginocchia. Nonostante la vista annebbiata, Jonah notò il cranio rasato e la giacca militare consunta che appariva nei fermoimmagine delle telecamere di sicurezza. A uno sguardo superficiale sembrava Owen Stokes, ma i lineamenti che lo fissavano non corrispondevano. Il viso incorniciato da una barbetta corta si aprì in un sorriso.

"Ehi, Jonah," disse Gavin.

I pensieri di Jonah sembravano scivolare sul ghiaccio, nessun attrito a fermarli. Il suo cervello insisteva che non stava accadendo davvero, che stava ancora sognando. Ma il dolore alla testa e nel corpo, i legacci ai polsi e alle caviglie gli dicevano qualcosa di diverso.

"Stavo iniziando a temere di averti colpito con troppa forza," disse Gavin. "Sei svenuto da secoli."

Il viso appariva più vecchio di quanto ricordasse e senza i riccioli neri la testa rasata gli sembrava del tutto estranea. Ma era Gavin, senza dubbio, l'uomo che era stato il suo migliore amico e il padrino del figlio. L'uomo di cui aveva trovato il corpo sul pavimento del magazzino, la testa ridotta a una poltiglia sanguinolenta.

Gli ci vollero due tentativi per riuscire a parlare. "Tu sei morto."

Gavin allargò le braccia. "Non ancora."

"Ho trovato il tuo corpo."

"Era solo un tizio che avevo conosciuto su un sito per appuntamenti. Corporatura e capelli simili, ma non bello quanto me. Aveva il mio stesso gruppo sanguigno, però." Si arrotolò una manica a mostrare una fasciatura lurida sull'avambraccio. "Doveva servire solo per il DNA, ma mi sono lasciato trasportare. Ha sanguinato come un maiale sgozzato."

Lo shock di vedere Gavin vivo aveva cancellato ogni altro pensiero di Jonah. Adesso il resto stava tornando come un'onda. *Oh, Cristo…*

"Dove sono i bambini?" *Dio mio, speriamo che stiano bene.*

"Dormono in un'altra cabina. Gli ho messo del Diazepam nel latte."

"Li hai drogati?"

"Calmati, stanno bene. Solo qualche goccia per metterli fuori gioco per poche ore."

"Li lascerai andare?"

"Certo! Sono solo bambini, cosa credi che voglia fare?" Gavin parve offeso. "Non preoccuparti, non mi hanno visto in faccia."

Non aveva motivi per mentire, così Jonah si permise si essere un po' sollevato. Ancora intontito, si mise a sedere contro la parete con grande fatica. Difficile con mani e piedi legati, lo sforzo acutizzò il dolore alla testa e al ginocchio. Nella luce della cabina, i pannelli di legno e le tendine dai motivi floreali agli oblò davano all'ambiente un aspetto curato quanto incongruo. Era un casino, con lattine di birra schiacciate sul pavimento e una pila di piatti sporchi in un piccolo lavandino. All'altra estremità c'era una porta semiaperta, oltre la quale Jonah vide un passaggio stretto e dei gradini che portavano al ponte.

Ma in mezzo c'era Gavin. La custodia di pelle era sul pavimento ai suoi piedi, accanto a una bottiglia di vodka piena per metà. Sopra c'erano i due cellulari di Jonah, il suo e quello datogli da Eliana Salim. Poi notò qualcosa che gli procurò una scarica di adrenalina. Accanto a Gavin c'era un manganello tozzo.

Oltre a sacchetti da freezer e nastro isolante.

Strappando gli occhi da quell'immagine, li fissò su Gavin. "Dove siamo?"

"Ormeggiati a un quarto di miglio dalla Banchina del macello. Ti piace?" Fece un gesto ironico a indicare la cabina. "L'ho *liberata*, diciamo, da ex colleghi che la usavano per far attraversare illegalmente la Manica. Dovrebbe riportarmi lì in tutta sicurezza."

"Cristo, Gavin..." Lo shock iniziale poteva essere passato, ma l'enormità dell'inganno lasciò Jonah stordito. "Marie e Dylan credono che tu sia morto. Hanno tenuto una cerimonia funebre per te!"

Gavin allontanò lo sguardo. "Non ho avuto scelta."

"Scelta? Cristo santo, hai ucciso delle persone innocenti!"

"Non erano tutti innocenti." Gavin prese la vodka e ne bevve un lungo sorso. "Dovevo sparire. L'unico modo per farlo senza che tutto ricadesse su Marie e Dylan era far credere che fossi morto. E dovevo essere convincente."

La rabbia stava sostituendo lo stupore. Cercando di non farsi vedere da Gavin, iniziò a saggiare i legacci di nylon ai polsi dietro la schiena. "Perché? Non può essere per la sospensione! L'hai fatto per i soldi?"

"Credi davvero che mi sarei infilato in questo vagone di merda per i soldi?" Gavin scoppiò a ridere. "Non ne hai proprio idea, vero?"

"No, infatti. Sapevo che non te ne fregava un cazzo di nessuno a eccezione di te stesso, ma Cristo! Cosa ti è successo?"

Sul volto di Gavin comparve uno sguardo freddo. "Sai, avevo dimenticato che razza di stronzo ipocrita sei. Ricordati solo che non avrei dovuto permettere che ti risvegliassi. Non farmi cambiare idea."

Gli occhi di Jonah andarono al manganello. Era uno strumento efficace, lo aveva imparato bene. Ma era l'apparente normalità dei sacchetti da freezer e del nastro isolante che lo spaventava ancora di più. Guardando Gavin notò una silenziosa consapevolezza nei suoi occhi.

Entrambi sapevano come sarebbe finita.

"Perché sono qui?" domandò Jonah, tirando i legacci ai polsi. "Avresti potuto uccidermi in macchina come hai fatto con Wilkes. Non avrei saputo niente di tutta questa storia, quindi perché non l'hai fatto?"

"Forse perché volevo fartelo sapere." Gavin lasciò che la risposta aleggiasse nell'aria poi prese un altro sorso di vodka. "Ma non avrebbe funzionato se ti avessero trovato con Wilkes."

Jonah impiegò qualche istante a capire. Era già sospettato per l'omicidio di Corinne Daly. E se il suo DNA e le sue impronte fossero state trovate insieme al corpo di Wilkes nella sua macchina sarebbe sembrato che lo avesse ucciso lui e poi fosse scappato con i soldi. Ci sarebbero state ancora altre domande senza risposta, ma sarebbero rimaste così. Irrisolte. E perché quel piano funzionasse bastava che Jonah fosse morto.

Doveva sparire anche lui.

Jonah tirò con più forza dietro la schiena, sentendo il nylon sottile che gli mordeva la carne dei polsi.

"Perché io? So che tra noi non era finita bene ma non posso credere che tu sia ancora incazzato per quel litigio."

Gavin rise. "Credi che abbia fatto tutto questo perché mi hai beccato dopo essermi scopato Chrissie? Dovresti crescere, Jonah."

"E allora perché? Perché darsi tanta pena solo per incastrarmi?"

"Tu cosa credi?" L'espressione di Gavin era quasi pigra, come se attendesse di vedere la sua reazione. "Owen Stokes."

Per un attimo Jonah credette di aver capito male. E che Gavin avesse davvero scoperto qualcosa su Theo. Ma poi la realtà tornò alla carica. Qualunque cosa ci fosse dietro questa storia, di certo Gavin non aveva agito per il figlio di Jonah.

"Non capisco," disse.

"Te l'ho detto, mi serviva una via d'uscita. Stokes me l'ha offerta ma tutti dovevano pensare che stesse accadendo qualcosa di diverso. E poi sei arrivato tu. Sei così prevedibile, Jonah. Sapevo che non avresti ragionato con lucidità se avessi saputo del suo coinvolgimento. E avevo ragione, no?"

Jonah sentì un bruciore allo stomaco. "Quindi è così? Non c'è altro? Stokes non ha..."

"Non aveva nulla a che fare con la scomparsa di Theo, se ti stai chiedendo questo. Niente. Ma rappresentava un'esca perfetta."

Gavin si girò per mostrare la base del collo a Jonah. Sopra il colletto unto c'era il tatuaggio di una ragnatela nera.

"Un semplice pennarello, ma è stato sufficiente," disse, raddrizzandosi. "Sufficiente a ingannare le telecamere di sicurezza."

Jonah sembrò perdere ogni residuo di forza. Pensò alle foto che Fletcher e Bennet gli avevano mostrato. Gli avvistamenti di Stokes. Un uomo dal cranio rasato, un cappellino da baseball e la testa inclinata in modo da mostrare il tatuaggio dietro al collo. Tutta quell'energia e quel tempo spesi a inseguire un miraggio. E con quella consapevolezza arrivò un'altra fitta di dolore.

Che la sua ultima speranza di trovare risposte alla scomparsa di Theo era sparita per sempre.

"Stokes è ancora vivo?" domandò, conoscendo già la risposta.

"Ovviamente no. Non l'ho ucciso io, però. La colpa è tua. Quel povero bastardo credeva che lo pagassi per rivendere televisori rubati, ma tu lo hai fottuto. Non pensavo che potessi farcela. Io ho dovuto solo liberarmi del corpo."

Una nuova ferita si aprì nell'anima di Jonah a quelle parole.

"Dove?"

"Sul fondo del fiume, insieme al mio sosia del magazzino." Gli occhi di Gavin erano fissi su di lui. "Lo rivedrai presto."

A quel punto Jonah quasi rinunciò. Cristo, era troppo. Poi la rabbia ritornò, insieme a una nuova determinazione. C'era ancora qualcosa che non sapeva. Gavin poteva aver bisogno che lui sparisse, ma non spiegava per quale motivo fosse ancora vivo.

Vuole parlare. Lasciamoglielo fare.

Ignorando il dolore ai polsi, Jonah continuò a tirare i legacci di nylon. "Cosa mi dici di Corinne Daly? E Wilkes?"

Un altro sorso di vodka. "Sei stato tu a trascinare Jim in questa storia. Ero felice che lui mi reputasse morto fino a quando non hai bussato alla sua porta. Dopo la giornalista, avevo iniziato a temere che potessi sapere troppo. Jim non riusciva a stare zitto quando beveva, così ho dovuto scoprire cosa vi stavate dicendo. Cristo, si è quasi cagato addosso quando mi ha rivisto."

"Ma era tuo amico!"

"Era un coglione che si sarebbe venduto anche la madre. Comunque, non verserei neanche una lacrima per lui. Chi credi che abbia chiamato per la pistola?"

Sorrise all'espressione sul volto di Jonah.

"Volevi una Glock 17, non è vero? Cattivo. Devo ammetterlo, non me lo aspettavo. Wilkes non sapeva dei gemelli e si stava ancora riprendendo dalla notizia che ero ancora vivo. Gli avevo detto qualche stronzata per convincerlo che ero stato incastrato, ma ho dovuto promettergli di lasciargli una parte." Scosse la testa. "Stupido bastardo. Quanto ti ha chiesto per la pistola?"

Jonah ricordò la telefonata che aveva origliato dalla cucina cercando di capire cosa Wilkes stesse dicendo. Pensava che stesse parlando con un vecchio contatto. *Cristo, ma quanto stupido puoi essere?*

"Mille," disse, disgustato dalla propria imbecillità.

"Davvero?" Gavin fece un verso. "Imbroglione del cazzo. A me ha detto che te ne aveva chiesti cinquecento."

Gavin prese un altro sorso poi riappoggiò la bottiglia. Stava bevendo molto adesso, come se si stesse preparando per qualcosa. I polsi di Jonah erano bagnati di sangue, il nylon gli aveva trapassato la pelle ma non aveva ceduto di un millimetro. Continuò a tirare.

"Corinne Daly aveva una figlia piccola, lo sapevi? Maddie."

Gavin fece una smorfia. "Non iniziare. L'ho vista parlare con te alla commemorazione..."

"C'eri anche tu?" lo interruppe Jonah.

"Parcheggiato in fondo alla strada. Non crederai che me la sarei persa." Un altro sorso. "Non posso certo biasimarti ma era una stronza impicciona. Non avrebbe smesso di scavare fino a quando non avesse scoperto ogni cosa su di me. E non potevo permetterglielo."

Jonah ricordò la donna con cui aveva mangiato la pizza e bevuto, la vita e l'entusiasmo sul suo viso. Poi lo rivide immobile e privo di vita dietro un sacchetto di plastica e avrebbe voluto gettarsi sull'uomo che aveva di fronte.

"Quindi l'hai uccisa e l'hai usata per incastrarmi," disse, sempre lavorandosi i legacci. Gli parve che si fossero allentati ma con tutto quel sangue era difficile a dirsi.

"Be', sai. Due piccioni con una fava."

"Cristo, ti senti?" Jonah urlò. "E le vittime nel magazzino? Cosa ti avevano fatto?"

Gavin incrociò le mani sulla testa con gesto plateale facendole schioccare. Non doveva guardare Jonah mentre rispondeva, in quel modo.

"Niente. Dei perfetti sconosciuti presi dalla strada. Se avesse funzionato, tutti avrebbero pensato che Stokes fosse un maledetto bastardo. Dovevo farlo apparire così. Perché credi che abbia scelto un posto chiamato Banchina del macello?" Rise senza vergogna. "Dai, era perfetto..."

Rallentando il respiro per controllare la rabbia, Jonah continuò a tirare i legacci.

"Anche Daniel Kimani era un perfetto sconosciuto?"

Gavin si bloccò. Abbassò le braccia, guardando Jonah con un'attenzione nuova.

"Te l'ha spifferato Daly, è così? Cos'altro ti ha detto?"

"Che era un dottorando e un attivista per i diritti umani. Non l'hai scelto a caso, non è così?"

"Forse non sapevo chi fosse." Gavin parve indifferente ma aveva gli occhi stanchi. "Non mi sono disturbato a leggere il suo curriculum."

"Ma sapevi chi era Nadine."

L'indifferenza svanì. "Cosa vorresti dire?"

"Nadine, te la ricordi? L'hai coperta di calce viva e l'hai lasciata soffocare. Era agonizzante quando l'ho trovata," disse Jonah, sfruttando il suo vantaggio. "Sapevi che era ancora viva?"

"Ho fatto un errore. Ecco perché ho iniziato a usare questi." Gavin prese il rotolo di sacchetti da freezer poggiato accanto a lui per mostrarlo a Jonah. "Sono davvero ottimi. Lo scoprirai presto."

La minaccia lo fece rabbrividire ma non si fece sviare. "Come mai hai sbagliato solo con lei? Forse perché ti ricordava qualcuno?"

Gavin si bloccò. "Cos'hai detto?"

"Mi hai sentito. Cosa direbbe Eliana se sapesse che hai ucciso sua sorella?"

Gavin impallidì. Nella luce della lampada aveva un pallore cadaverico.

"Chi te l'ha detto?"

Jonah sapeva che bisognava fare attenzione adesso. Aveva una sola carta da giocare. E non poteva permettersi di spingere Gavin troppo in là.

"Non mi ricordo. Forse è stato Wilkes. Se non lo avessi ucciso potresti chiederglielo."

"Stronzate! Wilkes non sapeva nemmeno che la sorella era in Inghilterra!" Gavin era sul bordo del sedile adesso, il manganello in pugno. "Non lo sapeva nessuno. E nessuno degli inquirenti poteva aver fatto il collegamento, quindi come cazzo hai fatto a saperlo?"

"Perché l'hai uccisa?" domandò Jonah, ignorando le sue parole. "Come ha fatto Nadine a trovarti?"

"Dimmi perché sai che erano sorelle o ti massacro con questo."

"Da cosa eri spaventato? Temevi scoprisse che avevi costretto la sorella a tornare a prostituirsi? Non è abbastanza per..."

Gavin si tuffò dal sedile e vibrò un colpo. Jonah tentò di evitarlo ma il manganello pieno di piombo lo investì alla coscia.

"Chi te l'ha detto?" urlò Gavin, colpendolo ancora. "Dimmelo! Dimmelo o giuro che..."

"È stata lei!"

Silenzio. Gavin incombeva su di lui, il petto che si alzava e si abbassava per l'affanno. Il viso livido.

"Cosa stai dicendo?"

"Non è morta." Anche Jonah era a corto di fiato. "Quello nell'appartamento era il corpo di un'altra ragazza. Ti ricorda qualcosa?"

Il dolore gli esplose nel braccio quando Gavin sferrò un altro colpo. E un altro. "Ti avevo avvertito!"

"L'ho vista ieri!" urlò Jonah, cercando di sfuggire al manganello. "Non è morta!"

Gavin si fermò. Con cautela, Jonah si ridistese. Gavin impugnava ancora l'arma, poi abbassò il braccio come se se ne fosse scordato.

"Stai mentendo," disse.

"Allora come farei a sapere che assomigliava a Nadine?"

Gavin indietreggiò. Si lasciò cadere nel sedile.

"Non può essere. Io ho visto..."

Tacque. Jonah si tirò a sedere, tremando per il dolore. Sentiva un piccolo rimorso per aver detto a Gavin di Salim. Le aveva promesso di mantenere il segreto ma neanche lei poteva prevedere una situazione simile.

"Il cadavere dell'appartamento non era il suo," continuò Jonah. "Lo avevate dato tutti per scontato e Wilkes ha sbagliato l'identificazione. Lei è ancora viva. Conosco un modo per contattarla."

Nello sguardo che Gavin gli rivolse Jonah trovò una speranza sfrenata insieme alla paura.

"No. No, non è... Come?"

Jonah evitò di guardare il cellulare che la ragazza gli aveva consegnato. "Liberami e te lo dico."

Gavin scoppiò a ridere. "Ho l'aria di un deficiente del cazzo? Perché non dovrei soltanto menarti fino alla morte?"

"Certo, puoi farlo, ma in quel caso non scopriresti se sto mentendo o no. Se mi uccidi non lo saprai mai."

Il cuore di Jonah accelerò. Cercò di fingersi calmo mentre Gavin rifletteva.

"Non ti lascio andare," disse dopo un po'. "Sappiamo entrambi che non succederà ma ti offro un accordo. Ti ho risparmiato la vita perché ero ancora indeciso su una cosa. Quindi facciamo uno scambio. Tu mi racconti quello che sai e io in cambio ti darò un'informazione."

Jonah sapeva che non sarebbe stato facile. Ma non si aspettava qualcosa di simile. Gavin era di nuovo sicuro di sé. C'era qualcosa di crudele nel modo in cui fissava Jonah.

E lui ebbe un presentimento: le cose potevano anche peggiorare.

"Che informazione?" domandò, terrorizzato dalla risposta.

Il sorriso di Gavin era una messinscena.

"So cos'è successo a Theo."

34.

La ragazza si chinò accanto alla carrozzina, sorridendo mentre sistemava la copertina della piccola occupante. “Chi è questa bellissima bambina? Chi è? È l’angioletto della mamma.”

Il suo inglese era buono nonostante un leggero accento. Era attraente ma troppo magra, le occhiaie scure sotto gli occhi raccontavano di notti insonni. Indossava vestiti puliti anche se economici e consunti, e sebbene dalla distanza sembrasse passabile, da vicino la carrozzina esibiva i segni del tempo e dell’usura: era arrugginita, con una ruota che gemeva e si bloccava.

Ma serviva al suo scopo.

Non c’erano molte persone nel parco. Un ubriacone stava bevendo su una panchina poco distante, perduto nella sua bottiglia. E poi c’erano l’uomo con il bambino nell’area giochi. Li osservò oltre la copertura della carrozzella, sistemando ancora la copertina e spostando il coniglietto di peluche di qua e di là. Erano lì da mezz’ora, il padre prima lo aveva spinto sull’altalena, poi si era fatto condurre su tutti gli altri giochi. La risata del bambino viaggiava nell’aria fredda, il calore del sorriso del padre era contagioso.

Erano sulla giostrina adesso. Cioè, solo il bambino. Il padre era su una panchina lì accanto ad ascoltare il cigolio ritmico prodotto dal figlio. La ragazza continuò a rivolgersi al bebè osservando la testa dell'uomo che crollava e si rialzava, crollava e si rialzava. Poi sprofondò senza più muoversi, il mento appoggiato al petto.

I suoi occhi si chiusero.

Dormiva?

Guardandosi in giro, la ragazza vide che l'altra panchina adesso era vuota. L'ubriacone era scomparso. Nessun altro nei paraggi. Solo il padre addormentato e il bambino sulla giostrina che stava rallentando.

E lei.

Si alzò, grattandosi i segni dell'ago sotto la manica del cappotto. Le era stato detto di seguire e osservare e di riportare ogni dettaglio. Nient'altro. Ma questa… era un'opportunità. Meglio di qualsiasi resoconto. Forse avrebbe guadagnato una notte di sonno senza dover lavorare in strada.

Il bambino era sceso dalla giostrina ormai ferma e si era infilato nei tubi. Più lontano dal padre addormentato, sul limitare dei cespugli. Eccitata dall'adrenalina e dall'astinenza, guardò verso la carrozzina. Gli occhi inespressivi della bambola ricambiarono il suo sguardo.

Prese una decisione.

"È stata solo sfortuna." Gavin osservava Jonah come fosse un animale imprevedibile. "Chi l'aveva mandata lì non era interessato a te. Non te lo ricorderai, ma allora avevo partecipato a una grossa indagine insieme all'Interpol su alcuni migranti morti lungo un binario di servizio. Sapevamo che era coinvolta una gang di criminali locali, però pensavamo che fossero solo dei facilitatori di un'organizzazione più estesa che lavorava nei Balcani. Avevamo ragione, ma poi venne fuori che non eravamo gli unici a condurre delle indagini. Questi criminali avevano messo sotto osservazione tutta la mia squadra in cerca di un punto debole. E non solo noi, famiglie e amici compresi. Come te."

Un flusso di pensieri investì Jonah. La cabina con le pareti di legno e la lampada alla parete, l'uomo rasato di fronte a lui, tutto aveva assunto le forme iperrealistiche di un incubo. Non stava succedendo davvero. Non poteva essere.

"No," disse. Però ricordava la giovane madre. Ricordava che gli aveva sorriso mentre sistemava la copertina del figlio nella carrozzina. "No, non può esserselo portato via così. Qualcuno l'avrebbe vista..."

"Infatti, così è stato. Le telecamere di sicurezza l'hanno ripresa mentre usciva dal parco ma non potevano vedere cosa ci fosse sotto la copertina. Ed era già stata registrata mentre passeggiava con la stessa carrozzina, quindi non c'era nulla di sospetto. Era solo una mamma che portava il figlio al parco. E Owen Stokes era un sospettato molto più adatto. Ovviamente hanno cercato di contattarla ma solo in qualità di testimone. Non riuscirono a trovarla e nessuno pensò di indagare meglio in quella direzione."

"Non ci credo!" Jonah si sentì invadere dal panico. "Theo avrebbe lottato o... urlato! Lo avrei sentito!"

"Ma non è andata così, o sbaglio?" Gavin bevve un altro sorso di vodka. Più lento, stavolta, più misurato, adesso che aveva ripreso il controllo. "Lo afferrò prima che potesse fare o dire qualcosa. Era una drogata, credi che un bambino di quattro anni potesse causarle qualche problema? Quando lo ebbe portato abbastanza lontano, gli diede una bella sberla per tenerlo tranquillo e lo portò via da lì. C'era una macchina parcheggiata non lontano e se anche lui avesse iniziato a dar fastidio, chi si sarebbe insospettito davanti all'ennesima mamma che doveva tenere a bada un bambino urlante?"

"No!" Jonah sentì il cuore spezzarsi. "La sua scarpina era nel canale..."

"Era una messinscena. Avevano allentato la grata a cose fatte, in modo da rendere credibile che ci si fosse intrufolato."

No, no, no... "Stai mentendo! Come fai a sapere queste cose?"

"Perché quei bastardi mi stavano già ricattando. Qualche giorno prima avevo ricevuto una e-mail contenente un video di me a letto con una tipa che avevo rimorchiato in un bar. Poi si è scoperto che era tutto organizzato. Lei lavorava per loro, illegale e minorenne. Così potevo scegliere: o dargli cinquecento sterline a settimana, o loro avrebbero inviato il video a Marie, al mio capo e alla stampa. Mi hanno dato una settimana per decidere."

Un altro sorso. Poggiò la bottiglia e scosse la testa.

"Giuro su Dio, ancora non so cos'avrei fatto ma non ho avuto la possibilità di scoprirlo. Mi stavo torturando per quella faccenda quando Theo è scomparso. Non sapevo che fossero coinvolti, ma il mattino dopo ho ricevuto un'altra e-mail. Avevano spostato la scadenza, mi restava un'ora per decidere. C'era una fotografia di Theo, anche."

Fu come se l'aria fosse stata risucchiata dalla cabina.

"Tu lo sapevi?" disse Jonah. "Ti hanno mandato una foto e tu non mi hai mai detto un cazzo di niente?"

"Come avrei potuto? Cosa credi che mi avrebbero fatto se ti avessi informato? A me e alla mia famiglia?"

Jonah cercò di scagliarsi su di lui, urlando mentre tirava i legacci ai polsi e alle caviglie. Senza fretta, Gavin prese il manganello, si alzò e glielo piantò nel ginocchio. Il rumore di ossa rotte e la fitta di dolore bianco gli tolsero il fiato.

"Allora, fai il bravo o ne vuoi un altro?" disse Gavin, incombendo sopra di lui.

Jonah risucchiò l'aria tra i denti, gli occhi chiusi. Ma il caos che sentiva dentro non gli avrebbe comunque permesso di parlare. Dopo un attimo, Gavin tornò a sedersi.

"Cercavo di tenerlo in vita," disse, come se non fosse accaduto nulla qualche istante prima. "Ci ho provato. Cazzo se ci ho provato! Se avessi pensato che sarebbe stato utile te lo avrei detto subito, ma a cosa sarebbe servito? I loro messaggi non erano tracciabili, e se avessi spifferato qualcosa lo avrebbero ucciso di sicuro. Cristo, credi che non volessi dirtelo? Così ho fatto l'unica altra cosa che potevo fare. Ho detto loro che avrei fatto qualsiasi cosa purché liberassero Theo."

Anche se quella era una notizia di dieci anni prima, anche se Jonah sapeva già come sarebbe finita, ascoltandola per la prima volta si sentì invadere da una speranza irrazionale che il figlio fosse in qualche modo sopravvissuto.

E questo rendeva tutto ancora più crudele.

"Ma non hanno accettato," concluse Jonah.

"No." Gavin allontanò lo sguardo. "Hanno mandato qualcuno a casa mia. A casa mia. Una donna, in modo da non insospettire nessuno. C'erano Marie e Dylan, così ho dovuto fingere che si trattasse di lavoro. Ha detto che era un'inviata, molto educata, formale. Si è scusata. Mi ha detto che quanto accaduto nel parco non era stato autorizzato e che la persona responsabile sarebbe stata punita. Ma che non c'era più niente da fare."

Jonah non riusciva a respirare. "Cosa vorrebbe dire, *non c'era più niente da fare*?"

"Secondo te?" Gavin fece un gesto impotente, una mezza alzata di spalle, un mezzo cenno di scuse. "Se avessi potuto fare di più, io..."

"Cos'hanno fatto a mio figlio?" Le lacrime lo stavano accecando. "Lo hanno ucciso?"

"Non mi hanno mai detto di preciso cosa..."

"Lo hanno ucciso?"

"Certo che lo hanno ucciso!" urlò Gavin, sbattendo il manganello sul sedile. Si bloccò, il respiro affannoso, poi proseguì con una voce inespressiva. "Aveva quattro anni, cosa avrebbero potuto fare? Questi bastardi comprano e vendono carne umana. Credi che si sarebbero impietositi per un bambino?"

Jonah sentì il cuore inciampare, come se volesse fermarsi. Pensava di essere pronto. Pensava di aver accettato la morte di Theo molto tempo prima. Ma non era vero. Il dolore fisico non era nulla rispetto alla ferita della perdita che veniva riaperta. Rimase immobile, annichilito.

"Non mi hanno detto come e io non l'ho chiesto. Ma non lo avrebbero mai lasciato andare, non dopo che quella stupida troia lo aveva rapito. Mi sarei risparmiato un sacco di dolore se lo avessi capito prima." Gavin bevve ancora, poi alzò la bottiglia come a fare un brindisi. "Contento? Volevi le risposte, adesso le hai."

Jonah pensava di aver odiato Owen Stokes, ma era nulla a confronto di ciò che sentiva fissando quell'estraneo di fronte a lui. Riprese a tirare i legacci ai polsi con una determinazione furiosa.

"Dieci anni," disse, l'emozione che prendeva possesso della sua voce rotta. "Sapevi da dieci anni cosa gli è successo e non me l'hai mai detto."

"Credi che sia stato facile? Vivere sapendo una cosa simile? Cristo, perché credi che mi sono scopato Chrissie? Volevo che lo scoprissi, perché almeno avrei potuto smettere di fingere."

"Sei un maledetto codardo!"

"Oh, eccoci. Perché è tutta colpa mia, vero?" Il sorriso di Gavin aveva qualcosa di malvagio. "Volevi sapere perché ti ho trascinato in questo casino? Ecco perché! Non hai mandato a puttane solo la tua vita! Credi che adesso ce ne staremmo seduti qui, su questa barca di merda, se tu non ti fossi addormentato e non avessi permesso a una tossica di portarsi via suo figlio? E grazie a te questi bastardi si sono impossessati di me. Mi hanno costretto a ubbidire a ogni loro ordine."

Una rabbia fredda stava invadendo Jonah. "Sei stato pagato molto bene, in cambio."

"Vaffanculo! Mi sono guadagnato ogni centesimo dei soldi del monolocale. Ogni fottuto centesimo. Cristo, ho dovuto fare cose che... E tu hai rovinato anche quello. Settantacinquemila sterline svanite nel nulla perché tu dovevi ficcarci il tuo cazzo di naso! E adesso guarda!" Lanciò un'occhiata derisoria alla custodia del computer. "Centomila sterline. Quanto lontano dovrei andare con questi spiccioli?"

All'improvviso una calma irreale calò su Jonah. Il dolore ai polsi sembrava lontano e secondario mentre continuava a lottare per liberarsi.

"Voglio i loro nomi."

"Perché, a cosa può servire?" Gavin lo indicò con la bottiglia di vodka. "Non potrai fare proprio niente."

"Allora non c'è motivo per non dirmeli," ribatté Jonah. In quel momento non importava più nulla. "Voglio sapere chi ha ucciso mio figlio."

Gavin si appoggiò allo schienale, fingendo di pensare. "Va bene, vediamo. Il boss della zona era Lee Sissons, che gestiva gli affari con i figli Patrick e Jez. L'ordine di seguirti dev'essere arrivato da uno di loro. Ma forse... No, aspetta. Sì, giusto, è morto poco dopo. Seguito dai figli a breve distanza. In realtà, quasi tutti quelli che collaboravano con loro sono morti o scomparsi. E dopo sei mesi i loro rivali avevano preso in mano le redini delle operazioni. Strano, no?"

Un altro sorso di vodka. Abbassò la bottiglia e guardò Jonah con ostilità.

"Quando avevano detto che i responsabili sarebbero stati puniti, non si riferivano solo alla tossica che aveva preso Theo. Rapire il figlio di un poliziotto non fa bene agli affari. Ecco di cosa parliamo. La droga, la prostituzione, il traffico di esseri umani, sono un affare. Un affare enorme. La gente che li gestisce non controlla solo gang di criminali, controlla uomini politici, banchieri... È un'industria internazionale, una macchina gigantesca. E se qualcuno blocca gli ingranaggi, fa una brutta fine. Quindi se cerchi vendetta, arrivi tardi."

Qualunque cosa fosse accaduta a quella gente, non era abbastanza. Jonah non provò alcuna soddisfazione, solo una frustrazione strisciante nel sapere che chi aveva ucciso suo figlio era morto. Eccetto l'uomo che aveva davanti.

"La ragazza che ha preso Theo?" disse, senza pensare al sangue che gli colava dai polsi. "Quella con la carrozzina."

"Lei è stata la prima. Volevano farne un esempio. Le hanno tagliato le mani e hanno scaricato il suo corpo in una stradina."

Jonah si fermò, il nylon dimenticato per un istante. "Come si chiamava?"

"Non ti dirà niente..."

"Ana Dounari?"

La sorpresa di Gavin glielo confermò. "Chi te l'ha detto?"

Nessuna risposta. Non poteva neanche immaginare come Eliana Salim ne fosse venuta a conoscenza, ma adesso sembrava tutto inevitabile. Gavin si sporse verso di lui, brandendo il manganello.

"Ho chiesto chi cazzo te lo ha detto!"

Jonah lo guardò negli occhi, riprendendo a tirare i legacci. *Avanti, cazzo...*

"Eliana."
"Non prendermi per il culo. Se anche fosse vero che è ancora viva, non potrebbe saperlo in alcun modo."
"No?" Jonah riuscì ad alzare le spalle. "Be', ti sbagli. Mi ha detto di ricordare quel nome ma non ha voluto spiegarmi perché."
"Merda... Tutto questo è... Vaffanculo!" Sembrava che Gavin fosse stato colpito da un pugno. Scattò in piedi e si avvicinò a Jonah, il manganello pronto. "Dove le hai parlato?"
"Ho ricevuto un messaggio, diceva di presentarmi alla banchina, ieri sera. Non sapevo chi mi avesse contattato fino a quando non sono arrivato lì e l'ho vista."
"Quindi è comparsa così, dal nulla?" Un sogghigno sottilissimo. "E perché avrebbe voluto incontrarti?"
"Tu cosa credi? Voleva sapere com'era morta la sorella." Jonah si spostò, cercando di assumere una posizione che gli permettesse di assestare un calcio a Gavin. Se fosse riuscito a farlo cadere...
"Credo abbia fatto molta strada da quando l'hai conosciuta. Vestiti costosi, una macchina potente. Mi ha raccontato di voi. Che la usavi."
Gavin strinse il manganello. "Stai mentendo. Non l'ha detto."
"Sì, invece. Mi ha detto che viveva nel terrore per causa tua. Perché l'hai rispedita da quei bastardi? Prendevi soldi anche da loro?" Jonah lo fissò, incredulo. "Ammettilo, è così?"
"Te l'ho detto, è un business," rispose, freddo. "Quando un nuovo gruppo assume il controllo, rilevano tutto. Poliziotti compresi. E io ero uno di loro."
Non c'era da stupirsi se Gavin aveva voluto rilasciare Salim in tutta fretta, si disse Jonah. Non voleva rischiare che dicesse che era corrotto e prendeva soldi da quei criminali. E per lo

stesso motivo aveva chiesto di essere il suo referente, e scaricava Wilkes al pub per incontrarla da solo. In quel modo poteva controllare e ripulire le informazioni che passava alla sua squadra.

Solo che in realtà non poteva controllare proprio niente.

"Sei davvero un pezzo di merda," disse Jonah.

"Be', non tutti abbiamo la tua stessa tempra morale." Gavin aveva preso a battersi il manganello sulla coscia con un ritmo teso. "Non lo facevo solo per me, proteggevo anche lei. Credi che non possano arrivare a chi si trova in prigione o in un centro temporaneo per immigrati illegali?"

"Giusto, lo facevi per lei. Lei non è d'accordo, però. Mi ha detto che le veniva da vomitare quando la gente ha iniziato a dire che eri un eroe. E come credi che la prenderà una volta scoperto che hai ucciso tu sua sorella?"

Per un attimo sembrò che Gavin volesse colpirlo di nuovo, poi afferrò la bottiglia e la scagliò contro la parete. Non si ruppe quando cadde al pavimento spargendo vodka ovunque. L'aria era satura dell'odore di alcol. Gavin era in piedi in mezzo alla cabina, il respiro faticoso come se stesse male.

"Perché l'hai fatto?" gli domandò Jonah.

Gavin lo guardò in cagnesco, ma anche quello parve costargli troppa fatica. Tornò a sedersi, afflosciandosi sui cuscini.

"Ero stanco. Dannatamente stanco. Le bugie, la paura. Senza sapere quando tutto mi sarebbe scoppiato tra le mani. Non c'era mai fine, ma dopo dieci anni così non t'importa più di niente. O credi che sia così." Sembrava svuotato di ogni energia. Si passò una mano sul viso. "Ci facevo meno attenzione. Prendevo soldi da altre gang, promettevo cose che non potevo mantenere. E gli Affari interni erano sulle mie tracce. Sapevo che era solo questione di tempo: prima o poi avrebbero indagato su di me e io sarei stato fottuto. Finché ero utile potevo dirmi al sicuro.

Anche chi mi controllava sapeva che non era una buona idea uccidere un poliziotto in servizio. Ma uno caduto in disgrazia, che magari iniziava a parlare, be', quella era una cosa diversa. Non potevo fuggire abbandonando Marie e Dylan. Ero disperato, e poi, come se non bastasse, si è presentata la sorella."

"Aveva un nome," disse Jonah. "Si chiamava Nadine."

Gavin gli lanciò un'occhiataccia. "Lei era una minaccia. Pensavo che gli armeni avessero ucciso Eliana perché avevano scoperto che era un'informatrice. Ma non sapevano di lei e di me. Se avessero immaginato che ero il suo referente sarei finito con la gola tagliata, poliziotto o no. Se sua sorella sapeva di noi, l'ultima cosa di cui avevo bisogno era che spifferasse tutto."

"Come ha fatto a trovarti?"

"Non mi ha trovato." Uno spasmo parve attraversare il volto di Gavin. "Sono stato io a trovare lei."

Aveva saputo che era stata fatta una denuncia per la scomparsa di Eliana Salim. Per fortuna lo aveva scoperto presto, prima che qualcuno intuisse qualcosa. L'omicidio di Salim era un caso vecchio che raccoglieva polvere sotto anni di imbarazzo ufficiale. Non c'era niente a indicare che la donna scomparsa era la stessa il cui corpo smembrato era stato trovato anni prima. Ma Gavin aveva i suoi motivi per deviare ogni domanda pericolosa. Così aveva preso la denuncia per vedere chi l'avesse compilata.

Un dottorando, un kenyota di nome Daniel Kimani.

"Quel nome non mi diceva nulla, così andai a parlarci," disse Gavin, sprofondato nel suo sedile. "Viveva in un appartamento in condivisione a Notting Hill. Come tutti gli studenti. Mi disse che aveva sporto denuncia per conto di un amico senza rivelarmi come si chiamava. Mi stavo domandando come comportarmi con lui quando la porta si aprì ed entrò la sorella di Eliana."

Gavin chiuse gli occhi, poi scosse la testa.

"Cristo, quando la vidi, pensai... Comunque, lei doveva conoscere il mio viso perché subito disse: *Sei tu, non è vero?* Poi scoprii che Eliana le aveva scritto di aver conosciuto un poliziotto."

Un sorriso stentato.

"Ecco tutto. Mi ero fottuto da solo. Lei era illegale quindi aveva dovuto chiedere a Kimani di sporgere denuncia per lei. Poi quando li feci parlare capii che non avevo motivo di preoccuparmi. Se non avessi fatto nulla, comunque non sarebbero mai arrivati da nessuna parte. Però adesso che mi avevano conosciuto dovevo per forza agire."

"E quindi li hai uccisi." Jonah non cercò di mascherare il disgusto.

"Te l'ho detto, dovevo uscirne in qualche modo. Poi quando ho visto Stokes ogni cosa si è sistemata."

Ogni cosa si è sistemata. Jonah ripensò a tutte le persone che Gavin aveva ucciso, senza smettere di tirare i legacci.

"E l'altro uomo nel magazzino? Chi era?"

Un'espressione furtiva si dipinse sul volto di Gavin. "Un barbone che ho trovato in un vicolo. Nessuno ne avrebbe sentito la mancanza. Se fossero stati solo loro due sarebbe stato sospetto. E non potevo permettermelo. Dovevano sembrare vittime casuali."

Così ne aveva trovata una. Jonah pensava che niente più lo avrebbe scioccato, ma non era così. Usò quella sensazione come stimolo per tirare ancora di più il nylon. Un lembo di pelle si era staccato alla base del pollice. Se fosse riuscito a far passare il legaccio oltre, forse sarebbe riuscito a sfilarselo.

Gavin si stava alzando. Sembrava più calmo, adesso. Andò a recuperare la bottiglia e controllò quanta vodka fosse rimasta.

"Sai, per anni ho pensato di dirtelo," riprese, dopo l'ennesimo sorso. "Mi chiedevo come sarebbe stato togliermi quel peso dalla coscienza. Ecco perché ho lasciato che ti risvegliassi. Non avevo ancora deciso se dirtelo. E sai cosa? Fa la differenza. Eccome."

Si scolò la bottiglia e la poggiò al pavimento. Poi si avvicinò, il manganello in pugno.

"Dimmi come posso trovare Eliana."

"Non finché non avrai..."

Un altro colpo sulla coscia. Jonah urlò, cercando di scalciare Gavin ma fu uno sforzo inutile. Gavin lo evitò e tornò a colpirlo: il manganello si abbatté sull'osso con un dolore insopportabile.

"Va bene!" urlò Jonah. "Il suo numero è nella rubrica. Nel cellulare più piccolo."

Gavin si bloccò. Guardò i due telefoni sulla custodia del portatile. Quando si voltò di nuovo verso Jonah sul viso aveva lo sguardo di una preda.

"Se è una trappola..."

Jonah chinò la testa. "Non lo è. C'è un solo numero nella rubrica."

Lo guardò avvicinarsi alla custodia. *Forza, chiamala.* Non aveva idea di come Salim potesse aiutarlo, se anche avesse voluto. Ma Jonah si sarebbe tolto una bella soddisfazione a farle sapere che Gavin era vivo.

Il resto lo avrebbe fatto da sola.

Gavin afferrò il telefono come se ne avesse paura. Guardò Jonah con aria incerta.

"Come faccio a sapere che..."

Prima che potesse finire la frase giunse un rumore dal lato opposto della cabina. Jonah guardò oltre Gavin e gli si bloccò il cuore.

La figlia di Chrissie era sulla soglia.

I capelli arruffati dal sonno, gli occhi spalancati. "Dov'è la mamma?" mugugnò.

Gavin la stava fissando incredulo. Poi gli crollarono le spalle.

"Ah, merda."

Jonah rabbrividì. "Gavin, no..."

"Dov'è la mamma?" ripeté la bambina, strofinandosi gli occhi.

"Va tutto bene, tesoro." Gavin si infilò il manganello e il cellulare di Salim in tasca e si avvicinò. "È solo un brutto sogno."

"Voglio la mamma..."

"Sss, va tutto bene. Vieni, ti do un bicchiere di latte e ti rimetto a letto."

"No, ti prego!" disse Jonah, quando Gavin la prese in braccio. La bimba non oppose resistenza, accucciandosi assonnata sulla sua spalla. "Non ce n'è bisogno! Non ricorderà nulla lo stesso!"

"Tu devi stare buono," rispose Gavin, prendendo anche il cellulare di Jonah. "Non rendere le cose più difficili."

"Ti prego. Puoi ancora lasciarli andare," lo implorò. Gavin lo ignorò, fermandosi al lavandino per prendere il contenitore del latte. "Aspetta!"

Ma Gavin stava già portando fuori la bambina, chiudendosi la porta alle spalle

35.

Appena il suono dei passi si allontanò, Jonah riprese a tirare i legacci intorno ai polsi e alle caviglie. Sentì il cigolio di una porta che si chiudeva, poi più nulla. Silenzio, eccetto lo sciabordio dell'acqua contro lo scafo. Gavin avrebbe sistemato la piccola in una delle altre cabine, pensò. E poi? Un altro po' di latte drogato? Magari una dose letale, stavolta? O li avrebbe soffocati? Adesso che la bambina aveva visto la sua faccia Gavin non li avrebbe più lasciati andare.

Jonah non poteva permettere che accadesse.

Si costrinse a rallentare la respirazione per contrastare l'ondata di panico. *Forza, non startene qui così.* Gavin non sarebbe tornato presto. Percorse la cabina con lo sguardo in cerca di qualcosa di affilato. La bottiglia era sul sedile a qualche metro di distanza, ma se anche fosse riuscito a romperla Gavin lo avrebbe sentito. Però doveva esserci un coltello o un paio di forbici in cucina. Jonah iniziò a strisciare sul pavimento verso il lato opposto della cabina. Usava la gamba buona per avanzare ma con le caviglie legate era impossibile non piegare il ginocchio ferito. Ogni movimento una scossa di dolore – i progressi stavano svanendo rapidamente. Di questo passo, Gavin sarebbe tornato prima che lui avesse raggiunto il lavandino. E comunque Jonah avrebbe dovuto alzarsi in piedi per frugare nei cassetti. Strinse i denti e continuò lo stesso, superando il sedile e le lattine di birra schiacciate sul pavimento.

Si fermò.

Che idiota.

Si lanciò verso quella più vicina. Non era facile con le mani legate e bagnate dal sangue ma riuscì ad afferrarla. Gavin l'aveva appiattita quasi del tutto. Afferrandola con entrambe le mani, Jonah iniziò a piegarla.

L'alluminio leggero si modellava come carta ma rimaneva intatto. In ascolto dei rumori provenienti dall'esterno, continuò a lavorarci. *Dai, forza...*

La lattina si strappò.

Il lato frastagliato gli scivolò sul palmo e le dita, aggiungendo altro sangue. Non importava, doveva essere affilato. Ora doveva fare in modo di avvicinare l'alluminio ai legacci e usarlo come un plettro per chitarra. Riuscì a tenerlo in posizione e a farlo passare avanti e indietro sul filo sottile. *Tagliati, bastardo!*

Il legaccio si ruppe.

Si chinò per liberare anche le caviglie e sentì il rumore di una porta che veniva chiusa.

Merda.

Il metallo gli ferì le dita mentre lo muoveva in preda al panico. Finalmente si tagliò con un rumore secco. Non c'era traccia delle stampelle e tantomeno il tempo per cercarle. Iniziò a issarsi accanto al sedile in attesa che la porta della cabina si aprisse.

Invece da dietro la parete arrivò lo scroscio dello sciacquone.

Gavin era andato a pisciare.

Dopo essere rimaste legate le gambe di Jonah erano rigide e deboli quando riuscì a mettersi in piedi. La barca ondeggiava un po', cosa che non lo aiutava a mantenere l'equilibrio.

Appoggiandosi al sedile, si guardò in giro in cerca di un'arma. C'era un pesante posacenere di vetro su una mensola. I mozziconi e la cenere finirono sul pavimento quando Jonah lo prese e saltellò fino alla porta della cabina. Non poteva poggiare il ginocchio ferito ma doveva solo usarlo per reggersi tra un balzo e l'altro.

Giunto alla porta, sentì dei movimenti nel passaggio. Si appiattì contro la parete e alzò il posacenere.

I rumori dall'esterno cessarono.

Per un secondo non accadde nulla. Poi la porta della cabina gli si infranse addosso, sbattendolo contro la parete. Quando fu spostata, ci si lanciò con tutte le sue forze e sentì Gavin che imprecava subito dopo. Jonah ne approfittò per riaprire la porta e colpire con il posacenere. Riuscì a colpirlo alla mascella ma fu abbastanza per farlo barcollare. In preda all'euforia, Jonah rialzò il posacenere per colpirlo di nuovo.

Poi gli cedette il ginocchio.

Crollò contro la porta, perse il posacenere quando Gavin lo investì con il suo corpo. Caddero insieme. Jonah cercò di allontanarsi ma qualcosa di pesante lo colpì alla testa. La vista gli si annebbiò all'istante, poi un altro impatto lo privò dell'uso degli arti. Si sentiva senza peso, distaccato dal suo stesso corpo e lontanamente consapevole che qualcuno lo stesse voltando a faccia in giù. Respirò lo sporco e le briciole del tappeto.

"Non male come tentativo, ma avevo sentito che ti stavi muovendo." La voce di Gavin sembrava provenire da lontanissimo. Jonah sentì le braccia che gli venivano piegate dietro la schiena. "Comunque mi hai fatto un male cane, quindi ho deciso che è meglio non correre più rischi."

Jonah era impotente mentre Gavin gli legò di nuovo i polsi. Poi lo rigirò ancora, in modo che le braccia rimanessero sotto di lui. Con la coda dell'occhio vide Gavin che si spostava e si chinava a raccogliere qualcosa. Uno strano rumore e ritornò.

Aveva preso un sacchetto da freezer.

Una pellicola trasparente gli calò sugli occhi mentre Gavin gli copriva la testa, avvolgendo ogni cosa intorno a lui in un azzurro da incubo. Poi la plastica scese sul naso e sulla bocca, appannandosi e gonfiandosi a ogni respiro.

Subito dopo, la plastica gli si incollò alla bocca aperta. *No!* Si dimenò e scalciò, cercando di respirare. Ma non fece altro che far aderire ancora di più il sacchetto. Gli bruciavano i polmoni. Si agitò quando sentì il sacchetto che gli veniva attorcigliato intorno al collo. I suoni diventarono ovattati, come sott'acqua, mentre la sua testa veniva racchiusa del tutto. Da lontanissimo sentì lo strappo del nastro isolante, poi la figura indistinta di Gavin si chinò di nuovo su di lui.

E si bloccò. Attraverso la plastica annebbiata lo vide voltarsi verso la porta. Poi lo sentì anche lui. La barca si inclinò di lato, come per un peso.

"Che cazzo...?"

Gavin lo lasciò andare e si alzò. Abbassando il mento, Jonah cercò di allentare il sacchetto intorno al collo. Mentre tentava di liberare la bocca sentì un'esclamazione dal passaggio oltre la porta.

"Ma chi cazzo...?"

La voce di Gavin si smorzò. Un tramestio, poi la barca prese a ondeggiare nel rumore sordo dei corpi, lo sciabordio sempre più forte. Jonah sentì un urlo e poi un colpo secco come di ossa spezzate.

Silenzio.

Lo sciabordio diminuì, il dondolio rallentò. Jonah rimase immobile, la testa sollevata in ascolto. Anche se era riuscito ad allentare il sacchetto, la plastica sembrava amplificare il suo respiro faticoso, sommergendo qualunque altro suono. Si annebbiava e si asciugava. Lui avvertì più che sentire che qualcuno era entrato nella cabina. Oltre la plastica non vide che una sagoma sfuocata. Forse un giaccone scuro, più scuro di quello di Gavin. Il nuovo arrivato quasi non faceva rumore sul tappeto ma la barca ondeggiava sotto il suo peso.

"Ci sono due bambini in un'altra cabina che hanno bisogno di aiuto," riuscì a dire. "Assicuratevi che stiano bene, per favore!" La figura era quella di un uomo alto e robusto. Gli giunse un rumore attutito, come un tamburellare leggero, forse stava mandando un messaggio dal cellulare. Non disse nulla, osando a malapena respirare.

Poi la figura se ne andò in silenzio. Jonah non riusciva a sentite nulla al di sopra del suo stesso respiro e del battito del cuore. Il nuovo arrivato era tornato nel passaggio e all'improvviso Jonah desiderò che, chiunque fosse, non andasse nella cabina dei bambini. *Non c'è niente lì per te. Vattene, ti prego.*

Non sentì la porta della cabina che si apriva come quando Gavin aveva portato Abigail a letto. Ma dal passaggio provenivano diversi rumori indistinti. Un fruscio, un tonfo leggero. La barca riprese a ondeggiare, un movimento più contenuto adesso, e Jonah sentì qualcuno che saliva le scale. Un attimo dopo fu investito da un'ondata di aria fredda e carica di umidità, seguita dal *clic* di una porta che veniva chiusa.

Poi più nulla.

Rimase disteso per qualche secondo, per sicurezza, poi iniziò a strusciare la testa sul tappeto per sfilarsi il sacchetto. Si scottò per l'attrito e perse qualche ciocca di capelli, ma ben presto si liberò. Bagnato per il sudore e la condensa, respirò a pieni polmoni e si girò per guardare oltre la porta.

Non c'era segno di Gavin.

Jonah aveva ancora i polsi legati ma le caviglie erano libere. Si spinse fino alla parete e vi si appoggiò per rimettersi in piedi. Intenzionato a trovare i bambini, quasi non notò il piccolo oggetto sulla seduta.

Il suo cellulare.

Gavin se lo era infilato in tasca. Chiunque era salito a bordo doveva averglielo lasciato lì, ma a Jonah non interessava. La lattina rotta che aveva usato per liberarsi era ancora sul tappeto, macchiata di sangue. Il ginocchio gli pulsava senza pietà e sembrava che la testa fosse sul punto di aprirsi in due quando barcollò per cercare di prendere la lattina. Ci riuscì ma le mani gli tremavano al punto che poteva stringerla a malapena. Reggendola meglio che poté, iniziò a colpire alla cieca il legaccio di nylon.

Questa volta ci impiegò più tempo ma ce la fece, alla fine. Le mani sembravano come morte, non rispondevano, e aveva le dita sporche di sangue quando prese il cellulare per chiamare il numero di emergenza. Mise in vivavoce e si rialzò. Quando risposero si stava già muovendo verso la porta. Si identificò come un sergente della London Metropolitan Police e fornì tutti i dettagli che poté dirigendosi verso il corridoio. Dovette appoggiarsi alla parete per non cadere; a ogni passo, qualcosa nel suo ginocchio scricchiolava. Non potendo indicare la posizione precisa della barca, ripeté le parole di Gavin: era ormeggiata a un quarto di miglio dalla Banchina del macello.

Ma il desiderio di trovare i bambini era superiore a qualsiasi altra preoccupazione. Le mani di Jonah lasciarono una scia di sangue sulle pareti mentre percorreva il passaggio. Una parte del rivestimento di legno era stato danneggiato. C'era un buco ad altezza uomo, il legno scheggiato come se fosse stato colpito da qualcosa. Qualcosa di duro. Jonah ricordò il tonfo che aveva sentito, seguito da un rumore sordo.

Proseguì. Era difficile restare in piedi. La barca era più grande di quanto avesse immaginato, con una curva a gomito all'altra estremità del passaggio. Aprì ogni porta che incontrò, trovando dispense, un bagnetto e una cabina vuota. L'operatore stava ancora parlando, gli consigliava di salire sul ponte e cercare di individuare qualche punto di riferimento.

"Che cosa?" disse, tentando di coglierne il senso.

Ma era difficile concentrarsi su quella voce metallica. Gli faceva male la testa e il rollio della barca sembrava peggiorare. Poi aprì un'altra porta e dimenticò la voce.

La cabina era al buio. Un odore acre di lenzuola sporche. Le tende erano tirate ma la luce proveniente dal passaggio colpiva due sagome su un lettino. Jonah rimase sulla soglia, come se avesse paura di entrare. Stava trattenendo il respiro senza accorgersene per sentire ogni rumore. Ma la cabina era silenziosa.

La voce metallica adesso era insistente, così si infilò il telefono in tasca per attutirla. Entrò e cercò a tastoni un interruttore. Poi la cabina fu inondata dalla luce, che gli fece male alla testa e agli occhi.

Sul lettino c'erano i bambini di Chrissie. Sembravano piccolissimi. Entrambi distesi sulla schiena, immobili. Gli occhi chiusi, i visi fermi di un pallore innaturale. Il contenitore del latte era poggiato su un comodino accanto a due tazze sudicie. *No*, si disse Jonah, la testa vittima di uno strano ronzio. *No, No, No…*

Il dolore per la perdita di Theo sembrò cristallizzarsi in un istante. *Cristo santo, no, ti prego, non di nuovo…* Jonah si avvicinò con la vaga idea di sentire il battito. Ma le sue mani erano così piene di sangue che non volle sfiorare i bambini. Sapeva di dover fare qualcosa, qualcos'altro, ma non riusciva a…

Abigail emise un verso e si girò di lato.

Jonah dovette reggersi al bordo del lettino. Nonostante la vista annebbiata indovinò una pulsazione nel collo di Harry, evidente e regolare. Una risata che fu più come un pianto gli uscì dalla gola, trafiggendo il grumo di dolore. Voleva lasciarsi cadere sul pavimento, invaso com'era dal sollievo, ma non poteva farlo. Nonostante il dolore alla testa e il ronzio, sentì una voce, distante, che aveva un tono d'urgenza. All'inizio non capì, poi si ricordò.

Sì, certo. Rigido e scoordinato, prese il telefono dalla tasca. La voce si fece più udibile: gli chiedeva cosa stesse accadendo e gli ordinava di salire sul ponte. Dopo un'ultima occhiata ai bambini addormentati, inconsapevole sia delle lacrime che gli rigavano il volto sia del sorriso che vi era comparso, Jonah si voltò e iniziò a farsi strada a fatica fino ai gradini.

"Mi dia un minuto," disse all'operatore.

36.

Il gatto era scomparso ma non i resti smangiucchiati dell'incarto. C'era anche qualcos'altro, un oggetto difficile da identificare. Sembrava la testa di un animale. Forse un topo.

Carino.

In piedi sul bordo della banchina, Jonah strizzò gli occhi alla luce del sole invernale che tremolava sulla superficie dell'acqua. La chiatta sbatteva contro le imbarcazioni più piccole, i copertoni pieni di erbacce lungo le fiancate emettevano gemiti di protesta a ogni nuovo colpo. Jonah controllò l'ora e scoprì di avere ancora mezz'ora libera. Si voltò e prese a zoppicare lungo la banchina. Il bastone da passeggio in alluminio era un netto miglioramento rispetto alle stampelle, ma sarebbe stato ben felice di liberarsi anche di quello. I fisioterapisti volevano che lo usasse per un paio di settimane ancora, ma lui aveva già cercato di imparare a muoversi senza. Solo per brevi percorsi, e comunque non era mai caduto.

Faceva progressi, diciamo così.

Il ginocchio era ancora dolorante e secondo le previsioni dei medici non avrebbe recuperato la forza e la mobilità di prima. Ma l'ultimo intervento era andato meglio di quanto ci si aspettasse. Il manganello aveva fratturato l'osso che si stava ancora saldando, facendone schizzare i frammenti nei tessuti molli già traumatizzati. L'ortopedico non aveva avuto scelta: sostituzione della rotula, e sebbene i danni ai tendini e ai legamenti fossero considerevoli, il tempo e l'esercizio avrebbero fatto il loro dovere. Magari non avrebbe ricominciato a correre presto – forse mai – ed era probabile che la sua andatura sarebbe stata alterata. Ma poteva tranquillamente sopportarlo.

Stava imparando a sopportare molte cose.

C'erano stati diversi cambiamenti nelle settimane dopo il rapimento dei gemelli. Per la prima volta nella sua vita adulta, Jonah non era più un poliziotto. Una mattina si era svegliato con la sensazione che quella fase della sua esistenza fosse terminata e lo stesso giorno aveva rassegnato le dimissioni. Aveva scelto di convertire la pensione in una buonuscita da incassare subito, e grazie anche al rimborso per la ferita e all'assicurazione, si era ritrovato nelle migliori condizioni economiche di sempre.

Adesso doveva solo decidere cosa fare di tutti quei soldi.

Innanzitutto scelse un nuovo posto in cui vivere. Dalla notte in cui era stato aggredito, non aveva più avuto problemi con quei piccoli criminali. Però aveva iniziato a sviluppare la sensazione di essere osservato ogni volta che entrava o usciva dal palazzo. Forse era solo paranoia, ma si era stancato di guardarsi le spalle. Non si poteva vivere in quel modo.

Ne aveva parlato con Miles prima di prendere una decisione. Si erano incontrati nella saletta a Hammersmith l'ultima settimana prima della scadenza dell'affitto. A causa della malattia di lei, Penny e Miles avevano deciso di chiudere l'esperienza del gruppo di aiuto.

"Certo, è triste, però abbiamo raggiunto il nostro scopo," aveva detto Miles, versando il tè nelle tazze. "Niente dura per sempre. Bisogna goderne finché si può e poi andare avanti. È la natura stessa della vita."

Aveva gli occhi svegli dietro le lenti quando aveva dato a Jonah la sua tazza. "Mi sembra che tu stia meglio ultimamente."

"Sì, il ginocchio fa progressi e anche i mal di testa stanno diminuendo."

"Non intendevo quello." Strinse gli occhi. "È incredibile cosa ci può aiutare a voltare pagina, non è così?"

Jonah aveva abbassato lo sguardo sulla tazza. "Non ho..."

Miles corrugò la fronte. "Non credi di avere diritto a sentirti meglio? Non vuoi deludere Theo?"

Jonah annuì. Si schiarì la gola. "Credo che sia così."

"Non ho mai creduto all'autofustigazione. E imparare ad accettare non vuol dire ignorare. Né dimenticare." Un sorriso caldo e comprensivo. "Finché siamo su questa terra, abbiamo il dovere di continuare a vivere. Ecco perché sono contento che cambi casa. È un segno: sei pronto al cambiamento. Dovresti accoglierlo."

"Non lo so..." Jonah era ancora indeciso. "Mi sembra un posto come un altro."

"Puoi trovare di meglio." Miles spezzò in due un biscotto. Alla crema, naturalmente. "Dimmi i pro e i contro."

Tra i contro c'erano l'ascensore che non funzionava, la posizione ormai scomoda, i vicini rumorosi e la possibilità di subire un'aggressione ogni volta che usciva di casa.

"E i pro?" lo stuzzicò Miles.

Ci provò, ma Jonah non riuscì a trovarne neanche uno.

Aveva raggiunto la recinzione del vecchio magazzino. Dall'interno provenivano segni di vita. L'edificio era ricoperto dalle impalcature che formavano una gabbia gigantesca. Teli nuovi avevano rimpiazzato quelli rovinati, la loro plastica ondulava lenta nella brezza leggera. Quella visione gli procurò una stretta al petto, come se qualcosa gli avesse tolto il respiro. Ma presto comparve.

Un cartello illustrava l'ottimistico rendering di un progetto di negozi e outlet, bar e ristoranti. Il nuovo centro commerciale si sarebbe chiamato la Banchina del trabaccolo, anche se cambiarne il nome non avrebbe cancellato ciò che vi era accaduto. L'inchiesta sugli omicidi era ancora aperta, nonostante i fatti della chiatta. O forse proprio a causa di essi. Non fu una sorpresa, ma Fletcher non aveva creduto alla storia di Jonah quando ne era stato informato.

"Quindi adesso mi sta dicendo che era McKinney e non Owen Stokes. La Banchina del macello, Corinne Daly, il rapimento dei bambini della sua ex moglie, c'era sempre dietro McKinney."

"Proprio così," aveva risposto Jonah.

Disteso nel suo letto d'ospedale, con un ginocchio spappolato e il cranio rasato e suturato di fresco, aveva vissuto uno strano déjà vu. L'ispettore capo si era asciugato un occhio con il fazzoletto.

"E poi, proprio mentre stava per uccidere anche lei, qualcuno è salito a bordo. Ha ammazzato o messo fuori gioco McKinney e poi è sparito magicamente insieme a lui. Senza curarsi di lei, dei bambini e delle centomila sterline del riscatto. Ma lei non sa dire perché e non l'ha visto in faccia."

Jonah aveva confermato ancora.

"Mi sta prendendo per il culo."

Era difficile dire cosa offendesse di più Fletcher tra l'idea che Jonah si fosse inventato tutto o l'eventualità che fosse vero. Come l'ispettore capo aveva fatto notare – in diverse occasioni

– era la seconda volta che il corpo di Gavin spariva, con Jonah come unico testimone.

Ma neanche Fletcher poteva mettere in dubbio l'evidenza. Anche se di Gavin si erano perse le tracce, la scena sull'imbarcazione descriveva una storia precisa. Quando Jonah era salito sul ponte quella notte, aveva scoperto che erano ormeggiati a un molo di cemento davanti a una serie di edifici industriali in disuso. Aveva fornito alcuni punti di riferimento all'operatore ma ormai avevano già localizzato il suo cellulare. Nel giro di qualche minuto aveva sentito il rotore di un elicottero della polizia e poi il fascio luminoso del proiettore aveva tagliato l'oscurità. Poco dopo un'imbarcazione della squadra marittima era ormeggiata accanto alla barca e i mezzi della polizia avevano raggiunto l'area. I bambini erano stati portati via in ambulanza, ancora storditi, ma i paramedici avevano detto che i segni vitali erano nella norma. Forse Gavin aveva deciso di aspettare l'ultimo momento per compiere un gesto che avrebbe voluto evitare, oppure aveva cambiato idea.

Jonah sperava che si fosse trattato della seconda opzione.

Questa volta la presenza di Gavin era testimoniata da molte prove, e non solo dal sangue com'era successo nel magazzino. Il buco nel pannello che Jonah aveva notato nel passaggio poteva essere stato causato da una testa che vi veniva sbattuta. Il sangue e la pella trovati sul legno avevano permesso di tracciare il DNA di Gavin, oltre alle sue impronte su tutta l'imbarcazione. Era chiaro che aveva vissuto lì, muovendosi lungo il fiume di notte e ormeggiando in posti isolati.

Le sue impronte e il DNA erano stati trovati anche sul furgone usato per rapire i bambini. Era parcheggiato davanti al molo, accanto alla Volvo di Jonah. Gavin lo aveva portato alla sua imbarcazione in quest'ultimo veicolo mentre era privo di conoscenza, lasciando che il corpo di Wilkes venisse trovato nella sua macchina sullo spiazzo della Banchina del macello.

Ciononostante, senza il corpo di Gavin, Fletcher avrebbe potuto dire che le prove non erano sufficienti a sostenere la ricostruzione di Jonah. Ma la polizia aveva ritrovato il portatile che Dylan aveva venduto al suo spacciatore. L'hard disk era intatto e nella cronologia delle ricerche online compariva il sito di appuntamenti dove Gavin aveva individuato il suo sosia, il cui corpo era stato visto da Jonah nel magazzino. La somiglianza con Gavin era superficiale – età, altezza e corporatura simili, gli stessi ricci neri. Ma a faccia in giù nel magazzino buio, coperto del sangue di Gavin e con indosso i suoi vestiti, l'orologio e la fede nuziale, si era dimostrata sufficiente.

Tuttavia questo non impedì a Fletcher di continuare a fare il cavilloso. "Be', non depone a favore del suo spirito d'osservazione. Mi sembrava d'aver capito che eravate amici."

"Non sono stato io a confermare la presenza del suo DNA," ribatté Jonah.

Pareggio.

Se c'era un aspetto della ricostruzione di Jonah di cui l'ispettore capo sospettava più che di altri era la sua affermazione di non sapere chi fosse salito sulla chiatta e gli avesse salvato la vita. Fletcher ci era tornato su più volte, cercando di individuare una crepa nel racconto di Jonah.

"E così non è riuscito a vederlo? Nulla che potesse indicare la sua identità o il motivo per cui si trovasse lì?"

"No, ma Gavin aveva dato fastidio a persone molto potenti. Forse hanno voluto pareggiare i conti."

Fletcher lo aveva scrutato come se volesse smascherare una menzogna. "E allora perché non ha preso i soldi del riscatto? Erano centomila sterline..."

"Non lo so. Forse non si è accorto che erano a portata di mano."

"Quindi questo individuo è arrivato al momento giusto per una fortunata coincidenza? Le ha salvato le chiappe e poi se n'è andato?"

"Credo di sì. Posso solo dirle che io non l'ho invitato," aveva detto Jonah.

In teoria, era vero. Jonah non conosceva l'identità di quell'individuo, non con sicurezza. Eppure ricordava il modo in cui la barca aveva preso a ondeggiare quando era salito a bordo, i suoi passi pesanti sul ponte. Aveva avuto l'impressione che fosse alto e robusto mentre si aggirava nella cabina, e serviva una forza spaventosa per avere la meglio su Gavin in così poco tempo. Jonah non aveva dimenticato la sensazione che aveva provato mentre era disteso impotente sul pavimento della cabina, la certezza che la sua vita era appesa a un filo. Come anche il tamburellare leggero che aveva avvertito quando quell'uomo era sopra di lui. Mentre ai suoi piedi Jonah lottava per sopravvivere, aveva avuto la calma necessaria per inviare un messaggio. Jonah poteva immaginare un solo motivo per un comportamento simile.

Aveva chiesto istruzioni.

Non avrebbe saputo dire con certezza come la guardia del corpo di Eliana Salim lo avesse trovato e perché avesse scelto proprio quel momento per intervenire. Ma non sarebbe stato affatto complicato installare una app per la localizzazione sul cellulare che lei gli aveva consegnato. Era scomparso insieme a Gavin. Inoltre Jonah si disse che il microfono poteva essere stato usato per trasmettere l'audio che captava a un altro cellulare. Salim poteva aver sentito tutto e ordinato al suo gigante di intervenire al momento giusto. Così come gli aveva detto di lasciare sul sedile il cellulare di Jonah, in modo che potesse chiamare i soccorsi per i bambini. Non sapeva se Gavin fosse già morto quando il gigante lo aveva portato via dalla barca, ma dopo l'incontro con Salim era pronto a scommettere di no. Voleva che l'assassino della sorella fosse preso da vivo.

In particolare dopo che ne aveva scoperto l'identità.

Lo disturbava ancora l'aver omesso di citare Eliana Salim e la sua guardia del corpo. Ma ogni volta che era stato tentato di parlarne a Fletcher, gli erano venute in mente le solite obiezioni. Non aveva alcuna prova né che lei fosse ancora viva né che ciò che gli aveva raccontato fosse vero. Non conosceva nemmeno il nome che usava adesso. E anche se l'ispettore capo gli avesse creduto, Jonah non vedeva che utilità potessero avere quelle informazioni per lui.

E poi c'era la consapevolezza che se lui e i gemelli erano ancora vivi, lo doveva a lei. Tradire la sua fiducia sarebbe stato un pessimo modo per ripagarla del suo intervento, in particolare se ciò l'avrebbe messa in pericolo nei confronti delle persone senza volto che la terrorizzavano. Jonah non sapeva come o perché, ma l'istinto gli suggeriva che raccontare a qualcuno di Salim sarebbe stato un errore enorme. Proprio come mettersi contro di lei.

Bastava chiedere a Gavin.

In piedi davanti alla recinzione del magazzino, Jonah rabbrividì. I teli di plastica che coprivano i ponteggi sbattevano nel vento, come se l'edificio stesse respirando. Una parte della facciata era stata pulita con una sabbiatrice, eliminando secoli di sudiciume e rivelando la pietra chiara sottostante. Ma non importava come gli speculatori avrebbe rinominato quel posto, si disse Jonah, allontanandosi. Per lui sarebbe sempre stato la Banchina del macello.

Quando tornò sui suoi passi fino a dove erano ormeggiate le chiatte, una pesantezza ormai familiare calò su di lui. C'erano ancora alcune domande senza risposta, oltre al destino di Gavin. La terza vittima del magazzino rimaneva priva di identificazione, ed era probabile che tale sarebbe rimasta. Secondo la ricostruzione di Gavin, era un senzatetto, una vittima casuale uccisa soltanto per inquinare le acque intorno agli omicidi di Nadine Salim e Daniel Kimani. Un uomo ancora giovane, forse dell'Europa dell'Est, sebbene ciò non fosse sicuro. Nessuno ne aveva denunciato la scomparsa e il giudizio impietoso di Gavin si era dimostrato vero: *Nessuno ne avrebbe sentito la mancanza*.

Un epitaffio molto triste.

Ma c'era un'altra probabile vittima che pesava sulla coscienza di Jonah. Il corpo di Owen Stokes non era ancora stato trovato, e lui pensava che non sarebbe accaduto mai. Gavin aveva detto di averlo gettato nel fiume e non c'era motivo di dubitare delle sue parole. Né di quello, né del modo in cui Stokes era stato ucciso. Non importava che fosse stato Gavin a orchestrare ogni cosa né che Jonah credesse di aver lottato per la propria vita e quella di Nadine Salim: il fatto in sé rimaneva.

Aveva ucciso un uomo innocente.

Gli era stato comunicato che non sarebbe stato accusato. Non c'erano prove che Owen Stokes fosse morto, e anche in caso contrario, l'intento criminale era stato di Gavin, non di Jonah. Neanche Fletcher lo considerò responsabile di quella morte. Ma questo non cambiava i fatti né ciò che Jonah provava. Ingannato o no, aveva le mani sporche di sangue.

Un'altra cosa con cui avrebbe dovuto imparare a convivere.

Era tornato alle chiatte. Dondolavano inerti sulle acque oleose, una nidiata di paperelle brutte con il cigno sporco della chiatta più grande a seguirle. Jonah andò a sedersi su un muretto, da dove vedeva il nome: THE ORACLE.

Prese una briciola di calce in frantumi dal muretto e la lanciò nell'acqua. Il pensiero del tradimento di Gavin faceva ancora male. Il fatto che un uomo di cui si era fidato, che un tempo aveva reputato il suo migliore amico, avesse saputo cos'era accaduto a suo figlio e non gli avesse detto nulla rimaneva incomprensibile.

Le indagini si stavano assestando intorno alle nuove informazioni ma Jonah non aveva molte speranze. Anche se il caso fosse stato riaperto, era passato troppo tempo. I filmati delle telecamere di sicurezza del parco di quel mattino, che avrebbero potuto confermare l'identità della ragazza con la carrozzina, cioè Ana Donauri, erano stati cancellati anni prima. E senza quelli, o altre prove, non restavano che le voci. La parola di Gavin, non era ironico?

La voragine di nome Theo che si era spalancata quel mattino al parco era ancore buia e vuota come sempre. Era piantata nel petto di Jonah, e non sarebbe mai stata riempita. Si diceva che perlomeno si era avvicinato alla verità. Ma poi gli tornavano in mente le parole di Gavin e portavano il dolore a un livello del tutto nuovo.

Certo che lo avevano ucciso.

Non c'era alcuna possibilità che il figlio fosse ancora vivo, lo sapeva, non dopo tutto questo tempo. Ma sentire Gavin confermarlo in modo così diretto gli lasciò una ferita che sarebbe guarita con molta difficoltà. E in essa si agitava la cancrena del non sapere. Non sapere se aveva sofferto prima di morire, non sapere cosa gli era stato fatto. Non sapere quanta paura doveva aver provato quello scricciolo di bambino.

Eppure, che il caso venisse riaperto o no, per la prima volta Jonah sentì nel suo cuore che esisteva perlomeno la possibilità di ottenere le risposte. Le persone che avevano rapito Theo potevano anche essere morte, ma c'erano sempre quelle sopra di loro. Individui potenti e senza volto, le cui decisioni avevano segnato destini e posto termine a esistenze. Inclusa quella di suo figlio. Jonah non sapeva come avrebbe potuto trovarle, ma se Eliana Salim gli aveva fornito il nome di Ana Donauri, allora conosceva anche gli altri. Rintracciarla non sarebbe stato facile, ma era un primo passo.

Se non altro, gli forniva una determinazione che non provava da troppo tempo. E sotto c'era anche qualcos'altro, qualcosa di così fragile che quasi non si azzardava a pensarci. Perché nonostante tutto ciò che Gavin gli aveva detto, nonostante la logica, mancavano ancora le prove dell'uccisione di Theo. Jonah aveva vissuto gli ultimi dieci credendo a torto che il figlio fosse annegato, basandosi solo sulla scarpetta ritrovata in una condotta sotterranea. E adesso non c'era neanche quella. Solo l'affermazione che non si poteva tornare indietro. Jonah sapeva quanto pericoloso fosse l'autoinganno, ma questa non era una negazione dei fatti. Non era nemmeno speranza, solo il minimo barlume di una possibilità.

Ed era abbastanza.

"Jonah Colley?"

Si voltò, alzandosi, e vide un uomo tozzo con due gambe enormi che si avvicinava. Portava un giaccone sudicio a quadri, sbottonato nonostante il freddo. Una catena d'oro gli luccicava al collo.

"Sì, sono io," disse Jonah, prendendo il bastone da passeggio.

"È in anticipo." L'uomo aveva sopracciglia folte da cui spuntavano alcuni peli più lunghi come le zampe di ragni morti. Squadrò il bastone di Jonah con aria dubbiosa. "Ce la fa a salire a bordo?"

"Me la caverò."

"Come vuole." Estrasse dal giaccone un mazzo di chiavi appese a un vecchio galleggiante di sughero. "Le piacciono le tjalk?"

"Le cosa?"

Gli lanciò una strana occhiata. "Tjalk. Ecco cos'è, una chiatta a vela olandese. Non sa neanche cosa sta comprando?"

"Non ho ancora deciso, in realtà."

Dopo quello che era accaduto sulla barca di Gavin, Jonah sapeva che era perverso anche solo pensarci. Ma aveva avuto quell'idea tempo prima e non era riuscito a scacciarla. Gli serviva un nuovo inizio, e non importava cosa gli facesse tornare alla mente quel posto, dal primo momento in cui Jonah aveva posato gli occhi sulla vecchia chiatta ne era stato attratto.

Sembrava... la cosa giusta da fare.

"Bisogna fare dei lavori, la avviso," disse l'uomo. "Mio fratello è stato in un ospizio negli ultimi due anni, e non era in condizioni di occuparsene molto neanche prima."

"Va bene."

"Sa che non potrà tenerla ormeggiata qui?" riprese l'uomo, guardandosi attorno. "Stanno per sgomberare tutta l'area. Un nuovo progetto. Ed era ora, se vuole sapere la mia."

"Non vorrei restare in questo posto, comunque," rispose Jonah.

"La capisco bene. Mi aspetti qui."

Sorprendentemente agile, l'uomo si attaccò alla battagliola della chiatta più piccola ormeggiata accanto al pontone. Andò a poppa e passò le gambe una dopo l'altra sul ponte della chiatta più grande. Si chinò, scomparendo per un attimo, sollevò una passerella malridotta e la fece scivolare sull'acqua fino a quando l'altro capo non si appoggiò alla banchina.

"Ma se non è un appassionato, come mai è interessato a una bagnarola come questa?" domandò l'uomo, assicurandosi che la passerella tenesse.

Jonah esitò prima di percorrerla. Dal punto in cui si trovava, un copertone usato come paraurti oscurava alcune lettere del nome dipinto sulla prua. Si leggevano solo le prime quattro, come la prima volta che l'aveva vista.

THEO.

"Mi piace, ha un'aria interessante," disse. Poi salì a bordo.

RINGRAZIAMENTI

Quando ho iniziato, usavo una vecchia macchina per scrivere, promettendo a me stesso che avrei comprato un computer appena fossi stato pubblicato. "Se lo compri subito magari ti pubblicheranno prima," commentava mia madre. Aveva ragione, il che è fastidioso. Lei e mio padre, che non c'è più, erano una fonte inesauribile di incoraggiamento e non perdevano la fiducia neanche quando la prospettiva di diventare uno scrittore appariva una fantasia staccata dalla realtà. È morta nell'agosto del 2021, quindi nessuno dei due ha visto la pubblicazione di *Le catene del passato*. E, sebbene sia il mio dodicesimo romanzo, so che ne sarebbero stati particolarmente contenti.

Nella stesura ho potuto contare sull'aiuto di alcune persone che mi hanno generosamente concesso il loro tempo, rispondendo alle mie domande. Grazie a Tony Cook, Direttore delle operazioni al CEOP della National Crime Agency, il cui manuale *Senior Investigating Officer's Handbook* come sempre si è dimostrato una risorsa fondamentale; Mark Williams, Direttore esecutivo della Police Firearms Officers Association; e l'ufficio stampa del Metropolitan Police Service. Ogni eventuale errore è ovviamente da attribuire a me.

Grazie anche ai miei agenti Gordon Wise e Sarah Harvey

alla Curtis Brown; agli editor Sam Eades, Rachel Neely e tutta la squadra per aver accolto Jonah Colley e me alla Orion; grazie a Ulrike Beck, Friederike Ney e il mio editore tedesco Rowohlt; e grazie a Ben Steiner e a SCF per aver letto il manoscritto offrendo i loro commenti.

Come sempre, il ringraziamento più grande va a mia moglie Hilary per il sostegno, le idee, la pazienza, e per aver condiviso con me gli alti e bassi di questo lavoro.

Simon Beckett, aprile 2021

MISTO
Carta da fonti gestite in maniera responsabile
FSC® C115118
www.fsc.org

Finito di stampare nel mese di luglio 2023 presso
Elcograf S.p.A. - Stabilimento di Cles (TN)

Printed in Italy